29.90

Paul Goma

Die rote Messe

ROMAN

Aus dem Rumänischen
von
Lucian Grigorowitsch

Thule

Bisher erschienen:

„Im Nebenzimmer" (1968)
„Ostinato" (*Suhrkamp*, 1971)
„Die Tür" (*Suhrkamp*, 1971)
„Gherla" (*Gallimard*, 1976)
„Im Kreis" (*Gallimard*, 1977)
„Verkehrte Wacht" (*Gallimard*, 1978)
„Das Menschenbeben" (*Seuil*, 1978)
„Die Hunde des Todes" (*Hachette*, 1981)
„Blindekuh" (*Hachette*, 1983)

CIP-Kurztitelaufnahme der Deutschen Bibliothek

Goma, Paul:
Die rote Messe: Roman / Paul Goma. Aus d.
Rumän. von Lucian Grigorowitsch. — Köln :
Thule, 1984.
Aus d. Ms. übers.
ISBN 3-924345-00-7

© für die deutsche Ausgabe:
THULE Verlag, Köln 1984
Am Hirschsprung 15

© für die französische Fassung:
Editions Hachette, Paris

Übersetzung: Lucian Grigorowitsch
Lektorat: Margarete Orendi
Graphische Gestaltung: Ingrid Lemke
Umschlagbild: Georg Vocke, „Apostasie", 1975
Druck: Ebner Ulm
Printed in Germany

ISBN 3 924345 00 7

1

„*Keine Bewegung!*"
Der Schweinehund von einem Gefängnisdirektor, Hauptwärter, Politbonzen oder was er sonst sein mag , hat mich aus meinem Schlaf gerissen und Elisav davongejagt, den ich mir endlich im Traum herbeigeholt hatte. Nur eine Handbreit von seinem Ohr entfernt war ich bereits, doch der verdammte Schweinehund von einem, was immer er auch war, hat ihn erschreckt. Wer weiß, wann es mir gelingen wird, ihn wieder zurückzuholen und zu befragen, damit er mir von unserer Schwester Seliva erzählt.
„Keine Bewegung!"
Mögen sich jene nicht mehr bewegen, die sich bisher bewegt haben! Ich, mit meinen zertrümmerten Beinen im Bett und der Frage an meinen Bruder auf den Lippen, ich hatte mich nicht einmal im Gedanken bewegt, nicht einmal im Traum. Es geht nur die Gesunden an, ich meine, jene die sich bewegen können!
Ich senke die Lider über die Augen wieder herab und hoffe, Elisav sei doch nicht allzuweit davongejagt worden. Ich hoffe, daß er sich wieder zeigen wird und wir das Gespräch fortsetzen können. Dann werden wir zusammen darüber rätseln, ob unsere Schwester sich auch wirklich in jenem Sarg befand oder nicht...

Jetzt kommt es mir nicht mehr auf meine Kniescheiben an, die Csakys Kugeln zertrümmert haben und auch nicht auf die Löcher, die mir der Untersuchungsbeamte, jener Leutnant Dragan, mit spitzem Tintenstift in die Knie gebohrt hatte. Auch auf die „Gegenüberstellung" mit meinen Angehörigen kommt es mir nicht mehr an, ja nicht einmal auf das, was sie in meiner Anwesenheit unserer Mutter alles haben antun wollen. Ganz zu schweigen von der Gerichtsverhandlung, von der Verurteilung, vom Lazarett in Codlea. Jetzt kommt es mir nicht einmal darauf an, daß sie mich hierher, nach Pitesti brachten, wo ich doch in einem richtigen Gefängnishospital hätte sein sollen und nicht in dieser Zelle „4-Krankenhaus", so benannt in Erinnerung an ein früheres Knastlazarett.

Ich presse meine Lider zusammen, denn es kommt mir jetzt nicht einmal mehr darauf an, wo sich mein Bruder Elisav tatsächlich befindet. Mag er bei den Freischärlern im Gebirge sein? In irgendeinem Keller eingemauert? Irgendwo in Jugoslawien, westwärts und nur nachts unterwegs, immer nur westwärts? Oder bereits in Italien, wo das Flugzeug auf ihn wartet? Steht er nicht vielleicht schon am Haupteingang des Weißen Hauses, wo er sich anschickt, anzuklopfen (wenn er es nicht schon getan hat), um den Mondsüchtigen dort zu sagen, sie mögen doch endlich kommen, wie versprochen, und uns von den Russen befreien? Nein, worauf es jetzt ankommt, an diesem 6. März 1950 und hier, wie ich so unbeweglich und mit krampfhaft geschlossenen Augen auf dem Rücken daliege, ist nur eins: Wie war wohl der Sarg, den die Schergen der Staatssicherheit am 10. Dezember auf dem Friedhof von Albota vor unseren Augen ins Grab herabließen — mit unserer Schwester oder ohne sie?

„Auf eure Plätze, marsch-marsch!"

Es geht nur die an, die nicht auf ihren Plätzen waren! Ich befinde mich hier, in meinem Bett — ein Gestell mit richtiger Matratze, das mir der Zellenälteste zugewiesen hat, neben seinem eigenen, gleichfalls richtigen Bett.

Sollen sie nur auf ihre Pritschen kriechen, die anderen, die Streuner! Ich habe doch Wichtigeres vor, denn ich möchte erfahren — nachdem Elisav mich im Traum danach fragen wird —, wie wohl der Sarg eigentlich war: mit ihr oder ohne sie?

„Ab sofort, kein Wort mehr!"

Ab sofort hat also jedermann zu schweigen, obwohl weder der Direktor Dumitrescu, noch der Politoffizier Marina, oder die Hauptwärter Ciobanu und Mandruta auch nur ein Sterbenswörtchen gesagt haben. Nicht einmal der Unteroffizier Georgescu.

„Ab sofort, keine Bewegung, keinen Muckser!"

Die Stimme hat *Muckser* gesagt.

Jetzt erstarre ich, wie auf ein Stichwort. Mit der Haut meiner eingefallenen Wangen, mit meinen zertrümmerten Knien, mit meiner geschwollenen Zunge fühle ich buchstäblich, wie meine Leidensgenossen erstarren. Noch vor mir wahrscheinlich, da sie auch vor mir in der Zelle waren, obwohl ich das Gefühl habe, ihnen zuvorgekommen zu sein. Vielleicht nur, weil ich Bett an Bett mit *ihm* liege, in einem richtigen obendrein.

Erstarrt. Ist das also die allseits gerühmte „Schutzhemmung"?

Muckser hatte die Stimme gesagt, und „mucksen" heißt eigentlich auch Zeichen geben, ein vorsätzliches Signal setzen. Dabei aber ein so unwahrscheinliches in seiner Ungeheuerlichkeit, daß es seine warnende Funktion längst schon verloren hat. Warnung vor der Gefahr hätte es sein sollen, der Wink, sich zu retten, vielleicht ganz einfach davonzurennen. Hier und jetzt aber ist es das Signal, die unheilvolle Warnung, daß es kein Entrinnen mehr gibt.

Schützende Hemmung... Bislang kannte ich sie nicht, also konnte ich sie auch nicht akzeptieren. Das heißt, die Hemmung als solche sicherlich schon — aber was für einen Schutz sollte sie denn bieten? Insofern das Unheil dich nach der Warnung verschont, bist du eben davongekommen. Aber mitnichten, weil du Schutz gefunden hast. Es ist einfach so, daß die Gefahr diese Warnung vorausschickt, eben um zunächst deinen Schutzmechanismus auszuschalten, dich völlig zu lähmen, um dich dann um so leichter zu packen. Wir sind also erstarrt. Der Motor ist stehengeblieben. Wie durch ein Wunder des Ausgleichs setzt aber der Rücklauf ein. Nur mit dem Bruchteil eines einzigen Millimeters geht es rückwärts, im Bruchteil einer einzigen Sekunde, mit dem winzigen Ruck eines sich rückwärts drehenden Zahnrädchens. Der Vorwärtslauf ist freilich unmöglich, da der Weg versperrt. Seitlich und rückwärts geht es eigentlich auch nicht... Und trotzdem: Mit diesem winzigen Ruck des Zahnradwerkes kann man das Verhängnis zumindest hinauszögern, wenn es schon kein Entrinnen gibt. Weder vorwärts also, noch rückwärts, nur nach unten oder nach oben. Gerade noch. Die Erinnerung, das erlösende Mütterchen, sie allein bleibt — so gut sie kann — Stütze und Trost in deiner letzten Stunde, auf dem Weg dorthin, wo dich weder Schmerz noch Jammer erreichen.

Eine Drehung des Zahnrads in die verkehrte Richtung also, die möglicherweise auch die richtige ist, um genau ein Zahnbreit Aufschub zu erzwingen. Heißt es doch, im Sterben zieht dein ganzes Lebensbild bis zum unwiderruflichen Augenblick an deinen müden Augen vorbei. Vor dem Abschied schwelgst du noch einmal in allem, was du gewesen, und der Streifen läuft umgekehrt, vom Ende zum Anfang hin, damit man eben an jenem Anfang anknüpfen kann, der dann wieder beginnen wird, wenn das Ende zu Ende ist. Warum mag das wohl so sein? Um sich bedauern zu können? Um sich zu trösten?

2

Muckser hat die Stimme gesagt.

Ein Hinweis, daß ich nun alles aufschieben und vermeiden muß. Ich lasse mich also um den winzigen Abstand eines Zahnrädchens zurückversetzen, genau dorthin, wo mich der Wink noch nicht erreichen kann. Die Erinnerung, unser Mütterchen, gebärt mich jetzt umgekehrt mit ihrem wiederempfangenden Leib.

„He, du da, Hinkebein! Du wirst hier auf dem Bett liegen. Cori, du kommst anstelle von Rosca, und Rosca auf die Pritsche! So! Die Par-ti-sa-nen aus dem Fagaras, die ihr Blut hergegeben, bekommen ein richtiges Bett...‟

Ich hockte im Schweiß gebadet da und meine Augen waren vor Schmerz getrübt, so daß ich dem „Vorsteher" nicht antworten konnte, ich sei überhaupt kein Par-ti-san und was das Blut anging, so hätte ich es beileibe nicht hergegeben, es wurde mir buchstäblich herausgepreßt.

Seit heute Morgen, als uns in der Kellerzelle, wo wir in Quarantäne lagen, die Versetzung mitgeteilt wurde, hatte ich weder die Zeit noch die Erlaubnis, mich wenigstens auf dem Zementboden auszustrecken, um meine gerade genesenden Knie nicht zu überfordern. Nun sollten sie wieder arg mitgenommen werden. Zwar stimmt es, daß ich vom

Keller bis hierher, in das zweite Stockwerk, von Saptefrati und Damaschin gestützt wurde, aber mit solchen Knien hätte ich schon eine Tragbare gebraucht. Oder zumindest die zur „Sänfte" verschlungenen Arme meiner beiden Freunde. Sie wollten es auch tun, aber noch ehe die Arme zu einem Tragsessel gefunden hatten, fiel bereits der Politoffizier Marina über sie her. Mit Faustschlägen und Fußtritten.

„Das ist doch reinste Verschwörung, ihr Banditen!" brüllte er wütend. „Selbst soll er rauf, wie er doch selbst die Hand erhoben hat gegen Volk und Klasse!"

„Na siehste?" hatte Mihai Saptefrati gegrinst. „So geht's dir eben, wenn du die Pfote gegen die Klasse erhebst... Die ‚Arbeitende', sie haut dir über die Schnauze, daß du nur so humpelst — wie'n ganz verhaßter Feind, recht geschieht's dir!"

Der Ulk kostete Mihai einen Tritt von Marina mit der Stiefelspitze gegen das Schienbein und einen Stockschlag über den Nacken vom Hauptwärter Ciobanu. Der wiederum auch Gabriel Damaschin einen ordentlichen Schlag verpaßte, um ja nicht der „Begünstigung" verdächtigt zu werden.

„Gehört, he, was 'nosse Ob'leutnant befohlen hat? *Allein* soll er rauf! Ihr beiden da, ihr stützt ihn nur soviel, daß er nicht auf die Fresse fällt, 'standen? Ausführen!"

Ciobanu, was für ein Mistvieh. Sicherlich. Aber nicht ihn hatte ich bohrend angesehen, sondern den anderen, jene Bestie von einem Politoffizier. Ich fletschte die Zähne, wie mein Bruder es getan hätte, und drohte ihm in Gedanken: „Elisav ist frei und erwischt dich noch einmal! Dann zahlt er dir schon heim für Seliva und für Mihai und für diese Klettertour..." Für diese Klettertour, die ich mit meinen steifen Beinen begonnen hatte, in Reichweite von Ciobanus Schlagstock. Jenes Ciobanu, der ein echtes Mistvieh war.

Vor Schmerz taumelnd und mit sausenden Ohren konnte ich trotzdem die ungewohnte Größe der Zelle wahrnehmen. Sie war bereits vollgepfercht. Hundert Häftlinge? Oder gar tausend? Was ich indessen nicht sofort ermessen konnte war die Gunst, die mir der Typ mit der Arbeitermütze und dem nashornartigen Kinn erwies, indem er mir ein „richtiges Bett" zuteilte und mich nicht auf die Pritschen schickte, auf denen ich einige meiner Leidensgefährten aus dem Kellerraum erkannte, die vor mir hierhergebracht wurden.

„Wir werden eine Zeitlang Anlieger sein...", hörte ich die Stimme des Bettnachbarn, während ich die Augen geschlossen hielt und glücklich war, nicht mehr stehen zu müssen. „Von hier aus hast 'nen herrlichen Rundblick, wie aus der Orchesterloge! Stimmt doch, Cornel Pop, oder nicht?"

Das Blut stockte mir plötzlich in den Adern. Er sagte doch Pop... aber wie noch? Nicht etwa Elisav Pop? Nein, es war ein anderer Vorname... jetzt weiß ich's: Cornel. Ich hatte mich beruhigt und die Augen geschlossen, denn es war irgendein Cornel und nicht Elisav. Er nämlich, Elisav, er ist frei und soll es auch bleiben. Nicht nur, weil er über die Grenze nach Jugoslawien muß, dann weiter nach Italien und über das große Wasser, um am Haupteingang des Weißen Hauses anzuklopfen und diesen Eseln von Amerikanern klarzumachen, welche Eselei sie sich geleistet hatten, uns den Russen auszuliefern. Elisav mußte sie aufrütteln und herschicken, um uns zu befreien! Aber nicht nur darum mußte er frei bleiben, sondern überhaupt, damit ich weiß, daß Elisav frei ist. Sie sollen ihn bloß nicht gefaßt haben, denn selbst eingemauert, irgendwo draußen, wäre er immer noch frei. In den drei Monaten, seit ich selbst nicht mehr frei war, hatte ich auch die Kehrseiten dieser Freiheit Elisavs überdenken können — zu Tode erfroren, verhungert und erschöpft, in einem Kellerloch oder irgendwo in einer Grube, in irgendeinem Garten vergessen, vielleicht sogar in eine Höhle verkrochen. Nachts hätte er schlaftrunken aus seinem Versteck, aus irgendeinem Geäst herabfallen können, und dann hätten ihn die Wölfe zerrissen. Möglicherweise haben ihn auch die Partisanen erschossen, da er das Kennwort nicht wußte. Ist ja schon vorgekommen... Sogar das Allerletzte hatte ich mir bereits vorgestellt, was so sehr zu ihm paßte — von eigener Hand. Mit dem Augenblick seiner Verhaftung hätte er einfach zu leben aufgehört, denn allein schon die Festnahme wäre sein Todesurteil gewesen. Was aber, wenn der Nachbar trotzdem *Elisav* Pop gesagt hatte? Die Frage ließ mich nicht mehr los und meine Knie fühlten sich plötzlich wie Eis an. Doch nein! Da oben, irgendwo über meinem Kopf, ertönte Fuhrmanns Stimme: „Aaaa! *Sie* sind also der berühmte Cornel Pop von der ‚Medizinischen‘ in Cluj? Sehr angenehm... Hab' schon viel von Ihnen geh...‟

„Gehört! Wo denn gehört, he?‟

Der Nachbar hatte Fuhrmann nicht nur mit *he* angeschnauzt, sondern ihm auch eine Frage mit Stiefeln, Koppel und Schlagstock gestellt.

„Oj, oj!‟ legte Fuhrmann jetzt auf Jiddisch los. „Vun wo hob' ech gehert? A soj soll ech nischt Glick hob'n as nischt vun *Radio Maskwa*, vun de Gosche vun Levitan, äpes a Cuseen mit de Tant' von a gut Cuseen vun mir... Wus fer a Radio hert' Ihr, nebbich, Herr Feldwebel?‟

Gut so, wunderbar, Fuhrmann! Das Maul hast du ihm gestopft, dem Nachbarn! Der seinerseits nun, nachdem er tief Luft holen mußte, mit blassen Lippen zu lachen anfing. Ein krächzendes und sattes Lachen.

„Hahaha! Hohoho! Du hast aber Humor, du! Bist wohl Student am Konservatorium, was? Meisterklasse Zirkus... Hoooohoho!‟

Die Gruppe um mich herum hatte sich inzwischen bis zur Mitte der Zelle bewegt und lachend um den Nachbarn geschart, der sie allesamt um einen Kopf überragte. Um eine Kinnlänge würde ich eher sagen. Es war mir speiübel und der Taktmesser hämmerte wieder in meinen Kniescheiben. Was soviel bedeutete, daß die Entzündung, diese verfluchte Entzündung...

Die „Ärzte‟ aus der Kellerzelle waren auch nicht da, und ich mußte mich an den Erstbesten wenden. Er trug einen braunen Anzug und war gerade an meinem Bettende stehengeblieben. Er hörte mich nicht wegen des Lärms in der Zelle. Vielleicht wollte er mich gar nicht hören, denn er wandte den Blick ab. Ich streckte meinen Arm aus und ergriff eine Hand, ganz nahe.

„Sei so gut und hole Barsan von der ‚Medizinischen‘ aus Cluj."

Zunächst dachte ich, der andere hätte seine Hand so hastig zurückgezogen, nur um schleunigst Barsan, den ‚Rektor‘, herbeizuholen. Sogleich aber sauste irgendetwas, wie ein breiter Streifen, auf mich herab und erst als mir der Riemen ein zweites Mal über die Wange peitschte, hob ich schützend meine Hände.

„Bist du wahnsinnig, Cornel? Was ist denn in dich gefahren? Warum...?"

Es war die Stimme von Octavian Apolzan. An meinem Kopfende keuchte jemand, zappelte herum, brummte und stöhnte. Ich horte Getrampel, dann die Stimme des Nachbars.

„Was ist denn wieder los, he? Was ist da ge-sche-hen?"

„Das möcht' ich auch ger-ne wis-sen!" äffte ihm Apolzan nach. „Ich meine, ich möchte wissen was mit ihm, mit Cornel Pop los ist, daß er..."

„Auf deinen Platz, Cornel Pop!" brüllte der Nachbar, als hätte er einem Hund „Marsch!" zugerufen. Über meinem Kopfende erschien dann sein Gesicht. Besser gesagt, sein Kinn, das aus dieser Perspektive geradezu ungeheuerlich aussah.

„Hat er dich arg zugerichtet? " fragte er mich. „Vergib ihm, seine Nerven sind nicht ganz auf der Höhe. Vielleicht ist er aufgebracht, weil du ihm sein Bett weggenommen hast."

Ach ja, entsann ich mich. Er hatte doch gesagt, „Cori anstelle von Rosca", und Cori mußte wohl der Kosename von Cornel sein...

Bloß hatte ich ihm doch nicht das Bett weggenommen!

„Sie haben es mir doch zugewiesen", gab ich jetzt zurück und wollte mich aufrichten. „Ich kann sehr gut auch auf der Pritsche liegen, mit meinen Kollegen..."

„Nicht doch!" fiel mir der Nachbar ins Wort und drückte

mich aufs Kissen zurück. „Wir sind doch auch deine Kollegen — nicht wahr, Cornel? Du liegst schon richtig, wo du liegst. Ein richtiges Bett mit Matratze... und ganz besonders der Ausblick, wie in einer Orchesterloge... Stimmt's Cornel?"

Die Gestalt in braunem Anzug, die jetzt wieder an meinem Bettende stand, nickte zustimmend. Es schien mir sogar, er hätte Haltung angenommen. Dessen Hand soll ich ergriffen haben? Er soll mich also geschlagen haben? Wie und wann konnte das bloß geschehen sein, da er doch an derselben Stelle an meinem Bettende stand. Auch dann, als ich die Hand des Unbekannten ergriffen hatte und Apolzan sich einmischte... Sicherlich liegt es nur an meinen wunden Knien.

„Auch aus Fagaras?" fragte ich ihn nun und lächelte. Schließlich konnte ich einem nicht böse sein, der es mit den Nerven hatte. Da er mich offenbar nicht verstand, fügte ich noch hinzu: „Nun ja, es müssen nicht alle aus Fagaras sein, nur weil sie Pop heißen..." Und ich lächelte wieder.

„Ach so!" kam seine verspätete Antwort und seine Lippen kräuselten sich zu einem Riktus, der vermutlich ein Lächeln bedeuten sollte. „Du verwechselst mich... Ich heiße Gherman."

„Und ich bin Turcanu." Der Nachbar hatte sich auf das Bett neben dem meinen geräkelt. „Eugen Turcanu... Schon von mir gehört?"

Hatte ich nicht, um ehrlich zu sein, aber ich wollte ihn nicht beleidigen. Ich bemerkte nur, Turcanu sei ein geläufiger Name in Bessarabien.

„Quatsch, Bessarabien!" schnaubte er. „Moldauische Sozialistische Sowjetrepublik!" Dann fuhr er gleich fort, noch bevor mir klar wurde, ob er diese Zurechtweisung ironisch oder ernst gemeint hatte. „Bin aus Radauti... Kennst du die Gegend?"

Kannte ich nicht, um genauso ehrlich zu sein, aber ich wollte ihn auch diesmal nicht beleidigen und schüttelte nur bedauernd den Kopf.

„Schade", meinte er. „Mitglied der Eisernen Garde?"
Nein, diese Art gefiel mir ganz und gar nicht, jede Antwort mit einer Frage zu beenden.
„Tut mir leid", gab ich daher zurück. „Sind Sie einer?"
Dabei hatte ich mich so weit zu ihm hinübergeneigt, wie es meine schmerzenden Knie gerade noch erlaubten.
Meine Antwort gefiel ihm auch nicht und seine braunen Augen bekamen einen Stich ins Gelbliche. Nur einen Augenblick lang. Dann lächelte er breit und wies mit dem Kinn auf meine Beine.
„Was war's dann? Wohl den Partisanen gespielt?"
„Ach so?!" vergaß ich mich. „Weil ich weder Sie, noch ihr Kaff kenne, heißt das sofort, ich hätte den Partisanen gespielt, wie? Freilich, freilich... Die Sicherheitsheinis zerschießen doch nur die Beine der Eisernen Gardisten! So lauten wohl die Spielregeln in Ihrem Radauti, was? Jetzt hören Sie mal zu, Kollege: Ich bin erst seit kurzem in Haft und habe mir noch nicht jene Zellensitte angeeignet, mich meinen Mithäftlingen so darzustellen, wie sie mich gerne haben möchten und nicht so, wie ich wirklich bin... "
Er war zusammengezuckt und ich wußte nicht, warum. Er hatte sich ein wenig aufgerichtet und forderte mich mit dem gelblichen Schimmer seiner Augen buchstäblich auf, meine Aufregung zu rechtfertigen. Ich dachte, ich wäre etwas zu weit gegangen und schlug einen sanfteren Ton an.
„Es ist mir nämlich schon passiert... Manch einer, der mich so, mit zerschossenen Beinen sieht, wünscht sich, irgendwie zu erfahren, ich hätte fünfzig Russen umgelegt, sechs Eisenbahnzüge und wenigstens acht Brücken in die Luft gejagt... "
„Und... hast du nicht einmal ein Brücklein gesprengt?", bohrte er jetzt wieder. „Nicht mal einen einzigen Sowjetmenschen kaltgemacht?"
„Ich muß Sie enttäuschen — kein einziges Russenbein... Meine, hingegen — will sagen, meine Beine —, mit denen ist's nur eine langweilige Geschichte, unter genauso langweiligen Umständen in Sibiu... "

„In den Bergen von Sibiu?"
„Ich muß Sie wieder enttäuschen. Es geschah mitten in der Stadt. Meine Schwester..."
„Auch verhaftet? Frei?"
„Ach so... Interessiert Sie die Freiheit meiner Schwester? Na schön... Die Russen haben sie vollständig und endgültig befreit. Nicht nur in die Knie, wie mich... Was ist aber mit *Ihrer* Schwester?"
Der Anflug von Gelb in seinen Augen wurde zunächst bläulich, dann grau. Mein Bettnachbar hatte genauso plötzlich begriffen, daß auch auf seine Antworten immer wieder eine neue Frage kam. Diesmal gab er eine echte Antwort, durch und durch echt.
„*Meine?*" kam es da unerwartet heiser und mit einem tiefen Seufzer zurück. „Ich habe eine Tochter... Oltea heißt sie, wie ihre Mutter..."
Der Seufzer hatte ihm die Härte genommen. Jetzt schien er ganz klein zu sein, selbst sein Kinn war irgendwie zusammengeschrumpft. Er lag auf dem Rücken, seine Rechte unterm Nacken, während sein Blick auf der Zellendecke hängengeblieben war. Er atmete unregelmäßig, als wollte er einen Seufzer unterdrücken.
Mitleid überkam mich. Der Unglückliche hatte also Frau und Kind... Freilich, so gut zehn Jahre älter als ich schien er schon zu sein, wohl ein Nachzügler im Studium, durch den Krieg verhindert. Vielleicht hatte er sein Studium auch längst schon beendet, aber ohne Staatsexamen, sonst wäre er nicht hier, in Pitesti. Wir, die „normalen Studenten", hatten es irgendwie leichter, da wir uns nur nach unseren Eltern sehnten, obgleich wir auch von ihnen immer mehr abrückten. Vielleicht kam bei uns höchstens die Sehnsucht nach irgendeiner Geliebten hinzu, an die wir uns kaum gewöhnt hatten. Ich suchte bereits fieberhaft nach ermutigenden Worten, die sicherlich ebenso banal gewesen wären wie überhaupt Ermutigungen in der Gefängniszelle. Doch zwischen zwei Seufzern kam plötzlich eine Frage mit Stiefeln, Koppel und Schlagstock:

„Und der Bruder?"

Zum Glück stand bereits Barsan mit seiner ganzen Riege von „Ärzten" an meinem Bett, denn ich weiß wirklich nicht, was ich nicht alles darauf entgegnet hätte.

3

Ab sofort keine Bewegung, keinen Muckser.

„Ab sofort" hatte die Stimme gesagt, und dieses „Sofort" ist der Augenblick, in dem ich erneut um eine Zahnbreite zurück ausschere, näher an unser Mütterchen Erinnerung heran. Jetzt habe ich mich in die Kellerzelle vom gestrigen Morgen zurückversetzt.

„Ciobanu!" hatte der Gefängnisdirektor Dumitrescu zornig geschrien. „Was soll dieser Krüppel hier, bei mir? Er kommt in den ersten Transport nach Bukarest, verstanden? Sollen die ihn doch zum Eintopf machen!"

Da es nun so mit mir stand, hatte ich mich von den Jungs verabschiedet. Sie hatten mir den Befehl des Direktors gleich gedeutet: ich sollte sicherlich ins Gefängniskrankenhaus Vacaresti gebracht werden. Wir hatten uns allesamt umarmt und uns gegenseitig „baldige Entlassung" gewünscht... Nicht ich wurde indessen als erster aus der Zelle geholt, sondern die anderen. Mit all ihrem Gepäck, nachdem sie der Reihe nach aufgerufen wurden. Ich hatte ihre Schritte auf den Stufen gehört, wie sie nach oben befördert wurden. Eine halbe Stunde danach platzte der Politoffizier Marina in die Zelle hinein.

21

„Kennst wohl die Hausordnung nicht, du Verbrecher?!
Auf die Beine und strammgestanden!"

Ich erklärte ihm, ich sei krank, daß meine Knie... und überhaupt. Er war doch anwesend als Herr Direktor...Umsonst. Ich mußte herunter vom Bett und stehen, ganz allein, ohne Stützen.

„Deine politische Zugehörigkeit, du Verbrecher? Agrarier? Liberaler? Sozialdemokratischer Lakei? Oder... sicherlich, Eiserne Garde?" Das waren eigentlich keine Fragen mehr, sondern schlechtweg Anklagepunkte.

„Keine politische Zugehörigkeit", hatte ich geantwortet.

„Was heißt hier 'keine', du Verbrecher?" brüllte er nur und ohrfeigte mich. „Diese Popen sind doch allesamt Gardisten!"

„Mein Vater ist Lehrer und nicht Pope."

„Du lügst, du faschistische Bestie! Man nennt dich Pop und du behauptest noch, du hättest keinen Popen im Stammbaum?"

„Auch Sie nennt man Marina, und trotzdem haben Sie nichts mit der Marine zu schaffen."

Er wich einen Schritt zurück.

„Woher kennst du denn, mieser Ganove, meinen Namen?"

„Vom Herrn Direktor, er hat doch soeben Ihren..."

Ich hielt inne und sagte nicht „den Namen", denn ich konnte natürlich nicht vom Direktor erfahren haben, wie man den Politoffizier hier „nannte". Was nun den Namen betraf, so wußten meine Zellengefährten zwar, daß er keineswegs Marina war, nicht aber, ob er früher mal Mahren, Mayer oder — wie Grigoras es unbedingt wissen wollte — Itzikowitz geheißen hatte.

Der jetzige Marina schmierte mir noch eine herunter.

„Sag mal, du Vipernatter, glaubst du an Gott?"

„Selbstverständlich", erwiderte ich. „Bin doch als Christ getauft..."

Er sprang mir mit beiden Händen an die Kehle.

„Was willst du damit sagen, du Verbrecher? Etwa daß andere nicht getauft sind?"

Nein, das wollte ich ja gar nicht sagen, doch unter seinem Würgegriff konnte ich nur mit dem Kopf schütteln.

„Was denn sonst? Rassismus mit mir treiben, wie? Mich auf dem Schlachthof an der Zunge aufhängen, wie einst die Gardisten getan, was? Es ist jetzt an der Zeit, euch aufzuhängen, ihr Mörder! Ihr Gardisten!"

Er ließ meine Kehle los und ich beteuerte nochmals, ich sei kein Gardist.

„Kein Gardist willst du sein, was? Wieviele Sowjetsoldaten hast du umgebracht, du blutrünstige Bestie?"

„Keinen einzigen. Sie kennen doch die Unterlagen und wissen sehr gut..."

„Eben weil ich deinen Vorgang kenne! Du hast einer terroristischen Gardistenorganisation angehört, von den Anglo-Franko-Amerikanern finanziert und ausgerüstet! Du hast mit Weibern die sowjetischen Genossen in den Hinterhalt gelockt, um sie heimtückisch umzubringen! Du und deine Brüder! Ihr habt eure Schwester, diese Hure, abgerichtet, mit dem Arsch zu wackeln..."

Ich weiß nicht mehr, was dann noch folgte, denn ich war zusammengebrochen, und meinem Körper genügte genau die Handbreit, die meine Fußsohlen einnahmen. Zu einem Haufen zusammengesackt, ohnmächtig vor Schmerz und Demütigung, röchelte ich nur noch unten, auf dem Boden.

„Unterstehen Sie sich... Unterstehen Sie sich... Unterstehen Sie sich..."

Ich wollte ihm verbieten, ihn bitten, ihn beschwören, nicht so von Seliva zu reden. Marina war aber mächtig erschrocken. Er rannte zur Zellentür und hämmerte mit den Fäusten und Füßen.

„Wache!" brüllte er. „Wa-a-ache!"

Die Tür flog sofort auf, denn Ciobanu hatte die ganze Zeit dahinter gestanden.

„Er hat sich an mir vergriffen, der Faschist!" brüllte Marina jetzt, was das Zeug hielt. „Er wollte mich umbringen, dieser Gardist!"

„Keine Sorge, 'nosse Ob'leutnant, bin doch da... Hat Ih-

23

hen doch kein Härchen gekrümmt, denn wenn er's versucht hätte... "

Marina ließ indessen nicht locker.

„Er hat mich angegriffen! Tatsächlich angegriffen! Sofort nach ‚4-Krankenhaus' mit ihm!"

„Zu Befehl, 'nosse Ob'leutnant, aber 'nosse Direktor hat mir befohlen, ihn als Krüppel in die Minna zu verfrachten... "

„Ich befehle hier, verstanden? Er wird nach ‚4-Krankenhaus' verlegt! Die werden ihn schon kurieren! Dort und nur dort! So-fort ab-füh-ren!"

So wurde ich also so-fort auf „4-Krankenhaus" gebracht.

4

Ab sofort keinen Muckser.

Weiter, aber immerfort zurück, noch ein Ruck des Zahnrädchens. Der Abend des 31. Januar.

So sah also eine Zelle aus. Bislang hatte ich nur den Keller des Staatssicherheitsdienstes in Sibiu gekannt, das Lazarett und, am selben Tag noch, den Gefangenenwaggon.

Und nun die Zelle.

Bereits auf der Schwelle mußten wir haltmachen, weil die ersten aus unserer Kolonne schon alles verstopft hatten. Vorwärts ging es nicht mehr, von hinten drängten die anderen und wurden ihrerseits von den Wächtern nach vorne geschoben. Höflich bittend und schreiend zugleich, bisweilen sogar stoßend, hatte Fuhrmann einen schmalen Pfad durch die Menge geschaffen, über den meine Leidensgefährten mich bis zu einem Eisenbett ohne Matratze trugen und darauf legten. Tavi Apolzan und Grigoras, meine letzten „Träger", ließen sich erschöpft sofort auf den Fußboden sinken. Genauso erschöpft und ausgelaugt waren aber nicht nur die sechs Gefährten, die mich über drei Kilometer, vom Bahnhof bis zur Haftanstalt abwechselnd auf den Armen mitgeschleppt hatten. Damaschin, zum Beispiel wurde ohnmächtig und in der Zelle gab es kein Wasser.

Nachdem auch die letzten von uns mit Stößen zusammengepfercht waren und die Tür verschlossen wurde, hatte Fuhrmann eine Einstandsrede vom Stapel gelassen.

„Das hätten wir also auch... Die Truppe ist abgeschritten, die Klassenfeinde wurden klassifiziert. Die Neulinge haben in den Alteingesessenen ihre Zukunft erblickt, die Alteingesessenen in den Neulingen ihre Vergangenheit... Das heißt also, die breite Masse der Volksfeinde hat ihre belehrende Funktion erfüllt..."

Diesmal lachte aber keiner über Fuhrmanns Einfälle. Nach einer Verschnaufpause — das heißt, nachdem sie den Kübel in der Zellenecke aufgesucht hatten —, waren meine neuen Zellengefährten an die Arbeit gegangen. Sie stellten die Betten zusammen, frischten die Matratzen mit dem herumliegenden, bereits spreuartigen Stroh auf und losten die Plätze aus. Auch das „Inventar" wurde gerecht verteilt, angeblich Decken, in Wirklichkeit graufarbene, fadenscheinige und vor Schmutz strotzende Lumpen. Alles unter Fuhrmanns Aufsicht, den man stillschweigend als Zellenältesten akzeptiert hatte. In dieser Eigenschaft marschierte er dann auch zur Tür, um sich durch Klopfen bemerkbar zu machen, aber diese öffnete sich bereits bevor er überhaupt zum Klopfen kam. Auf der Schwelle stand Ciobanu.

„Was willst du noch zu dieser Stunde, du Verbrecher?"

„Eine andere Stunde haben wir nicht zu bieten, Herr Erster, die Hausordnung erlaubt's doch nicht — wie Herr Unteroffizier Georgescu so richtig sagte..." Dabei wies er auf einen griesgrämigen Wärter, der hinter Ciobanu auf dem

25

Korridor stand. „Ich bin der Zellenälteste und bitte Sie, gefälligst... "

„Was für ein ‚gefälligst‘, he?! Du meinst wohl, ich bin hier, um ‚gefällig‘ zu sein? Klar melden! Was willst du also?"

„Melde klar: Wir wollen erstens die Ration... "

„Hör jetzt mal gut zu, da du doch schon hier warst, bei uns... Hast du's noch immer nicht gelernt, daß man nur in eigener Sache spricht? Was soll denn dieses ‚wir‘?"

„Sehr wohl, dann will ich erstens die vorschriftsmäßige Ration... "

„Morgen. Heute seid ihr noch nicht in Verpflegung!"
Er wollte bereits die Tür zuknallen.

„Zweitens", wandte Fuhrmann hastig ein, „Wasser zum Waschen, Rasierzeug... "

„Bis morgen warten!"

„Drittens... " Jetzt hatte Fuhrmann seinen klobigen Schuh zwischen Tür und Pfosten geschoben. „Häftling Vasile Pop... " (er zeigte auf mich mit dem Finger) „Man müßte seine Ketten entfernen und ihn ins Lazarett bringen."

Ciobanu hatte die Tür wieder geöffnet, und auch Georgescu war neugierig einen Schritt näher herangetreten.

„Du mieser Bandit, du! Mich willst du belehren, was hier gemußt wird?"

„Dazu steckt er noch die Pfote in die Tür, daß sie nicht mehr zugeht!" mischte sich Georgescu ein.

„Entschuldigung, ist nur ein Tick von mir. Sie hätten ihn doch sicherlich auch, wenn Sie hier wären, in der Zelle, und ich draußen, auf dem Korridor... "

„Dann soll er doch hinüberkommen, auf dem Korridor, ’nosse Erster!" schlug Georgescu vor und tätschelte seinen knotigen Schlagstock.

„Raus! Raus auf den Korridor!" befahl Ciobanu.

„Warum soll er denn raus, Herr Erster?" mischte sich Grigoras ein. „Nur weil er angefordert hat, was uns zusteht?"

„Raus auch mit dir! Zeig’ dir schon... Zustehen und so weiter!"

„Wenn es so ist, komm’ auch ich raus!" sagte Apolzan.

„Ich auch! Ich auch! Ich auch!"
Das waren Barsan, Verhovinski, Stefanescu, Damaschin und andere, die jetzt alle an der Tür standen.
„He! Was ist das?!" schrie Ciobanu mit sich überschlagender Stimme. „Rebellion statt Haft, was? Gardistische Organisation, wie?"
„Moment, bitte, Moment!"
Fuhrmann klatschte in die Hände. „Gehen Sie, bitte, auf Ihre Plätze zurück. Herr Erster hat doch nur mich eingeladen."
„Du hast in unserem Namen verlangt!" schrie jetzt Grigoras. „Hätte man uns das gegeben was uns zusteht, dann hätten wir alle den Vorteil gehabt. Warum nicht gemeinsam auch die zustehende Prügel genießen?"
„Herr Grigoras hat recht, verehrter Herr Erster", sagte nun der wohlerzogene Stefanescu, von allen nur Stef genannt. „Wenn Sie meinen, es stünde uns eine Bestrafung zu, dann bestrafen Sie uns alle. Holen Sie mich auch heraus, bitte!"
„Mich auch!" hörte ich mich plötzlich schreien. Ungeheuerlich! Das war also die Zelle... Während ich draußen, taub und stumm, mit Julia auf den Straßen von Bukarest herumschlenderte, schmachteten diese Jungs, diese Menschen, diese Brüder... „Auch ich will raus!" schrie ich auf dem Bett sitzend und mit den Ketten rasselnd.
Georgescu hatte Ciobanu etwas zugeflüstert. Die Tür flog krachend ins Schloß, die Riegel knirschten.
„Jetzt stehen wir belämmert da", sagte Fuhrmann nur. „Aber um das uns Zustehende kommen wir doch nicht 'rum... Wie sollen wir nun raus? Nach unseren Plätzen oder in alphabetischer Reihenfolge? Du, Balan, müßtest unter B wie ‚Balan' raus — es sei du möchtest bis M wie ‚Marder' warten..."
„Gottverfluchter Saujude! Daß dich..."
Balan stürzte sich auf Fuhrmann, aber er kam nicht weit, denn Tavi Apolzan hatte ihn buchstäblich aufgefangen und fast bis in die Ecke der Zelle geschleudert. Balan war erstaunt und wütend zugleich.

„Warum tust du das? Ausgerechnet du, wo du doch Gardist bist... Mir...""

„Hier sind wir alle Häftlinge, werter Herr Balan...", dozierte Stef. „Es wäre übrigens wünschenswert, solche Ausdrücke zu unterlassen, ja?"

Die Tür ging wieder auf, diesmal aber sperrangelweit. Hinter Ciobanu standen jetzt vier oder fünf Wärter, allesamt mit Schlagstöcken. Natürlich auch Georgescu, der sich nichts entgehen lassen wollte.

„Du da!" rief Ciobanu und packte Fuhrmann unsanft an, stieß ihn dann auf den Korridor hinaus. Vor der geschlossenen Tür bildete sich sofort eine Schlange, Grigoras stritt mit Verhovinski um die Reihenfolge und behauptete, ihm stehe die „zweite Schicht" zu. Tavi Apolzan plädierte für die alphabetische Reihenfolge.

„Ihr seid doch völlig übergeschnappt!" kreischte Balan. „Recht geschieht euch!"

In jenem Augenblick ging die Tür wieder auf und Fuhrmann kam etwas hinkend herein. Er lächelte sogar. Etwas sauer zwar, aber es war ein Lächeln.

„He, du da, mit der großen Klappe!" herrschte Ciobanu den verschüchterten Balan an und winkte ihn mit dem Finger hinaus.

„Ich Herr...?" stammelte dieser. „Ich hab' doch nichts getan..."

„Dann kriegst du eben auf Vorschuß für das was du noch tun wirst!" mußte Georgescu seinen Senf dazugeben. „Ist doch möglich, daß du mal die Hausordnung mißachtest, nicht wahr?"

Von draußen, gar nicht so weit entfernt, hörte man Balan wie am Spieß schreien. Stef wartete brav seine Reihe ab und bemerkte nur: „Es tut mir sehr leid um den armen Herrn Balan... Wie aber zu sehen ist, straft der liebe Gott bisweilen auch mit dem Prügelstock."

Nach dieser Abendration, in deren Genuß außer Fuhrmann und Balan nur noch Grigoras, Verhovinski und Apolzan gekommen waren, hatten sich die Medizinstudenten mit meinen Knien beschäftigt. Sie waren acht an der Zahl, der „Dekan" Barsan vorab. Dieselben, die mir bereits während des Transports die Hosennähte auftrennen mußten, um an meine Beine heranzukommen.

Schließlich schlief ich ein und träumte wie immer von Seliva, in ihrem weißen Kleid mit Rosen auf den Armen. Wie stets hatte sie auch diesmal kein Antlitz, sondern nur einen schemenhaften Umriß, wie aus Draht geflochten. Sie stand kerzengerade in ihrer senkrechten Nische, plötzlich ohne Blumen, dafür aber hatte sie unversehens Julias Gesichtszüge angenommen. So reichte ich ihr die Hand und half ihr hinunter. Tanzend gelangten wir vom Wohnzimmer in den Eßraum und von dort, immer noch tanzend, auf die Terrasse. Die Tür hatten wir hinter uns zugemacht, standen draußen und küßten uns immerfort, bis ich spürte, ich könnte es nicht mehr aushalten. Julia hatte es begriffen und flüsterte nur: „Ein andermal... Nachher..." Auch ich war damit einverstanden, ein andermal, nachher, aber in jenem Augenblick mußte ich mich von ihr losreißen, sonst...

Ich erwachte in Schweiß gebadet und meine Blase drohte zu platzen. Sie schmerzte und es schmerzten mich auch die Ganglien unter den Achseln. Sollte ich ganz einfach, hier, im Bett...? Es war mir nämlich schon mal passiert, in Sibiu, aber damals war ich sehr krank. Jetzt entschloß ich mich, so gut es ging bis in die Ecke zum Kübel zu kriechen, aber es gelang mir bloß, mit der Kette zu rasseln. Einige wachten auf. Zum Glück auch Stef und Fuhrmann, die mich bis zum Kübel und zurück ins Bett brachten.

Als Stef auf sein Bett hinaufkletterte, rutschte er aus und glitt mit einem Bein zwischen die tiefer liegenden Betten.

Es muß wohl wegen des Schreis gewesen sein.

Ich hatte schon welche gehört, in Sibiu, und hatte auch schon selbst mal geschrien. Auch Jammern hatte ich gehört, im Lazarett und soeben auch das Geheul von Balan. Nie aber einen solchen Schrei, einen Todesschrei. Ein kurzer war es nur, denn er wurde sofort unterbunden, doch er hallte mir weiter in den Eingeweiden. Ich weiß nicht, woher er kam, aber er war markerschütternd, er ließ uns alle in der Zelle schaudern.

„Fuhrmann!" rief Stef von unten, zwischen den Betten, wo er hineingerutscht war. „Alfred, Wertester! Hörst du?"

„Ich hör' dich", kam die Antwort nach kurzem Schweigen.

„Nicht mich, meine ich! Da, draußen..."

„Hab' nichts gehört."

Fuhrmanns Stimme klang unsicher.

Jetzt waren alle aufgewacht, außer Balan, der weiter schnarchte. Schlaftrunken fragten sie sich, ob es Wirklichkeit oder Traum gewesen sei.

„Vielleicht hat da einer im Schlaf geschrien", meinte Verhovinski.

„Hoffen wir's", seufzte Fuhrmann. „Hoffen wir nur, der Alptraum bleibt für immer nur sein eigener, wer immer da im Schlaf geschrien hat."

„Vielleicht ist draußen etwas passiert, am Bahnhof, dort in Trivale..." Das war Grigoras.

„Aber selbstverständlich! Wie sollte es hier auch passieren, in unserer höchsteigenen Haftanstalt in Pitesti... Wie heißt es doch gleich? Lieber beim Nachbarn, bloß nicht bei mir!"

„Laß doch die Albernheiten!" regte Grigoras sich auf. „Es ist wirklich nicht der Augenblick."

„Geehrter Herr Grigoras", hub Stef gewichtig an, „unser Zellenfenster liegt zum Innenhof, da könnte man den Schrei doch nicht so deutlich hören... Angenommen, er käme aus Trivale."

„Warum nicht?" meinte Fuhrmann hartnäckig. „Besonders wenn... Schau, lieber Stef, das war doch so: irgendwo in Trivale hat ein bürgerlicher Ausbeuter versucht, seine versteckten Goldmünzen unter einer alten Eiche auszubuddeln. Nun hat er gebuddelt bis er schwarz wurde und mußte feststellen, daß ein anderer ihm zuvorgekommen war... Was denn? Kennst du nicht Harpagons Schrei, als er..."

„Fuhrmann! Gib dir doch einen Ruck und sei endlich mal ernst, ja?"

„Weißt du was, Tolea? Gib dir doch einen Ruck und verlang nicht immer wieder von mir, ernst zu sein. Wie sagte doch Grigoras? Es ist nicht der Augenblick dafür... Nun, falls dir meine erste Variante mit dem Geizhals nicht paßt, dann hier eine andere: ein Aufpasser, da draußen, wollte seinen Hosenbund aufknöpfen, verlor dabei sein Gleichgewicht und plumpste in sein Seitengewehr – das er natürlich aufgesteckt hatte... Das wär's! In meiner Eigenschaft als Zellenältester verlange ich, daß ihr diese durchaus wissenschaftliche Erklärung akzeptiert, ja?"

Natürlich wurde diese Erklärung nicht akzeptiert. In seinem Bett, neben dem meinen, war Gabriel Damaschin ebenfalls aufgewacht.

„Du verlangst, unbedingt ins Lazarett gebracht zu werden, hörst du?" flüsterte er mir zu. „Du bestehst darauf, und wenn sie's verweigern, trittst du in den Hungerstreik. Du mußt einfach weg von hier!"

„Ich fühle mich aber wohl bei euch. Warum sollte ich raus?"

„Weiß nicht. Wenn ich aber an deiner Stelle wäre..."

Damaschin war aber nicht an meiner Stelle, und auch ich nicht an seiner. Also blieb ich.

5

Von jetzt ab, keine Bewegung...

Die erste Bewegung da unten, in der Kellerzelle, erfolgte in der zweiten Woche, als man Mihai Saptefrati hereinbrachte, der auch zu unserem Haufen gehörte und dafür Nicu

31

Apolzan, Octavians Bruder, aus der Zelle abführte. Von jenem Augenblick an machte das Zahnradwerk einige winzige Bewegungen zurück und blieb stehen.

Stoßdämpfer prallten mit Getöse zusammen, Zugbremsen zischten, keiner rührte sich. Wir waren am Ziel der Reise, wie übrigens irgendwer auch unten, auf dem Bahnsteig, der ganz laut brüllte: „Eeeendstation! Alle raus aus dem Waggon!"

Ich blieb auf der Holzbank ausgestreckt und die Luft von draußen, die jetzt durch die offene Tür drang, war wunderbar frisch, wie Seliva. Es roch angenehm nach Schnee. Schade bloß, wie schade, daß ich jetzt von den Jungs getrennt werde, nachdem wir uns kaum angefreundet hatten. Wer weiß, in welche Haftanstalt sie mich nun bringen werden. Ich kannte bereits gut den Fahrplan der Häftlingwaggons.

Doch nein. Stiefel klapperten draußen auf dem Gang und ein schmächtiger Wächter mit gewölbter Brust und bis über die Nase heruntergezogener Mütze fauchte mich an:

„Was!? Hast du den Befehl nicht gehört, du mieser Ganove? Runter mit dir!"

Ich zeigte ihm meine Beine und die Krücken, aber er wurde nur noch wütender.

„Na und? Runter!"

„Knieschuß!" kreischte Fuhrmann von draußen. „Er kann sich doch nicht bewegen!" Darauf hörte ich nur noch einen dumpfen Schlag, ein Ächzen, dann den unverwechselbaren Tonfall, der uns die ganze Reise erheitert hatte.

„So soll ech nischt glicklich sein, Herr Ob'gefreiter, wenn Euer Schlagstock nicht unvorschriftsmäßige Knoten hat..."

Nach einem zweiten Schlag erlosch die Stimme.

Ich versuchte nun, dem Männchen mit gewölbter Brust und verdecktem Gesicht zu erklären, daß ich aus dem Gefängniskrankenhaus von Codlea kam, noch nicht geheilt war und daher auch nicht allein humpeln konnte.

„Na und?!" brüllte er nur. „Soll ich dich etwa huckepack nehmen? Dazu bist du noch in Ketten, du Verbrecher! Fest genietete obendrein!"

Er war so aufgebracht, als wäre es meine Schuld gewesen, in Ketten zu sein. Und noch genietete obendrein.

Dann lenkte er trotzdem ein.

„Zwei Banditen hierher, marsch-marsch!"

Apolzan der Ältere und auch Grigoras stiegen auf.

„Andre zwei an der Treppe, wird's schon?!"

Nachdem ich endlich heruntergehievt wurde, schien alles wieder durcheinander zu kommen.

„Wie zum Teufel schlepp' ich dich jetzt weiter?" hatte mich der schmächtige Wärter angeschrien.

„Mit einem Krankenwagen, versteht sich", hatte Stefanescu bemerkt.

„Scheiß' auf deinen Krankenwagen!" wetterte der Mann mit der gewölbten Brust, während ein anderer Wärter dem armen Stef den Gewehrkolben in den Rücken stieß

„Hab' eine Idee, Herr Erster!" meldete sich Fuhrmann und hob die Hand. „Sie nehmen ihn einfach huckepack, und ich befördere Ihnen die Maschinenpistole... "

Der „Erste" — denn er war es, Ciobanu, der mit der gewölbten Brust — versetzte ihm eine gewaltige Ohrfeige.

„Deine Großmutter kann ich huckepack nehmen!" brüll te er wie verrückt. „Und du willst mich also entwaffnen, wie? Mich?"

„Gott behüte!" wehrte sich Fuhrmann und rieb sich die angeschlagene Kinnlade. „Ich habe Ihnen nur meine uneigennützige Hilfe angeboten, als Arbeitsteilung sozusagen... "

„Deine Mutter kannst du arbeitsteilen, du Ganove! Zeig' dir schon ungen... uneigne... "

„Nur so weiter!" fing Fuhrmann zu lachen an. „Bald haben Sie's, das verdammte Wort... Un-nüt-zig, oder — wenn Sie so wollen — un-ei-ne-güt-zig... "

Jetzt grinsten auch die Wachsoldaten. Ciobanu schnauzte sie an, dann hieß er Fuhrmann gut fünfzigmal sich auf den Bauch werfen, dort, zwischen den verschneiten Schienen.

„Herr Erster", schlug Octavian Apolzan vor, „wir nehmen ihn schon mit, wie die Pfadfinder, wir bilden einen Tragsessel aus unseren Armen... "

„Was?!" schnaubte Ciobanu. „Also Gardistentreue, wie? Dich kenn' ich ja, du warst schon mal bei uns, ganz grün bist du, wie alle Gardisten! Und der andere?"

„Ich auch, Herr...", stöhnte Fuhrmann, „auch ich bin gardistisch grün..."

Er war indessen weiß und rot, nur Schnee und Blut.

„Du sollst die Schnauze halten, wenn du mit mir sprichst, kapiert? Du bist doch von der anderen Sorte... Wer zum Teufel hat schon einen ‚grünen' Zionisten gesehen?"

„Das ist eben so, Herr... Jetzt sehen Sie einen."

Merkwürdigerweise war Ciobanu plötzlich belustigt. Als ob es immer schon seine Idee gewesen wäre, befahl er Apolzan und Grigoras, aus ihren Armen einen „Sessel" zu formen, während Barsan vorne meine Beine ausgestreckt hielt.

„'reeei-hen!" hieß es dann. „Dreierreihen und dicht hintereinander! Daß sich keiner ausredet, es nicht gehört zu haben. Beim Marsch durch die Stadt, kein Blick nach rechts oder links, nur auf den Nacken des Vordermanns glotzen, klar? Und keinen Handwink zu den Zivilisten, sonst..."

Die Drohung blieb in der Luft hängen und wir marschierten los. Bereits im Gefangenenwaggon, nachdem es offenkundig war, daß wir auf dem Hauptbahnhof ausgeladen werden und nicht an der Warte, nur ein paar hundert Schritt von der Haftanstalt entfernt, hatte Fuhrmann uns gewarnt.

„Wir werden im Defiliermarsch durch die Stadt ziehen, als Protagonisten der visuellen Agitpropaganda. Was hätte die schon gekostet, den Zug in der Warte zu rangieren oder uns auf Lastwagen umzuladen? Aber nein — Agitprop muß unbedingt sein... Nicht einfach die Sträflinge in die Strafanstalt überführen , sondern die lieben Bürger in Furcht versetzen! Seht ihr sie? Seht sie euch ganz genau an, denn das ist eure Zukunft!..."

Er hatte recht. Die Einwohner von Pitesti hatten in uns ihre eigene Zukunft erkannt, obwohl sie solche Transporte bestimmt nicht zu ersten Mal sahen. Dabei waren wir ja nur dreiundzwanzig an der Zahl , und lediglich ich in Ketten, die nicht einmal rasselten, da ich getragen wurde.

Er war im Unrecht. Nicht alle, die uns sahen, zeigten sich eingeschüchtert. Hinter dem Spalier der Menge, die uns vom Straßenrand aus anblickte, bewegten sich ganze Gruppen von Frauen in dieselbe Richtung, die wir eingeschlagen hatten. Viele Frauen waren es, jeden Alters und aus allen Bevölkerungsschichten. Ihre Haltung, stets nach vorne blickend und nur dann und wann aus dem Augenwinkel hinüberschauend, damit die Wärter auch nichts bemerkten, verriet Erfahrung. Nicht nur hier, in Pitesti, müssen sie mit dabei gewesen sein, sondern auch in anderen Städten mit großen Haftanstalten. Bäuerinnen waren es, in ihrer Tracht aus Fagaras, Suceava, Gorj oder Nasaud, ja sogar aus Arges. Auch Frauen in Städterkleidung waren darunter, in ihren plumpen Mänteln, auf knappen Zuteilungskarten ergattert. Ältere Damen in ihren schwarzen Mänteln mit bereits schäbigem, stark abgetragenem Kragen waren dabei, junge Frauen, Schulter an Schulter mit anderen, mittleren Alters, ja sogar halbwüchsige Mädchen konnte man erkennen. Fast alle diese weiblichen Wesen trugen dicke Wollschals, das Merkmal einer langen, winterlichen Irrfahrt ins Ungewisse. Bisweilen, wenn die am Straßenrand angereihte Menge nicht so dicht war, konnte man auch das Gepäck erkennen, das sie mitschleppten: Koffer, Körbe, Tragetaschen, bäuerliche Säckchen, schwer beladen. Manch eine trug einen Herrenmantel oder irgendeine Jacke auf dem Arm, ein Paar Winterschuhe, um den Nacken geknotet, Wolldecken. Wer weiß seit wann sie von zu Hause weg waren, durch wieviele Städte und Bahnhöfe sie gepilgert, in wievielen Parks sie im Schnee auf ihren Zug oder Bus gewartet hatten. Und wer konnte schon wissen, wieviele Scharen von Häftlingen sie schon verzweifelt begleitet hatten, hinter dem Spalier der einfachen Zuschauer am Straßenrand, in der irrsinnigen Hoffnung, irgendein Gefängnisdirektor würde doch so einsichtig sein, ihre Habseligkeiten gegen Quittung anzunehmen und sie den Angehörigen zukommen zu lassen, die sie dringend benötigten. Solche gütige Direktoren fand man aber seit Jahren nicht mehr. Und die geplagten Frauen erkannten oft in der

Schar der ausgehungerten, zerlumpten und geketteten Männer, manchmal den Ehemann, den Sohn, den Bruder oder den Vater.

Ich weiß nicht, ob irgendeine dieser herumirrenden Frauen an jenem 31. Januar einen von uns erkannte, in diesem Haufen von dreiundzwanzig Mann. Wir aber zuckten, jeder für sich, mehr als einmal zusammen, in der Annahme, daß eine dieser Frauen die Schwester, die Geliebte, insbesondere aber die Mutter war.

Auch ich glaubte, sie zu erkennen, in ihrem einst schwarzen, jetzt abgewetzten und grünlich schimmernden Mantel mit Pelzbesatz und dem Muff, einst silbrig und weich. Den linken Arm hatte sie ein wenig vorgestreckt und hielt ihren Muff wie ein Gegengewicht zum schweren Beutel, den sie mit der Rechten kaum schleppen konnte. Ich hatte sogar „Mutter" gestöhnt, aber es war kein Ruf, ja nicht einmal ein Zeichen, daß ich sie erkannt hätte. Es war nur ein leises Wimmern, wenn man einsam ist und es einem schwer ums Herz ist. Jetzt blickte ich sie in aller Ruhe an und wußte, plötzlich innerlich beruhigt, daß es nicht meine Mutter war. Stefanescu und Fuhrmann hatten gerade die Träger abgelöst und ihre Köpfe schützten mich vor den Blicken der Wache. Wessen Mutter mochte es wohl gewesen sein? Stefs, zu meiner Linken, oder Fuhrmanns, zu meiner Rechten? Oder vielleicht Barsans, der gerade meine Beine mitsamt den Ketten trug? War es etwa Apolzans Mutter, vor kurzem aus der Haft entlassen, als Preis für das Geständnis von Nicu, Selivas Freund? Oder gar die Mutter Balans, dieses Balan, auch „Marder" genannt? Warum auch nicht? War er denn nicht auch aus einem Mutterleib geboren? Es war eben irgendeine Mutter, vielleicht keines einzigen von uns dreiundzwanzig. Eben deswegen war sie auch meine Mutter.

Dann erblickte ich Elisav, unter den vielen Frauen, auch er den Blick starr nach vorne gerichtet. Er war es, die Hände wie immer tief in den Taschen seines grünen Lodenmantels. Er war also hierher gekommen. Mit den Partisanen, um uns zu befreien. „Warum bist du denn gekommen, du Unglück-

36

seliger?", empfing ich ihn in meinen wirren Gedanken, denn er war es wahrhaftig. Der grüne Lodenmantel, die graue Pelzmütze und ganz besonders die Art, seine unnachahmliche Art, die Hände in die Taschen zu stecken, die Arme ganz steif gestreckt, als ob er Löcher in den Taschen hätte oder als ob es ungewöhnlich tiefe Taschen wären. Ich wußte nur zu gut, welche Bewandtnis es mit diesen tiefen, geraden Taschen hatte: dort steckte seine MP. Noch einmal also: „Warum bist du bloß gekommen, du Unglückseliger?"

Elisav, der aus der Zukunft in wenigen Augenblicken Gegenwart werden konnte, die Angst um ihn und die Hoffnung — für mich, für uns alle —, daß seine Partisanen uns befreien werden, verschmolzen und ergaben etwas ganz anderes. Nicht unbedingt Vertrauen zu ihm und seinen Mannen. Auch nicht die weinerliche und ansteckende Resignation jenes einstigen Würdenträgers, mit dem ich noch an jenem Morgen im Gefangenenwaggon von Bukarest nach Brasov zusammen war. Der Ärmste war nämlich unfähig, jeden noch so belanglosen Satz anders zu beenden als mit dem Sprüchlein: „Hier sterben wir! Die Schweine haben uns in Jalta verkauft und verraten... Hier sterben wir!"

Nein, was mich jetzt überkam, war so etwas wie ein innerlicher hellwacher Friede. So war es eigentlich auch richtig: ich hier und so, wie ich eben war. Er dort und so, wie er eben war.

Die Stunde hatte ja noch nicht geschlagen.

37

6

Von jetzt ab, keine Bewegung... Das Echo des Befehls bringt mich zurück zu jenem Punkt, wo ich haltgemacht hatte.

Der Befehl hatte Cornel Pop an meinem Bettende überrascht, wo einst (wann mag das wohl gewesen sein?) sich Cori Gherman in seinem braunen Anzug befand. Cornel trägt keinen Anzug, weder braun noch sonstwie, dafür aber so etwas wie eine Schirmmütze auf dem Kopf, weder ausgesprochen schlapp noch halbwegs steif. Dabei hat Cornel auch nicht die regelmäßigen, fast schönen Gesichtszüge Coris, sondern eher eine tragische Hanswurstvisage. Vielleicht auch deshalb, weil der Befehl ihn an meinem Bettende überrascht hat, vor Angst schlotternd.

Tatsächlich, Cornel Pop ist eine einzige Angsterscheinung. Sein komisches Mützchen zittert, seine Kinnlade zittert, die Arme zittern und die Knie klappern rhythmisch gegen mein Eisenbett.

Wie er so zittert und klappert, verschiebt sich sein Körper immerfort und schiebt mich mit, im gleichen klappernden Rhythmus.

Ich kenne ihn gut. Erstmals von meinem Vater, in jener Nacht vom 9. zum 10. Dezember. Dann von Sofron her, während der Gegenüberstellung in Sibiu... Merkwürdig bloß, daß Sofron auch so schlotterte, aber nur dann, wenn der Untersuchungsoffizier Dragan ihn in Ruhe ließ und sich mir zuwandte. So ungefähr hatte auch Nicu Apolzan im Gefangenenwaggon gezittert.

Wir befanden uns im selben „Abteil" auf der Fahrt von Brasov nach Bukarest, aber ich hatte ihn nicht zu Gesicht bekommen. Dafür aber gespürt. Ich sah ihn erst beim Rangieren, in Bukarest, nachdem die anderen, die „für das Durchgangsgefängnis Jilava" ausgestiegen waren. Nicu stand mit dem Rücken gegen die verriegelte Tür und schlotterte in Wellen.

„Aaaa!" mußte ich staunen, als ich meinen „Gruppenpartner" erkannte. „Du bist also hier, mit uns! Ich dachte schon, du wärst mit ihnen, raus aus der Patsche..."

„Rrraus..." schlotterte er dermaßen, daß die Vibration sich über Tür und Fußboden bis zur Holzpritsche übertrug, auf der ich lag. „Sooo... so sagten sie mir, daß ich raus wäre, we-we-wenn..."

„Wenn du das Evangelium des heiligen Kommandanten Craciun auswendig lernst und es auch brav aufsagst. Sag mal, wieviel haben sie dir verpaßt für die Gefälligkeit? Ein Jahr? Zwei?"

„Was heißt hier zwei? Zwölf! Die zahlen schon gut heim, kein Grund zu klagen..."

„Weißt du auch, wieviel man dir aufgebrummt hätte, wenn du standhaft geblieben wärst?"

„Lebenslang oder Hinrichtung... so sagte der Kommandant Craciun."

„Und was hast du vorgezogen, du Leuchte der Welt? Die Hinrichtung natürlich — aber nicht deine eigene, sondern der anderen. Sofrons, zum Beispiel. Weißt du auch, wie Dragan mich behandelt hat , weil ich nicht deine — sprich Craciuns — Wahrheit bestätigen wollte?"

„Und weißt du, wie er mich behandelt hat?"

„Ich weiß nur, wie er dich nicht behandelt hat. Zur Gegenüberstellung kamst du nämlich auf eigenen Beinen. Sofron, Dumitru Medrea, dein Bruder Julius, die wurden allesamt herangeschleppt, geschleift... Hast du es vielleicht vergessen?"

„Und was hat er schon davon, dieser Sofron, daß er standhaft geblieben ist? Wie ein Trottel ist er verreckt! Sollte auch ich etwa verrecken? Was weißt du schon... Mein Vater hockt seit '46 im Knast, mit der Gruppe von General Aldea. Meine Mutter sitzt seit '47 mit der Gruppe Maniu. Die älteren Geschwister, Octavian und Marcela, wurden mit den Gardisten '48 verhaftet. Julius und ich blieben auf der Straße, von zu Hause verjagt, nachdem sie uns alles beschlagnahmt hatten... Sogar die Mäntel!"

„Wieviel hat Julius bekommen?"

„Nur fünf – aber sie haben ihn so durchgewalkt, daß er nicht mehr sprechen und sich nicht mehr bewegen kann. Sie brachten ihn nicht einmal zur Verhandlung. Und siehst du? Damit schüchterte Dragan mich ein. Er brachte mich hin und zeigte ihn mir... Dann hieß es, wenn ich nicht die Wahrheit der Arbeiterklasse bestätige, übergibt er mich Csaky, der mich genauso zurichten wird, wie Julius, der aus mir einen Krüppel machen wird."

„Und du meinst wohl, mehr ‚Mensch' geblieben zu sein als dein Bruder, du Idiot!"

„Craciun meinte... daß, wenn ich... Daß er dann Mutter und Marcela auf freien Fuß setzt und Vater die Strafe herabsetzt..."

„Und du hast Craciun geglaubt! Mit diesem ‚Glauben' hast du bei der Untersuchung gelogen und bist dann auch noch am Fenster bei de Brüdern Medrea aufgetaucht, wie?"

„Doch nicht freiwillig! Die brachten mich hin und fesselten mich an den Stuhl... Du hast mich nicht gesehen... Nicht mal pinkeln ließen sie mich, und als ich die Hosen schließlich voll hatte, schlug mich Csaky mit einem Fleischklopfer über die Schienbeine..."

„Sie wußten also, daß wir, die Brüder Pop kommen würden?"

„Ihr seid ihnen ganz schön dumm auf den Leim gegangen, denn sie erwarteten ganz andere. Die Geflüchteten, den

40

Steza und den jüngeren Medrea, Nicu oder weiß ich wen, aus den Bergen... Ist Steza dort oben?"

„Weiß ich doch nicht! Ich war in Bukarest..."

„Wer gab euch denn die Anschrift der Medrea? Der jüngere etwa, Nicu?"

Ich warf eine meiner Krücken nach ihm und fluchte ganz fürchterlich. Ich hatte ihn zwar getroffen, aber er hatte schon Glück, daß ich mich nicht erheben konnte, um ihn auseinanderzunehmen. Zitternd kauerte er an der Tür.

„Va-va-sile!" kreischte er drohend. „Ich klopfe an die Tür! Ich rufe den Herrn Unteroffizier!"

„Mußt es nicht beteuern, glaub' dir auch so! Wenn du denen schon während der Untersuchung geholfen hast, warum solltest du es nicht auch weiterhin tun? Hör mal zu, du verfluchter Spitzel! Wie alt bist du eigentlich?"

„So alt wie ich eben bin... Was geht dich das an?"

Er versuchte, sich Mut zu machen.

„Das werd' ich dir ganz genau erklären... Wenn nötig, es dir auf den Rücken schreiben, mit der Krücke! Es geht mich an, weil du Selivas Freund warst. Mit siebzehn kann man ein Schwächling, ein Einfaltspinsel, ja sogar ein Trottel sein... Aber kein Schuft, hörst du? Das muß man nämlich erst wie das Einmaleins lernen! Deine ganze Sippschaft im Knast, alle deine Freunde im Knast, unsere Schwester — deine Freundin! — von den Russen vergewaltigt und vor deinen Augen von den Sicherheitsleuten erschossen. Otilia Tatu, von allen der Reihe nach vergewaltigt — auch sie tot! Dein Bruder Julius, gelähmt wie eine Kartoffel. Sofron, mausetot dank deiner Aussage..."

„Meine Aussage! Warum bist du denn nicht tot wegen meiner Aussage? Oder dein Bruder? Wo ist Elisav überhaupt?"

„Schon wieder Spitzelfragen, was? Woher soll ich's wissen? Du warst doch dabei, als... Vielleicht haben sie ihn geschnappt, oder umgelegt..."

„Neee! Tote werden nicht mehr verurteilt! Du warst bei der Urteilsverkündung nicht mehr da, aber sie haben ihm,

Elisav, ganze fünfundzwanzig aufgebrummt... In Abwesenheit! Und ‚in Abwesenheit' heißt doch, daß er noch lebt..."

„Auch in seinem Fall hast du gelogen! Du warst doch dabei und weißt sehr gut, daß er Hariton nicht erschossen hat. Womit sollte er's auch tun? Du hast doch selber gesehen, wie Csaky ihn..."

„Am Anfang hab' ich auch gesagt, daß Hariton nur ohnmächtig war. Sie aber behaupteten, Csaky hätte auf eine Leiche geschossen..."

„Elisav wurde also zu fünfundzwanzig Jahren verurteilt, und das auch noch durch deine ‚Aussage'!"

„Na und? Fünfundzwanzig, aber in Abwesenheit! Er ist frei und wischt sich den Hintern mit ihren Jahren! In den Bergen könnt' er jetzt sein oder eingemauert, sogar drüben, im Westen... Auch ich hätte abhauen können, damals, am Nikolaustag, am Spätabend... Aber ich blieb, weil Seliva..."

Er flennte jetzt wie ein Kind.

Wir hatten uns schon fast versöhnt, als plötzlich von draußen Schreie, Befehle, Flüche, Kettengerassel und Stöhnen ertönten. Er lief zum Fenster und fand ein einziges Guckloch zwischen Gitter, Drahtgeflecht und Holzlatten. Er sagte mir, da wäre eine Gruppe von Häftlingen in Ketten, die zwischen den Schienen und quer über den Schienenstrang immer wieder herauf und herunter auf dem Bauch mußten. Dann schnellte er zurück, als ob er eine Giftschlange gesehen hätte und fiel mit gefalteten Händen auf die Knie.

„Oh Gott, mach das ungeschehen! Mach, daß ich mich nur getäuscht habe!"

Dann rutschte er auf den Knien zu mir hinüber.

„Vasile!" stöhnte er. „Bei Selivas Seele, ich beschwöre dich! Sag's ihm nicht, denn er bringt mich um! Mein Bruder Octavian... auch er ist darunter. Wenn man sie herbringt und du ihm erzählst..."

Ich versprach ihm, nichts zu verraten, aber er mußte mir schwören, ab sofort nichts mehr mit ihnen, unseren Schergen, zu tun zu haben. Und Nicu Apolzan schwor es.

Eine Viertelstunde danach kamen die aus Jilava herein,

nachdem ihnen vor dem Fenster des Waggons die Ketten abgenommen wurden. Sie waren mager, blaß und in Lumpen gekleidet. Dabei stanken sie fürchterlich. Es war der unverwechselbare Mief von Jilava. Allesamt Studenten, und nicht nur aus Bukarest — erfrischend in ihrer Lebhaftigkeit. Zwar nicht so optimistisch, was das Anrücken der Amerikaner betraf wie etwa der arme Schulmeister aus Bessarabien, mit dem ich im Keller des Sicherheitsdienstes von Sibiu gesessen hatte, aber auch nicht so skeptisch wie jener ehemalige Würdenträger, mit dem ich im Gefangenentransport den Weg von Brasov nach Bukarest zurückgelegt hatte.

Das Wiedersehen der Geschwister Apolzan habe ich verpaßt, denn Octavian kam schnurstracks zu mir, um mich zu umarmen. Als er meine Ketten sah und auch noch von meiner Verletzung erfuhr, war er empört und rief alle herbei, um sich zu überzeugen. Einer der Studenten, mit äußerst lebhaftem Blick und einem unwahrscheinlich spitzen Kinn, trommelte mit den Fäusten an die Tür. Ein Wärter öffnete wütend und drohte ihm, er würde mit seinem Kopf an die Tür trommeln, wenn es nochmal vorkommen sollte. Der mit dem spitzen Kinn ließ sich aber nicht einschüchtern.

„Ehe Sie das tun, Herr, nehmen Sie doch diesem unseren Banditen die Ketten ab, die Ihr Proletariat wohl abgeschüttelt hat... "

Immer noch brüllend kam der Wärter an meine Pritsche und stellte mit einem Gemisch von Empörung und Abscheu fest, daß ich nicht einer der „Seinen" war, da ich nicht aus Jilava kam. Damit war es also nicht seine Sache, und er verließ genauso wütend den Raum. Nicht so wütend allerdings, wie später Ciobanu in Pitesti. Mein Lebtag hatte ich keinen so dunkelhäutigen Zigeuner gesehen, wie diesen Iamandi von Jilava, dem ich hier zum ersten Mal begegnete. Und was die Ketten betraf...

An jenem 31. Januar wurde ich frühmorgens auf einer Tragbahre aus dem „Salon" von Codlea in den Lagerraum gebracht. Dort zog man mir das gefängniseigene Nachthemd aus, und ich mußte als erstes einen Wisch unterschreiben, womit ich ordnungsgemäß den Empfang der „persönlichen Familiensachen" bestätigte. Ich konnte noch schnell die Unterschrift meines Vaters als Absender erhaschen, mit dem Vermerk „Codlea, den 30. Dezember 1949". Die Schweinehunde händigten sie mir also mit einem Monat Verspätung aus, obwohl ich ohnehin mit diesen Sachen nichts hätte anfangen können. Jetzt halfen sie mir in die Klamotten, und ich mußte einen zweiten Wisch unterschreiben („Ein Paar Krücken ohne Gummisatz"), bevor ich zur Pforte getragen wurde. Ein älterer Wärter warf einen Blick in die Unterlagen, die ihm der Sanitäter überreicht hatte und fragte mich, ob ich tatsächlich nicht gehen konnte.

„Aber die Krücken?" kreischte da ein junger Offizier, ein sehr junger sogar. Er war auffallend schön für einen Mann und äußerst gepflegt, fast elegant. Selbst seine Armbinde mit der Aufschrift „OvD" schien frisch gewaschen und gebügelt zu sein.

„Warum hat dir unser Staat Krücken gegeben, du Verbrecher? Damit du mit ihnen gehst! Mit den Krücken, verstehst du? Gehen wirst du mit ihnen!"

Ich erwiderte, ich hätte sie gerade erst erhalten und mich noch nicht an sie gewöhnt. Er schrie mich an, er würde mich schon an die Krücken gewöhnen, jetzt gleich, über den Buckel.

„In Ketten!" schrie er dann den Wärtern zu. „In Ketten! In Ketten!"

Der Ältere, ein Feldwebel, entgegnete entschlossen, daß man für den Transport keine „Strafketten" anlege, sondern leichtere, eigens für solche Überführungen bestimmt. Es war aber umsonst. So wurden also schwere „Strafketten" herbeigeschafft.

„Was? Mit Schräubchen?" fauchte der junge Offizier. „Damit der Verbrecher sie womöglich noch aufschraubt? Schlagt Nieten ein! Nieten!"

Als ich auf dem Betonboden lag und die Nieten eingeschlagen waren, schien der Lackaffe immer noch unzufrieden zu sein.

„Zu weit, die Ringe, der Verbrecher zieht noch die Hachsen raus! Flach klopfen, die Ringe, ganz flach! Auf die Knochen, verstanden? Auf die Knochen!"

Da es der „Schmied" nicht besonders überzeugend zu tun schien, nahm er selbst den Hammer und schlug auf die Ringe, bis ich aufschrie.

„Handschellen legen Sie mir nicht an?" fragte ich noch, in Schweiß gebadet und vor Schmerz betäubt, nachdem sie mich wieder auf die Tragbahre gelegt hatten. „Vielleicht noch ein Paar Ketten, so, über die Knie, flach geklopft auf die Knochen, auf die Knochen..."

Unwillkürlich hatte ich ihm nachgeäfft.

„Schnauze, du verfluchter Verbrecher! Ich erschieße dich, hörst du? Ich erschieße dich!"

„Mich erschießen?" schrie ich. „Mich, du Lackaffe?!"

Der Feldwebel konnte sich das Lachen kaum mehr verbeißen und machte sich schleunigst davon. Der blutjunge Leutnant mußte sekundenlang Atem holen, bevor er die Wärter anbrüllte und ihnen drohte, sie beim Politoffizier wegen „Begünstigung" anzuzeigen. Dann hagelten seine Fußtritte auf mich herab. Zum Glück hatte er mich nur zweimal an der Hüfte getroffen. Ein dritter Fußtritt landete gegen die harte Stange meiner Tragbahre, daß er vor Schmerz auf einem Bein zu hüpfen begann. Auf ein Zeichen des Feldwebels hatten mich die Sanitäter inzwischen in den Krankenwagen geschoben.

„Und halt lieber deine verdammte Klappe!" empfahl mir der Feldwebel, während er die Tür zuschob. „Sonst kommst du in Teufels Küche."

Es schien mir sogar, als hätte er mir zugezwinkert.

7

Keine Bewegung.
Cornel Pop zittert und zittert, rüttelt mein Bett und
schiebt mich noch weiter zurück, hier, in Codlea, wo ich seit
über einem Monat auf der Krankenstation liege. In jenem
Saal befanden sich nur die Verletzten, ganze achtzehn über-
einandergestapelte Betten, allesamt belegt. Die Kranken hatten ihre eigenen Räume, irgendwo nebenan. Hier waren wir
unter uns, wir, die „Terroristen", davon lediglich zwei echte
Partisanen aus den Bergen, die dann auch hier starben. Die
übrigen waren Bauern, erst vor kurzem wegen Verweigerung
der Ernteabgabe und Widerstand gegen die Kolchose in der
Schußlinie geraten. Sie wollten ihren Weizen, ihre Kartof-
feln und ihr Vieh verteidigen, die einen nur mit Geschrei,
die anderen mit Heugabeln, Sensen und Hacken, wie wei-
land unter der Tatarenherrschaft. Hartnäckig in ihrer indivi-
duellen Vorstellung hatten sie die neue Ordnung verweigert,
den „leuchtenden Weg der Felder für alle" abgelehnt und sogar überall verkündet, weshalb sie dem Kolchos nicht beitreten. Der neuen Logik zufolge hatten sie sich also konterre-
volutionärer Umtriebe schuldig gemacht und mußten demnach gründlich „überzeugt" werden — mit Kugeln.
Und Cornel Pop zittert ununterbrochen. So ungefähr zitterte auch ich Mitte Januar, als man mich in den Saal zu-

rückbrachte. Zwei Stunden zuvor hatten sie mich auf der Tragbahre in einen Büroraum geschafft, wo ich ein Papier unterschreiben mußte. „Zur Kenntnisnahme." Ich hatte kaum Zeit, die Überschrift URTEIL und „...5 (in Buchstaben: *fünf*) Jahre" zu entziffern, denn sie hatten es sehr eilig. „Meinst du etwa, du wärst hier der einzige Kunde?" Das war auch schon alles.

Die Justizbeamten entfernten sich und herein kam ein Zivilist. Er begann pausenlos um meine Tragbahre zu kreisen und mir dabei etwas von Makarenko und der Umerziehung von Delinquenten vorzufaseln. Ich scherte mich den Teufel um diesen Makarenko, da meine Knie wahnsinnig schmerzten, doch plötzlich ließ mich das Wort *Straftäter* aufhorchen.

„Makarenkos These gilt doch auch für politische Straftäter, nicht wahr?"

Dieser langweilige Zivilist wollte mich also nachträglich noch verhören.

„Das heißt", stammelte ich verwirrt, „sie gilt... auch für mich?" Ich war ganz durcheinander. „Ich bin doch weder Straftäter noch ‚Politischer', sondern unschul..."

„Stimmt haargenau!" fuhr mir der Langweilige zufrieden ins Wort. „Das ist ja für jeden Straftäter kennzeichnend: die Weigerung, seine gerechte Strafe zu akzeptieren... Und sehen Sie? Wer sich unschuldig wähnt (zeigen Sie mir doch den Kriminellen, der zugibt, daß seine Tat ein Verbrechen war!), der träumt bereits von Rache!"

Was zum Teufel wollte der Langweiler eigentlich? Etwa daß ich, wie sonst keiner, einfach Ja und Amen sage? Ja, ich bin schuldig?! Oder auch: Nein, ich will mich nicht rächen?!

„...eine Rache, die nicht unbedingt auf eine bestimmte Person abzielt — Untersuchungsoffizier etwa, Richter, Zeuge der Anklage und so fort, — sondern eher auf etwas: die Gesellschaft, zum Beispiel, die Gesetzgebung... Und sehen Sie? Eben diese Rachsucht macht den Straftäter verschlossen, jeder selbstkritischen Betrachtung unzugänglich... Er lehnt den Dialog mit denen ab, die nicht seinesgleichen sind, mit denen, die sich sozusagen jenseits der verriegelten Tür befinden... "

Worauf wollte er denn hinaus? Auf einen „Dialog"?

„ ...von der Feststellung ausgehend, daß der Straftäter systematisch den Dialog mit dem Wachpersonal, den Erziehern und so weiter ablehnt, stellte sich Makarenko die Frage, wie der Straftäter wohl die Ratschläge eines Gleichgesinnten aufnehmen würde. Eines anderen Straftäters also... Warum sollte er denn von seinen Mithäftlingen nur üble Dinge lernen, die aus einem kleinen Gauner einen gefährlichen Verbrecher machen können? Letzten Endes ist der bourgeoise Strafvollzug nichts anderes als eine Schule des Verbrechens, nicht wahr? Warum sollte er also von seinem Zellengefährten nichts Positives und Konstruktives erfahren, das ihn zu einer endgültigen Befreiung führen soll? Zur Freiheit in Würde?"

Ich wußte nicht, was ich antworten sollte und ich antwortete auch nichts. Ich hatte aber das ungute Gefühl, daß dieser Langweiler, trotz seines reichen Wortschatzes (die Sicherheitsleute kennen nämlich keine hundert Begriffe, davon die Hälfte Flüche) viel gefährlicher war als Dragan, Csaky und Craciun zusammengenommen.

„Unsere Partei ist der Auffassung, daß es überhaupt keine durch und durch schlechte Menschen gibt. Die Straftäter, sogar die politischen, sind also keineswegs abzuschreiben. Übrigens hat die sowjetische Pädagogik — die fortgeschrittenste der Welt! — eindeutig bewiesen, daß die Umerziehung der Straftäter nicht nur durchaus möglich, sondern auch zutiefst moralisch ist... Wieviele ,Tote Seelen' sind da nicht in der großen Sowjetunion auferstanden! Der Vorgang fängt ganz einfach damit an, was wir Aufklärungsarbeit von Mensch zu Mensch nennen. Ein Häftling erklärt dem anderen, seinem Leidensgefährten, was eigentlich alle Häftlinge nur zu gut wissen: daß die Freiheit das Wertvollste für den Menschen ist. Danach zeigt er ihm den Weg zur wahren Freiheit (nicht zu einer vorübergehenden, wohlgemerkt!), wobei die selbstkritische Analyse der eigenen Vergangenheit den ersten Schritt darstellt. Der nächste dann: die Absage an diese niederträchtige Vergangenheit. Der dritte Schritt: der umerzogene Straftäter hilft den anderen in ihrer Umer..."

„Entschuldigung", unterbrach ich ihn. „Etwas ist mir da unklar: wer hat eigentlich diesen ‚umerziehenden' Straftäter umerzogen? Ich habe so den Eindruck, mich mit der leider noch unbeantworteten Grundfrage herumzuschlagen: Was war zuerst – das Ei oder die Henne?"

„Wer ihn umerzogen hat?..." Der Langweiler zeigte sich beleidigt. „Natürlich auch ein umerzogener Straftäter!"

„Wer aber ist der Umerzieher des Umerziehers?" bohrte ich weiter. Der Langweiler mußte heftig husten, dann schlug er einen anderen Ton an.

„Ich hab' dich nicht herbringen lassen, um auf deine dämlichen Fragen zu antworten!"

„Ach so ", tat ich erstaunt, „wußte gar nicht, daß Sie mich herbringen ließen. Da ich's nun aber weiß: Warum haben Sie mich eigentlich herbringen lassen?"

„Damit ich dich zum Teufel schicken kann, du Verbrecher! Raus mit ihm!"

Zwei Sanitäter beförderten mich so überstürzt hinaus, daß einer von ihnen stolperte und ich von der Tragbahre über seinen Rücken fast heruntergerutscht wäre. Aber nicht wegen dieses Vorfalls (wenn es schon kein Unfall war) bekam ich das Zittern, als ich mich wieder im Verwundetensaal befand.

8

Keine Bewegung — keine, Sofrons Zittern ausgenommen. Das Zittern von Sofron, in Sibiu, sooft der Oberleutnant Dragan ihn in Ruhe ließ und sich mir zuwandte. Meist bohrte er mit dem spitzen Tintenstift in meinen Wunden herum. Sofron zitterte bloß, und das war auch alles. Er schrie nicht einmal... Wenigstens habe ich ihn nie schreien gehört. Sofron schwieg und zitterte nur, deswegen haben sie ihn auch umgebracht. Er zitterte, aber er hat nichts zugegeben.

„Die Wahr-heit!" grunzte jedesmal Dragan, wenn ich dieses Wort aussprach. „Wir brauchen nicht eure Wahrheit, die faschistische, die bourgeoise, die ausbeuterische! Du sollst unsere Wahrheit zugeben, du Verbrecher, die Klassenwahrheit, die Wahrheit der Arbeiterklasse!"

Diese Wahrheit der „Ab'terklasse" sah aus Dragans Sicht ungefähr so aus: Wir, die Brüder Pop, hatten zusammen mit den Brüdern Medrea und den Brüdern Apolzan eine „feindliche und faschistische Organisation" gegründet. „Drei Brüderpaar", schnaubte Dragan, „eine richtige gardistische Brüderschaft!" Eine Organisation also, die über Emil Steza aus Comana und Silviu Sofron aus Fantana den terroristischen Banden aus den Bergen angegliedert wurde, alles wieder in unmittelbarer Verflechtung mit den Amerikanern, Engländern, Franzosen, mit Tito und dem Vatikan.

Was wir bezweckten? Sonnenklar! Die ausgezeichneten rumänisch-sowjetischen Beziehungen zu untergraben, oder, wie es Dragan so gelehrt formulierte: „Seit zweitausend (was sag' ich da? Seit gut dreitausend!) Jahren sind das rumänische und das sowjetische Volk verbrüdert!" Und unsere Methode? Ebenfalls sonnenklar! Wir veranstalteten sogenannte „Tanzabende" mit „leichtlebigen Weibern", zu denen wir die sowjetischen Genossen anlockten, um dann „hundsgemein" zu behaupten, sie hätten irgendwen vergewaltigt, oder, wie Dragan es taktvoll umschrieb: „die Genossen hätten sich zu Dingen hinreißen lassen, zu denen sie sich gar nicht hinreißen lassen können". Da wir nun festgestellt hätten, daß auch diese Masche nicht verfing (um auch hier mit Dragan zu sprechen — „...da der Sowjetmensch sich nach hohen moralischen Prinzipien richtet"), wären wir noch tiefer in den Morast gesunken. Wir benutzten „minderjährige Personen" als Köder — als da waren Freundinnen und sogar Geschwister —, und wurden kriminell. So hätten wir hinterlistig den (allerdings namenlosen) „Genossen Sowjetoberst" und den „Genossen Hauptmann" Hariton ermordet.

Unzählige Male beteuerten wir, daß wir keinerlei Organisation gegründet hätten, daß keiner in unserer Familie jemals politisch tätig gewesen wäre oder heute tätig sei, daß während der Ereignisse vom 6. Dezember wir beide, die Brüder Pop, uns in Bukarest befunden und erst am Abend des 9. Dezember von den Eltern ein Telegramm erhalten hätten, *Kommt sofort — ernste Familienangelegenheit,* das übrigens bei mir gefunden wurde, als man mich verhaftete. Umsonst. Craciun, der Leiter des Staatssicherheitsamtes brauchte partout „eine Gruppe mitsamt Waffenlager, Gardisten, Verbindungen zu den Amerikanern und, natürlich, Verbrechen". Nicu Apolzan hatte sich hilfsbereit gezeigt, aber sein Bruder Julius war bereits „unverwertbar". Dumitru Medrea ließ sich nicht überzeugen und Sofron noch weniger, da er bereits diese Welt verlassen hatte. So war eigentlich nur noch ich übriggeblieben. Trotz meiner zerschossenen Knie — vielleicht eben deswegen, würde ich sagen —, wollte ich diese Wahrheit der „Ab'terklasse" nicht akzeptieren. Sie hatten mich verprügelt und Nicu Apolzan „gegenübergestellt". Ich aber dachte nur an Seliva, an unsere Mutter, an Elisav.

Am 21. Dezember begann Craciun einen anderen Ton anzuschlagen.

„In dieser Nacht gehen wir ins Hurenhaus!" sagte er finster. „Da du ja zu nichts fähig bist, du Bandit, wirst du zuschauen, was andre tun können... Von nebenan, aus dem Knast der Ganoven, der Unpolitischen, hol' ich mir so zehn, fünfzehn gestandene Kriminelle, die schon eine Ewigkeit kein Weib mehr gesehen haben. Und dann, los auf deine Mutter, du schäbiger Bandit! Ich werd' sie ihnen überlassen, damit sie's treiben, wie sie's schon lange nicht mehr getrieben haben! Wenn du's dir aber anders überlegst und in der Untersuchung aufrichtig sein willst... nun ja, bis heute Abend hast du ja noch Zeit. Runter mit ihm!"

Ich kam wieder in den Keller, wo ich alles mit dem Schulmeister aus Bessarabien besprach. Übrigens hatten sie ihn verhaftet, weil er in den Schulpausen den Himmel betrachtete, immer auf die Uhr schaute und sich dann erstaunt zeigte, daß die Amerikaner noch nicht da wären. Jetzt beruhigte er mich und meinte, die wollten mich doch nur einschüchtern. Wie könnten sie so etwas mit einer Mutter tun?

In jener Nacht wurde ich aber aus dem Keller geholt und in den „Baderaum" gebracht. Zufällig hatten wir die längste Nacht des Jahres, in der zufällig vor siebzig Wintern Stalin auf die Welt gekommen war. Und was den Baderaum betraf, ich erkannte sofort das fensterlose Zimmer mit zwei Holzbänken, einigen Hockern und bräunlich getünchten Wänden. Ich war schon mal da gewesen, im „Baderaum". Zur Prügelstunde, versteht sich.

Es empfing mich Leutnant Csaky, meine alte Bekanntschaft, mit einer schußbereiten „Balalaika" um den Nacken. Ich hatte ihn noch nie anders gesehen, und ich glaube sogar, er behält das Schießgerät um den Nacken auch im Bett, wenn er mit seiner Frau schläft. Angenommen, es gibt sie, dieses bedauernswerte Geschöpf. Auch Dragan war gekommen und knöpfte sich, wie stets, die Uniformjacke auf. Er hatte nämlich zu tun — und was für eine Arbeit heute auf ihn wartete!

„Fertig, du Verbrecher? Dein Stündlein hat geschlagen. Sprich noch schnell dein Vaterunser, denn Genosse Csaky hat noch andere Kunden..."

Er zwinkerte dem Ungarn zu und trat einen Schritt näher an mich heran.

„Sagtest doch, du seist tapfer, wie? Ein Teufelskerl, was? Magst zwar fanatischer Gardist sein, aber die Arbeiterklasse wird dich schon weich kriegen! Wir beginnen mit Muttern, sie ist im Baderaum nebenan. Wenn du jetzt und auf der Stelle nicht alle deine Verbrechen zugibst, überlasse ich sie sofort den..."

Er nahm seine Armbanduhr ab.

„Genau eine Minute hast du, nach der Uhr!"

Selbstverständlich hatte er die Uhr nicht abgenommen, um die Minute zu stoppen, sondern um das kostbare Ding ja nicht bei der „Arbeit" kaputtzumachen. Bloß hatte ich die ganze Prozedur bereits durchgemacht und kannte mich aus.

„Du willst also nicht, was? Na laß nur, du wirst schon wollen!"

Verschwitzt öffnete er jetzt die Tür zum Korridor und brüllte: „Nehmt sie in die Mangel, sein Mütterchen, liebste Genossen!"

Von sehr nahe hörte man Frauengeschrei und auch dumpfe Schläge und Flüche. Bloß... ja, bloß war das Geschrei noch vor dem ersten Schlag losgegangen. Zweitens konnte es unmöglich Mutter sein, denn sie wäre verstummt. Nicht mal im Schmerz hätte sie auch nur einen Laut von sich gegeben.

Ich winkte Dragan mit einem Kopfzeichen heran, an die Holzbank, an die man mich gebunden hatte. Er kam auch mit breitem Grinsen.

„Na, siehste? Konntest nicht von Anfang an gestehen? Na — sag schon!"

„Sag' ja schon", antwortete ich. „Empfehlen Sie doch

den lieben Genossen da drüben, sie sollen das Weib mal richtig versohlen..."

Richtig versohlt wurde aber ich, von Dragan, gleich anschließend. Er stürzte dann hinaus und brüllte einen Befehl, worauf das Geschrei sofort verstummte. Dann hörte man ganz deutlich jemanden auflachen und kichern, zweifellos das unbekannte Weib von nebenan. Kurz danach vernahm ich Schritte aufwärts, dann abwärts auf dem Korridor. Endlich kam auch Dragan wieder und ließ die Tür offen, durch die jetzt Mutter, Vater und Großvater Pamfil den Raum betraten.

„Schluß mit dem Affentheater! Du wirst gleich sehen, was... Warum gibst du nicht zu, he? Sei doch aufrichtig in der Untersuchung!..."

„Nix sein!" muß ich wohl Dragan geantwortet haben, wie einst, in meiner holden Kindheit, als ich so erwiderte, wenn man mir verlangte, brav zu sein.

„Nix sein!" Weder brav noch aufrichtig in der Untersuchung. „Nix sein", insbesondere mit der Gegenwart von damals, denn unser Mütterchen Erinnerung, die weiß nur zu gut, wann man zu sein hat und wann nicht. Es hilft mir, das Mütterchen Erinnerung, und läßt nicht zu, daß meine Mutter, Ana Pop geborene Cojoc, so wird, wie es sich nicht ziemt.

„Nix sein!" also. Dort irgendwo, drinnen, hat sich alles gelagert, was im „Baderaum" *Sein* geworden ist, in jener längsten Nacht des Stalinjahres. Unser Mütterchen hat sich aber in *Nicht-Sein* gehüllt, weil es sich nicht ziemt.

Nein, folglich. Ich kann das Zahnrad um einen, um zwei Zahnbreit zurückversetzen, nach dorthin und dahin. Ich kann aber auch ein Zähnchen überspringen, das einfach nicht sein darf. So überspringe ich also, bis ich letztlich Elisavs Stimme höre, wo immer er auch sein mag.

„Laß nur, Vasile, laß nur... Die sind auch mit anderen Maschen gekommen, aber sie werden für alles bezahlen... Ja-ja, ja-ja..."

9

Keine Bewegung...
Ja, ja. Ja, ja. Ja, ja.
„Ja-ja, ja-ja!" hatte ich ihn angeschrien. „Aber du tust doch nur, was du willst!"
Wir waren unterwegs nach Sercaia, wo wir Doktor Wagner für unseren Großvater abholen mußten.
„Du hättest bei ihnen zu Hause bleiben müssen, du siehst doch, in welcher Verfassung sie sind! Für die Berge haben wir noch Zeit genug, da es ohnehin keine andere Möglichkeit gibt. Jetzt aber holen wir Wagner ab und kehren heim. Alle drei, du auch!"
„Ja-ja. Ja-ja", hatte er nur geantwortet, falls das eine Antwort war.
Nicht nur, daß er nicht mehr heimgekehrt ist, sondern er hat auch mich mitgeschleppt, nachdem wir den Arzt überredet hatten, allein nach Albota zu gehen, da wir noch einiges erledigen müßten.
„Sei jetzt so freundlich", ließ ich nicht locker, „und sag mir wenigstens, wohin die Reise geht. Vielleicht auch warum wir überhaupt dorthin sollen, ja? Ich möchte nur darauf hinweisen, daß die Berge zufällig genau in der entgegengesetzten Richtung liegen."
„Ja-ja. Ja-ja... "

Tatsächlich hatten wir die Familie in einer fürchterlichen Verfassung zurückgelassen. Mutter schwieg unentwegt und starrte die Kerzen auf dem Tisch an, während Vater nutzlos herumzappelte. Großvater Pamfil hatte hohes Fieber und sprach ungereimtes Zeug. Und wir, Elisav und ich, hatten uns ganz einfach aus dem Staub gemacht und ich wußte nicht einmal, wohin wir wollten, denn er sagte kein Sterbenswörtchen. Und allein lassen konnte ich ihn unmöglich. Er war achtzehn Minuten jünger als ich und ich mußte ja wie ein älterer Bruder für ihn sorgen.

Um Mitternacht herum waren wir in Comana-de-Jos angelangt, nachdem wir wie durch ein Wunder den Sicherheitsleuten entgangen waren, die ebenfalls Steza suchten — überall, sogar in den Brunnen der ganzen Gegend. Wir schlichen weiter, durch Cuciulata und kamen im Morgengrauen, hundemüde und halb verhungert, bei unserem ehemaligen Klassenkameraden Sofron an, der immer noch Lehrer in seinem heimatlichen Dorf Fantana war. In der nächsten Nacht befanden wir uns in einem Güterzug, auf den wir gerade noch aufspringen konnten.

„Jetzt sag mir doch endlich", hatte ich wieder angefangen, „bis wohin wir eigentlich gültige Fahrkarten haben? Bis Sighisoara? Oder etwa Cluj? Nicht zufällig bis...Wien?"

„Ja-ja, ja-ja..."

Am liebsten hätte ich Elisav verprügelt.

Kurz nach Mitternacht waren wir in Danes, in Medreas Keller.

„Nicu!" rief die ältere Frau, nachdem sie uns zum Keller gebracht hatte. „Sie behaupten, sie wären die Brüder Pop aus Albota. Erzähl' ihnen doch schnell, was du von ihrer Schwester weißt... Dann sollen sie aber fort, mein Junge, denn ich hab' Angst um dich!..."

„Kommt nur, ihr beiden!" rief uns der „Junge" zu und bemühte sich, mit Männerstimme zu sprechen. „Kommt nur herüber, aber berührt sie ja nicht, denn sie ist noch frisch und könnte zusammenstürzen..."

Es handelte sich um eine kürzlich errichtete Mauer, die

einen Teil des Kellers abgrenzte und in deren Mitte gerade noch eine kleine Öffnung frei ließ. Wir stapften wie über einen Gartenzaun, über zwei Fäßchen , die links und rechts hinter dem Mauerloch aufgestellt waren. Nicu Medrea war sechzehn, wirkte aber wie zwölf.

„Du mauerst dich ein?" fragte Elisav.

„Was soll ich sonst tun?" jammerte er. „Bin doch der Kleinste und Mutter läßt mich nicht in die Berge. Sie meint, ich hätte irgendwas auf der Brust... Aber lange bleib' ich hier nicht. Es kommen doch die Amerikaner... Wenn nicht bis Weihnachten, dann aber bis Neujahr. Be-stimmt!"

Eine verzierte Holzkiste, zwei Strohsäcke, dicke Wolldekken, Schaffelle, eine Pelzjacke über die Schulter geworfen. Einige leere Holzkisten, ein Wassereimer, ein Spirituskocher, eine Korbflasche mit Petroleum, einige Bündel Kerzen. Das „Zimmer" konnte gut sechs Meter breit — die Breite des Kellers eigentlich — und höchstens zwei bis drei Meter lang gewesen sein.

Von den Jungs war an jenem 6. Dezember nur Nicu Medrea auf freiem Fuß geblieben. Und von den Mädchen nur Minerva. Und er begann zu erzählen.

Am Nikolausabend hatten sich bei den Hauswirten der Brüder Medrea fünf Jungs und fünf Mädchen eingefunden. Die beiden „Heiligen" — Medrea und Apolzan — wurden zum Namenstag beglückwünscht und beschenkt, dann wurde getanzt, diskutiert, man spielte Gesellschaftsspiele. Da sie nur wenige Schallplatten hatten, bot sich Minerva, eines der Mädchen, an, noch welche von ihrem Onkel, der ganz in der Nähe wohnte, zu holen. Nicu Medrea begleitete sie.

Als sie sich auf den Weg machten, fiel ihnen die helle Beleuchtung im Nachbarhaus auf. Man konnte auch Musik und Stimmengewirr hören. Als Minerva fragte, was dort vorginge, äußerte Nicu die Meinung, es könnte eine Hochzeit sein. „Was?" war Minerva erstaunt. „Ausgerechnet in der Fastenzeit?" Dann meinte sie aber, die Russen würden ohnehin keine Fastenzeit einhalten. Nicu versicherte sie, dort wohnten überhaupt keine Russen.

„Ich habe sie angelogen", gab jetzt Nicu seufzend zu. „In der Villa nebenan — früher Eigentum eines sächsischen Musikers, den sie nach Rußland verschleppt hatten —, hauste jetzt ein 'Vladimirist', ein gewisser Hauptmann Hariton von den in russischen Gefangenenlagern einst bekehrten rumänischen Freiwilligentruppen... Selbstverständlich war er mit den Russen ein Herz und eine Seele. Mindestens einmal die Woche fanden dort wilde Gelage statt. Sie ließen sich volllaufen und brüllten, ballerten durch die Gegend, einmal haben sie sich sogar gegenseitig abgeknallt. Dann fielen sie über die Nachbarn her und schnappten sich Frauen und Mädchen. Nein, es war meine Schuld. Ich hätte umkehren und unseren Freunden mitteilen müssen, die Russen seien wieder bei Hariton..."

Es war in der Tat seine Schuld. Als er und Minerva eine halbe Stunde später mit den Schallplatten zurückkamen, sahen sie schon aus der Ferne Hariton und zwei Russen an der Haustür schellen.

„Ich sagte Minerva, sie solle sich davonmachen, während ich über die Zäune der Nachbarhäuser kletterte und über den Hintereingang ins Haus kam, um die anderen zu warnen, sie mögen auf keinen Fall öffnen. Zu spät aber..."

Nicu hielt sich in einer Abstellkammer versteckt und konnte durchs Schlüsselloch alles beobachten.

„Hariton war schon drin, mit den beiden Russen und ich sah... ich sah..."

Er hatte alles gesehen und gehört.

„Ihr Rotzbengel könnt hier bleiben und eure Schulaufgaben machen!" hörte er Hariton sagen. „Die Fräuleins aber kommen hinüber zu uns, ein wenig tanzen!"

Julius Apolzan protestierte.

„Die Fräuleins sind Schülerinnen und tanzen nicht mit Unbekannten!"

Worauf ihn Hariton mit hämischem Lächeln beruhigte.

„Keine Sorge, mein Junge! Erst werden wir gründlich und in allen Einzelheiten Bekanntschaft schließen, ja? Dann erst wird getanzt — aber wie!"

Er übersetzte das Gespräch einem Russen und dieser fing zu wiehern an. Danach dolmetschte Hariton gleich:

„Genosse Hauptmann meint, diese Frischlinge seien knackig wie die Melonen. Stimmt wohl, Fräulein?"

Dabei faßte er Seliva an.

„Wo denn?" schrie Elisav auf. „Zeig mir, wo er sie angefaßt hat!"

„Was soll's", mischte ich mich ein. „Laß ihn doch weitererzählen."

„Nicht doch!" wetterte Elisav. „Er soll uns sagen, wo dieses Schwein seine Pfote gelegt hat! Unsere Schwester hat er angefaßt, Vasile!"

„Nicht angefaßt", änderte Nicu seine Schilderung, „er hat nur die Hand ausgestreckt..."

Wie es dem auch gewesen sein mag, angefaßt oder nur die Pfote ausgestreckt, Nicu Apolzan langte Hariton einen Fausthieb und die anderen Jungs sprangen auch ein. Außer Steza, der während des Handgemenges türmte. Die Russen waren kräftiger und bald konnte Nicu die Jungs nicht mehr durch das Schlüsselloch sehen, denn sie waren einfach von der Bildfläche verschwunden.

Dann kamen die anderen. Jetzt waren es wohl zehn an der Zahl, stockbesoffen, verschwitzt. Allesamt Russen. Sie stürzten sich auf die Mädchen, die wie die Schafe um Seliva herum dastanden. Einigen rissen sie die Kleider vom Leibe, die anderen warfen sie angezogen zu Boden, auf die Sessel, auf das Sofa. Ottilia hatten sie auf den Tisch gezerrt, drei hielten sie fest, ein vierter...

„Und Seliva? Wer hat Seliva angefaßt?" schrie jetzt Elisav.

Seliva hatte sich zunächst Hariton geschnappt, aber kaum hatte er sie berührt, fuhr sie ihm schon mit den Fingern in die Augen und lief zur Tür.

„Ich dachte schon, sie wäre entkommen... Aber nein, sie zerrten sie zurück..."

„Wer war's?" schäumte Elisav.

„Ein höherer Rang jedenfalls. Oberst, glaub' ich... Einer

mit breitem, aufgedunsenem Gesicht und tiefen Pockennarben."

Er hatte sie wie einen Sack auf die Schulter gehoben und Seliva rang verzweifelt mit ihm, versuchte ihn zu kratzen. Der Russe lachte aber nur. Er stellte sie auf die Beine, mit der rechten Pranke hielt er ihre beiden Hände fest, mit der linken riß er ihr das Kleid vom Leib und alles was sie darunter hatte, von oben bis unten."

An dieser Stelle stockte Nicu Medrea und flehte mich mit entsetztem Blick an.

„Von hier an geht es nicht mehr... Es ziemt sich nicht..."

„Ziemt sich nicht!" zischte Elisav. „Aber für sie? Ziemt es sich vielleicht für sie, unsere Schwester?"

Ich zeigte auf Medrea.

„Hör mal, Elisav, von ihm verlangst du das?"

„Weißt schon, was ich sagen wollte!" schnaubte Elisav zurück. „Erzähl' weiter! Alles, hörst du? Alles!"

„Was sollen wir mit diesem 'Alles'?" sprang ich ein. „Ich wüßte wirklich nicht..."

„Doch! Du weißt es, du mußt es wissen... Erzähl'!"

„Was soll ich noch..."

Medrea sah mich hilfesuchend an.

„Vielleicht hab' ich gar nicht richtig gesehen, aus Angst vielleicht... Nein, ich konnte nichts sehen, weil der Pockennarbige sie hinter die Kommode gezerrt hatte... Nun geht aber, den ich hab' euch alles gesagt!"

„Nicht doch!" schrie Elisav und zückte seinen Revolver. „Erzähl' schon!"

„Steck das Ding sofort weg!" fuhr ich ihn an. „Schämst du dich denn nicht, ein Kind zu bedrohen?"

„Keine Sorge", entgegnete Medrea ruhig. „Das ‚Kind' hätte nämlich zuerst geschossen..."

Dabei hatte er mit dem Ellenbogen die Pelzjacke etwas gelüftet und wir blickten in die Mündung eines Schmeißers.

Elisav knurrte kurz.

„Einverstanden. Du schießt — aber erst nachdem du uns alles erzählt hast. Alles, hörst du? Alles!"

Ich kochte vor Wut. Was sollte das mit dem „Alles"? Wird sie dadurch wieder lebendig, unsere Schwester? Sollte er ihm vielleicht noch eine Zeichnung anfertigen, damit er auch wirklich alles weiß?

Nun erzählte Medrea doch zu Ende.

Ich lauschte nur und bemühte mich, nicht so genau hinzuhören, aber ich hörte trotzdem alles, indem ich Elisav anstarrte. Mit versteinertem Gesicht und völlig ausdruckslosem Blick hatte er Medrea kein einziges Mal unterbrochen. Er zuckte nur zusammen, als er von Selivas Aufschrei erfuhr. In ihrer Todesqual hatte die Ärmste seinen Namen gerufen und Elisav schaute mich zürnend an. „Siehst du? Während wir..." Dann hielt er sich wieder zurück.

Seliva hatte sich danach erhoben, kreidebleich, mit starren Augen. Wir sahen sie mit der Pistole in der Hand, die sie ihm dort unten aus dem Halfter herausgezogen hatte. Und wir sahen auch die auf den Rücken des zur Tür taumelnden Pockennarbigen gerichtete Pistole, sahen die Stichflamme, das Loch zwischen den Schultern und den Stoß, der seinen Körper herumwirbelte. Haritons Waffe sahen wir auch, nein, wir sahen sie nicht, dafür aber den nackten Leib Selivas, auf dem plötzlich rote Rosenknospen aufblühten, dann noch einmal...

Elisav war zusammengezuckt, als hätten diese Schüsse ihn getroffen. Dann hob er die Hand und betrachtete sie im fahlen Schein des Kerzenlichtes.

„Siehst du?" röchelte er nur und ich hätte jetzt eigentlich „Ja-ja" antworten müssen. Ich schwieg aber, denn ich sah mich in ihm wie in einem Spiegel, wie ich so unbeweglich dasaß.

10

Keine...
Ich sah, ich sehe, ich habe in jener Nacht und am Tag danach und auch in der darauffolgenden Nacht alles gesehen,
während wir von einem Güterzug in den anderen wechselten
und die endlosen Wartezeiten kaum mehr beachteten. Zum
Teil auch am 13. Dezember, als wir in Sibiu ausstiegen.
„Da wir schon da sind", meinte ich, „trinken wir doch einen Tee mit Rum an der Theke. Dann nehmen wir den erst-
besten Zug nach Albota zurück. Wir können die Familie
doch nicht im Stich lassen, wo sie uns so braucht!"
„Ja-ja... Ja-ja... Ja-ja... "
Wir fanden keinen Tee und schon gar keinen Rum, denn
die Russen hatten alles weggesoffen. Wein und Bier waren
ihnen nicht stark genug und so hatten sie in den Kneipen
und Kellereien nicht nur sämtliche Spirituosen in sich hin-
eingeschüttet, sondern auch den ganzen Brennspiritus, sogar
Kölnischwasser, Formol und Terpentin aus den Apotheken.
Elisav schien indessen zufrieden zu sein, daß wir keine Zeit
mehr damit verloren und beeilte sich nun, in die Stadt zu
kommen. Es war bereits dunkel und es schneite unentwegt.
„Augenblick, Bruderherz... Wir waren sechs im ganzen —
sollen wir jetzt nur zu dritt übrigbleiben? Und dazu in welchem Zustand!"
Er fletschte die Zähne als wäre ich Hariton gewesen.

„Sechs waren wir... Stimmt! Jetzt ist nur noch einer übriggeblieben... Ich! Wenn du Angst hast, kannst du doch abhauen!"

Angst hatte ich keine und er wußte es. Aber selbst wenn es nicht so gewesen wäre, ich hätte ihn nie im Stich gelassen. Auch das wußte er. Schließlich war er der Jüngere und brauchte seinen älteren Bruder. Als wir uns der Cuza-Straße näherten, fiel mir etwas ein.

„Moment mal", fing ich an, „und wenn uns der Staatssicherheitsdienst eine Falle gestellt hat?"

Er grinste nur und marschierte schnurstracks weiter, die Hände so tief in den Taschen seines grünen Lodenmantels, daß die Arme fast schon gestreckt schienen. Am Ende der Cuza-Straße zupfte ich ihn noch einmal am Ärmel.

„Da wir schon hier sind... Was nun?"

Diesmal blieb er stehen, wandte sich um und lehnte sich sogar an mich an. Seine Lippen waren krampfhaft zusammengepreßt.

„Was nun? Ein wenig mit Genossen Hariton plaudern. Das möchte ich wenigstens..."

„*Wir* möchten es!" verbesserte ich ihn. „Schön, Bruderherz, geh nur! Ich warte hier auf *euch*... Nachdem *du* mit ihm plaudern wirst, hast *du* Seliva wieder. Lebend wie eh und je..."

Es traf ihn hart und er schwankte.

„Ich will ihn doch nicht...", murmelte er mit geschlossenen Augen. „Ich will ihn ja nur fragen..."

„Es gibt hier nichts zu fragen, denn Hariton hat keine Antwort für dich. Verstehst du das nicht?"

„Und du willst nicht verstehen, daß er sie angefaßt hat! Es hat sie niemand anzufassen, sonst... Ich will nur fragen..."

„Gut, Bruderherz, geh und frag ihn. Aber ohne Revolver, ja?"

„Und womit komm' ich an ihn heran?" schrie er und wich einen Schritt zurück. Anscheinend befürchtete er, ich würde ihm die Waffe mit Gewalt abnehmen. Dann steckte er mir sie von selbst anstandslos und ohne einen Augenblick zu zögern zu.

„Ja-ja... Kannst dir etwas die Beine vertreten, damit du nicht erfrierst. Wir treffen uns hier."

Es mußte so vier oder fünf Uhr nachmittags gewesen sein, aber es war bereits stockdunkel. Es schneite unentwegt, während ich hin und her ging. Eine halbe Stunde wartete ich nun schon, aber noch keine Spur von Elisav.

Ich verlor die Geduld und überquerte die breite Allee, dann ging ich die Cuza-Straße entlang, auf der Seite mit den ungeraden Hausnummern, um im Falle eines Falles behaupten zu können, ich sei da nur zufällig vorbeigekommen.

Doch siehe da, ein Wunder! Das Haus Nummer 26, wo die Brüder Medrea wohnten und wo unsere Schwester... Es war nicht nur hell erleuchtet, sondern am Fenster mit den weit zurückgezogenen Gardinen stand jetzt Nicu Apolzan! Er sprach mit jemanden, den ich nicht sehen konnte... Vermutlich Elisav, wer denn sonst? Wenn Apolzan frei war, so waren es auch die anderen Jungs. Der kleine Medrea konnte also getrost aus seinem eingemauerten Kellerloch heraus und nun *draußen* auf die Amerikaner warten.

Vielleicht hätte ich mißtrauisch werden sollen, daß die Gardinen so weit zurückgezogen und die Scheiben überhaupt micht beschlagen waren... Ich war aber nicht mißtrauisch. Ich wurde es auch dann nicht, als ich klingelte und sich niemand im Haus rührte. Erst als die Tür endlich aufging, erstarrte ich, als ich die wütende Stimme Elisavs vernahm.

„Warum bist du gekommen, du Pechvogel?"

Es war aber zu spät, denn ich befand mich schon halb im Vorzimmer. Der Schlag traf mich über den Schädel, bevor Elisav mit seinem Satz zu Ende war.

Ich sackte langsam zusammen und mein Körper machte noch eine Drehung, als hätte man mir erlaubt, die Landestelle auf dem Boden selber zu bestimmen. Instinktiv hatte ich die Hände ausgestreckt und mich an eine Lederjacke geklammert, die ich im Fallen mit mir zu Boden zog und auf die ich hinfiel.

Die Rückenlehne des Stuhls stieß zweimal an meine Schläfe und rüttelte mich aus meiner Besinnungslosigkeit. Ganz neblig noch wurde mir jetzt bewußt, daß ich Hariton umgeworfen hatte, während Elisav, fest an den Stuhl gefesselt, bis zu uns gerollt war und mich mit der Rückenlehne angestoßen hatte. Wie? Das würde er mir noch erklären müssen... Jetzt zischte er:

„Binde mich los, bevor der Ungar kommt!"

Ich wußte nicht, wer dieser „Ungar" war und auch das würde er mir mal später erklären. Ich band ihn los und wollte schon Nicu Apolzan losbinden, der an einen anderen Stuhl gefesselt war, am Fenster mit der zurückgezogenen Gardine. Ich wunderte mich nicht einmal, daß sein Stuhl auf einem Schiffskoffer stand, wie auf einer Empore. Ich wollte also auch Nicu Apolzan losbinden, aber dieser brüllte wie verrückt:

„Binde mich nicht los! Csaky bringt mich sonst um!"

Ich hatte keine Ahnung, wer Csaky war. Das würde mir Elisav später auch noch erzählen. Er war jetzt mit Hariton beschäftigt, den er am Jackenaufschlag hochgezerrt und an die Wand gelehnt hatte.

„Wo hast du sie angefaßt?"

Er schlug wild auf ihn ein.

„Hier? Oder da? Vielleicht hier?"

Er versetzte Hariton einen letzten heftigen Schlag mit dem Fuß zwischen die Beine, und dieser sank stöhnend zu Boden.

„Fertig!" keuchte Elisav. „Komm, wir gehen!"

„Fertig", murmelte ich ihm nach, noch halb betäubt. „Gehen wir!"

Ich hatte einen furchtbaren Durst und mußte unbedingt Wasser haben, noch ehe wir gingen. Ich suchte überall herum und taumelte in die Küche, wo ich den Wasserhahn fand. Ich suchte erst einmal nach einer Tasse, spülte sie mit Bedacht, trocknete sie ab und sagte mir, daß ich hinterher alles über die Sache mit der Rückenlehne und diesen Csaky erfahren werde.

Als ich bereits die vierte Tasse herunterkippte, hörte ich nebenan eine MP-Garbe rattern. Ich umklammerte mit beiden Händen die Tasse... Elisav! Nur auf ihn konnte irgendwer geschossen haben, und ich hatte Elisavs Revolver. Dann hörte ich Apolzans Stimme:

„Sie haben auf Herrn Haritooo' geschossen!"

Wer und warum ausgerechnet auf „Herrn Haritooo' " geschossen hatte, das würde mir Elisav später erklären. Vorläufig hörte man nur einen Fluch auf Ungarisch, dann wieder Apolzans Stimme.

„Sein Bruder ist in der Küche! Vorsicht! Er ist bewaffnet!"

Ja-ja, ja-ja... Das war ich schon, bewaffnet, und Elisav würde mir später mal zeigen, wie man die Waffe schußbereit macht. Vorläufig trinke ich aber noch die vierte Tasse, nur so, damit sie ausgetrunken wird.

Nach dem zweiten Schluck sah ich die Laufmündung an der Küchentür. Die drei Tassen Wasser und noch zwei Schluck aus der vierten hatten mir gut getan, mir den Durst etwas gelöscht. Meine Augen waren wieder klar und ich erkannte, daß der Lauf der Waffe viel zu tief zielte, um mich noch aufhalten zu können. Ich ging los.

Dann ratterte es einmal, und noch einmal... Ach ja, meine Hose, da unten, an den Knien — aber ich konnte auch so noch gehen. Erst die Schwelle, dann die Kommode, da rechts, und vor der Kommode das Fleckchen Fußboden, das zu erreichen ich einen langen, sehr langen Weg zurückgelegt hatte.

11

Von jetzt ab...
Ab sofort ein langer, ein sehr langer Weg zurück, Stufe um Stufe, ein Zahnrädchen nach dem anderen zurück...
Im Traum sagt sie mir nichts. Ich zeichne ihre Lippen nach und ordne ihre Bewegungen nur soviel, daß sie mich fragen kann: „Wo bist du, Vasile?" Wahrscheinlich verlange ich aber zuviel, und umgekehrt dürfte es dasselbe sein. Im Traum erscheint mir das weiße Kleid mit den zwei roten Rosen im Gürtel, an der Taille. Es ist aber nur das weiße Kleid, ohne Inhalt, geleert, und ich muß die Umrisse des Kopfes wie aus weichem Drahtgeflecht formen und auch die Lippen nachzeichnen – genau soviel, daß es gerade für „Vasile..." reicht. Von mir verlangt sie doch, sie im spätsommerlichen Gras unserer letzten Ferien zu fangen, denn aus meiner Vorstellung entspringen sie doch beide. Ihre Lippen aber wollen und wollen nicht, und ich frage mich, jetzt und hier – in der Schwebe auf dem letzten Zähnchen des Zahnradwerks und beim letzten Zoll der ablaufenden Feder –, ob ich nicht vielleicht eifersüchtig bin. Medrea hat sie durchs Schlüsselloch nur zur Hälfte sehen können, von den Rosen an der Taille aufwärts, aber er hatte alles mitbekommen, ganz klar gehört, daß sie damals nicht nach ihrer Mutter und auch nicht nach mir gerufen hatte, sondern nach Elisav.
So muß es wohl gewesen sein, und auch Julia hatte ihn

übrigens den „älteren Jüngsten" genannt. Bis zur Sache mit Medrea hatte ich noch nicht darunter gelitten, entthront zu sein, da ich doch wußte, daß achtzehn Minuten Vorsprung im Leben weder Vorteil noch Vorrecht bedeuten. Der Erstgeborene war nicht unbedingt auch der Erste und ich hatte mich sogar schon daran gewöhnt, daß ich eigentlich er sein müßte, im Spiegelbild. Und wenn da schon jemand eines anderen Bruder war, so war ich, Vasile, Elisavs Bruder. Seit Medrea hatte sich aber etwas geändert, und als Csaky mit noch rauchendem Pistolenlauf in der Küchentür stand, dachte ich mir: „Nun hat er ihn getötet... Wenn er ihn nur nicht genau *dort* umgelegt hat!" Selbst nachdem der Ungar mich angeschossen hatte, ging mir das und nur das durch den Kopf. Im Wohnzimmer hatte ich dann erleichtert aufgeatmet, denn Elisav befand sich nicht *dort*. Beruhigt hatte ich meine Stelle eingenommen, da ich nun endlich auch der Erste war. Ich ließ mich erst dann hinfallen, als sich meine Sohlen genau auf dem Fleck befanden, den ich wollte. Erst dann schloß ich die Augen und konnte sehen, wie ich durch das Parkett hindurchdrang, mit den Beinen voran durch die Balken, durch das Fundament, durch die Erde bis zu ihrem anderen Ende... Als ich endlich hinfiel, wurde mir bewußt, nicht die Kugeln hatten mich umgeworfen, sondern mein eigener vorsätzlicher Wille, das vollbrachte Werk, das mir jetzt das Recht auf etwas Ruhe gab.

So mußte es wohl gewesen sein. Übrigens nannte mich Julia stets nur „Vasila", was die weibliche Form meines Namens sein sollte. Sie traf eigentlich meinen trüben Wunsch, Seliva als Bruder zu haben. Bloß wünschte sie sich Elisav als Schwester, denn nach ihm hatte sie doch damals gerufen, als es um uns alle ging.

Wir wußten es aber nicht, fühlten es nicht. An jenem 6. Dezember feierten auch wir unseren Sankt-Nikolaus-Tag in Bukarest. Elisav hatte — endlich! — fast nur mit Lena getanzt, sogar in den Pausen zwischen den Tänzen. Er fühlte es nicht und ich übrigens auch nicht. Nur Julia mußte irgend etwas gefühlt haben, sonst hätte sie bestimmt nicht einen so merkwürdigen Gedanken geäußert. Wie sagte sie da plötzlich? „Wenn, Gott behüte, jetzt die Russen über uns herfielen, dann wärt ihr, die Zwillinge..." Der Gedanke blieb bruchstückhaft und ich dachte weder an die Russen noch an uns, die Zwillinge, sondern nur an Julia und an ihre, von mir ersehnte Antwort.

Nichts hatte ich gefühlt. Weder Julias Antwort („Aber ja doch! Nach dem Studium...") noch das, was sich in jenem Augenblick in Sibiu ereignete. Keine Spur.

Nicht einmal an jenem Abend des 9. Dezember hatten wir irgend etwas verstanden oder gefühlt, als uns das Telegramm erreichte *Kommt sofort — ernste Familienangelegenheit.* Auch dann nicht, als wir abreisten und unser Zimmergefährte Mihai Saptefrati Selivas Namen erwähnte. Er hatte sie in den vergangenen Ferien kennengelernt und für sie gleich den 7. *Psalm* komponiert und sein erstes *Hohelied.* Im Nachtzug nach Albota sprach ich mit Elisav nur über Großvater Pamfil, der entweder schwer erkrankt sein oder Unannehmlichkeiten mit der Staatssicherheit haben mußte. Seit Großmutter Agapia verschieden war, ging es nur noch bergab mit ihm und er nahm auch kein Blatt mehr vor den Mund. Wenn er also nicht entschlafen war, so hatten sie ihn wohl verhaftet. Nur an ihn hatten wir bis zum Morgengrauen gedacht, doch als wir zu Hause ankamen, öffnete er uns das Tor. Jetzt waren wir um Mutter besorgt, wie sie so unbeweglich dasaß, die Hände im Schoß und ausdruckslos auf die Kerzen starrend, die wie zur Totenwache auf dem Tisch brannten. Sie war verstummt, bereits als das Telegramm an uns abgeschickt wurde.

Wir fühlten es auch nicht, als die Sicherheitsleute uns beide mit einer Wäscheleine fesselten und in einem Geländewagen zum Friedhof karrten, da wir nicht freiwillig dorthin wollten. Wir waren überzeugt, sie würden uns erschießen und wir wären auch nicht die ersten gewesen. Auch dann fühlten wir nichts, als sie die Eltern und Großvater Pamfil in die kleine Friedhofskapelle brachten, mitsamt Meßgewand, Kruzifix und Bibel. Natürlich dachten wir uns, sie werden uns zuerst zwingen, unser eigenes Grab auszuheben und uns dann alle vier hinrichten. Großvater wird das Totenamt zelebrieren und mitsamt Meßgewand und Bibel danach ebenfalls ins Grab verscharrt werden.

Auch dann fühlten wir nichts, als draußen ein schwerer Lastwagen dröhnte und einige Gestalten in Stiefeln, trampelnd etwas Schweres abluden und über den Schnee schleppten, zum anderen Ende des Friedhofs. Auch dann nicht, als ein Offizier hereinkam, begleitet von mehreren Zivilisten in dunklen Mänteln. Elisav schnauzte ihn sogar auf der Stelle an.

„Das Urteil? Bemühen Sie sich nicht, die Litanei kennen wir schon! ‚Im Namen des Gesetzes und der Arbeiterklasse‘..."

Einer der Zivilisten brachte einige Papiere zum Vorschein und las im Eiltempo etwas vor. Nur einige Wortfetzen konnten wir gerade noch verstehen — *Unfall... wird untersucht... sowjetische Kommandatur... strenge Maßnahmen...* Als er fertig war, überreichte er Vater einen ganzen Stoß Papiere und schien dabei sichtbar erleichtert zu sein.

„Hier haben Sie die Todesurkunde und die Beerdigungserlaubnis... Sie dürfen übrigens auch... ich meine die kirchliche Bestattung, aber nur im engsten Kreis der Familie, ja?"

Erst dann — aber wirklich erst dann — fühlten wir es, und ich hörte mich heulen. Heulend hatte ich mich meinem Bruder zugewandt und blickte wie in einen Spiegel. Es war wie der Urschrei der Verzweiflung, der Aufschrei und das gesträubte Haar im Nacken. Alles war dorthin entschwunden, wo es keine Wiederkehr gibt, und so kehrten auch wir verwandelt zurück... Umarmt und heulend, die Köpfe im Nacken geworfen, wie nur Hunde, durch den Tod ihres Herrn in die Wildnis verjagt, zum Urstand ihres Wolfswesens zurückkehren.

Zweiter Teil

1

„Keine Bewegung mehr, keinen Mucks er!"
Den Befehl gibt weder der Direktor Dumitrescu noch der
Politoffizier Marina oder irgendeiner der Hauptwächter.
Nicht einmal der Obergefreite Georgescu... Nein, es ist der
Zellenvorsteher Turcanu, der mir das Bett neben dem seinen
angeboten hatte. Ein „echtes" sogar, mit Ausblick wie aus
einer Orchesterloge.
Nach einigen Augenblicken des Erstarrens, dann der
Flucht in die Vergangenheit, bin ich nun wieder wo ich war:
in der Orchesterloge. Tatsächlich ein herrlicher Rundblick.
Von hier kann ich wirklich alles hören und sehen. Und
durch das Bett sogar spüren, wie Cornel Pop zittert. Viel verstehe ich zwar nicht, aber ich tröste mich mit meinem Un-
wissen, in dem ich mich wohl fühle, und versuche, soweit es
geht, von allem Abstand zu halten. Möglichst versteckt in
meiner Orchesterloge.
Warum brüllt Turcanu bloß? Nun ja, er brüllt eben. Wie
kommt der Häftling Eugen Turcanu (sieben Jahre Haft wegen Verheimlichung strafbarer Handlungen) denn dazu, anderen Mithäftlingen solche Befehle zu erteilen? Nun ja, er
erteilt sie eben. Und warum führen diese Häftlinge, ohne zu
murren, den Befehl eines anderen Häftlings aus, selbst wenn
dieser der Zellenälteste ist? Nun ja, sie führen den Befehl

eben aus. Was geht hier eigentlich vor? Denn hier geht ja etwas vor.

Vielleicht nichts besonderes, denn meine Müdigkeit und die wunden Knie könnten mir sehr gut vortäuschen, da wäre Ungewohntes im Gange. Meine Wunden werden es wohl sein und der Mangel an Erfahrung... Es könnte im Knast durchaus gang und gäbe sein, auf Befehl des Zellenvorstehers zu erstarren, wo man sich gerade befindet, und daß Cornel Pop dabei zu zittern anfängt. Durchaus gang und gäbe... Aber Mihai Saptefrati, der um genau fünf Tage unerfahrener ist als ich, kennt diese Gepflogenheiten anscheinend nicht.

„Wer sind Sie denn, daß Sie wie ein Spieß herumkommandieren? Welchen Dienstgrad haben Sie eigentlich? Seh' doch bei Ihnen keine Schulterklapp..."

Das letzte Wort bleibt ihm fast im Halse stecken, denn die vorhin erstarrten Geschöpfe stürzen sich gezielt, wie eine kläffende Meute, genau auf die Stelle der langen Pritsche, wo der Unglückliche hockt. Es geschah nur auf ein Handzeichen Turcanus, und auch das könnte im Knast durchaus gang und gäbe sein.

Gestampfe, Röcheln, dumpfe Schläge, Stöhnen — vermutlich ist es Mihai, der da stöhnt. Ist auch das im Knast gang und gäbe? Schon möglich oder auch nicht... In beiden Fällen liegt es aber an meinen Knien, die wieder entzündet sind. Sicherlich sind es meine Knie, daß alles plötzlich so still geworden ist, als wäre „4-Krankenhaus" in tiefes Wasser getaucht. Diese Stille um mich herum, wie ein sanfter Terror der Sinne, rührt sicherlich von meinen Knien her. Am besten ich rufe gleich den „Dekan", damit er etwas für mich tut. Einige Sulfonamide hätte ich ja noch und es würde schon reichen, wenn er mir etwas Wasser brächte.

Eine Stille der modernden Knie, wie ein Gewässer, das Blasen schlägt. Und eben diese Stille, dieses Gewässer mit seinen unzähligen Blasen an der glatten Oberfläche, konnte allein die entrüstete, etwas eingeschüchterte aber dennoch vornehme Stimme David Stefanescus, des guten „Stef" brechen.

„Was soll denn das, meine Herren?"
Was das soll? Geht mich doch nichts an, meine Herren!
Mich, meine Herren, mich kümmern einzig und allein meine
Knie.
„Waas?! Zeig' dir schon, was das soll, du Verbrecher!"
Die Knie sind's, nur meine Knie! Wie sonst könnte der
übertrieben korrekte Umgangston Stefs diese Reaktion her-
vorrufen? Wie sonst, wenn nicht wegen meiner entzündeten
Knie, könnte ein Häftling den anderen mit „Verbrecher" an-
brüllen?
„Zeigt's ihm doch, los!" rief Turcanu.
Zeigt's ihm... Was denn? Nein, es geht mich nichts an! Ich
will auch nicht, daß es mich angeht... Aber ich kann hier
kaum wollen oder nicht wollen, denn ich befinde mich in
der Orchesterloge und muß... und muß... und muß...
Dort vorne, auf der Bühne, wird der Schauspieler Stefanescu von einer Gruppe von Schauspielern „verprügelt".
Alle spielen ihre Rollen ausgezeichnet. Sehr gut das Team
der Geräuschkulisse: sie synchronisieren nahezu perfekt den
dumpfen Klang der Schläge mit der Gestik der Schauspieler-
gruppe. Hervorragend auch die Maskenbildner – wie schnell
sie den Schauspieler Stefanescu mit roter Farbe angemalt
haben, ohne daß ich überhaupt etwas gemerkt hätte.
„Zeigt's ihnen doch, los,los!" donnert Turcanu von der
Bühnenmitte aus.
Zeigt's ihnen... Wem denn? Wir werden es gleich sehen.
Ich werde es sehen... Jetzt ist die Bühne gerammelt voll und
die Darsteller sind ausgezeichnet, denn sie spielen wahrheits-
getreuer als die Wahrheit selbst. Noch weiß ich nicht, wer da
Regie führt, aber ich muß schon zugeben, daß es sich fast
um Profis der Bühne handelt. Vom Hauptdarsteller Turcanu
bis hin zum allerletzten Statisten.
„Klopf an die Tür, Cori!"
Turcanu ist wahrhaftig ein Meister. Ich kann es nicht se-
hen, aber die Stimmgebung ist ihm mehr als vollkommen gelungen. Es sieht nämlich so aus, als hätten ihn irgendwelche
Gegner überwältigt, als wäre eine wilde Meute über ihn her-

gefallen und wollte ihn nun erwürgen. Gelungen ist auch Cori Gherman, obwohl er etwas zu stcif an die Tür klopft. Sehr gut auch die Darsteller der Wächter und gelungen auch die Rolle des Gefängnisdirektors Dumitrescu. Übrigens wirkt er als Hauptdarsteller in der nächsten Szene.

Jetzt kann man die „Lager" sehr leicht auseinanderhalten. Die Darsteller der Wächter tragen echte Wächteruniformen und prügeln höchst überzeugend mit durchaus wahrheitsgetreuen Schlagstöcken. Die Geschlagenen spielen nicht weniger erfolgreich, sie stöhnen und schreien sehr echt. Einige vielleicht etwas übertrieben für meinen Geschmack, einfach zu laut für die Akustik des Saales. Die „Geräuschler" bleiben indessen auch weiterhin unübertroffen, denn die akustische Täuschung ist meisterhaft. Man hört nämlich nicht nur die Schläge, sondern auch die Schlußeffekte, wie etwa das Krachen der berstenden Knochen. Requisiteure und Maskenbildner haben mittlerweile alle Hände voll zu tun mit der roten Farbe... Raffiniert werden da Beulen, dunkle und hellere Wunden, gebrochene Zähne und vieles mehr im Handumdrehen produziert. Wahrscheinlich arbeiten sie auch mit Salmiakgeist, um Uringeruch vorzutäuschen und auch für Fäkalien muß es da noch irgendein Berufsgeheimnis der Requisiteure geben.

Der Hauptdarsteller Dumitrescu beherrscht nun souverän das Bühnengeschehen in der Rolle des Gefängnisdirektors und nach den Anweisungen Turcanus bestimmt er auch, wer von den anderen heraus muß, auf den Korridor, um hinter den Kulissen möglichst überzeugend zu heulen. Leider mangelt es ihm an Talent, denn im Finale, nachdem die Akteure aus den Kulissen wieder auf der Bühne stehen, wirkt er geradezu unecht.

„Ihr sollt mir noch einmal in der Zelle randalieren!"

Peinlich. Die obersten Ränge hätten ihn eigentlich auspfeifen müssen, und die Logen ebenso. Vielleicht sogar nach ihm mit faulen Eiern werfen — aber er hat offenbar die Lage erfaßt, denn er macht sich schleunigst aus dem Staub und die Tür wird von außen verriegelt.

Diese Tür... Sie hat kein Guckloch, sondern so etwas wie eine Luke, deren kleine Scheibe von außen mit weißer Farbe übertüncht wurde. Irgendwer hat diese Farbschicht mit einem Nagel hie und da weggekratzt und diese Kratzer schimmern mal hell, mal dunkel. Zweifelsohne verfolgt der Regisseur durch diese Kratzer die Vorstellung.

Ich frage mich nur, warum der Vorhang nicht endlich fällt, denn es schmerzen mich bereits die Ohren vom vielen Geschrei. Auch in den Knien spüre ich penetrant das Hämmern des Taktmessers... Es wäre bestimmt an der Zeit, aufzustehen und das Theater zu verlassen. Zunächst müßten sich aber die Schauspieler erheben und in ihre Umkleideräume begeben.

Das wollen sie aber nicht. Einige von ihnen bleiben regungslos auf dem Zementboden liegen, andere hingegen bewegen ganz langsam ihre Glieder, einige kriechen herum. Da sich also keiner erhebt, ist auch das Schauspiel nicht zu Ende. Was mich betrifft, an diesem Punkt hätte ich das Bühnengeschehen angehalten, aber ich bin ja nur ein Zuschauer. Sicherlich wissen Autor und Regisseur, wo und wann so ein Stück anfängt und endet.

Ich würde mich jetzt am liebsten erheben und fortgehen, da ich keinerlei Lust an Läuterung durch das Schauspiel verspüre. Aber nein... Jener Regisseur handelt zweifellos nach Anweisungen des Autors und überwacht auch uns, die Zuschauer. Vielleicht werden auch uns, den Zuschauern in den Orchesterlogen, Rollen zugeteilt.

„Na, wart nur... Na, wart nur... Na, wart nur..."
Die Schallplatte mit Turcanus Stimme ist ziemlich abgenutzt und die Nadel gleitet in dieselbe Rille, bis Turcanu seine Mütze irgendwo auf dem Fußboden gefunden und sie sich über den Schädel gestülpt hat.

„So ist's also, wie? Schlägerei wollt ihr also, ihr Banditen, ja? Na, wart nur... Na, wart nur... He, du da! Komm mal her!"

Ich weiß nicht, wer „du da" ist, dafür höre ich Schläge, Schläge, Schläge.

„Es reicht! Rauf mit ihm! Und nun, vorneigen, du Bandit! Waaas? Du willst nicht ?! Wohl immer stolz genug, um nicht zu wollen? Oprea, straff ihm mal die Arme auf den Rücken und bring ihn mir in Positur!"

Ich weiß nicht, wer Oprea ist und was das für eine ,Positur' sein kann. Ich höre und spüre nur, wie die Zelle, ja das ganze Gefängnis buchstäblich erbeben. Vom Schlag? Vom Todesröcheln? Wessen Röcheln mag es wohl gewesen sein... Nicht etwa mein eigenes, wegen der Knie?

„Es reicht! Unter die Pritsche mit ihm! He, der andere da, der sich so aufspielt... Du meinst wohl boxen zu können, du wurmiges Stück? Vornei'n, du Faustkünstler, ich zeig' dir schon, wo du zuschlagen solltest... So! Jetzt unter die Pritsche mit ihm! Der andre! Vornei'n! Unter die Pritsche! Der da! Vorn'n! Pritsche! Der da!... "

Die Knie! Meine Knie schweigen plötzlich, als Turcanu kommt, sich mir nähert. Er nähert sich aber nicht dort, wo ich es zu spüren glaube, irgendwo in meinen zerschmetterten Knien, sondern hier, in der Zelle „4-Krankenhaus".

Doch nein... Es ist trotzdem in meinen wunden Knien, denn er würde mich sonst bemerken. Er bemerkt mich aber nicht, falls er überhaupt noch etwas bemerken kann und meine Knie sind auch nicht *so* Knie, um mich zu hindern, den trüben Blick Turcanus zu erkennen.

Schweißnaß und keuchend läßt er sich auf sein Bett sinken, kaum eine Elle von mir entfernt, die Füße zu meinem Kopfende ausgerichtet. Er liegt langausgestreckt auf dem Rücken, die Rechte unterm Nacken, und starrt die Decke an, ohne sie zu sehen.

Jenseits meines Bettes, irgendwo, weit weg, stöhnt irgendeiner, als riefe er nach der Mutter. Das Stöhnen dringt bis zu mir, begleitet vom scharfen Geruch von Pferdeschweiß meines Nachbarn. Alles ist jetzt gegenwärtig und vermengt: das „Ach, Mutter!", das verschwitzte Pferd, Turcanus klobige Schuhe. Dann schnellt er vom Bett auf.

„Cornel Pop! Komm mal her... hierher! Sag mal — wer hat mich eben von hinten angesprungen?"

Cornel schleicht sich zögernd und mit ausdruckslosem Blick heran, den Gürtel mit breiter Schnalle in einer Hand und unentwegt schlotternd. Er zittert wie Gallert und seine Gangart ist genauso schräg wie sein Zittern. Hündisch kriechend und resigniert in seiner Todesangst steht er nun vor ihm. Wären meine Knie gesund und hätte ich auch die richtige Stimmung, ich würde bestimmt auflachen beim Anblick dieser tragischen Hanswurstvisage mit Schlappmütze und schief herabhängender Kinnlade.

„I-i-i-i..."

Jetzt zittert Cornel sogar hörbar.

„Was denn?" wird Turcanu wütend. „Warum lügst du?"

„'err Turcanu, mit Verlaub..."

„Sprichst ungefragt, wie? Mit dir red' ich, Cornel Pop, antworte! Wer hat mich soeben angesprungen?"

„I-i-i...", zittert Cornel geräuschvoll weiter, aber ein knochiger Kerl mit rotem Pullover unterbricht ihn.

„Er lügt, 'err Turcanu! Jetzt sogar!"

„I-i-i... ich!" bringt es Cornel endlich fertig, schüttelt aber dabei verneinend den Kopf.

„Warum lügst du denn, du Halunke? Du warst doch dabei als..."

„Er lügt! Er lügt! Er lügt!" schreit der mit dem roten Pullover und nimmt ehrerbietig Haltung vor Turcanu an. „Er lügt, 'err Turcanu!" legt er jetzt los. „Ich entlarve ihn! Er ist ja noch nicht umerzogen!"

„I-i-i-i..."

Cornel hat unbetrübt von vorne angefangen.

„Hörst du, Cornel Pop? Puscasu hat dich entlarvt! Hast immer noch nicht diese ganze Fäulnis von dir abgeschüttelt, wie? Jetzt noch lügst du!"

Ich kann Cornel gut sehen. In diesem Augenblick zittert er nicht mehr, sondern schüttelt sich geradezu in großen Wellen. Von einer dieser Wellen zur anderen zieht er sein Hemd hoch, dann streift er es über den Kopf. Darunter scheint er ein anderes Hemd anzuhaben, ganz in bunten Streifen — dunkelrot, blau, schwarz.

„Was tust du da?" fährt ihn Turcanu an. „Hab' ich's dir befohlen? Sofort wieder anziehen!"

In Wellen schlotternd bedeckt Cornel das gestreifte Hemd mit dem anderen, einfarbigen Wäschestück, dabei fallen ihm aber die Hosen herunter. Er trägt keine Unterhosen — oder sehe ich nicht recht? Doch... Der da, mit dem Rücken voller Streifen, hat überhaupt keine Hinterbacken mehr, sondern nur Vertiefungen, richtig ausgehöhlte Stellen. Das darf doch nicht wahr sein! Es ist aber wahr... Er hat sie einfach nicht mehr, die Gesäßhälften. Vielleicht sind es nur Negativformen, muschelförmige Bruchstellen, die konkaven Muster nur, in die erst die konvexe Masse gegossen werden muß. Nein, er hat die Gesäßhälften tatsächlich nicht mehr... Vielleicht wurden sie ihm von Hunden herausgerissen, oder von Bären, oder, wer weiß, von den Russen...

„Es reicht, sagt' ich! Anziehen! Hosen rauf, hörst du nicht?"

Cornel fügt sich, jetzt nur noch in kleinen Stößen zitternd, als würde er erfreut oder erleichtert sein. Turcanu wartet geduldig.

„Hör mal zu, Cornel Pop, wenn du mir nicht sofort sagst, wer mich eben angesprun... "

„Ich, Herr!" ertönt die Stimme Damaschins. „Ich bin's gewesen... "

Warum denn Damaschin? Warum anspringen? Wen angesprungen? Ach ja, in den Rücken gefallen... Jetzt weiß ich, was ein Rücken ist und weiß es auch nicht. Ich will es gar nicht wissen und mir auch keine Fragen stellen. Ich will bloß keine Schmerzen in den Knien haben.

Stille. Eine bleierne, furchterregende.

„Du also?"

Turcanus Frage hat etwas von traurigem Vorwurf, weniger von Entrüstung. „Und da schweigst du bis jetzt? Läßt einen anderen einfach verdächtigen, ja gar bestrafen? Und deine politische Gesinnung? Sag schon!"

Ich höre etwas, das in „ ...ier" endet, dann eine schallende Ohrfeige.

„Du mieser Wurmstich! Du Verbrecher! Sofort auf den Tisch, ganz *nackig*!"

Ein plötzliches Hin und Her. Im Handumdrehen steht Damaschin völlig entblößt da. Am aufgeregtesten ist Puscasu, der mit dem roten Pullover. Am wirksamsten aber fuhrwerkt der elegante Cori Gherman herum und am verstörtesten scheint Cornel Pop zu sein, den Oprea vor sich her schubst.

Damaschin ist grauenhaft mager. Seine gelbliche, runzelige Haut umspannt eine Wirbelsäule wie ein Sägeblatt, während die Schulterblätter wie gestutzte Flügel hervorragen.

Jetzt kann ich ihn nicht mehr sehen, denn sie haben ihn auf den Tisch gezerrt und ihm den Mund mit einem Lappen zugebunden. Ein Knüppel wird in die Höhe geschwungen und saust dann nieder. Ein zweites Mal wird er nicht mehr ausholen, denn Oprea hat Cornel beiseite geschoben.

„Oprea!" brüllt Turcanu „hab' ich's dir befohlen? Komm her, Cornel, komm nur..."

Jetzt spricht er sanft, streichelt Cornel übers stoppelige Haar und verschiebt ihm dabei die Schlappmütze. „So ist's gut, Cornel, aber nicht mit dem Knüppel, sondern mit dem Riemen. Ja, so ist es eben — um die Agrarier kümmern sich die Gardisten, eingedenk ihrer früheren Wahlabkommen... Hehe, hahaha!"

Die Heiterkeit da unten ist mir unbegreiflich, aber das spielt jetzt keine Rolle mehr. Turcanu erteilt gerade Befehle: „Schmier ihm paar runter, Cornel Pop, dem Agrarier!"

Der Riemen schnellt empor, faucht wie eine Peitsche durch die Luft und klatscht auf etwas nieder, das ich nicht sehen kann. Nur eine Andeutung von Schrei, im Lappen erstickt, dann geht der Riemen wieder hoch, klatscht nieder, geht hoch, peitscht immer schneller und härter.

„Corneeeel! Was soll das?! Warum?"

Die da unten erstarren, und auch ich, diesseits meiner wunden Knie, die mich nicht mehr beschützen können, bin wie versteinert.

„Wer war's? Wer hat geschrien? Zu mir, marsch-marsch!"

Was heißt da „marsch-marsch"? Soll Saptefrati doch recht gehabt haben, als er Turcanu nach seinem Dienstgrad fragte? Und wenn er einen hat, was hat er dann in der Zelle zu suchen? Und wenn er Feldwebel sein sollte, ist dann die blonde Bohnenstange, die sich ihm gerade nähert, etwa Unteroffizier? Oder einfacher Soldat?

Die Häupter der anderen überragend schaukelt jetzt der Kopf des riesigen Blonden, wie von Wellen getragen. Er hinkt nämlich.

„Wie heißt du denn, du... Klapperstorch?"

Kichern da unten, um den Tisch herum. Irgendwo an meinem Kopfende blöckt die vertraute Stimme Balans.

„Cristian Voluntaru!"

Der schaukelnde Kopf bleibt unbeweglich stehen und ich kann seine Gesichtszüge nicht erkennen, wie er so gegen das Licht dasteht.

„Welche politische Gesinnung hast du denn, du... bied'rer Volontär?"

„Gardist!"

Jetzt kann ich endlich seine blaugrünen Augen sehen.

„Gar-dist! Als Gardist hast du also deinen gleichgesinnten Ka-me-ra-den Pop angeschrien, wie? Wohl um ihm vom großen Gardistenführer Sima auszurichten, er möge ja nicht das Wahlbündnis mit den Agrariern brechen, was? Oder vielleicht aus Mitleid? Mit wem hast du denn Mitleid — mit dem Gardisten Pop oder mit dem Agrarier Damaschin?"

Turcanus Mütze wackelt kurz und heftig. Als Geräuscheffekt folgt ein markerschütterndes Röcheln, und der Kopf des Blonden taucht unter, wie von Wellen verschluckt.

„So! Und um die Gardisten kümmern sich heutzutage nur noch die Zionisten... Steiner!"

„Zu Befehl, Herr..."

Das ist einer mit durchsichtigen Fledermausohren.

„Erinn're doch mal Voluntaru, wie er dich auf dem Schlachthof als Saujude an der Zunge aufgehängt hat!"

Welche Zunge? Welcher Schlachthof? Ach ja, ich hatte etwas davon gehört, aber die Gardisten bestreiten, daß es ihre Leute gewesen waren. Und wenn es schon wirklich Gardisten waren, was hatten Steiner und Voluntaru damit zu tun, mit dem Schlachthof von damals? Sie sind doch ungefähr in meinem Alter. Außerdem hat Steiner noch seine Zunge, denn er spricht ja... Ich verstehe nicht recht. Eigentlich verstehe ich überhaupt nichts mehr, um ehrlich zu sein. Außerdem sehe ich auch nicht, was jenseits des Tisches, jenseits von Cornels Riemen vor sich geht. Welche Verbindung, welches „Wahlbündnis" konnte da schon zwischen Cornel Pop und Damaschin bestehen? Turcanus Mütze bewegt sich emsig zwischen der Gruppe um Damaschin und der anderen, um Voluntaru, jenseits des Tisches.

„Genug mit dem Agrarier! Auf, du Wohltäter des Bauerntums! Oprea, jetzt übernimmt der Agrarier den Knüppel und der Gardist kommt auf den Tisch, ja? Nackig!"

Damaschin wird aufgerichtet, und Puscasu pflanzt ihn auf die Beine wie einen Pfahl. Gabriel Damaschins Rücken, Gesäß und Hüften sind eine einzige Striemenlandschaft. Er zittert so heftig, daß ihm der Knüppel, den ihm Oprea in die Hand gedrückt hat, immer wieder zu Boden fällt, und auf dem Zementboden klingt das fast schon metallisch. Mit einem anderen Knüppel schlägt Puscasu den zerschundenen Damaschin andauernd über den Kopf, damit er sich bückt und seinen Knüppel aufhebt.

Voluntaru hat man inzwischen die Kleidung wie eine Haut abgezogen und anstelle von Damaschin auf den Tisch gezerrt. Der Mund ist mit dem Lappen zugebunden.

„So, du Agrarier, jetzt zerreiß mal dem Gardisten den Wahlpakt!"

Gekicher, während Turcanu applausheischend herumstolziert. In Damaschins Hand zittert jetzt der Knüppel unentwegt.

„Hörst du nicht, du Agrarier? Du sollst den Gardisten verbleuen!"

„N-n-n... Nein!"

Entrüstung da unten, wie ein wildes Rauschen, während Turcanu, die Hände in den Hüften, gespreizt dasteht.

„Wie... Sagtest etwa nein, du zerzaustes Huhn?! Du sollst den Gardisten verbleuen!"

„Nein."

Wieso denn nein? Wieso denn nein, du zerzaustes Huhn? Verprügle ihn, sonst... Ach nein, das sind zweifellos meine Knie... Diese Knie!

Turcanu stellt sich jetzt ganz traurig, daß jemand so unwissend sein kann.

„Wieso denn, Damaschin? Bist du denn nicht auch der Meinung, daß jener Maniu, der Boß der Agrarier, mit den Gardisten einst naturwidrige Bündnisse abgeschlossen hat? Macht nichts, wirst schon dieser Meinung sein. Wenn nicht gleich morgen, dann spätestens übermorgen, im Morgengrauen... Plätze wechseln!"

Im Handumdrehen wird jetzt Voluntaru aufgerichtet und man drückt ihm einen Knüppel in die Hand. Sein Mund bleibt indessen mit dem Lappen zugebunden. Während sie Damaschin bereits auf den Tisch zerren. Ich habe sogar den Eindruck, Gabriel hat sich aus freien Stücken auf den Tisch gestürzt, wie in einen kühlen See an einem glühenden Julitag.

Der Knüppel zittert kein bißchen in Voluntarus Hand. Dafür hebt er ihn aber sehr langsam, ganz sachte, als würde er eine Erektion vormimen. Es ist mir zum Kichern zumute, aber meine Heiterkeit zerstiebt in der einsetzenden Stille. Es ist wieder eine jener grauenvollen Zäsuren, wie sie nur unter Turcanus Regie entstehen.

„Jetzt zeig mal, du Gardist, wie der Agrarier dich verprügeln sollte... Mach schon!"

Der Knüppel zögert einen Augenblick, dann geht er nieder. Und da unten bleibt er auch.

„Was? Du meinst wohl, es..."

Wie alles angelaufen ist, müßte er jetzt Voluntaru (oder auch Damaschin) mit sanfter Stimme aufklären, wie sehr er sich in Irrtum befinde, wenn er das meine, was er meine. Keine Spur indessen... Blitzschnell hat Turcanu den Schädel Voluntarus mit beiden Händen gepackt und heftig hinuntergezogen, dorthin, wo sich gerade sein angewinkeltes Knie befindet. Irgendetwas kracht fürchterlich. Vielleicht nur der Nasenknorpel, vielleicht aber auch der ganze Schädel, die Eierschale. Noch ein zweites und drittes Mal die gleiche Bewegung, dann noch einmal... Turcanu wechselt dabei die Knie, obwohl Voluntaru doch nur einen einzigen Schädel hat. Gott allein weiß, warum er sich nicht wehrt, warum er keinerlei Widerstand leistet, warum er nicht wenigstens in die Kniebeuge geht. Voluntaru scheint freiwillig mit dem Kopf ins erhobene Knie zu sausen, er hat sogar die Arme seitlich ausgestreckt, als wollte er Turcanu nicht in seinem Treiben beeinträchtigen.

Ein letzter Hieb, diesmal in den Brustkorb. Der Blonde stöhnt kaum wahrnehmbar und sackt ab.

„Rauf mit ihm!" brüllt Turcanu. „Eine kleine Bummelei tät' ihm jetzt gut..." Die Knüppel um ihn herum stellen sich sofort in eine Doppelreihe auf, bilden ein Spalier vom Tisch bis zur Zellenecke. Mit einem einzigen Fußtritt befördert Turcanu den fast ohnmächtigen Voluntaru mitten durch die doppelte Knüppelreihe. Was ist da schon Dostojewskis „Grüne Gasse" dagegen? Ein Kinderspiel, um ein Jahrhundert und mehr überholt. Unsere „Bummelei" ist kein Spaziergang nur mit Spießruten über dem Rücken, wie einst bei denen dort, in Rußland. O nein! Knüppel und Gürtelschnallen knallen über den Schädel, ausschließlich über den Schädel. Auf der Schädeldecke prasseln dumpf die Schläge, noch dumpfer wenn zwei Knüppel gelegentlich aufeinanderprallen. Der elegante Cori Gherman lauert am anderen Ende, wendet den Ankömmling mit raschen Knüppelschlägen und treibt ihn zurück, zum Tisch hin. Voluntaru hebt die Arme nicht mehr, aber er schleppt sich vorwärts auf eigenen Füßen. Neben dem Tisch empfängt ihn Turcanu mit einem Kniestoß in den Brustkorb, und der Schlag knickt nicht nur den Körper, sondern bringt die ganze Riege aus dem Tritt. Fast mühelos richtet Turcanu ihn aber wieder auf, stellt ihn auf die Beine und läßt ihn in den Knüppelhagel zurückschnellen.

Die „Bummelei" hat ihre bestimmte Dauer, ist schon zu einer Routine gekommen. An Ghermans Ende angelangt, walzt Voluntaru artig, an Turcanus Ende empfängt er seinen Kniestoß und klappt zusammen, ruht sich während des Aufrichtens aus und torkelt mit neuer Kraft zurück durch die Gasse. Die Schläge hören sich jetzt dumpfer an, als fielen sie auf Filz... Liegt es am Schädel oder an den Knüppeln selbst? Wenn mich nicht alles täuscht, hat Cristian Voluntaru einen Bummelkopf, den er jetzt gerade aufgesetzt hat, wie er wohl draußen, in der Freiheit, einen Anzug, einen Hut oder ein Paar Handschuhe für die Strandpromenade übergestreift haben muß. Es ist schon ein Ding, sich einen solchen Bummelkopf anzulegen. Man kann darauf herumdreschen, was das Zeug hält. Nur die Schultern schmerzen noch, wenn die Knüppel mal ausrutschen oder irgendein Stümper nicht richtig gezielt hat. Hätte ich doch ähnliche Bummelbeine gehabt, als Csaky seine Maschinenpistole knattern ließ...

„Herr Turcanooo! Er hat sich die Adern durchgeschnitten! Die Aaadern!"

Hinter meinem Kopfende hat eine Fistelstimme aufgekreischt. Ich kann ihn nicht sehen. Großes Durcheinander und Getrampel. Jenseits des Tisches sind Damaschin und Voluntaru einsam liegengeblieben, nackt und blutend. Ein zerzaustes Huhn – so geht es mir jetzt durch den Kopf – es liegt eben dort, wo man es gerade hingeworfen hat. Der Blonde aber taumelt verwirrt und sucht mit seinem Bummelschädel den Halt der Knüppel, die ihn plötzlich im Stich gelassen haben.

Irgend etwas geschieht da, sehr nahe an meinem Kopfende. Ich sehe nichts, ich kann mich nicht umdrehen, ich will mich auch nicht bewegen. Endlich dröhnt Turcanus Stimme.

„So also, verdammter Halunke, du wolltest abkratzen, was? Dich aus dem Staub machen, ja? Nichts da, du Verbrecher, hier krepierst du, wann ich es will! Damit es alle wissen: Hier begeht keiner Selbstmord, kapiert? Märtyrer! Von wegen!"

Turcanu lacht schallend und alle biegen sich vor Lachen. „Hier werden keine Mär-ty-rer produziert! Nur würfelförmige Eier, klar? Verbindet ihn und legt ihn neben Bogdanovici, damit er die Hausaufgabe mit ihm durchnimmt!" Würfelförmige Eier? Märtyrer? Bogdanovici? Hausaufgabe?... Ich begreife nichts. Ich weiß nur, daß jemand von der langen Pritsche an meinem Kopfende zur kleineren, rechts neben der Zellentür, befördert wird. „Fertig!" klatscht Turcanu in die Hände. „Auf eure Plätze! Auch ihr beiden da! Und der da, der über mich hergefallen ist − mit dir rechne ich noch ab... Raus! Auch die unter den Pritschen!"

Gewimmel, Knüppelhiebe, Gewimmer. Turcanu lümmelt sich auf sein Bett. Er schnauft gewaltig und ich spüre wieder den beißenden Geruch von Pferdeschweiß. Lange hält er es nicht aus. Kaum hat er dreimal geseufzt und schon schnellt er, wie ein Turner am Schwebereck, vom Bett auf, klatscht in die Hände und gebietet Ruhe.

„Ale Mann auf die Pritschen... Hinsetzen, wie auf dem Schachbrett − einer an der Wand, einer am Pritschenrand, einer an der Wand und so fort. Oprea, Puscasu, Steiner, Voinescu − zeigt ihnen mal, wie man bei uns Schach spielt..."

Die Genannten führen es vor, mit Fäusten, Füßen, Knüppeln, Riemen. Sie zerren, stoßen und wringen, sie schlagen drauf los.

„Die von der Wand, eine Handbreit Abstand von der Mauer! Daß sich ja keiner anlehnt, die Wand berührt oder sich duckt, verstanden?"

Irgendeiner fällt mit den Fäusten über jemanden her.

„Hast du nicht gehört, du Ganove, was 'err Turcanu befohlen hat?"

Es scheint Balan zu sein − und er ist es auch. Bloß, was hat Balan mit denen gemeinsam? Er kam doch mit uns, den dreiundzwanzig Leidensgefährten aus dem Keller... Wann hat er wohl das mit „du Ganove!" gelernt? Zunächst scheint Turcanu noch erbost über den unerwarteten Zwischenfall; dann entspannt er sich aber. Mit gekreuzten Armen und etwas zur Seite geneigtem Haupt verfolgt er Balan, der einen schmächtigen, ausgemergelten Mithäftling mit Fäusten und Füßen bearbeitet.

„Gut, der Neuling da... Du kommst hier rüber! Cori, du unterweist ihn!"

Dann klatscht er wieder in die Hände.

„Nochmals also — die von der Wand, eine Handbreit Abstand, die vom Pritschenrand, mit den Fersen auf der Kante... Anreihen! Und jetzt aufgepaßt! Die Hände in die Hüften, den Mittelfinger fest an die obere Rundung gepreßt..."

„Wer aber keinen Mittelfinger hat?"

Das war Fuhrmann, und ich kann ihn sogar sehen, gegenüber der Tür, mitten auf der langen Pritsche. Mit der blutigen Hand zeigt er nach links, auf eine Gestalt in abgetragenem Waffenrock ohne Schulterstücke und Knöpfe.

„Was denn?" Schnaubend begibt sich Turcanu dorthin.

„Ich stelle Ihnen Oberleutnant Negara vor, Kriegsinvalide. Ihm fehlt im besonderen der rechte Mittelfinger und im allgemeinen die ganze rechte Hand."

Turcanu scheint verwirrt und macht sich Luft, indem er Fuhrmann eine kräftige Backpfeife verpaßt. Eine weitere dem Kriegsinvaliden.

„Wo hast du denn deine Hand verloren, verdammter Bandit? Auf sowjetischen Boden etwa? Bei Stalingrad?"

Negara schüttelt nur seinen mit schütterem Haar bedeckten Kopf und antwortet nicht sofort. Als er gerade den Mund aufmacht, kommt ihm Fuhrmann zuvor.

„Auf dem erlesensten sowjetischen... ‚Acker' — im Lubianka-Gefängnis."

So bleibt Negara diesmal ungeschoren, während Fuhrmann in den Genuß einer langen „Bearbeitung" kommt, auf dem Zementboden, gleich vor der Pritsche.

„Ich sagte — anreihen!", kommandiert dann Turcanu. „Ja, so ungefähr... Und nun der Blick: die Schuhspitzen anstarren!"

„Wer keine eigenen Schuhe besitzt, starrt eben die Schuhe des Herrn Turcanu an, von wo uns das Licht kommt..."

Das war schon wieder Fuhrmann! Warum er bloß die Klappe nicht hält. Da — jetzt stürzen sich bereits die Knüppelschwinger auf ihn. Doch ein Wunder geschieht: Turcanu ruft sie mit einem kurzen Händeklatschen zurück.

„He... äh, du da! Seit du hier bist, provozierst du mich ununterbrochen. Möchtest jetzt unbedingt das Licht meiner Schuhe sehen, was? Es sei dir gegönnt... Werd' dich unverzüglich be-leuch-ten, du Zionist! Bis dahin keine Bewegung! Keiner bewegt sich, spricht oder muckst nur! Cori und Cornel überwachen!"

„Und ich, Herr..."

„Was denn, ,und ich'?"

Balan steht stramm, findet nicht die richtigen Worte und blinkt mit den Augen. Fuhrmann hilft ihm auf die Sprünge.

„Er auch, Herr! Der Ärmste, wie lange er schon auf die Gelegenheit wartet... Ich kann Ihnen versichern, er träumte bereits vor seiner Verhaftung davon. Ich kann ihn nur wärmstens empfehlen..."

Die Knüppelschwinger stürmen wieder los, doch wiederum hält sie Turcanu zurück.

„Hörst doch, was dieser abgebrühte Zionist, dieser Zirkusclown vorhin gesagt hat — daß er dich empfiehlt!"

Turcanu ist sichtlich belustigt.

„Bist du etwa sein Glaubensbruder? Wie heißt du denn?"

„Constantin Balan, zu Befehl..."

„Zu Befehl, Herr Oberleutnant, heißt das!"

Einmal mehr — Fuhrmann.

„Zu Befehl, Herr Oberleutn..."

Balans Stimme verstummt jäh, denn Turcanus Faust hat ihn zu Boden gestreckt.

„He... äh, du da..."

Er tritt ganz nahe an Fuhrmann heran.

„Hör mal, du zionistischer Gardist, willst du noch in diesem Augenblick ins Gras beißen?"

„Nein, Genosse Hauptmann!"

Fuhrmann ist auf die Beine gesprungen. Das heißt, er steht auf einem einzigen Bein und mimt auf der Pritsche einen militärischen Gruß, oder versucht es wenigstens anzudeuten.

„Soll ich denn zu den Märtyrern? Wo hier doch keine Märtyrer produziert werden... Sehen Sie? Ich hab' Sie auswendig zitiert..."

Turcanu faßt sich an das vorstehende Kinn und zerrt daran wie an einem Bart. Fuhrmann fängt zu zittern an, und das hat Turcanu anscheinend auch bezweckt, denn er zeigt sich zufrieden und wendet sich wieder Balan zu.

„Wie war das? Welche politische Gesinnung?"

„Ich? Gar keine, zu Befehl! Wissen Sie, ich... Ich wurde nur so verhaftet, weil ich nicht... Ein Irrtum..."

„Klappe!" brüllt Turcanu und schmiert ihm noch eine herunter. „Was heißt hier Irrtum? Umsonst also? Du bist also un-schul-dig?"

„Nein-nein-nein... Ab-ab-aber ja doch, ich..."

Balan bewahrt seine straffe Haltung und ist zu Tode erschrocken.

„Ja, zu Befehl... Bin schuldig! Sehr schuldig, jawohl, aber ich möchte nicht mehr... Ich und Sie, ich möchte..."

Turcanu mustert ihn lange, die Hände in den Hüften.

„Schon gut, du da, werden seh'n, ob du aufrichtig bist. Einstweilen willkommen bei uns!"

Breit lächelnd reicht er ihm theatralisch die Hand, und er tut es sicherlich nur, weil alle ihn anstarren. Balan versteht aber die Geste nicht, denn er krümmt den Oberkörper in einer abwehrenden Bewegung, während seine Füße auf dem Fußboden wie angewurzelt sind. Der knochige Kerl mit dem roten Pullover stößt ihm die Faust in die Rippen.

„Siehst du nicht, daß 'err Turcanu dir die Hand reicht?"

Balan ergreift mit beiden Händen Turcanus Rechte und führt sie an die Lippen. Wie von der Tarantel gestochen, zieht Turcanu seine Hand zurück und schlägt mit der Linken gleichzeitig zu. Er hat die Finger zur flachen Hand gespreizt, aber der Schlag sitzt wie ein Aufwärtshaken. Balan wird durch die Luft gewirbelt und verschwindet irgendwo neben meinem Kopfende, wahrscheinlich unter der Pritsche.

Dann kommt er aber sofort wieder zum Vorschein, als hätte ihn eine Feder zurückgeschleudert. Er steht wieder stramm und lacht. Sehen kann ich ihn nicht, aber ich höre ihn ganz deutlich — es ist tatsächlich ein fröhliches Lachen! „Daß ich dich ja nicht mehr mit solchen Mätzchen erwische, ja? Hier sind wir nicht in der Kirche... Euer Pope bin ich aber trotzdem, hahaha!..."

Der Chor der Knüppelschläger untermalt die Szene mit schallendem Gelächter, verstummt aber schlagartig, als der „Pope" wieder zu brüllen anfängt.

„Du da! Warum bewegst du den Kopf? Hab' ich nicht gesagt, die Schuhe anstarren?"

„Starr' ich doch an...", gibt Fuhrmann gelassen zurück.

„Nicht du, dreckiger Bandit! Der dort, der hat den Kopf bewegt... Aber du hast geredet und hast daher Vorrang. Warum hast du geredet, du Schlabbermaul?"

„Aus Angst, Herr, wie man eben nachts im Wald redet, wenn man einsam ist und wenn böse Geister oder — was weiß ich? — Wölfe lauern... Ich hab' mir eben Mut gemacht und führe Selbstgesprä..."

Weiter kommt Fuhrmann nicht. Turcanu hat ihn mit einem Ruck von der Pritsche heruntergezerrt und zum Tisch geschleppt. Mit einer einzigen Hand umklammert er seine Kehle und mir kommt es vor, er hält ihn in der Luft... Nein, es ist keine Sinnestäuschung, er hat Fuhrmann mit der Linken an der Gurgel gepackt und läßt ihn über den Boden zappeln, während er mit der Rechten zuschlägt. Dann hebt er ihn mit beiden Händen hoch und hämmert mit den Füßen drauflos. Fuhrmann zuckt und verrenkt die Glieder wie im Kontrapunkt einer grotesken Fuge, wie ein Hampelmann, wie eine leergeschüttelte Wergpuppe.

Jetzt kann ich nichts mehr sehen, Turcanus Hände halten nichts mehr, bewegen sich frei. Sogar die Mütze ist ihm vom Kopf gefallen. Nach seinen Bewegungen, nach den dumpfen Stößen, die an mein Ohr dringen, zu urteilen, bearbeitet er ihn nur noch mit Tritten, unten auf dem Fußboden.

Endlich! Er klaubt ihn auf und schleudert ihn gegen die

Wand. Einen Augenblick bleibt Fuhrmann wie angeklebt da, nachdenklich, unschlüssig. Dann erst entscheidet er sich, auf die Pritsche herabzugleiten. Nur noch eine Stoffpuppe.

Inzwischen sind aus vielen anderen Stoffpuppen geworden, doch mir gelang es, sie allesamt von mir fernzuhalten, dort, vergessen, an die Wände festgeklebt, noch gründlicher vergessen, auf ihren Pritschen zusammengesackt. Elisav ist hierher unterwegs, damit wir endlich erfahren, wie jener Sarg wohl drinnen ausgesehen hat...

Vorerst aber war hier bereits Zapfenstreich, in der Zelle „4-Krankenhaus". Ein Raum von zwölf mal sechs Meter mit jeweils zwei gegenüberliegenden Fenstern, nach Ost und nach West hin, mit einer Belegschaft von dreiundsiebzig Häftlingen, allesamt anwesend, davon einer bettlägerig. Würden die Zellenwarte nicht mit ihren Schlagstöcken und Riemen Wache schieben und unentwegt an den drei Pritschenreihen vorbeipatrouillieren, so wäre es hier ungefähr so, wie es eigentlich gut wäre, falls dies alles überhaupt nicht gewesen wäre. Ich meine hier, in der Zelle, denn draußen, jenseits der Mauer hört man die Wachposten ihre beruhigenden Losungen nach Vorschrift durchgeben. Hier aber, hinter der Mauer und in der Zelle, sausen die Knüppel nieder, im Takt mit den Befehlen unserer eigenen Wachposten.

„Hände über die Decke, verfluchter Ganove!"

Die Schläge klingen dumpf.

„Beine nicht zusammenziehen, du mieser Verbrecher! Ganz ausgestreckt bleiben!"

Wieder Hiebe, mal scharf, mal ganz gedämpft.

„Warum schläfst du auf dem Rücken?"

Und regelmäßig der Aufschlag der Knüppel, fast schon wie ein rhythmisches Ritual.

Ich aber, der meine Arme und den ganzen Leib so bewegen kann, wie ich will, schließe die Augen, um Elisav die Ankunft zu erleichtern.

Er kommt tatsächlich, ich spüre es, doch auch ich muß et-
was dafür tun. Ihm wenigstens drei Schritte entgegengehen,
oder es wenigstens andeuten, denn nur so empfängt man je-
manden. Man kann einem Menschen jede Bewegung verbie-
ten, das Zurück und das Vorwärts, nicht aber die Flucht in
die Vergangenheit. Diese Vergangenheit, herrlich als Zeit-
form, erlaubt mir nämlich noch in der Gegenwart das zu
sein und zu vollbringen, was meist nur in einer fragwürdigen
Zukunft liegt.

So kann ich jetzt das Gefängnis verlassen. Meine Angehö-
rigen warten bereits auf mich am Tor, aber sie beeilen sich
überhaupt nicht, sie laufen mir nicht entgegen. Nicht einmal
Seliva. Wie die Angehörigen anderer Häftlinge wissen auch
sie, daß von nun an nichts und niemand uns je zurückzerren,
auseinandertreiben, zerstückeln vermag.

Von dort draußen, vor dem Gefängnistor, versetzen wir
uns allesamt in den Garten von Piatra, unter dem Maulbeer-
baum. An einem Tischende sitzt Großvater Pamfil, am ande-
ren Vater. Zu Großvaters Rechten, in einer Reihe, Groß-
mutter Agapia, Artimon, Mutter. Ihnen gegenüber, Elisav
neben Vater und Seliva zwischen uns beiden Brüdern. Ich
selbst habe meinen Platz zu Großvaters Linken. Auf dem
weißen Tischtuch bewegen sich im linden Rauschen der
Blätter Lichtflecke, wie in tiefem Wasser. Jenseits des Gar-
tenzauns, das Dorf an einem Sommernachmittag, eingehüllt
in summenden Geräuschen, beruhigend in seiner Vertraut-
heit. Man hört die Hühner gackern und die Bauern ihre Sen-
sen wetzen, Räder knarren, jemand ruft in der Ferne. Dazu
der bittere Duft der Nußbaumblätter, vermengt mit dem
herb-männlichen von Pferdemist und dem lustig-frischen des
Rauches von offenen Feuerstellen, ganz anders als der ste-
chende Geruch von Ofenrauch. Unsere selbstgewebten
Baumwollhemden atmen Geborgenheit, wie überhaupt jeder
von uns, hier um den Tisch, mit der ureigenen Würze seines
Wesens, wie eine Stimme im Chor der großen Familie wirkt.
Ich spüre sie alle und jeden einzelnen von ihnen. Großva-
ter — Weihrauch mit einem Hauch alten Silbers von seinem

Ornat. Großmutter — Quitten und Balsamblätter. Arti-
mon — wilder Tabak und Stiefelleder. Mutter — wie eben
Mutter ist. Seliva — sonnendurchglühte Haarpracht, mit dem
leichten Hauch der Tintenflecke auf ihren Fingern und dem
Duft ihres neuen Kleides. Elisav — aus dem Regen herauslau-
fender Wolf, dem die Herbe der Wildnis noch anhaftet. Va-
ter... doch das weiß ich nicht mehr, und schließlich ich
selbst, sehr wohl in meiner Haut.

Eine reife Maulbeere fällt auf den Brotlaib. Eine andere
plumpst in Artimons Weinglas und bespritzt das blütenweiße
Tischtuch. ,,Macht nichts", wirft Großmutter schnell ein,
..es geht schon beim Waschen heraus..." Artimon erhebt das
Glas und versucht einen Trinkspruch auf seine Art. ,,Der
Herr gab's, der Herr nahm's, des Herrn Name..." Noch im
Sprechen leert er bereits das Glas und schenkt sich nach. Wir
lachen und schauen uns paarweise schelmisch an, wohl wis-
send, daß der Herr tatsächlich gegeben hat und noch geben
wird. Daraufhin erhebt sich Großvater und segnet Brot und
Wein, den Leib und das Blut. Dann macht er das Kreuzes-
zeichen mit dem Messer auf dem Brotlaib, bevor er ihn an-
schneidet.

Stehend habe ich soeben festgestellt, daß Seliva fast so
groß ist wie ich. Auch ihre Zeit ist also da, und wenn es so-
weit kommt, dann wird die Wahl auf Saptefrati fallen. Ein
genialer Tondichter, mit dem ich auch in der Zelle von Pi-
testi gesessen habe. Wenn dann an mir die Reihe ist, so wird
es Julia sein. Schwieriger wird es Elisav haben, denn Lena
ist rothaarig, blinzelt unaufhörlich wie eine Henne und hat
obendrein auch kein Gehör — das Schlimmste.

Inzwischen habe ich noch so manche Stoffpuppen gese-
hen... Turcanu schläft da, nur eine Handbreit von mir und
meiner Schlaflosigkeit entfernt und schnarcht aus Leibes-
kräften — eher ein unregelmäßiges, stolperndes Röcheln. Er
schnellt im Schlaf empor und fällt sogleich wieder zurück,
er stöhnt vor Schmerz und Wollust zugleich, als würde er in
seinem Alptraum gar nicht mehr er selbst sein, sondern einer
der anderen. Recht wäre es schon, wenn er diesen beklem-

menden Traum auch wirklich erleben könnte... Bloß, mit Lena gibt es wirklich keinen Ausweg, denn sie kann nicht nur nicht singen, sondern duldet auch keinen Gesang in ihrer Gegenwart. Wie merkwürdig! Völlig unmusikalisch wie sie ist, tanzt sie außerordentlich gut und hat einen ganz ausgeprägten Sinn für Rhythmen. Ich werde also Elisav mit Rosalia bekannt machen, die so singt wie Mutter in ihrem Alter gesungen haben muß... Er wird selbstverständlich ihren Namen ändern, und auch ihre Haartracht, und ihr die Unsitte austreiben, ihre behandschuhten Hände immerfort in die Taschen zu stecken. Bei uns in Piatra ist jetzt also Abend und die Kinder sind zu Bett gebracht worden. Nur Selivas Junge ist in den Armen seiner Mutter eingeschlafen, und wir sitzen alle draußen, auf der Veranda. Die Petroleumlampe haben wir auf das Geländer gestellt, damit uns die Mücken nicht beim Singen stören. Vater, der gute Siebenbürger, ist mehr für Vertonungen nach Versen seines Lieblingsdichters Goga, wie, zum Beispiel, „Warum habt ihr mich fortgetrieben?", während Mutter, die Bessarabierin, bereits „Dnjester, deine Ufer" angestimmt hat. Nicht etwa, daß sie solche Lieder bevorzugen würde, wo sie noch immer für Opernarien schwärmt, sondern nur um die Stimmung irgendwie auszugleichen. Auch Großmutter Aglaia fällt gleich ein mit ihrer dünnen und zittrigen Stimme. Großvater und Artimon schweigen noch, kraulen in ihren Bärten herum und werfen sich vielsagende Blicke zu, denn sie wissen es. An diesem Abend wird nämlich Artimon erst einmal allein den „Tag des Sieges" aus Jesaja singen, dann mit Großvater Pamfil den achten Psalm, „Des Menschensohnes Niedrigkeit und Hoheit" anstimmen:

Wenn ich sehe die Himmel, deiner Finger Werk,
den Mond und die Sterne, die du bereitet hast:
Was ist der Mensch, daß du seiner gedenkst,
und des Menschen Kind, daß du dich seiner annimmst?
Du hast ihn wenig niedriger gemacht denn Gott
und mit Ehre und Schmuck hast du ihn gekrönt.
Nur sie beide wissen es, und auch wir beide, Seliva und

ich. Wir wissen es, daß die Musik von Mihai stammt, der Artimon nicht mehr kennenlernen sollte.

Letzten Sommer in Albota.

2

„Herr Oberwächter Ciobanu, Zelle ‚4-Krankenhaus' mit dreiundsiebzig Häftlingen, alle anwesend, einer bettlägerig, zum Morgenappel angetreten!"

Das war aber schon etwas früher, bereits viel früher sogar. Einmal, im Vorjahr, oder noch weiter zurück... Ich weiß es nicht mehr, ich weiß es nicht, ich verstehe nicht und will auch nicht verstehen, was mit mir, mit ihnen, mit uns allen los ist. Die Knie, diese vom Taktmesser angefressenen Knie! Ich hoffe immer noch zu träumen, in einem Alptraum zu wandeln, aus dem ich aufwachen könnte, wenn ich mir nur ausreichend viele Fragen stellte. Was aber, wenn es überhaupt kein Traum ist?

Der Hirsebrei... Nein, auch der war früher. Glierman hat mir das Eßgeschirr gebracht und es mir auch wieder abgenommen. Er hat mich gefragt, warum ich nichts gegessen hätte. Ohne aber meine Antwort abzuwarten, ging er zum Kübel und leerte dort meine Schüssel.

Turcanu, nur mit einer Gesäßhälfte auf dem Tisch sitzend, hatte soeben den Brei ausgelöffelt und dabei unentwegt nach allen Seiten schnelle Blicke geworfen, als hätte er sich belauert gefühlt.

Schade um die weggeschüttete Grütze, denn Saptefrati

hätte sie gut und gerne verzehrt. Ich weiß, daß er auf der kurzen Pritsche hockt, neben Voluntaru, aber ich kann nicht hinschauen. Ich blicke nur nach vorn und auch ein wenig seitwärts nach oben, auf einen Fleck an der Wand, gleich oberhalb der kurzen Pritsche links vor der Tür. Und auf dieser Pritsche hockt keiner, denn sie befinden sich allesamt unten. Mit ihren Schlagstöcken. Der Fleck sieht eigentlich wie ein Kamel aus und hat auch so etwas wie einen Kopf... Aber den kann man bestimmt noch ausbessern und ergänzen. Der Kopf des Tieres hängt über der Tür, verkehrt zum Körper und übermäßig groß. Ich starre hartnäckig auf das Kamel, um ausschließlich über das Kamel nachzudenken, wie es seinen Kopf dort und nicht anderswo hat, weder bei Voluntaru, zum Beispiel, oder der Stoffpuppe namens Fuhrmann. Bei mir sowieso nicht. Umsonst aber.

„Du dort, runter von der Pritsche! Auch du, du und du..." Es können gut sieben sein, die da aufgerufen werden. „Arme hoch! Auf Kommando geht ihr in die Hocke, verstanden? Und auf Kommando wieder hoch — mit erhobenen Armen, ja? Aufgepaßt! Wer die Fersen mit dem Hintern berührt oder nicht die Arme hochhält, der... Cornel Pop, du leitest die Turnübung!"

„Runter! Rauf! Runter! Rauf!..." Cornel ist ein Motor, der sofort anspringt.

Ich zähle mechanisch bis zum fünfzehnten „Runter".

„Wo hast du deine Augen, Oprea? Siehst du nicht den Mickrigen dort?"

Oprea stürmt los, haut zu mit Stock und Füßen. Das Runter-Rauf geht weiter.

„Puscasu! So paßt du auf? Hier, dieser Ganove, der berührt doch die Fersen!"

Jener Ganove, den ich nicht sehen kann, hat auch sein Fett weg, von dem mit dem roten Pullover. Cornel treibt das Spiel noch eine ganze Weile, bis Turcanu etwas anderes einfällt.

„Alle drauf! Macht sie fertig, die Banditen, los!... Gut Steiner! Kräftiger, Voinescu! Bravo du, der Neue!... Prügelt mal den Moder aus diesen verdammten Verbrechern richtig heraus!"

Es wird nicht mehr gezählt, sondern nur noch gemalmt. Ich kann weder Geschlagene noch Schläger mehr zählen, aber ich bin fast überzeugt, daß die Schläger in der Minderzahl sind. Und trotzdem haben die Geschlagenen keinen Augenblick Ruhe. Wenn der unmittelbar „Beschäftigte" mal eine Verschaufpause einlegen muß, weil der Stock nicht so richtig will oder ihm gar aus der Hand geglitten ist, dann übernimmt der prügelnde Kollege auch seinen Fall, ohne dabei den „eigenen" zu vernachlässigen. Nun sind diese Schläger genau so ausgemergelt und blaß wie die Geschlagenen. Sie erhalten doch dieselbe Ration Fraß. Woher nehmen sie bloß ihre Kraft und Energie her, ihren Haß vor allem? Ich weiß es nicht und da ich es auch nicht wissen will, weiß ich auch nichts.

„Es reicht! Zurück auf die Pritsche! Nächste Schicht... Du da, und du, und du..."

Irgendeiner winselt irgendwo, leise zwar, dafür aber unaufhörlich. Auf ein Zeichen Turcanus kriechen Voinescu und Steiner auf die Pritsche. Die Knüppel wirbeln kurz, die Füße stampfen. Als die beiden wieder herunterklettern, ist das Winseln verstummt.

Cornel leitet die Turnübung. In dieser zweiten Schicht kann ich jetzt Saptefrati, Stef und Voluntaru erkennen. Nach dem zweiten oder dritten „Rauf-Runter" nimmt sich Oprea höchstpersönlich der blonden Bohnenstange an. Deswegen — oder seinetwegen — fällt die Turnübung dieser zweiten Schicht kürzer aus und man geht unversehens mit geballter Kraft zum Gemenge über.

Dritte Schicht, aus derselben Ecke der Zelle. Das Kamel an der Wand nützt mir überhaupt nichts, denn irgendein Verprügelter hat seinen Schuh gegen die Tür geworfen und nach dem „'errn Direktor" gebrüllt. Der kommt auch gleich herein, der Direktor, schmiert ihm ein paar herunter, da er die weiß angestrichene Scheibe eingeschmissen hat und macht sich aus dem Staub. Der verkehrte Kopf des Kamels an der Wand, als würde es fortziehen, statt heranzukommen, verfängt meinen Blick nicht mehr, der nun zur Tür herabgleitet. Flugs hat man da bereits eine neue Scheibe eingesetzt, genau so übertüncht und verkratzt wie die andere, damit der Regisseur uns weiter beäugen kann. Anscheinend gibt es sie vorrätig, diese Scheiben.

Ich fühle, wie Turcanu sich an Gherman wendet und ihm etwas zuflüstert. Ich hieve meinen Blick zum Kopf des Kamels an der Wand empor, dann lasse ich ihn vorsichtig nach rechts, zum Körper des Tieres gleiten. Ich fühle, wie Turcanu sich der Tür nähert, fühle diese aufgehen, ich spüre buchstäblich das Verschwinden Turcanus durch die geöffnete Zellentür.

„Schluß!" schreit Gherman. „Die Turnübung wird unterbrochen. Jetzt raus zum Programm! In Sechsergruppen, die Arme hoch, von hier angefangen... Eins, zwei, drei..."

Jetzt schaue ich mir alles nach Belieben an. Wie die von der kurzen Pritsche herunterklettern, gleich rechts, neben der Tür. Unter ihnen auch Damaschin. Eine merkwürdige Kopfbedeckung fällt mir auf, wie eine Schimütze mit Ohrenklappen, aber ohne Mützenschirm. Warum bloß ohne Mützenschirm? Ganz einfach, hatte es mir der bessarabische Volksschullehrer in Sibiu erklärt — sonst sähe sie wie die deutschen Feldmützen aus. Auch ihm hatte man den Mützenschirm mit dem Taschenmesser abgeschnitten. Unter den erhobenen Händen ist eine verbundene zu sehen. Ach ja, der Selbstmörder...

„Genau zwanzig Sekunden für die Bedürfnisse, weitere zehn zum Waschen!" kommandiert Gherman.

Er klopft an die Tür und tritt zur Seite. Die ganze Schicht verläßt im Trab die Zelle, Steiner und Veniamin an der Spitze. Gherman bleibt mit gekreuzten Armen an der Tür stehen, den Knüppel unterm Arm. Weitere sechs Schläger, darunter auch Balan, schieben Wache vor den Pritschen. Irgendwo in der Nähe rauscht das Wasser. Ach so, die Toilette. Die erste Gruppe kehrt mit erhobenen Armen und nassen Händen zurück. Die nächste Schicht, dann noch eine. Ich habe den Eindruck, es geht alles etwas zu schnell. Ach ja, richtig... Zwanzig Sekunden für die Notdurft, zehn zum Waschen. Mit Oprea und Puscasu als Aufpasser wahrscheinlich noch weniger.

Die letzte Gruppe ist wieder da.

„Die Turnübung wird wiederaufgenommen!" verkündet Gherman.

Aber ich? Denn auch ich...

„Aber ich?" frage ich und hebe die Hand. „Auch ich möchte meine Bedürfnisse..."

„Klappe, du verdammter Bandit!" Balan hat bereits den Knüppel hochgehoben.

„Balan!" kreischt Gherman und kommt näher. „Du tust nur, was dir befohlen wird, ja?"

„Verstanden, zu 'fehl..."

Balan wirkt jetzt eingeschüchtert.

„Vasile Pop gehört zu Herrn Turcanu, kapiert?" brüllt er Balan an. „Daß ich dich ja nicht mehr erwische... Sag mal, Vasile Pop, kannst du auf den Krücken gehen? Cobuz, bring mal die Krücken!"

„Das schon", antworte ich und zeige auf meine Beine. „Was tue ich bloß mit denen? Biegen kann ich sie nicht. In der anderen Zelle halfen mir die Jungs, sie hielten sie ausgestreckt... Anders geht es nicht..."

„Genug damit! Du plapperst zuviel!"

Gherman ist aber keineswegs wütend, eher verlegen. Im Flüsterton bespricht er die Sache mit Steiner und Puscasu, aber der mit dem roten Pullover ist nicht einverstanden. Steiner zuckt nur mit den Schultern und schleicht sich weg. Gherman flüstert Puscasu etwas zu, dieser verschluckt sich ein paarmal und steht plötzlich stramm. Gherman klatscht in die Hände.

„Drei Leute, die Vasile Pop schon mal geholfen haben..."

„Ich, Herr..." hebt Saptefrati die Hand hoch. „Und auch Apolzan und Stefanescu..."

Als die drei herankommen, weist Gherman mit dem Knüppel Tavi zurück.

„Du bist doch Gardist... Wegtreten!"

Apolzan ist verwirrt und entfernt sich hinkend.

„Es müssen aber drei sein", erklärt Saptefrati, „zwei fassen ihn unter den Armen an, der dritte hält die Beine gestreckt..."

„Dann wirst du eben der dritte sein", sagt Gherman und schubst Balan mit dem Knüppel. „So! Und jetzt auf mit ihm!"

Stef und Mihai heben und tragen mich, Balan hat mich an den Beinen gefaßt und geht nun voran. Hinterher schreiten Oprea und Cobuz. Vom Korridor aus ist es gleich die erste Tür links.

„Zwanzig Sekunden!" mahnt Oprea.

Balan hält sehr gewissenhaft meine Beine gestreckt. Dabei geht er sogar gebückt, damit meine Füße auf einem seiner Knie Halt haben. Oprea begutachtet inzwischen mißtrauisch die ganze Prozedur.

„Tempo, tempo... Du hast nur noch zehn Sekunden!"

Cobuz flüstert Oprea etwas ins Ohr und ich kann lediglich „'err Turcanu" hören, worauf Oprea sein Benehmen schlagartig ändert. Er verschwindet aus meinem Blickfeld, dann höre ich ihn Anweisungen geben.

„Stützt ihn doch, bis er gemacht hat..."

Ich kann aber nicht. Ich kann nicht machen und schäme mich noch obendrein.

„Ich kann's nicht, Jungs", entschuldige ich mich, „nicht in zwanzig Sekunden..."

„Ich sagte dir doch, du sollst solange da hocken, bis du gemacht hast!"

Oprea ist verärgert. Umsonst aber und ich bitte die anderen, mich wieder hochzuheben. Jetzt erst bemerke ich, daß ein Ohr von Saptefrati ganz blau angelaufen und zum Teil abgerissen ist, während auf Stefs Stirnbein eine noch blutende Wunde klafft.

„Bringt ihn zum Waschbecken", befiehlt Oprea. „Wasch dich!"

Ich strecke die Hände unter den Wasserhahn und befeuchte mir nur die Augen. „Fertig", sage ich dann und Oprea schaut mir ins Gesicht, ohne mich aber zu sehen. Dann zuckt er nur die Schultern.

„Deine Sache... In die Zelle!"

Wir kommen zurück. Oprea flüstert Gherman etwas zu und dieser kommt an mein Bett.

„Wenn du was brauchst, so mußt es mir nur sagen. Handzeichen geben, nicht sprechen, ja? Gehörst doch zu Herrn Turcanu..."

Letzteres war nur so hinzugefügt, mit abgewandtem Blick. Ich will ihn fragen, was diese Zugehörigkeit bedeutet, aber Cori hat bereits andere Sorgen.

„Die Turnübung wird fortgesetzt! Wo waren wir gerade?"

Cornel Pop schmettert wieder sein „Rauf-Runter". Sobald sich die „Fehlleistungen" einstellen, geht es mit den Knüppeln los. Wenn mich aber nicht alles täuscht, mit weniger Eifer als wenn Turcanu anwesend ist.

Doch da ist er wieder. Ich habe Turcanus Ankunft nicht einmal bemerkt, den Zellenwärtern ist sie aber nicht entgangen. Ihr Rhythmus wird plötzlich lebhafter, ihre Hiebe prasseln wieder mit der gewohnten Heftigkeit nieder.

Turcanu spaziert herum, bisweilen bleibt er abrupt stehen, als würde er einen Dschungel durchschreiten, wo die Bedrohung überall lauern kann.

„He, du da! Wo stierst du denn hin? Oprea, Puscasu, Steiner!... Vorbeugen, verdammt!"

Ganz nahe an meinem Kopfende wird herumgestoßen, während der Sündenbock — wer mag es wohl sein? — zu Brei geschlagen und anschließend auf die Pritsche geworfen wird.

„Strammgestanden, verdammter Ganove! Auf die Schuhe blicken! Wenn ich dich erwische... Waaas?! Du hast geblinzelt? Warum hast du die Augenlider bewegt?"

Faustschläge, Knüppel, Hiebe, Fußtritte, ebenfalls an meinem Kopfende, dann der unsanfte Schubs auf die Pritsche.

Der hat sie wohl nicht mehr alle, dieser Turcanu! Unbeweglichen Blick, das lasse ich ja noch gelten... Aber nicht mit den Augen blinzeln? Wie lange kann es denn einer aushalten, ohne zu blinzeln? Nun ja, ich habe da zwar meine Methode und sie wird mir auch gute Dienste leisten, wenn ich mal an der Reihe bin. Der Unglückselige an meinem Kopfende kriegt es aber wieder über den Buckel, *weil er geblinzelt hat.* Könnte ich ihm bloß zuflüstern, er möge doch versuchen — wenn ihn die Augen brennen — die Lider ganz langsam herabzulassen, ohne aber die Augen zu schließen, und sie dann langsam wieder zu öffnen, ganz sachte... So hält man es bis zu einer halben Stunde oder noch länger aus.

Der Pechvogel wird inzwischen von anderen übernommen und zu Ende geknetet, da Turcanu sich auf sein Bett gelümmelt hat, die Rechte unterm Nacken und den Blick an die Zellendecke gerichtet. Siehe da, er blinzelt ja! Zu häufig sogar für einen, der...

„Es reicht! Auf die Pritsche mit ihm!"

Turcanu stinkt wie ein Büffel. Nein, wie ein Pferd... Ach was! Er stinkt gar nicht wie ein Tier, sondern nach Mensch. Nach Schweiß zwar, aber von ihm weht auch etwas anderes zu mir herüber, der Gestank menschlicher Ausscheidung. Doch keineswegs der üble Dunst des Kübels und auch nicht der Geruch von Kot, den man, sagen wir, aus Versehen zertritt. Nein, es ist ein scharfer, widerlich penetranter Geruch. Hat denn Turcanu in die Hose gemacht? Oder ich vielleicht? Doch nein... Den eigenen Mief kenne ich zur Genüge von Sibiu und von Codlea her, mit all seinen Nuancen. Dieser hier kommt von Turcanus Schuhen. Vorhin hatte er die Beine aus dem Bett baumeln lassen, da war der Gestank weg. Als er sich wieder ausstreckte, kam er mir erneut in die Nase. Das Schuhwerk also. Vielleicht ist er in etwas hineingetreten und von diesem undefinierbaren Etwas wird mir speiübel. Nicht Ekel überkommt mich, sondern Angst.

Man hört die Eimer auf dem Korridor klappern. Das Mittagessen. Wie vom Turnreck springt Turcanu herunter und pflanzt sich inmitten der Zelle auf, umgeben von seinen Schlägern. Balan nähert sich auch, aber Oprea vertreibt ihn mit wiederholten Knüppelschlägen über den Schädel. Turcanu spricht und die anderen stimmen ihm nickend zu. Sogar

103

Balan, der jetzt abseits steht und bestimmt nichts mitbekommen hat. Plötzlich bricht Turcanu in schallendes Gelächter aus und versetzt Gherman einen freundlichen Schlag über den Rücken. Cori verdreht die Augen, daß man nur noch das Weiß des Augapfels sieht. Nur einen Augenblick lang dauert es, dann hat er sich wieder im Griff. Was mag wohl Gherman auf dem Rücken haben, wo ihn Turcanus Schlag getroffen hat? Oder was mag ihm dort fehlen?

Turcanu will gerade zur Tür gehen, als Fuhrmanns heisere Stimme ertönt.

„Herr Oberhauptmann — oder was immer Sie sind — meinen Sie nicht, Sie schulden uns eine Erklärung?"

Die Schläger wollen bereits wie eine abgerichtete Meute lospreschen, aber Turcanus Händeklatschen hält sie zurück. Dann stelzt er langsam um den Tisch herum und bleibt vor der Pritsche stehen. Nicht aber vor Fuhrmann.

„Du da! Hast doch gehört, was dieses Quatschmaul gesagt hat? Antworten!"

Der Angesprochene, ein Jüngling mit zarten Gesichtszügen und mädchenhaften Wimpern, bewegt nur lautlos die Lippen. Im Vorbeigehen schmiert ihm Turcanu eine herunter und steht nun vor Fuhrmann.

„Wie war nur dein Name, du da, mit der Erklärung? Hast du das gehört, Cori? Er-klä-rung!"

Wie auf ein Kommando setzt auch das Gelächter des Knüppeltrosses ein.

„Wem soll ich Erklärungen schuldig sein, Cori? Ich? Dir etwa?"

Jetzt hat er sich Fuhrmann zugewandt.

„Wer bist du denn? Wie war doch gleich dein Name?"

Das klingt fast wie eine Liebkosung in Turcanus moldauischer Mundart.

„Meinen Namen kennen Sie schon. Aber welchen Dienstgrad geruhen der Herr zu tragen?"

Gekicher von den Pritschen. Wahrhaftig Gekicher, was die Schläger wiederum zum Sprung ansetzen läßt, aber Turcanu hält sie auch diesmal mit einem Zeichen zurück.

„Jetzt hör mal gut zu, du Zirkusstudent am Getto-Konservatorium von Iasi..."

Turcanu labt sich am Gelächter des Trosses, als würde er sich damit seine juckende Haut kratzen.

„Seit du in der Zelle bist, hast du mich unentwegt provoziert!"

Turcanu gerät jetzt mächtig in Fahrt.

„Ach ja?" bemüht sich Fuhrmann Erstaunen auszudrücken. „So erklärt sich also die ,Erwiderung', die Sie mir zu geben geruhten, Herr Ciobanu..."

„Turcanu, verdammt, nicht Ciobanu!"

Turcanu möchte am liebsten alle erwürgen, aber einstweilen greift er nur verkrampft ins Leere.

„Turcanu oder Ciobanu, das ist doch einerlei..."

Wir halten alle den Atem an, aber erstaunlicherweise lächelt Turcanu nur. Schließlich lacht er sogar und wippt auf den Zehenspitzen herum.

„Du willst mich also richtig kennenlernen, was?"

„Wissen Sie, Herr..."

Fuhrmann bemüht sich offensichtlich laut zu sprechen. Es gelingt ihm zwar schlecht, aber man kann seine Stimme immerhin hören.

„...um mit dem Dramatiker Caragiale zu sprechen: ,Wenn mich jemand ohrfeigt, lass' ich nicht locker, bis er mir nicht sagt, warum er es getan hat... Nur so, damit ich es auch weiß...' "

„Läßt also nicht locker... Sollst du auch nicht! Nicht locker lassen, bis du nicht weißt, warum, ja? Komm nur, ich sag' dir schon warum... Ich werd' dir Er-klä-run-gen geben!"

„Mit denselben Argumenten, Herr...?"

Aus der schwachen, heiseren, zerdrückten Stimme Fuhrmanns hört man die große Angst heraus. Eine besondere Angst aber — die Angst vor der wahnsinnigen Courage.

„Die einzigen Argumente, die einem Banditen zustehen..."

Ich starre verzweifelt das Kamel an der Wand an, dessen herabhängender Kopf im Fortgehen herankommt. Fuhrmann schneidet sich nicht die Pulsadern auf, sondern bietet sie Turcanu an, damit er es tut. Recht hat er, Turcanu, denn Fuhrmann hat ihn andauernd provoziert, seit er in diese Zelle gekommen ist. Jetzt noch provoziert er ihn... Und wen? Turcanu höchstpersönlich!

Er wird ihn umbringen.

Nachdem er ihn mit den Fäusten zermalmt und mit den Füßen durchgeharkt hat, dann wieder mit den Fäusten und wieder mit den Füßen, steigt er jetzt auf den liegenden Körper und stützt sich auf die Schultern Opreas und Puscasus, die pflichtbewußt herangetreten sind. Dann springt er mit beiden Füßen auf einmal, wie auf ein Sprungbrett. Noch einmal springt er, und noch einmal. Es kracht fürchterlich. Etwas ist geborsten, aber ich bin unfähig, in Ohnmacht zu fallen.

„Keiner rührt das Essen an, bis ich es nicht ausdrücklich befohlen habe!"

Was wird er noch alles erfinden? Wo bin ich bloß hineingeraten und was geht hier eigentlich vor? Und wenn schon etwas vorgeht, warum vergehe ich denn nicht?

Die Schläger haben das Eßgeschirr ausgeteilt, jedem Häftling die Schüssel auf den Pritschenrand hingestellt. Ihre eigenen indessen auf den Tisch.

„Alle auf die Knie, einen Meter von der Schüssel entfernt! Hände auf den Rücken! Bücken und fressen! In den Trog, ihr Schweine!"

In den Trog... Aber ich? Gherman bringt mir die Schüssel mit Grütze ans Bett.

„Dir steht ein Löffel zu... ", flüstert er mir.

Wieso denn? Warum sollte mir etwas zustehen? Ich beginne erst zu verstehen, als die Knüppel auf die Schädel sausen, ausschließlich über die Schädel, die sich zum Fraß herabbeugen müssen. Ohne Löffel. In den Trog.

„Herr Turcanu!" kreischt da Balan plötzlich. „Vasile Pop

verweigert das Essen... Ich entlarve ihn! Ich entlarve ihn! Ich entlarve ihn!"

„Cori" wendet sich Turcanu lässig an Gherman „schaff mir doch diese Laus vom Hals, ja? Er soll zu-rück-tre-ten!"

Balan begreift nichts mehr. Auch dann nicht, als Gherman seinen Schädel wie ein Preßlufthammer bearbeitet und ihn auf die Pritsche befördert. Er begreift es endlich, als man ihm eine volle Schüssel hinstellt. Er bückt sich gehorsam, den Blick unterwürfig auf Turcanu gerichtet. Dann schnellt er nach vorn, verliert das Gleichgewicht und fällt mit dem Gesicht in die siedend heiße Grütze. Er unterdrückt aber den Schrei und schnaubt geräuschvoll durch die Pampe, die auf seinem Gesicht klebt. Wie eine Maske sieht es aus, mit einer pustenden Öffnung. Als Cori wieder den Knüppel schwingt, bückt er sich sofort und grunzt. Im Schmerz vielleicht, aber auch in Wollust.

Irgendwer hat die Schüssel auf den Zementboden umgeworfen.

„Auflecken!" befiehlt Turcanu gelassen. „Komm, Oprea, aufsitzen!"

Oprea zerrt irgendeinen von der Pritsche herunter, und ich kann nur seinen blauen, an den Ellenbogen zerfransten Pullover erkennen. Mit Knüppelschlägen zwingt er ihn auf allen vieren zu kriechen, setzt sich rittlings auf seinen Rücken, mit weiteren Schlägen bringt er ihn dazu, die verschüttete Grütze vom Boden aufzulecken.

Eine andere Schüssel wird umgeworfen und diesmal ist Steiner der Reiter. Dann noch eine.

„Ich entlarve Grigoras!" kreischt Cornel Pop. „Er hat die Schüssel absichtlich umgestoßen, um sich nicht zu verbrühen... Ich hab's gesehen! Ich entlarve ihn! Ich entlarve ihn!"

„Ist doch einer von deinen Gardisten", brummt Turcanu mit vollem Mund. „Nimm dich seiner an, ja?"

Dann mampft er weiter, mit dem Löffel natürlich, halb auf dem Tisch sitzend.

Cornel stürmt los, es entsteht ein riesiges Durcheinander. Ich höre aber nicht den Gürtel sausen, sondern nur Ächzen,

dumpfe Faustschläge, heftiges Schnaufen, dann das Zerrei-
ßen von Gewebe.

„Er hat mir den Gürtel abgenommen! Ich entlarve ihn!
Ich entlarve ihn!"

Plötzliche Stille, während die Schläger wie an der Leine
zerren und nur ein Zeichen ihres Gebieters abwarten, um
anzugreifen. Turcanu kaut aber gelassen weiter. Wie versteinert stehen Cornel und Grigoras da, letzterer mit Cornels
Riemen in der Hand. Cornel selbst hat die Lider gesenkt und
wartet und wartet...

„Worauf wartest du noch, Grigoras?" fragt Turcanu, immer noch mit vollem Mund. „Wichs' mal doch Cornel Pop
durch, weil er sich entwaffnen ließ!"

Ich kann Grigoras gut sehen und weiß auch gut Bescheid
über ihn, noch von unten, vom Kellergeschoß. Ich habe so
manches über ihn gehört. Wie ihn die serbischen Grenzjäger
schnappten und er aus der Wachbaracke ausbrach. Wie sie
ihn wieder einfingen und in ein Arbeitslager im Kohlerevier
einwiesen. Wie er an der serbisch-italienischen Grenze erneut
erwischt und dann nach Rumänien abgeschoben wurde. Man
erzählte, daß die Serben für jeden abgeschobenen Grenz-
überläufer einen Kesselwagen rumänischen Rohöls erhiel-
ten... Dann kam Grigoras in die Mangel der Staatssicherheit
von Constanta, wo man ihn sechs Monate nach „Hausart"
verhörte und kaum Informationen zur eigenen Person aus
ihm herauspressen konnte. Obwohl zart und schmächtig,
verfügt er über eine bemerkenswerte Kraft, die er weder
beim Verhör noch im Durchgangsgefängnis eingebüßt hat.

Und nun, mit Cornels Riemen in der Hand, hätte ein einziger Sprung ausgereicht, um Turcanu einfach auszulöschen.
Ein einziger Sprung, nichts mehr.

„Wenn du ihn nicht auseinandernimmst, wird er's mit dir
tun, falls ich es ihm befehle", fährt Turcanu gleichgültig fort
und kratzt emsig den Schüsselboden mit dem Löffel aus.

Da hebt endlich Grigoras die Hand, aber nicht im Sprung,
sondern über Cornels Kopf. Dieser ist ganz blaß und verdreht die Augen. Der Schlag bleibt indessen aus, denn eine

schwache, kaum hörbare Stimme hat ihn aufgehalten. Wäre es in der Zelle nicht so still gewesen, man hätte diese Stimme wahrscheinlich gar nicht vernommen.

„ ...Verbrecher! Nicht etwa, weil du Menschen umbringst, sondern weil du sie aufhetzt, sich gegenseitig umzubringen... Gegenseitig...“

Nach den Blicken der Schläger zu urteilen, die allesamt zur Tür starren, kann es nur der mit der Schimütze ohne Mützenschirm sein. Natürlich, jetzt sehe ich ihn auch, wie er die Kinnlade bewegt. Eine merkwürdige Bewegung ist es, denn sie kommt nicht ganz hoch, wie sie sollte, diese Kinnlade. Und wenn er schweigt, fällt sie schlapp herunter.

Turcanu säubert sorgfältig seine Schüssel und stellt sie neben der Tür auf den Boden. Er streckt sich, rülpst diskret hinter der vorgehaltenen Hand und läßt seinen Blick umherschweifen.

„Wohl bekomm's“, sagt er nur und kratzt sich den Schädel unter der Mütze. Dabei saugt er sich geräuschvoll die Zähne.

„Was sagtest du da, Bogdanovici?“ fragt er wie nebenbei und seine Stimme klingt geradezu verbindlich. „Willst du's wiederholen?“

„Ich wiederhole, Eugen... Du bist ein Verbre...“

Er gibt aber auf, während seine Kinnlade resigniert herabfällt. An seinem spitzen Kinn hängt die verkrustete Grütze in Zapfen herab. Turcanu blickt noch immer durch die Gegend und kehrt sogar Bogdanovici den Rücken. Dann nimmt er Grigoras den Riemen aus der Hand und hängt ihn über Cornels Schulter.

„Wenn du dich noch einmal entwaffnen läßt“, zischt er drohend und hämmert die Silben, „dann lass' ich dich von vorne anfangen, kapiert?“

In einem Atemzug, diesmal aber sehr sanft, wendet er sich der Schimütze zu.

„Fertig mit dem Vortrag, Bogdanovici?“

Die Kinnlade geht ein paarmal auf und nieder, aber man hört keinen Ton.

Mit glattem Gesicht, wie unter einer dick aufgetragenen Schminke, im Scheinwerferlicht, vollzieht Turcanu eine langsame Halbdrehung in Richtung Bogdanovici. Trotz seiner Mütze und seines spitzen Kinns (oder gerade deswegen), kann man Turcanu Haltung, ja sogar eine gewisse Erhabenheit kaum abstreiten. Er hat keinen Befehl erteilt und auch kein Handzeichen gegeben, aber die Büttel sind zur Seite gewichen und haben ein gekrümmtes Spalier gebildet, an dessen beiden Enden sich jetzt die beiden Hauptdarsteller der Vorstellung befinden. Auch die Zellenwarte sind erstarrt, Knüppel bei Fuß, das Gesicht *dorthin* gewandt, wie zum Gebet.

Ich erhebe mich auf den Ellenbogen. Auch die auf den Pritschen sind aus ihrer Erstarrung erwacht und stieren nicht mehr auf ihre Schuhe, sondern ebenfalls *dorthin*, mit einer Mischung von Angst und Genugtuung. Diesmal aber ist es nicht die Angst um die eigene Person, sondern die Vorahnung einer schlimmeren Strafe als nur die Unbeweglichkeit der Augenlider.

Großer Schauspieler, dieser Turcanu, ein wahrer Meister der stummen Szenen. Ich habe keine Ahnung, was nun folgen soll, aber das plötzliche Schlottern von Bogdanovici läßt mich Grausames vermuten. Schweiß rinnt mir jetzt über den Rücken und für einen Augenblick kämpfe ich mit der Versuchung, mich heftig zu zwicken oder mir über die wunden Knie zu schlagen, um aufzuwachen.

Bogdanovici zittert dort, auf seiner Pritsche, aber es ist weder Sofrons, noch Cornel Pops Zittern. Die wehrten sich damit, jeder auf seine Art, von einer angedrohten Aggression, während Bogdanovici jetzt nicht nur resigniert zittert, sondern auch sehnsüchtig, fast in freudiger Erwartung.

An mein Ohr dringen inzwischen nur harte Laute, im moldauischen Tonfall jedoch etwas entschärft. Dann und wann von Bogdanovici nur ein einziges ganzes Wort.

„Eugen..."

Wieso „Eugen"? Spricht er denn Herrn Turcanu mit dem Vornamen an? Der meint wohl, er könne sich alles erlauben! Wofür hält er sich eigentlich, dieser unbeschreibliche Bogdanovici?

„Auf den Zahnarztstuhl, *Schura* Bogdanovici!"

Na also! Rauf mit dir... Sehr gut! Nun weiß ich wirklich nicht, wie ein Zahnarztstuhl hier, in der Zelle „4-Krankenhaus", aussehen mag, aber ich habe volles Vertrauen zu Herrn Eugen Turcanu, der mir ein richtiges Bett neben dem seinen zugewiesen hat, mit einer richtigen Matratze für meine Knie. Der mir obendrein kein einziges Härchen gekrümmt und sogar Cori beauftragt hat, mir die Schüssel ans Bett zu bringen. Dazu hat er mir noch den besten Platz zugeteilt, damit ich alles wie aus einer Orchesterloge verfolgen kann.

Richtig so! Er soll ihm eine Lektion nur erteilen, diesem Bogdanovici... *Schura* — was für ein Name! Wahrscheinlich die Koseform von Alexander und wenn er schon Bogdanovici heißt, dann ist es sicherlich *Aleksandr*... Was hat er bloß hier zu suchen, dieser Schlawiner, dieser Kaschube, dieser... Rußki?

Wenn ich trotzdem einen Blick dorthin werfe, dann nicht etwa, um es mir anzusehen, sondern nur, um mich zu vergewissern. Und ich vergewissere mich auch, daß es nichts Neues unter der Sonne gibt. Bogdanovici bekommt eben das was er verdient. Übrigens hat er es vor einigen Sekunden selber eingestanden, als ihm ein längerer Satz gelang und er stammelte: „ ...recht geschieht mir, Eugen..." Das hat er selber gesagt. Wenn er schon zugibt, daß er es verdient hat, dann soll er es auch bekommen!

Er geht jetzt in die Knie zwischen Gherman und, ich glaube, Cornel Pop. Da kniet er nun, die Hände auf dem Rücken.

„Doch nicht so, Schura! Hast du es noch immer nicht gelernt? Etwas mehr hinüber, ein wenig nach vorne und nicht so schief nach links... So ungefähr. Gut... Und jetzt schürze die Lippen, damit ich sie dir nicht zerreiße. Mehr noch, mehr... Ja, so in etwa... Fertig?"

Ich sehe den Mund mit den geschürzten Lippen, dann nichts mehr. Turcanu verdeckt jetzt alles. Ich sehe nur noch

Turcanus rechtes Bein, steif gestreckt, wie ein Golfschläger langsam zurückschwingen.

„Etwas mehr nach links, Schura...“

Braver Kerl, letzten Endes, dieser Schura Bogdanovici. Nachdem der Golfschläger nach vorne schnellt und alles vorbei ist, steht ihm sogar ein freundlicher Schlag auf die Schulter zu. Um so wertvoller und beneidenswerter ist dieser Schlag, als Turcanu sich dafür fast bis zum Boden bücken muß.

„Gut, Schura, du warst in der richtigen Positur. Nun bist du noch einen faulen Zahn los...“

Nur einen. Für heute wenigstens.

Schura rappelt sich auf und ich kann ihn wieder sehen. Sein Mund ist rot aufgeblüht. Jetzt versucht er, unter Anspannung aller Kräfte, aber ohne viel Erfolg, auf die Pritsche zu klettern und Turcanu muß ihn am Hosenboden packen und hinaufwerfen.

Turcanu hat ihm also mit einem äußerst präzisen Fußtritt einen Zahn gebrochen, wobei nicht übersehen werden darf, daß auch Bogdanovici sich äußerst gelungen hingestellt hat. Es mag ihm Schmerzen verursacht haben und ich glaube, er hat wirklich Schmerzen. Seine Schmerzen sind aber so vorbildlich, daß ich sie vermutlich schärfer als er empfinde und mich den Teufel darum schere, wie der Eigentümer der rot aufgeblühten Lippen und des faulen Zahnes heißt.

Alles ist hier Fäulnis.

Draußen, irgendwo an der Gefängnismauer, verkündet der Wachposten 1 aus voller Kehle, es sei „alles in Ooordnung!“. Wachposten 2 bestätigt darauf noch lauter, es sei bei ihm ebenfalls „in Ooordnung!“. Turcanu tut sich mit seinem eigenen Posten schwer, der überhaupt nicht in Ordnung ist, während ich auf Elisav warte. Wie immer schon.

Ich tue es mit Hingabe, betrachte de Himmel — wie einst

der bessarabische Volksschullehrer aus dem Keller von Si-
biu — und reiße sogar den Mund weit auf, um als erster das
Motorengeräusch der Flugzeuge zu hören. Ich habe die Sig-
nalfeuer angezündet, nachdem ich zunächst den Boden gero-
det und die Steine aus dem gesamten Umkreis entfernt ha-
be. Ich weiß nämlich, daß sie auch mit Segelflugzeugen
kommen, wie in der Normandie.
Ich bin überzeugt, daß nicht gekämpft werden wird und
auch nicht geschossen. Abgesehen vielleicht von einigen Un-
fällen (die Fallschirmjäger bei der Landung) und von einigen
Selbstmorden (die kompromittierten Sicherheitsschergen),
wird es keine Tote geben. Fast überzeugt bin ich davon, daß
die Bevölkerung nicht so richtig vor Freude hüpfen wird, ob-
wohl die Freude echt wäre. Die lange Wartezeit stumpft ab,
läßt die Gefühle ermatten. Noch weiß ich nicht, wie Elisav
ankommen wird... Mit dem Fallschirm? Mit dem Segelflug-
zeug? Mit einer großen Transportmaschine? Ganz genau
weiß ich aber, daß er keine Uniform tragen wird, sondern
immer noch seinen grünen Lodenmantel.
„Du hast dich aber nicht besonders beeilt", sage ich ihm,
und er erklärt mir, diesmal gesprächig, wie zeitraubend die
Vorbereitungen für ein solches Unterfangen doch seien.
„Zeitraubend?" entgegne ich. „Seit wann versichern sie
uns immerfort, sie würden uns befreien? Wenn nicht gleich
heute — so hieß es doch stets —, dann spätestens morgen,
oder nicht? Für die Landung in der Normandie brauchten
sie ungefähr anderthalb Jahre... Und wohlgemerkt: Frank-
reich gegenüber fühlten sie sich gar nicht schuldig, denn
nicht sie haben es Hitler in den Schoß geworfen, wie sie uns
an Stalin verkauft haben. Oder verschenkt... Ist doch egal!
Was soll's? Gut, daß du endlich da bist!"
Und dann kracht es, mit dem Knüppel über den Schädel.
„Warum denn so, verfluchter Bandit?" Und nochmal kracht
es, mehrmals sogar. „Warum denn nicht so, verfluchter Ban-
dit?" Der schlafende Turcanu zappelt wie im Fischnetz am
trockenen Ufer... Nein, ich warte lieber hier. Zuerst hören
wir die Flugzeuge, dann keinen Laut mehr auf dem Gang

und vor der Zellentür. Sie sind alle getürmt, sie haben sich in die Erde verkrochen, die Ratten! Es kommt keiner mehr, uns abzuzählen und uns den Fraß zu bringen. Na schön... Was machen wir also hier, in der Zelle „4-Krankenhaus"? Was machen wir nun mit Turcanu, mit Gherman, mit Balan? Was wiederum mit Ciobanu, Marina, Dumitrescu? Mit Dragan, Csaky, Craciun und allen anderen dieser Sorte? Nichts. Wenn wir Rache im Sinn haben, kommen wir auf keinen grünen Zweig mehr. Nie und nimmer.

Die Russen verfrachten wir schön in die Züge und schikken sie dorthin, von wo sie gekommen sind. Bis zu den Brücken über den Dnejstr fahren wir aber mit, um uns zu vergewissern, daß sie abgezogen sind. Den Amerikanern danken wir, widmen ihnen sogar ein Denkmal und geleiten sie zu ihren Schiffen und Flugzeugen. Wir aber machen uns allesamt an die Arbeit, denn es ist noch so viel instand zu setzen, so viel herzurichten. Die letzten zehn Jahre haben uns unter Panzerketten niedergewalzt.

Die Zellenwarte schieben emsig Wache, am eifrigsten Balan, der Marder. Was soll man bloß mit ihm anfangen? Überhaupt nichts. Unter normalen Umständen wäre er ein normaler Mensch gewesen, wie die meisten auch. Es können ja nicht alle Helden oder miese Zinker sein, unter Umständen, die weder Heldentum noch Feigheit oder gar Grausamkeit erfordern. Unter normalen Umständen gibt eben jeder sein Bestes her. Man nehme Turcanu... Wären die Russen nicht eingefallen, hätten sie nicht den ganzen Mist durchgewühlt, den Abschaum eines ganzen Landes und eines jeden Einzelnen aufgerührt, so wäre Turcanu ein bissiger Rechtsanwalt, ein strenger Staatsanwalt oder vielleicht auch so etwas wie ein autoritärer Präfekt geworden. So aber...

„Ich hoffe nur", spreche ich mit Elisav weiter, „du bist nicht mit der Strafgewalt angerückt... Bei uns gibt es nämlich keine Stadt Nürnberg genannt. Zugegeben, die überaus Schuldigen, die Mordgesellen müssen gerichtet werden. Auf keinen Fall jedoch von ‚Volksgerichten'... Aber die anderen sollen allein mit ihren Erinnerungen bleiben, es wird ihnen

schon Strafe genug sein, darüber besteht überhaupt kein Zweifel.

Und Elisav brummt wieder sein gewohntes „Ja-ja", obwohl ich genau weiß, daß er nicht anders denkt als ich.

Die Zellenwarte fuhrwerken inzwischen weiter, immerfort ertönen die dumpfen Schläge. „Warum schläfst du nicht, dreckiger Ganove?" Hiebe und wieder Hiebe. „Warum schläfst du, verdammter Verbrecher?" Der Taktmesser hämmert seinen Takt in meinen Knien und zeigt die Entzündung an. Muß wohl für immer auf meine Beine verzichten und werde nie und nimmer mehr...

„Fang mich!" ruft Seliva. „Fang mich doch wenn du kannst!" Auch diesen Sommer konnte ich es nicht, aber es war ein anderer Sommer als sonst. Der Weizen und das Gras unserer letzten Ferien in Albota waren bereits zu reif, und zu reif auch Seliva selbst. Genauso reif übrigens auch der mißtrauische Blick Elisavs, den sie nie zum Fangen aufforderte. In jenem Sommer habe ich sie nie fangen können, weil das Spiel kein Spiel mehr sein konnte, wie auch wir nicht mehr die kleinen Lehrerkinder, sondern Bruder und Schwester geworden waren. Es hätte weder sie noch mich gestört, Bruder und Schwester zu sein, aber Elisav hatte plötzlich entdeckt, daß auch eine Schwester vollere Brüste, einen längeren Hals, einen wiegenden Gang haben kann. Er drängte die Eltern, sie auf die höhere Schule nach Bukarest versetzen zu lassen, wo wir beide die Uni besuchten. „Es soll ihr nicht etwas zustoßen in Sibiu, wo sie doch allein ist", meinte er mürrisch und schuldbewußt, jeden Augenblick bereit, über einen vermeintlichen Störenfried herzufallen.

So lief ich also nicht, um sie wie in anderen Ferien schnell zu erhaschen, sondern durch das hohe Gras nebenher, um sie erst am Ende der Wiese abzufangen. In den kurzen Augenblicken bat ich sie dann flüsternd, auch ihn zum Fangspiel aufzufordern. Ich dachte, es wäre so etwas wie Eifersucht, und sie dachte es vielleicht auch, denn sie rief ihm zu, „Fang mich doch!" und hätte sich letztlich auch fangen

115

lassen, um das Spiel zu beenden. Doch Elisav verfolgte stets nur ihre Spur, hielt sich ein paar Schritte zurück und blieb immer gleich stehen, sobald sie stehenblieb. Sooft sie weiterlief, war Elisav gleich um ein Schritt voraus und schnauzte mich an.

„Sag ihr doch, sie soll mit diesem Trottel aufhören..."
Dann folgte der Name irgendeines Jungen, der Seliva zuletzt geschrieben oder sich ohne erkennbaren Grund in Albota herumgetrieben hatte.

„Laß sic in Frieden", entgegnete ich nur. „Sie ist doch kein Kind mehr..."

„Eben darum!" schnaubte er wütend. „Ich brech' ihm das Genick, wenn er sie nur anzurühren wagt!"

In den letzten Ferienwochen hatte er sogar versucht, die Eltern und Großvater Pamfil für seine Idee zu gewinnen, aber ohne Erfolg. Sie waren viel zu stolz auf das aufblühende Wunder in ihrem Garten, obwohl Mutter es sich irgendwie gewünscht hätte, daß diejenigen, die sich um Seliva bemühten oder ihr schrieben, Diplomanden oder wenigstens ordentliche Studenten wären. Ich aber scherte mich nicht darum und fand es gut und schön, daß wir sechs eine wunderbare Familie waren, dank Seliva.

Deswegen also durfte so etwas nicht vorkommen und wenn es dennoch vorkommt, dann nur für sehr kurze Zeit. Deswegen durfte der Sarg auf dem Friedhof von Albota, von ihnen versiegelt, nicht mehr geöffnet werden. Sonst wären wir wegen Grabschändung ins Kittchen gewandert.

116

3

Hier und heute fügt es sich, daß ich lebendig bin, daß ich nicht mehr träume. Da liege ich nun, da schwebe ich zwischen zwei Wassern als Ertrunkener, der ich ja bin und das obere Wasser ist durchwühlt vom quälenden *du mußt, du mußt*, vom *hier*, vom penetranten *ihr habt keine andere Wahl* und immer wieder von jenem quälenden *du mußt, du mußt unbedingt*.

Wenn es also sein muß und es auch keinen Ausweg gibt, dann muß es eben sein. Was aber, um Himmels willen, müssen wir, damit wir trotzdem die Wahl haben? Und da ich träume, daß ich nicht mehr träume, kommt auch die Erläuterung.

„Ihr müßt eure Fäulnis abschütteln!"

Ja, ja, ja... Wir wissen es, und es muß auch so sein. Aber wie? Man zeige uns doch, wie man sie abwirft. Das Wasser ist indessen tief und bis mich die Schrotkugel erreicht, ist sie längst schon entschärft, verlangsamt und verunsichert. Da bleibt mir nur noch das quälende *du mußt*.

Es ist gut, wenn ich träume. Besser noch, wenn ich träume, daß ich träume. Wenn es aber nur ein Traum ist, daß ich überhaupt noch lebe? Die Knie, nur diese Knie sind an allem schuld. Diese verfaulenden Knie müssen wir also abwerfen,

117

damit uns Annerkennung zuteil wird. Nur sie sind schuld an allem.

„Ihr müßt die Umerziehung durchmachen! Ihr habt keine andere Wahl!"

„Ihr müßt?" Und obendrein „keine Wahl"? Umerziehen... Wie denn?

Ich werde in das schwarze Licht geschleudert, während das Gebrüll von überall meine Ohren durchdringt und sich in meinen Knien zusammenballt. Ich möchte zurückkehren, wieder in meinen Traum hineinschlüpfen. Selbst wenn es nur ein Alptraum ist — ich drinnen und geschützt. Es geht aber nicht. Man darf doch seine Augenlider nicht bewegen oder sich die Ohren zustopfen. Man muß.

„Ihr habt euch sicherlich gefragt, warum man euch in der Zelle ‚4-Krankenhaus' so... freundlich empfangen hat. Ihr habt euch sicherlich auch gefragt, warum hier ein so — sagen wir mal — rigoroses Programm mit euch durchgeführt wird. Ihr habt euch gefragt..."

Schon gut möglich... Sicherlich haben wir uns all das gefragt. Wir brauchen aber keine Fragen mehr, sondern dieses *Du mußt*, damit wir zur Erlösung kommen.

„Ihr habt euch sicherlich gefragt, wer ich bin. Ich möchte mich vorstellen... "

Ich will nicht, daß er sich vorstellt! Ich will nichts von ihm wissen, sondern von mir selbst. Soll er mir doch aufzeigen, was ich bin, damit ich die Wahl habe. Warum will er denn unbedingt einen Zusammenhang zwischen ihm und mir? Um alles hinauszuschieben? Ich war doch kein Gardist wie er... Er soll also von mir reden, vom Nicht-Gardisten. Ich bin nicht der kommunistischen Jugendorganisation 1944 beigetreten und war weder Brigadier auf einer Baustelle noch als freiwilliger Jungkommunist im benachbarten und gleichgesinnten Bulgarien. Ich habe an keiner Geheimsitzung für den illegalen Wiederaufbau der gardistischen Jungbruderschaft teilgenommen und habe auch nicht, wie er, das Ansinnen abgelehnt. Ich habe auch nicht, wie er, gezögert, ob ich Bogdanovici und seine gardistischen Kumpane der

Staatssicherheit ausliefern soll oder nicht. Er wurde zu sieben Jahren Haft wegen unterlassener Anzeige verurteilt. Er und nicht ich. Mir soll er also gefälligst von mir sprechen. Es geht aber nicht. „Gerecht ist die Arbeiterklasse mit mir verfahren, denn ich war nicht würdig, ihr zu dienen! Erst im Gefängnis, in Suceava, sind mir die Augen aufgegangen. Ich betrachtete mich wie in einem Spiegel und war entsetzt, wieviel Fäulnis... Ich entschloß mich, ein anderer Mensch zu werden. Es liegt nicht in unserer Macht, nochmal auf die Welt zu kommen. Es liegt aber durchaus in unserer Macht, eine Wiedergeburt zu vollziehen, die Vergangenheit abzuwerfen, die Fäulnis abzuschütteln und sie mit Abscheu anzuspucken... Und auf diesem gerodeten Boden wird etwas anderes aufgebaut – der neue Mensch! Freilich war's nicht leicht, es ging nicht ohne Zaudern, ohne Schmerz, ohne Rückfall. Aber es ist mir gelungen. Nicht allein, o nein! Die Gefängnisverwaltung ist mir zur Seite gestanden mit Ratschlägen, mit Büchern, mit... Denkt ja nicht, die Wächter, die Offiziere, die Gefängnisdirektoren seien nur dazu da, um wie einst Häftlinge zu überwachen und zu bestrafen. Die Arbeiterklasse will nicht euer Verderben, sondern den moralischen Wiederaufbau, die Umerziehung. Wir, die jungen Häftlinge – und ganz besonders die Studenten – sind für die Gesellschaft durchaus verwertbar. Und das, seht ihr, das ist mir dort in Suceava klargeworden, wo ich im schweren Kampf mit mir selbst, ihre Hilfsbereitschaft kennenlernte... Darum habe ich mich entschlossen, anderen in diesem Reinigungsprozeß behilflich zu sein, damit sie neue Menschen werden. Zusammen mit einigen Kollegen habe ich eine Studiengruppe für gegenseitige Hilfeleistung aufgebaut. Es war die ‚Organisation der Häftlinge mit kommunistischer Überzeugung‘, abgekürzt ‚OHKÜ‘... Sie hat unsere Umerziehung zum Zweck und sie soll auch anderen helfen, dies zu bewerkstelligen. Unsere Generation muß nämlich umgezogen werden, damit sie der Freiheit würdig wird!‘‘

Ich träume nicht. Doch, ich träume... Ach was! Ich träume ja überhaupt nicht. Wie könnte ich all das dem Traum überlassen?

„Die Dämonen! Die Dämonen!"

Es ist Tolea Verhovinski, der es mit penetrantem russischen Akzent schmettert.

Jetzt erwacht Turcanu, nicht ich.

„Wie war das? Was sagtest du?"

„Er hat Sie Dämon genannt, der Halunke!" berichtet sogleich unterwürfig Balan.

Turcanu nähert sich der Pritsche.

„Stimmt das, du da?"

„Du hast soeben aus Dostojewskis *Dämonen* zitiert..."

„Wirklich?" strahlt Turcanu. „Kannst du mir auch die Stelle nennen?"

„Unwichtig, zumal ich das Buch im Original gelesen habe... Aber der Romanheld, der..."

„Stawrogin etwa? Kirilow? Oder gar Werchowenski, dein Namensvetter?"

Turcanu hüpft vor Vergnügen auf den Zehenspitzen.

„Hör mal, Turcanu, laß dir einen Rat geben, bleib schön bei Makarenko, ja? Mach dich nicht an Dostojewski ran. Du kennst ja die Geschichte mit dem Zauberlehrling..."

„Eben weil ich sie kenne, zeig' ich's dir auf der Stelle... "

Mit einem einzigen Ruck zerrt er Verhovinski von der Pritsche herunter, knetet ihn mit Fäusten und Füßen durch und wirft ihn zurück auf die Pritsche. Dann brüllt er mit einer solchen Kraft, daß die Speicheltropfen durch die Luft fliegen:

„Ihr werdet euch selbst umerziehen! Alle miteinander, hört ihr? Bis zum allerletzten Banditen! Hier und so wie ich es beschlossen habe!"

Er zeigt mit dem Finger auf Bogdanovici.

„Nicht wie dieser, der es versucht hat, dieser... Er ist ja nicht nur ein Opportunist und ein Kautzkist... Nein, er ist ein gemeiner Verbrecher! Was er friedliche und freiwillige Umerziehung nennt, ist nichts als ein Verbrechen! Er stiftete die Gardisten an, sich einfach zu verstellen, die Werke der

Klassiker des Marxismus-Stalinismus auswendig zu büffeln und sie dann wie die Papagaien vorzuleiern... Damit das Volk meint, die Wölfe seien nun Lämmchen geworden und könnten auf freien Fuß gesetzt werden! Und dann? Dann sollten sie weiterhin als Gardisten wirken, ihre Verbrechen ausbrüten, wie eh und je! Nein, Bogdanovici, die Freiheit will verdient sein, man kann sie nicht klauen! Du mußt beweisen, daß du ihrer tatsächlich würdig bist. Einerseits hast du im Gefängnis klammheimlich deine gardistische Indoktrinierung fortgesetzt, andererseit wolltest du das Volk hinters Licht führen. Du hofftest frei herumlaufen zu können, um neue Verbrechen und Missetaten auszuhecken... Ja, ja, hätte dir so gepaßt, wie? Nichts da! Ich hab' dich entlarvt! Dir die Maske von der Fratze heruntergerissen, mieser Halunke! Hier wirst du verrecken, hörst du? Diese Hände werden dein Verhängnis sein!"

Turcanu keucht, seine Stimme hat sich überschlagen, er hämmert mit den Fäusten auf den Tisch.

„Hier! Hier! In dieser Zelle werd' ich auch euch entlarven, allesamt! Die Fäulnis werde ich aus euch herausdrücken wie die Zahnpaste aus der Tube! Erst werde ich euch ganz, ganz platt drücken, danach eine andere Form geben... Habt ihr jemals von würfelförmigen Eiern gehört? Ihr werdet es noch hören... In den Spiegel werdet ihr glotzen und sie sehen!"

Er umkreist einmal den Tisch und doziert weiter.

„Ab morgen beginnt ihr mit der äußerlichen Entlarvung. Ihr werdet alles, aber auch alles zu Papier bringen: Was ihr getan habt, was ihr zu tun vorhattet, was ihr so alles als Gedanken mit euch herumgetragen habt... Gegen das Volk, gegen die Arbeiterklasse, gegen die Sowjetunion und gegen den großen Stalin. Ihr fangt so an: ‚Ich, der Unterzeichnete, Bandit Soundso, erkläre hiermit...' Dann bringt ihr alles zu Papier: Was ihr im Verhör verschwiegen habt und so fort. Erst einmal in bezug auf euch, dann über alle, mit denen ihr zusammengewirkt habt, schließlich über alle, die ihr persönlich oder vom Hörensagen kennt, sowohl im Gefängnis als auch draußen! Ich warne euch... Ihr seid hier in Pitesti, in der Zelle ‚4-Krankenhaus‘. Hier könnt ihr euch nicht wie bei der Staatssicherheit drücken, wo ihr mit mehreren Wahrheiten jongliert habt — eine Wahrheit beim Verhör, eine andere wiederum für eure Zellenkollegen und beide weit entfernt von der wirklich wahren Wahrheit. Hier werdet ihr eine einzige Wahrheit niederschreiben, die wirklich wahre, hört ihr, bis zum allerletzten Deut! Alles, aber auch wirklich alles! Nachdem wir festgestellt haben, daß ihr nichts mehr von euren Umtrieben gegen die Macht des Guten verheimlicht, kommt ihr zur innerlichen Entlarvung. Ihr werdet euren Lebenslauf mündlich vortragen, in Gegenwart aller anderen. Ihr werdet eure Vergangenheit analysieren und eure Seele, hier auf dem Tisch ausbreiten! Ohne falsche Scham und ohne Selbstmitleid für die eigene Fäulnis werdet ihr in den Spiegel schauen und uns laut mitteilen, was ihr in eurer häßlichen, verkrüppelten, falschen und verbrecherischen Seele seht. Nur so werdet ihr euch selbst loswerden. Nur so werdet ihr das alte morsche Gemäuer abreißen, um ein neues Leben aufzubauen, um anders zu werden! Dabei helfen euch ständig diejenigen, die schon geläutert und umerzogen worden sind, die jetzt die Welt mit anderen Augen sehen. Nachdem wir feststellen werden, daß ihr auf dem richtigen Weg seid und euch äußerlich, wie auch innerlich geläutert habt, müßt ihr nun anderen helfen, ihre Fäulnis abzuschütteln, um ebenfalls neue und nützliche Menschen unserer sozialistischen Gesellschaft zu werden!“

Jetzt ist er vollkommen heiser und in Schweiß gebadet. Es ist schon ein Wunder, daß seine Mütze noch immer an ihrer Stelle sitzt.

„Diejenigen aber, die sich einbilden ‚die ‚Doktrin‘ von Dugdanovici befolgen zu können und meinen, das Schafsfell über dem Wolfspelz würde schon genügen... Diejenigen warne ich. Mehrere Schichten haben bereits diese Zelle ‚4-Krankenhaus‘ durchlaufen und noch niemand konnte bisher mogeln. Hier, da seht ihr sie doch, die ‚Widerständler‘ vorangegangener Schichten... Gherman, Cornel Pop, Steiner,

122

Oprea, Puscasu — alle noch vor einem Monat oder mehreren, genau dort auf der Pritsche, wo ihr euch jetzt befindet, und mit den Rosinen im Kopf, die jetzt in euren Köpfen herumspucken... ,Ach was!' sagt sich manch einer. ,Wir werden es schon durchstehen. Wenn's bei der Staatssicherheit geklappt hat, so klappt es hier allemal. Dann machen wir's also wie Bogdanovici und reden dem Teufel nach dem Mund, bis wir über den Berg sind...' Nein, so einfach wird das nicht gehen! Wir befinden uns, wohlgemerkt, in Pitesti, in der Zelle ,4-Krankenhaus', hört ihr? Hier nimmt das Ei Würfelform an, merkt euch das! Hier gibt es keine ,Widerständler'... Wollt ihr ein Beispiel? Seht euch doch Cornel Pop an, Kameraden! Sechs geschlagene Wochen hat er Widerstand geleistet! Wenn ich ihm jetzt nur ein Handzeichen gebe, macht er euch alle kalt. Der Reihe nach, versteht sich... Stimmt's Cornel?"

„Stimmt, 'err Turcanu!" echot Cornel Pop und steht sogleich stramm.

„Nun?" wendet sich Turcanu den anderen zu. „Um euch die Demonstration auf eurer höchsteigenen Haut zu ersparen, biete ich euch jetzt einmal eine ganz kurze auf seiner Haut an. Sag mal, Cornel Pop, was bist du?"

„I-i-i-ich bin ein..."

„Doch nicht so! Rauf auf den Tisch! Rauf damit sie dich sehen können!"

Cornel steht bereits auf dem Tisch, mit ausdruckslosem Blick und rattert keuchend.

„I-i-i-ich bin ein ehemaliger Gardist, I-ich war ein Feind. Ich war verbrecherisch tätig gegen das Volk, gegen die Arbeiterklasse, gegen die Rumänische Kommunistische Partei, ge-ge-ge..."

„Und? Und? Gegen die So... "

„ ...wjetunion und gegen den großen Stalin!" kreischt Cornel Pop vom Tisch.

„Schön. Du warst also ein Feind. Aber jetzt? In welchem Stadium befindest du dich jetzt?"

„I-i-ich bin im Stadium... I-ich... Ich bin auf dem richtitigen Weg!" Er schielt zu Turcanu herüber und stellt fest, daß er tatsächlich auf dem richtigen Weg ist und demnach fortfahren kann. „Ich bin jetzt gerade am Umerzieh..."

„Habt ihr's gehört?" unterbricht ihn Turcanu. „Er ist im Begriff umerzogen zu werden! Nicht mal für ihn ist die Umerziehung zu Ende, denn auch er hat noch jede Menge Fäulnis in sich... Aber er schafft's schon. Nun sag mal, Cornel Pop, wie war das am Anfang?"

„Ich, am Anfang... Am Anfang hab' ich die Umerziehung abgelehnt. Am Anfang hab' ich's abgelehnt, meiner verbrecherischen Vergangenheit abzuschwören. Am Anfang hab' ich's abgelehnt, mich loszusagen von der... "

„Ver... "

„ ...brecherischen Gardistenbewegung!" schreit jetzt Cornel Pop. „Ich hab's abgelehnt, die Fäulnis der bourgeoisen Erziehung abzuschütteln, der mystischen, der reak... "

„Und wie wurde dir bei der Lossagung geholfen?"

„Es wurde mir geholfen!"

Cornel ist zu Tode erschrocken, denn er findet nicht auf Anhieb die gewünschte Antwort.

„Mi-i-ir wurde sehr gut geholfen, es wurde mir geholfen, nicht mehr... "

„Wie denn? Zieh doch mal das Hemd aus und laß die Hosen runter!"

Das ist also die gewünschte Antwort. Mit zwei Handgriffen zieht Cornel Pop das Hemd aus, mit einem einzigen hat er die Hose fallen gelassen.

„Mir wurde sehr geholfen!... Ich wurde zu recht bestraft, mir wurde sehr gut geholfen, die Fäulnis abzuschütteln und einzusehen, daß die Sache... daß die Sache... "

Die Platte scheint zu einer toten Rille angekommen zu sein, denn er kreiselt auf dem Tisch und sieht ein, daß die Sache, daß die Sache...

„Na, wie siehst du sie, Cornel Pop?"

„I-i-ich sehe sie!... Ich sehe sie jetzt ganz klar... Zum Beispiel, daß die Bonzen der Eisernen Garde alle... Daß der Kommandant ein Verbrecher war. Daß Horia Sima ein Idiot ist. Daß Costache Oprisan ein Bandit ist, der viele ins Unglück gestürzt hat. Costache Opri... "

„Laß ihn doch, den Costache. Wie ist es denn mit dem lieben... "

„ ...Gott, den gibt es nicht!" brüllt Cornel und dreht sich pausenlos im Kreis auf den Tisch. „Es gibt ihn überhaupt nicht, den lieben... "

„Jetzt komm mal zur Heiligen Jungfrau... "

„Ich komm' zur Heiligen Jungfrau! Die Heilige Jungfrau war eine Hure, die sich von allen Aposteln vögeln ließ und Josef war ein seniler Hahnrei, der selber sagte, Jesus sei ein Idiot, auf dem Kreuze zu verrecken, und das ganze Christentum ist das Opium des Volkes... "

„Genug! Das reicht für heute. Anzieh'n und auf deinen Platz, Cornel Pop! Na? Ihr habt's doch gesehen und gehört... Alles klar?"

Sonnenklar. So klar, daß ich sterben möchte, oder wenigstens tief schlafen und erst auf dem Tisch aufwachen, mit heruntergelassenen Hosen. Wie Cornel Pop.

„Niemand rührt das Essen an, bevor ich dazu den Befehl gegeben habe!"

Was wird er noch alles erfinden? Wo bin ich hineingeraten und was geht hier vor? Es geht mir nicht schlecht, wo immer ich auch hineingeraten bin, denn Gherman bringt mir die Schüssel und flüstert mir zu, ich möchte doch essen. Ich habe das Privileg eines Löffels und gehöre zu Herrn Turcanu.

Die Knüppelknappen verteilen die Schüsseln. Das heißt, sie reihen sie auf dem Zementboden aneinander, ungefähr einen Meter von den Pritschenstützen entfernt.

Die Knüppelschwin... Das darf doch nicht wahr sein! O doch! Unter denen, die jetzt die Schüsseln verteilen ist auch Gabriel Damaschin. Wann ist er überhaupt zur anderen Seite hinübergewechselt? Unmöglich! Doch er ist es, denn mit ihnen kreuzt auch jener Grigoras auf, der Held der Republikflucht, der Tapfere aus dem Untersuchungsgefängnis von Constanta. Über Saptefrati muß ich mich nicht mehr wundern. Eigentlich doch. Nein, ich wundere mich nicht mehr.

„Alle auf den Bauch, auf der Pritsche! Hände auf den Boden, jeweils eine Hand auf jeder Seite der Schüssel. Hinbükken und fressen! In den Trog!"

In den Trog. Müßten die Schweine so fressen, gäbe es bald keinen Speck und keine Würste mehr.

„Herr Turcanu, Herr Turcanu, ich glaube, daß... Ich glaube, daß... Ich glaube, daß... "

Damaschin glaubt etwas, obwohl es unglaublich ist. Mit Kulleraugen zeigt er auf Bogdanovici und sticht pausenlos mit dem Zeigefinger ins Leere. Als Turcanu mit großen Schritten hinkommt, springt Damaschin beiseite, aber sticht immer noch mit dem Zeigefinger ins Leere.

„Warum hast du nicht Alarm geschlagen, Bogdanovici?! Warum, du verfluchter Bandit?"

Ich kann nicht sehen, denn alle bilden da unten einen dichten Knäuel. Ich höre auch nicht die Antwort von Bogdanovici, falls er überhaupt antwortet.

„Fühl mal seinen Puls, Cori! Vielleicht... "

Ich sehe Gherman nicht und auch nicht, wem er da den Puls abtastet.

Den wievielten haben wir eigentlich heute? Den siebten März? Oder schon den zehnten? Wann hatte er uns verkündet, ab morgen sei die „äußerliche" Entlarvung fällig? Gestern? Vorgestern?

Es dürfte schon länger zurückliegen, denn mittlerweile sind bereits zwei oder drei Schichten abgegangen. Genau weiß ich nur, daß Saptefrati nach dem Zapfenstreich in die Zelle zurückgekehrt ist, hinkend und strahlend.

Wem fühlt man wohl den Puls? Unwichtig. Ach ja, dem da, neben Bogdanovici. Von seinem Nachbarn auf der Pritsche hat er bestimmt nichts gelernt. Eher hat er Bogdanovici Unterricht erteilt, und es scheint ihm auch gelungen zu

126

sein. Jetzt kann ich seine verbundene Hand sehen, die schlapp über Opreas Schulter hängt.

Turcanu klopft wütend an die Tür.

„Ein Bandit!" meldet er dem Wärter. „Herzstillstand... "
Die Tür geht auf und sie treten zu zweit hinaus, auf den Korridor. Zu dritt eigentlich. Nach einer Weile kehren sie zu zweit zurück und über Opreas Schulter hängt nicht mehr die verbundene Hand.

„Wer hatte die Wache?"
Die Büttel zittern jetzt im Gleichklang.

„Ihr habt ihn also... Ihr habt ihn entwischen lassen, den Verbrecher!"
Entwischt, der Verbrecher. Und es sind nur noch zweiundsiebzig übrig.

„Auf und davon ist er!" ärgert sich Turcanu fürchterlich und boxt sich einmal heftig mit der Faust in die Handfläche.

„Mir ist er entwischt!"

„Sie sollen fressen, Cori... Nach einer Minute nimmst du den Schweinen die Tröge weg, klar? Inzwischen knöpf' ich mir mal die Wachen vor... "

Er knöpft sich indessen Bogdanovici vor. Warum habe er nicht Alarm geschlagen? Nicht lügen! Das Blut des Banditen sei doch auf die Pritsche bis zu ihm herabgeronnen. Er liege ja fast schon drin, in der Blutlache! Habe er denn nichts gemerkt?

„Hätte doch nichts gesagt... Er hat es hinter sich... "

„Er hat es hinter sich, Bogdanovici, du aber nicht! Marsch auf den Zahnarztstuhl!"
Er zieht ihm aber den faulen Zahn nicht sofort, sondern gewährt ihm zunächst, als Betäubungsspritze sozusagen, eine Ansprache.

„Endlich ein wahres Wort, Bogdanovici! Du hast es nicht anders verdient! Nicht auf einmal sollst du aber zahlen, sondern ratenweise. So leicht ziehst du dich nicht aus der Sache wie jene Bestie, die sich die Pulsadern mit den Zähnen aufgerissen hat. Warum auch? Als Belohnung vielleicht für das ganze Unheil, das du bei der Jugend angerichtet hast? Weil du unter der Hand den Gardisten die Losung durchgegeben hast, sie möchten sich doch verstellen, sich bloß zum Schein bekehren lassen? Wie sehnsüchtig du doch darauf warten mußt, daß ich dich jetzt umbringe, wie? Damit auch du es hinter dich hast! Am liebsten würdest du noch in dieser Minute abkratzen! Wie heißt es doch gleich in deinem Faschistenlied? ‚Der Tod, nur der Gardistentod... ‘ Nein, Bogdanovici, ich will aus dir keinen Märtyrer machen, o nein! Diesen Banditen werd' ich keinen neuen Heiligen schenken zu dem sie beten können! Niemals! Codreanu, ein Moldauer, hat die Eiserne Garde gegründet und ein anderer Moldauer wird sie ausmerzen... Turcanu! Codreanu hat euch zu seinem Bilde geschaffen, ich aber werd' euch... Ich werd' euch wieder in Lehm verwandeln! Von nun an bin ich euer Töpfer! Entweder ich kriege aus euch richtige Menschen, oder ich schick' euch wieder in den Staub, aus dem ihr gekommen seid! Du aber, Bogdanovici, du bist so verfault, daß ich keine Zeit mehr auf deine Verwandlung verschwenden werde. Du bist ein zerbrochener Krug... Nur die Scherben, die werd' ich ganz klein zerstampfen, bevor ich dich... Aus dir, Bogdanovici, mach' ich kein würfelförmiges Ei mehr. Aus dir mach' ich Eipulver, wie der aus den amerikanischen Paketen... Hahaha! Den Kopf nach links, Schura Bogdanovici!"

Noch ein fauler Zahn. Woher bloß so viele? Hat er überhaupt noch welche? Steckt er sie sich nicht etwa ins Zahnfleisch zurück, damit Turcanu seine feierliche Handlung immer wieder vollziehen kann?

Heute indessen wird Bogdanovici nicht nur einen faulen Zahn los, sondern auch andere Fäulnis. Mit einem Fußtritt schickt Turcanu ihn zu Boden, steigt auf ihn und springt mehrmals mit beiden Füßen auf dem reglosen Leib herum.

„Genug!" befiehlt er dann. „Legt ihn auf sein' Platz und schrubbt mal den Fußboden. Die Neulinge sollen's tun... "

Er wirft sich wieder auf sein Bett. Wußte ich doch! Sein Schuhwerk war es... Jetzt weiß ich woher jener scharfe, penetrante Gestank stammt. Ist wohl der üble Hauch der Fäulnis, die wir alle abwerfen müssen, um ‚neue Menschen' zu werden und uns der neuen Gesellschaft würdig zu erweisen.

"Neue Zeit,
Heldenzeit.
Neue Menschen
stets bereit!
Hau ruck..."

So mag er wohl in Bulgarien mitgegrölt haben, der Brigadegenosse Turcanu. So werden auch wir bei der Zwangsarbeit am verdammten Donau-Schwarzmeer-Kanal grölen müssen, nachdem sie uns, hau ruck, zu neuen Menschen umgekrempelt haben. Bogdanovici hingegen bleibt völlig unverbesserlich und unverwendbar, selbst wenn man ihm die Fäulnis in alle Ewigkeit herauspressen müßte. Aus dem wird kein würfelförmiges Ei mehr. Nur Eipulver, mit dem man kaum einen anständigen Pfannkuchen zubereiten kann. Was aber mit den Eiern, die ganz zerbrechen? Aus denen das Eigelb herausrinnt?

Eines dieser Eier kenne ich. Ich spüre es mitsamt dem Dotter, das sich nicht würfelförmig pressen lassen und der Umformung der Eierschale trotzen wird. Ich kenne den Mann gut und werde kaum überrascht sein. Ich weiß wie er heißt , doch es ist mir noch nicht klar, wie er sich anstellen wird, um sich aus der Sache zu ziehen. Wahrscheinlich wird er warten, bis Turcanu mit der heutigen Schicht aus der Zelle heraus ist. Natürlich darf er selbst dieser Schicht nicht zugeteilt werden... Doch das ist er nicht.

Er wurde schon mal aus der Zelle geholt und als Turcanu am späten Abend in die Zelle zurückgekommen war, hatte er ihn mit Fußtritten durchgewalkt. Warum habe er verschwiegen, daß er Octavian Apolzan während der Quarantäne in Jilava heimlich geholfen hat? Sie wären doch beide als Gardisten verurteilt und das nenne man schlicht verschwörerische Gardistenhilfe... Warum habe er denn nicht eingestanden, daß er Apolzan acht Tage lang seine eigene Brotration abgetreten hat? Und wenn Apolzan Durchfall gehabt habe, na und? Sollte er doch verrecken, der Gardist! Ein Bandit weniger! Wie hieße es doch hier? Wer einem Gardisten helfe, sei selber einer.

Ich warte und klammere mich an mein gehend-kommendes Kamel an der Wand. Wenn ich unbedingt wollte, könnte ich jetzt zählen, doch würde ich nur bis fünfzig, höchstens bis einhundertfünfundzwanzig kommen. Ich kenne ihn viel zu wenig und dennoch kenne ich ihn auch sehr gut. Ich weiß nicht wieso, aber ich weiß es genau. Er ist nicht aus unserem Stoff geschaffen. Er hat auch nicht die Beschaffenheit jenes Erstgemeldeten, der mit den Zähnen unsere Serie einleitete. Dieses trutzige Ei ist ein Fremdkörper. Nicht nur weil er so beschaffen ist, sondern weil er einfach es den anderen nicht gleichtun will, obwohl er sich ansonsten sehr bemüht dazuzugehören. Und damit hat er auch richtig gehandelt.

Die heutige Schicht wird abgeführt und ist bereits draußen. Er aber ist nicht darunter.

Turcanu flüstert Gherman etwas zu, geht an die Tür und klopft.

„Herr... Herr... Sie sind ein... ein Folterknecht!" erhebt sich plötzlich eine erstickte Stimme. Gleich danach fängt sie zu schluchzen an.

Turcanu winkt dem Wärter, die Zellentür wieder zu schließen, und ist mit einem Satz vor der Pritsche, wo der Schluchzende jetzt verzweifelt mit den Fäusten gegen die Bretter hämmert. Irgendein Schläger von unten hebt den Knüppel, aber Turcanu fegt ihn mit einer einzigen Bewegung weg.

„Wie heißt du denn, du hysterisches Weib?"

Das Schluchzen verstummt und ich höre ihn nur noch keuchen.

„Stefanescu... "

Mein Gott! Der arme Stef! Jetzt wird er ihn bestimmt...

„So, so. Stefanescu... Und deine politische Gesinnung?"

„National-Agrarier... "

Stefanescus Stimme klingt schwach und resigniert.

„Agrarier allein reicht wohl nicht, was? Hast dir noch ‚National' drangehängt!"

Turcanu, die Hände auf dem Rücken, schreitet vor der Pritsche auf und ab.

„Ein Na-tio-nal-Agrarier also, der 1929 rücksichtslos auf die Kumpels im Bergwerk von Lupeni geschossen hat..."

„Pardon!" findet Stefanescu seine Stimme wieder und ist schon wieder borstig. „In jenem Jahr neunzehnhundertneunundzwanzig war ich genau zwei Jahre alt!"

„Zwei Jahre... der süße Bengel!" Turcanu lacht jetzt und seine Hilfstruppe stimmt auch gleich im Gelächter ein.

„Weißt du aber auch, wie alt du am 8. November 1945 warst? Ich sag's dir: genau achtzehn! Und Student an der Technischen Hochschule in Bukarest obendrein! Du bist zum König gepilgert, auf sein Sommerschloß in Sinaia, mit einer Ab-ord-nung, hörst du? Du hast ihn gebeten, nach Bukarest zu kommen, um sich vom Balkon seines Palastes mit anzusehen, wie ihr über die demonstrierenden Arbeiter herfällt! Mit Knüppeln, mit Eisenstangen, mit Schießeisen... "

„Wir doch nicht... Sie haben uns doch... wir versuchten bloß uns zu verteidi... "

„Du lugst, hinterhältiger Bandit! Ihr, die Agrarier, habt alles angezettelt! Ihr habt die friedfertigen Arbeiter angegriffen, die... "

„Herr!... "

Ich kann Stefanescu nicht sehen, aber ich bin sicher, seine Wangen sind vor Empörung ganz gerötet.

„Diese sogenannten Arbeiter waren weder Werktätige noch friedfertig... "

„Waaas?" brüllt jetzt Turcanu. „Wem erzählst du das? Ich war doch damals unter ihnen! Auch ich war dabei!"

„Mein Herr... "

Stefanescu ist wahrhaftig ein vornehmer Kerl!

„ ...Sie sagten doch, mein Herr — hier, in eben diesem Zimmer —, daß Sie 1945 Jurastudent waren. In Iasi und nicht in Bukarest!"

„Ich habe nur die Wahrheit gesagt! Uns're Sache kennt keine Schranken, weder berufliche, noch geographische!"

Turcanu kichert und blickt umher. Seine Meute kichert auch.

„Und auch altersmäßige nicht!"

Alle in der Zelle haben gespannt ihre Blicke dorthin gewandt, von wo die letzten Worte kamen.

„Natürlich... Auch altersmäßige nicht", echot Turcanu und sucht mit den Blicken den Zwischenrufer. Jetzt bin ich beruhigt, denn ich kenne ihn. Fuhrmann ist es. Nur wußte ich nicht, daß es jetzt schon kommen wird.

„Ja, ja, wie ich schon sagte, auch das Alter ist für unsere Sache kein Hindernis. Damals war ich... "

„...ganze vierzehn Monate alt! Und zwei Wochen, um genauer zu sein!"

Jetzt kann ich den Zwischenrufer sehen. Er kommt aber nicht auf Turcanu zu, sondern stützt seine Hände in die Hüften.

„He, du da... ", entgegnet Turcanu. „Ich wußte zwar, daß ihr verkehrt schreibt und lest. Wußte aber nicht, daß ihr auch von hinten nach vorn zählen könnt!"

Gekicher und Gelächter. Den größten Spaß daran scheint Steiner zu haben. So ist es eben hier, in der Zelle „4-Krankenhaus". Der Zwischenrufer von der Pritsche wackelt mit dem Kopf. Woher hat er bloß noch die Kraft, mit dem Kopf zu wackeln und zu reden... Und noch so klar obendrein.

„Hier, in dieser Zelle, hast du behauptet, und nicht nur einmal, du wärst am 23. August 1944 geboren, oder nicht?"

„Das hab' ich behauptet. Na und?"

Turcanu ist verunsichert,

„Gut... Wenn man jetzt der Reihe nach zählt, gar nicht von hinten nach vorn, dann ergibt sich doch, daß du eigentlich am 8. November 1945, als du angeblich die Sache ohne Schranken verteidigt hast, genau vierzehn Monate und zwei Wochen alt warst. Und einen Tag, um... "

„Um was?" unterbricht ihn Turcanu gereizt. „Du irrst schon seit zwei Jahrtausenden durch die ganze Welt herum und weißt nicht mal, was eine Metapher ist?"

„Doch, das habe ich schon mitbekommen" wackelt Fuhrmann weiter mit dem Kopf. „Aber ganz unmetaphorisch sag' ich dir nur, du bist ein Mörder, Turcanu, und das kommt von Mord. Ein Krimineller, Turcanu, und das kommt aus dem Lateinischen *crimen*... "

Das war es also, und nun ist es vorbei.

Ich wußte, daß es kommen würde, aber nicht wie.

„Fühl mal seinen Puls, Cori!"

Wozu noch die Mühe?

„Wozu? Er ist doch hinüber... "

„Hinüber? Um so besser... Ein Bandit weniger!"

Ein Bandit weniger, und wir sind nur noch einundsiebzig.

„Einer dieser Banditen", erklärt Turcanu dem Wärter an der Zellentür. „Herzstillstand!"

Es ist stillgestanden, sein Herz. Wie sollte es auch nicht stillstehen?

Lebewohl, lieber Alfred, Alois, Albert, Adolf, Ancel... oder wie du noch sonst geheißen hast, lieber Fuhrmann. Lebewohl mit deinem Herzen, das zur rechten Zeit ausgesetzt hat, und mit deinem Namen, von allen unseren Schergen verunstaltet. Ruhe in Frieden, lieber Fuhrmann, mit deinem stillgestandenen Herzen, das bestimmt auf dem richtigen Fleck geschlagen hat.

Du hattest ohnehin nichts mit uns zu schaffen, wie du übrigens auch nirgendwo hingehörtest. Dein Vater war Kommunist und sogar Minister, du aber wurdest mit den Gardisten verurteilt. Deine Mutter war ebenfalls Kommunistin und auf höchster Ebene mit der neuen Kultur des sozialistischen Realismus beauftragt, während man dich als Zionisten abgeurteilt hat. Du selbst warst Jungkommunist und schriebst eifrig für die Parteizeitung. Dabei verstecktest du in deinem Zimmerchen zwei von der Staatssicherheit gesuchte Gardisten! Nein, du hattest nirgendwo deinen Platz...

Als deine Eltern die Polizei holten und die Gardisten verhaften ließen, bist du ihnen einfach nachgegangen. „Wir gehören zusammen!" hattest du damals geschrien. „Holt uns auch zusammen heraus!" Und als dein Vater, der große Würdenträger der Partei, dich von dieser Dummheit abhalten

133

wollte, hast du ordentlich Fraktur mit ihm geredet. „Eine Dummheit? Die hat die Familie Apolzan im Jahre 1943 in Cluj begangen, als sie uns vor Miklos Hortys Polizei versteckte und uns Auschwitz ersparte! Eine Dummheit haben Marcela und Octavian Apolzan begangen, als sie in einem Bett schliefen, damit ihr, meine Eltern, einen Platz zum Schlafen hattet. Eine Dummheit, sagt ihr? Die haben die Eltern Apolzan begangen, als sie ihr Silberzeug verkauften, um uns falsche Papiere zu besorgen, und uns nach dem rumänischen Sibiu hinüberzuschaffen, wo wir dann in Sicherheit waren. Nein, ich sag' euch nicht ,Auf Wiedersehen und gehabt euch wohl', liebe Eltern, denn es wird kein Wiedersehen mehr geben und euer Gehabe ist nicht wohlgefällig. Ich wünschte euch nur, nicht mehr so gezielt zu vergessen, das Gute einfach zu verdrängen und das Schlechte zu verherrlichen... Doch dafür ist die Zeit zu knapp. Und so bleibt mir eben, wie ihr seid... "

Die Zeit war wirklich zu knapp, lieber Fuhrmann. Gehab dich wohl, also, dort, wo du endlich deinen Platz gefunden hast. Was der Staatssicherheit nicht gelungen ist, hat Herrn Turcanu überhaupt keine Kopfschmerzen bereitet. Er hat alles entwirrt.

Zum Glück habe ich nicht mit angesehen, wie er es getan hat, aber die Ohren konnte ich ja nicht schließen. Bis dein Pulsschlag gestockt hat, hörte ich also, wie dir die Augen vor Schmerz aus dem Kopf traten und Turcanu sie mit dem Knüppelende wieder hineindrückte. „Was glotzt du so?!" hatte er gebrüllt und dir dann den Knüppel durch die Kleidung in den Leib gejagt. Ich hörte, wie er dir den Mund zerriß und die Zähne zermalmte.

„Was? Du quasselst noch immer? Ich reiß' dir die Zunge wie eine Rübe aus!"

Diese Rübe aber hatte tiefe Wurzeln und konnte so leicht nicht herausgerissen werden... Er wälzte dich also auf den Rücken, mit dem Nacken auf der Pritschenkante, setzte sich rittlings auf deinen Leib und drückte mit beiden Händen fest auf dein Kinn... Er weiß schon, dieser Herr Turcanu, wo die wahre Zunge der Wortgewaltigen ihre Wurzeln hat! Dort unten, neben dem Herzen, das zu schlagen aufhört, wenn man nur kräftig genug den Kopf in den Nacken zurückstößt, bis die Wirbelsäule knackt. Vielleicht steht es nicht beim ersten Mal still, dieses Herz, beim zweiten aber bestimmt. So entwirrt man eben die verworrenen Zustände.

4

Wachposten 1, „Alles in Ooordnung!", Wachposten 2, „Alles in Ooordnung!" Mein Taktmesser behauptet dasselbe, doch weiß ich zu gut, daß nichts in Ordnung ist und ich nie und nimmer werde laufen können. Weder mit Seliva, um sie zu bitten, sie möge doch auch ihn fangen, noch anderswie... Unter den Zellenwarten dieser Nacht ist Cornel Pop der wachsamste, denn er schlägt mit dem Riemen zu, ohne auch nur zu sagen warum. Eigentlich ist er unfähig, ganze Worte hervorzubringen und stoßt nur einsilbige Laute aus. Ebenso einsilbig röchelt auch Turcanu in seinem Bett, auf dem Rücken liegend, gehetzt von seinen Traumwesen mit riesigen Reißkiefern und gesträubtem Wolfshaar, während Cornel Pop immerfort zuschlägt und zwischen den Schlägen zittert. In diesem Augenblick hebt er gerade den Riemen, um mit der Schnalle Octavian Apolzan einen Schlag über den Schädel zu versetzen. Seinem Kommilitonen Apolzan aus demselben Semester, aus derselben Studiengruppe, Freund und Junggardistenbruder obendrein...

„Was tut man bloß mit einem wie Cornel Pop?" frage ich

meinen Bruder, während die Amerikaner sich gerade heim-
zufahren anschicken. „Kann man ihn dafür bestrafen? Und
wer soll ihn dann bestrafen? Vielleicht einer, der nie den
Knast gekannt hat? Oder einer, der anderswo gesessen hat,
und den sein guter Stern vor Pitesti und vor der Zelle
, 4-Krankenhaus' bewahrt hat?" Wird Cornels Richter denn
wissen, was das Zittern ist? Was wird er eigentlich von der
Totenstille verstehen, die Turcanus Wille in den entscheiden-
den Momenten erzwingt? Wird jener Richter denn davon
eine Ahnung haben, wofür mir das richtige Wort fehlt? Ich
meine dafür, daß Cornel Pop jetzt Apolzan zermürbt, wie
auch er, Cornel, sechs Wochen lang von Turcanu zermürbt
wurde? Und daß dieser Turcanu wiederum auch zermürbt
wurde, viel früher noch, damit Apolzan später einmal selbst
den Zermürber der Zermürbten zermürben soll?... Suchen
wir eigentlich die Henne oder das Ei? Wer kann das wie ent-
wirren... Allein Fuhrmann — ein Schlitzohr, der Jude! — hat
es geschafft, ist ihnen entschlüpft. Was hättest du denn ge-
macht, wenn Gott behüte...

Gott behüte! Kehren wir lieber nach der Befreiung heim,
nach Piatra... Schließlich wird es nicht mehr lange dauern,
denn die Amerikaner halten ihr Wort. Ich meine, sie müßten
es halten. Zweimal bereits haben sie Europa gerettet. Nun
stimmt aber auch, daß sie es noch nie vor den Russen geret-
tet haben .

Du und Artimon, ihr beide könnt über den Status Bessa-
rabiens diskutieren, bis ihr darüber alt werdet. Ob dieser
Landstrich nun eine autonome Republik der Ukrainischen
Föderation werden soll, wie es uns der Ukrainer Artimon
zugestehen möchte, oder ob er als autonome Provinz zu Ru-
mänien gehören wird, wie du es dir vorstellst, darüber könnt
ihr euch nach Herzenslust auseinandersetzen. Vielleicht
wird aber Bessarabien wieder rumänisches Gebiet, wie einst.
Doch auch darüber könnt ihr in Ruhe streiten.

Mit Saptefrati kannst du über die Ostgrenze streiten. Er
wünscht sich nämlich eine konventionelle Grenze, jenseits
der moldauischen Siedlungen am linken Ufer des Dnjestr, du

wiederum bist für die natürliche, historische, altherkömmliche Grenze am Dnjestr. Statut, Grenze, Entschädigungen — alles nur Knastgewäsch, so würde es der „Radikale" Saptefrati nennen. Ich bin aber überzeugt, daß Julia und mir, und sicherlich auch Seliva und Mutter, etwas ganz anderes am Herzen liegt, etwas das trotz seines hochtrabenden Namens viel bescheidener ist — das Sendungsbewußtsein.

Nach der Befreiung — auf die man wohl nicht mehr lange warten wird —, brauchen die Bessarabier uns, die einfachen Schulmeister vom Lande, erst recht. Mehr noch als 1918, nach der ersten Befreiung. Damals erwachten sie aus einem tiefen Schlaf, jetzt haben sie einen grausamen Alptraum hinter sich. Wir müssen sie wachrütteln und überzeugen, daß alles wirklich vorbei ist.

Ein Jahrhundert lang hatten die Russen sie nur mit russischen Büchern gefüttert, ohne ihnen aber zu verbieten, ihre mündliche, rumänische Kultur zu pflegen. Ein Jahrzehnt lang, eigentlich noch weniger, haben ihnen die Sowjets hingegen Leib und Seele durchgeackert, ihnen mit brutaler Gewalt Lesen und Schreiben beigebracht. Diesmal aber nicht auf Russisch, sondern auf Sowjetisch.

Unter den Zaren aller Reußen wurden sie aus dem südlichen Bessarabien verjagt, von wo sie einst nicht einmal die wilden Tataren vertreiben konnten. Sie mußten ihre Ländereien räumen, um flüchtigen Bulgaren aus dem Osmanischen Reich sowie Siedlern aus Deutschland, Frankreich und der Schweiz Platz zu machen. Kurz danach wurden auch altgediente, abgemusterte Soldaten dort angesiedelt, ja sogar entlassene Sträflinge. Sie aber, die weggetriebenen Bessarabier, sie durften nach Norden umsiedeln, oder auch nach Westen, über den Pruth, in die noch freie Moldau. Sie blieben aber stets geschlossen unter sich. Die Sowjets hingegen verschleppten sie nach Astrachan und Wladiwostok, nach Alma-Ata und Workuta. Nach Bessarabien wurden Ukrainer und Weißrussen, Turkmenen und Kirkisen, Kasachen und Baschkiren gebracht. Das heißt, genauso „umgesiedelt".

Du, Mihai, Artimon und vielleicht auch Vater, ihr könnt

euch bis ans Lebensende um Verwaltung und „Kartenkunde" kümmern... Vorsicht aber mit der „Umsiedlung"! Freilich muß man den in ganz Rußland verstreuten Bessarabiern die Heimkehr ermöglichen, aber nur wenn sie es noch wollen, und wenn auch die Moslems, die Russen und die Ukrainer wieder in ihre alte Heimat zurückwollen. Denn schließlich ist Bessarabien groß und reich genug für alle.

Wir, die „Sendungsbewußten", können indessen auch nicht über Langeweile klagen... Die Ansässigen, die aus der Verbannung Heimgekehrten, ja sogar die nach Rumänien geflüchteten, sie brauchen alle nicht nur Beamte zur Wahrung ihrer bürgerlichen Rechte und Ärzte zur Pflege ihrer angeschlagenen Gesundheit, sondern auch seelische Fürsorge. Letzten Endes haben sie an ihrer Seele am meisten Schaden genommen... Nun ist es meist Aufgabe des Schullehrers, den Kindern Lesen und Schreiben beizubringen. Jetzt aber, nach der Befreiung und nach der jahrelangen seelischen Besatzung muß der Lehrer zunächst so manches austreiben. Den Eltern muß er nahelegen, ihre Kinder nicht mehr zu belügen, die Kinder hat er von der „Lehre des Pawlik Morosow" abzubringen, von der Pflicht, ihre eigenen Eltern anzuzeigen. Der Schulmeister muß ihnen allen die üble Angewohnheit abgewöhnen, eines zu denken, etwas anderes zu sagen, und etwas ganz anderes dann zu tun. Und gleichermaßen die fortschrittlichste Lehre der Welt... Man muß diesen Leuten einfach die Freiheit beibringen.

Es wird zunächst weniger wichtig sein, daß die Kinder die grammatikalische Zeitenfolge begreifen, die Silbentrennung beherrschen oder Eminescus Gedichte auswendig können. Als erstes muß die Zwiespältigkeit in ihrem Wesen beseitigt werden, das seelische Hin und Her zwischen Familie, Schule und Komsomolzenverband, das Gezerre zwischen Eltern und Erziehern, das lästige und seelisch so belastende Nicht-aus-der-Schule-plaudern oder Mach-es-den-anderen-nach...

Leider weiß ich auch, daß die Landschaft sich schneller erholen wird als die Menschen. Die von den Russen abgeholzten Wälder werden längst wieder gegrünt haben, bevor

die Menschen zu ihrer Menschlichkeit zurückfinden werden.
Der Stalinsche Zuckerbäckerstil in Städten und Gemeinden
wird längst schon häßliche Erinnerung sein, ehe die Men-
schen das eingewurzelte Mißtrauen wieder abgelegt haben
werden. Unsere Kinder werden es noch erleben. Meine, dei-
ne, Selivas Kinder...

5

Noch ein Tag. Noch einer. Tage und wieder Tage.
Gut so... Ich habe eben noch einen Meter gewonnen oder
gar zehn. Keine Ahnung, wieviele noch bis dorthin bleiben,
aber ein Vorrat kann nie schaden.
Ich bin ein Glückspilz, denn niemand belästigt mich. Ich
liege den ganzen Tag auf dem Rücken im Bett. Zwar sind
Hüften und Schulterblätter von Schorf und Krusten bedeckt
und mit den Knien sieht es immer noch schlimm aus, aber
das verheimliche ich, denn die Knie behalte ich als allerletzte Reserve. Trotz allem tragen mich fünf Leute behutsam
zum Programm, zwei als Wache, drei als Träger und Stützen
zugleich. Meiner Schüssel steht ein Löffel zu, während meine Augen überall hinblicken, ja sogar nach Belieben blinzeln
dürfen.
Ich bin wirklich ein Glückspilz. Die anderen werden verprügelt, müssen unbeweglich mit dem Blick auf ihre Schuhe
verharren, werden wieder verprügelt, dürfen nicht mit den
Augen blinzeln... Dann werden sie erneut verprügelt, vor
und nach dem Aufwachen, bisweilen auch zu später Mitter-

nachtsstunde, gruppenweise oder einzeln, müssen Kniebeugen mit erhobenen Armen ausführen, werden verprügelt, mit den Händen in den Hosentaschen auf die Pritsche gehetzt... Verprügelt und unter die Pritsche getrieben, abwechselnd im Zwanzig-, Fünfzehn-, Zehn- und Fünfsekundentakt... Verprügelt und mit erhobenen Armen zum Programm geführt, unverrichteter Dinge und ungewaschen wieder zurückgejagt. In der Nacht müssen sie auf der Seite und ohne Kissen liegen, werden jedesmal verprügelt, wenn sie im Schlaf mal auf den Rücken oder auf den Bauch fallen. Und genauso grausam verprügelt, wenn sie nicht die Arme auf der Decke haben... Frühmorgens werden sie zum Ritual des „Ich, der Unterzeichnete, Bandit Soundso" herausgebracht und dies gleich zwei- bis fünfmal hintereinander. Dann wieder verprügelt, da sie etwas zu erklären vergessen haben, hinterher von Turcanu entlarvt und zur Selbstentlarvung gezwungen. Verprügelt bei der Entlarvung anderer... Verprügelt... Verprügelt...

Ich bin ein Glückspilz, denn ich werde nicht verprügelt. Auch der Durchfall blieb mir erspart. Wegen Dünnschiß wird man nicht zum Programm auf den Korridor hingeschafft, sondern man hat sich gefälligst zu melden und um Erlaubnis bitten, zum Kübel gehen zu dürfen. Man muß schon wahnsinnigen Mut haben, auf der Pritsche die Hand aus der Hosentasche zu ziehen, sich zu erheben und dann das Gebrüll und die Knüppel der Zellenwarte über sich ergehen zu lassen. Durchfall gilt hier als Herausforderung.

Man muß schon verwegen sein, entblößt auf den Kübelrand, unter dem Spott der Wachhunde und Knüppelhelden zu klettern. „Ach nein, wie häßlich der doch ist! Der hat doch keine Hinterbacken! Was baumelt denn da für ein Wurm herab, na? Und diese Narbe an der Hüfte. Nicht etwa vom Gardistenaufstand, wie? He! He! Was furzt du so laut? Hast doch französische Kindermädchen gehabt, oder? Und wenn du schon keine hattest! Man tut so was nicht, und basta! Jetzt verpestet er noch die Luft, dieser Egoist, dieses Stinktier! Wo noch andere siebzig Menschen hier atmen müssen! Hast dich nur im Frack herumgetrieben, Kaviar mit dem Löffel gefressen und der Arbeiterklasse das Blut ausgesaugt!"

Der arme Stef, Sohn einer wohlhabenden Kaufmannsfamilie aus Ploesti, unverbesserlich wohlerzogen, zog es einmal vor, diskret in die Hosen zu machen und es erst hinterher zu melden. Er wurde fürchterlich verprügelt, aber man konnte nicht umhin und führte ihn zum Baderaum. Nur weiß ich nicht, wo dieser Baderaum ist und ob er Stef genutzt hat. Sie brachten ihn angekleidet zurück, triefend von Wasser und Blut. Wahrscheinlich nicht nur von Wasser und Blut...

Ich bin ein Glückspilz, mich plagt nicht der Durchfall. Ich habe auch eine gesegnete Frohnatur, denn ich kann schlafen. Der gottselige Fuhrmann, der den Dramatiker Caragiale auswendig kannte, hatte es ein „heiteres Naturell" genannt. Ich habe also eine glückliche Natur und begnüge mich mit wenig Schlaf. Tagsüber döse ich hin und wieder, obwohl ich wirklich nicht müde bin. Doch auf diese Weise brauche ich nicht mich zu bewegen, nicht einmal beim Aufwachen. Ich hocke rittlings auf dem Wachzustand und tauche ins Wasser, indem ich mich an einem Ast oder an ein Grasbüschel am Rande des Beckens festhalte. Beim geringsten Anzeichen von Gefahr klettere ich wieder ans rettende Ufer. Ich bedauere alle, die Elisavs Schlaf haben, den Schlaf des ewig Vertriebenen.

Für ihn beginnt der Alptraum mit dem Aufwachen. So erging es ihm schon zu Hause, als Kind, später auch im Internat, wo wir gerade einquartiert waren. Sogar als Jüngling, als wir beide während unserer Studienzeit bei Madame Trifu in Bukarest wohnten.

Elisav hatte immer schon einen ruhigen und sanften Schlaf. Das Drama begann erst mit dem Aufwachen, ganz gleich, ob einer von uns ihn weckte oder er von selbst aufwachte. Nicht daß er geweint hätte, denn das tat er auch als Kind nicht. Aber er stöhnte so heftig, als hätte soeben seine letzte Stunde geschlagen.

Wurde er wachgerüttelt, so gab es nicht den geringsten

Protest oder das sonst so vertraute „Nur noch ein Weilchen... " Er stöhnte nur, heftig und resigniert. Er erhob sich und blieb meist am Bettrand sitzen, mit geschlossenen Augen, die nackten Sohlen auf dem Fußboden. Dabei wiegte er den Kopf hin und her und jammerte.

„ ...A-a-a... a-a... aaaa. A-a-a... "

Man konnte es kaum hören, aber es enthielt den ganzen Schmerz der Vertreibung aus dem Paradies. Die Augen waren krampfhaft geschlossen, manchmal stützte er dabei den Kopf in beide Hände. „ ...A-a-a... aaaa... a-a... " Es gab kein Zurück mehr, aber er wollte nicht sehen, wohin er vertrieben, für immer verstoßen worden war. Wahrscheinlich wußte er es, daher auch die ganze Klage Adams.

Was wäre bloß mit Elisav im Knast geschehen, wo alle in der Zelle erwachen?

Häftlinge träumen nicht vom Ausbruch, das heißt vom Weg zur Freiheit, sondern von der Freiheit selbst... Von Wiesen, Bäumen und Blumen, von geliebten weiblichen Wesen (meist von der Mutter), von Freunden, Freuden und insbesondere vom Essen.

Und plötzlich, brutal, das Erwachen. Die Menschen fallen, abgeschüttelt, aus der Freiheit herab in den Abgrund der Zelle, der Wirklichkeit. Was immer auch ein Häftling verbrochen haben mag, dieses Erwachen allein wäre schon Sühne genug. Was hätte Elisav bloß im Knast gemacht, hier in der Zelle „4-Krankenhaus"? Wenn er, wie durch ein Wunder, nicht an der Haft zugrunde ginge, das Erwachen müßte ihn unweigerlich umbringen.

Ich hingegen bin ein Glückspilz in allem. Sowohl mit meinem Erwachen, als auch mit meinem Sonderstatus als „Zugehöriger" Herrn Turcanus, dem ich zwar angehöre, der mich aber nicht besitzt. Nein, er hat mich schon, aber er benutzt mich nicht. Noch nicht.

Wahrscheinlich meint er, die Knie allein werden mich schon zermürben. Die anderen alle sind unversehrt, kein Csaky hat sie angeschossen. Vermutlich komme ich direkt in die „äußerliche" Entlarvung. Wie schon die anderen vor mir wird er auch mich irgendwo bringen, wo ich nieder-schreiben werde, daß „Ich, der Unterzeichnete, Bandit Vasi-le Pop", dies und jenes erkläre... Danach läßt er mich in Ru-he, und man bringt mich in ein Krankenhaus. Oder zumin-dest ins Gefängnislazarett.

Mein Fall liegt doch denkbar einfach. Ich bin kein Gar-dist – und auf die Gardisten ist er wütend, da er selbst einer war, und habe mich auch mit keiner anderen politischen Gruppierung eingelassen. Hatte auch keine Zeit, anderen im Knast sogenannte „Gardistenhilfe" zu gewähren, und schon gar nicht, welche anzunehmen... Folglich, nichts zu entlar-ven. Und was die Angehörigen betrifft, Seliva ist tot, Elisav verschwunden, Mutter in einer anderen Welt und Vater an ihrer Seite. Es stimmt zwar, daß Großvater Pfarrer war, aber das weiß ja niemand.

Letzten Endes geht es mir einigermaßen gut hier, in der Zelle „4-Krankenhaus". Ganz gut sogar, im Vergleich zu den anderen.

Ich kann eigentlich nicht verstehen, warum Barsan, zum Beispiel, so widerspenstig ist. Und Apolzan. Und Verhovin-ski. Und Voluntaru. Und auch Grigoras, der bereits wieder in der Zelle war, noch ehe man ihn richtig herausgebracht hatte. Lieber hätte er sich nicht so beeilt, denn Turcanu hat ihn zurückgeworfen, nicht ohne ihm ein Bein zu brechen. Nicht ausgeschlossen allerdings, daß er es sich selber gebro-chen hat, um sich vor den Turnübungen und der anderen Plackerei zu drücken. Warum machen sie es nicht Damaschin oder Saptefrati und anderen nach? „Jawohl, gebe offen zu, auf dem falschen Weg gewesen zu sein und entlarve mich. Möchte sehnlichst umerzogen werden!" Turcanu nennt es pleonastisch „Selbstentlarvung". Aber im wesentlichen stimmt es doch, oder nicht?

Nur Fuhrmann... Nun ja, bei ihm lagen die Dinge ganz an-ders. Er wollte ja sozusagen unbedingt den Freitod und pro-vozierte Turcanu pausenlos. Und was Demian betrifft (oder heißt er Damian?), so verstehe ich überhaupt nicht, warum er das Geständnis verweigert. Wie bequem wäre es doch für ihn, alles zuzugeben! „Ja, ich bekenne es, mein Bruder hat einen ganzen Zugtransport Russen in die Luft gejagt!" Ist denn nicht dieser Bruder selbst dabei umgekommen? Er wollte es aber um nichts in der Welt zugeben, so daß Turcanu sich in einer ausweglosen Lage befand und ihn deshalb... und wir blieben nur siebzig. Stimmt ja gar nicht! Nur ganze neunundsechzig, denn noch einer ist für immer und ewig fortgegangen, einer der an meinem Kopfende auf der Pritsche hockte. Ich weiß nicht mehr, wer es war, aber ich glaube, er hatte versucht, Turcanu eines Nachts umzubringen. Nach Mitternacht muß es sich abgespielt haben. Auch damals konnte ich kaum etwas sehen, bloß Turcanus Rükken und den Kopf des Betreffenden, in Turcanus Händen, wie er gegen den Zementboden aufschlug.

„Du also willst mich...?" hatte er angehoben, eher beleidigt als zornig. „Ausgerechnet du? Der sowjetische Flieger abgeschossen hat?"

Nun habe ich wirklich keine Ahnung, ob jener einmal Flieger oder Artillerist gewesen war, denn Kummer mit sowjetischen Bombern hatte die rumänische Flak nie gehabt. Die Rußkis waren nämlich damals noch nicht so weit und verfügten lediglich über Kanonen, Panzer und die „Meereswogen" — das unerschöpfliche Fußvolk.

Das war es also mit dem vermeintlichen Flieger in unserer Zelle. Ich frage mich nur, was er wohl bei uns, den Studenten, zu suchen hatte.

Es stimmt, daß Turcanu sich etwas brutal gebärdet und die ganze liebe Zeit herumbrüllt. Und wenn er es nicht tut, odar gar schweigt, dann wirkt er um so bedrohlicher. Die anderen sind aber auch nicht besser...

Ich bin außerdem der Jüngste hier, von Saptefrati abgesehen. Bogdanovici, altersmäßig schwer einzustufen, dürfte so um die Dreißig sein, falls er tatsächlich Turcanus Kommilitone war. Übrigens auch Grigoras. Und Verhovinski, der schon während des Krieges unter Marschall Antonescu für kurze Zeit eingelocht war. Dazu kam bei mir noch die eher müßige wie kurze Haft in der Kellerzelle, wo ich wegen meiner wunden Knie ihren Debatten und ihren Vertraulichkeiten fernbleiben konnte. Ich weiß also wirklich nicht, wie schuldig oder unschuldig sie sind.

Kann ich zum Beispiel für Demian, oder Damian, wie er schon geheißen haben mag, die Hand ins Feuer legen, daß er nicht dabei gewesen war, als jener Zugtransport in die Luft flog und als sein Bruder draufging? Oder für Tavi Apolzan, dessen Vater mit der Kampfgruppe von General Aldea, und dessen Mutter als Vertraute des Vorsitzenden der Agrarier, Maniu, verurteilt wurden? Obendrein war auch Tavis Schwester in der Eisernen Garde... Warum streitet er denn jetzt alles ab?

Sogar der arme Stef ist irgendwie verstockt. Auch wenn er tatsächlich der Abordnung vom 8. November 1945 angehört hat und auch in Sinaia war, heißt das noch lange nicht, daß er am selben Nachmittag bei den Unruhen vor dem königlichen Palast in Bukarest nicht dabei war. Hat er nicht selbst einmal zugegeben, daß er mit dem Motorrad keine zwei Stunden von Sinaia bis Bukarest brauchte? Und wenn er auch bei den Unruhen dabei war, konnte er aus Versehen nicht mal zugeschlagen, mal irgendeinen friedlich demonstrierenden Werktätigen dort geknufft haben?

Und was nun Voluntaru betrifft, so mag es ja stimmen, daß er nie im Leben auf dem Schlachthof von Bukarest war, um Steiner an der Zunge aufzuhängen... Aber man hat mir genug von den Greueltaten der Gardisten während ihres Putschversuchs im Januar 1941 erzählt. Mögen sie noch so hartnäckig behaupten, es seien alles nur Antonescus Schauermärchen, ich weiß es...

Da bliebe nur noch Bogdanovici. Aus seinen täglichen „Unterhaltungen" mit Turcanu geht hervor, daß ihm als erster der Gedanke der Umerziehung gekommen war. Turcanu hat ihn nur übernommen und entstellt, indem er den „ehrlich-freiwilligen" Grundsatz der Idee ausklammerte und die „Zwangsmittel" einführte. Bogdanovicis Vater, ehemaliger Präfekt von Iasi, hatte ihn im Sprechzimmer des Gefängnisses von Suceava angefleht, sich von der schwachsinnigen

145

Weltanschauung der Eisernen Garde loszusagen, die doch seit ihrer Gründung nur Leid und Elend, Tod und Unfreiheit über die Menschen gebracht habe. Wolle Schura bis an sein Lebensende hinter Gittern bleiben? Sei er jetzt schon so vertrottelt, daß er sich nicht mehr die Freiheit wünsche? Dabei könne er sie doch so einfach wiedererlangen, indem er sich den Tatsachen beugt und sie auch zugibt. Die Ideologie der Rechten sei ein für allemal tot und begraben... Er solle daher auf den Gardismus verzichten und fleißig bei Marx, Engels, Lenin und Stalin nachlesen, wie die Wahrheit wirklich aussieht. Dabei könne er noch seine freudige Überraschung erleben, indem er so manche Ähnlichkeit mit seinem früheren Glauben feststellt. Das Ideal des „neuen Menschen", zum Beispiel, wie es der Gardistenführer Codreanu einst auch verherrlichte. Es heißt, die „Studiengruppe" im Gefängnis von Suceava hätte auf diese Weise ihren Anfang genommen.

Nun war Turcanu selbstverständlich ganz anderer Meinung. Für ihn stand fest, daß Bogdanovici ein fanatischer Gardist geblieben, und die ganze Geschichte mit Vaters Besuch in der Strafanstalt nur Augenwischerei gewesen sei. Er hätte zwar Besuch bekommen, aber von einem Abgesandten des Gardistenführers Sima aus dem Exil, der den eingelochten Mitgliedern der Eisernen Garde die Parole durchgegeben habe, alles — aber auch wirklich alles — zum Zweck ihrer Befreiung mitzumachen. Selbst „Umerziehung" notfalls, nur um draußen ihre verbrecherische Tätigkeit fortsetzen zu können

Ich zeichne alles auf wie ein Gerichtsschreiber, denn letzten Endes geht mich all dies nichts an. Ich selbst war nicht in Suceava, mein Vater war kein Präfekt, der mich beschworen hätte, über die Lektüre von Marx den Weg zu diesem Codreanu zu finden. Ich bin weder Gardist, noch Agrarier oder Monarchist und ich schere mich den Teufel um ihre Märchen, Doktrinen, Visionen und Ideale. Wenn ich mich hier unter ihnen befinde, so verdanke ich es einem Irrtum, den man wiedergutmachen wird. Dann komme ich in ein richtiges Krankenhaus, wo meine Knie ausheilen werden. Bis dahin bleibe ich im Bett und warte, da ich ohnehin nichts anderes unternehmen kann.

Der einzige, der sich in einer ähnlichen Lage befindet ist Saptefrati, der genau das tat, was jeder mit normalem Menschenverstand und einiger Würde getan hätte. Das heißt, er tat nichts, was er nicht tun mußte.

So warten wir also ab. Saptefrati drüben, auf dem Zementboden und ich hier, in meinem Bett und zu einem Löffel berechtigt. Die anderen eben auf den Pritschen... Kann man den Menschen denn zum Guten zwingen? Sicherlich nicht. Darum ist es auch ihre Sache, nicht meine.

Ich warte also, daß die Wahrheit über mich ans Licht kommt. Jene Wahrheit, die früher oder später, wie das Öl, doch noch an die Oberfläche dringt.

Ich bin ein Pechvogel. Nicht etwa, weil das Unheil mich einfach ereilt hat, sondern weil ich es geradezu heraufbeschworen habe.

Als Gherman mit der Schüssel anrückt, macht er ein finsteres Gesicht.

„Warum ißt du nicht? Bist du im Hungerstreik?"

Jetzt erst bemerke ich, daß seine hellbraunen Augen, sonst voller trauriger Sanftmut, auch bohrend blicken können. Bemerkt er jetzt erst, daß ich nichts esse? Nach sovielen Schüsseln und trotz des Löffels, auf den ich ein Recht habe?

„Nein, nein", erwidere ich mit Verspätung und viel zu eifrig. „Ich glaube, die Knie beginnen zu... ich fürchte, sie werden brandig."

Wenn es nach ihm ginge, das fühle ich jetzt ganz genau, würde er mich am liebsten zu Brei schlagen, noch ehe ich brandige Knie bekomme. Der vornehme, hübsche und elegante, stets auf die Bügelfalte achtende Gherman, würde sich im Nu in einen tobenden Wahnsinnigen mit Schaum vor dem Mund und trüben Augen verwandeln. Wie gestern, zum Beispiel, oder ein andermal, als er sich plötzlich Tolea Verhovinski vornahm. Turcanu, mein Nachbar, wünschte sich eine Sondervorstellung neben seinem Bett, und er hat sie auch, seufzend und sich die Zähne saugend, voll ausgekostet.

In diesem Augenblick zieht Gherman auch Puscasu, Steiner und Oprea zu Rate und sie bereden bestimmt meinen Fall, obwohl keiner von ihnen zu mir herübersieht. O Gott! Was geschieht, wenn ich nicht mehr zu Turcanu gehöre? Der ist ja bereits frühmorgens aus der Zelle gegangen und immer noch nicht zurückgekehrt! Wenn ich nun in Coris Klauen gerate?

Jetzt kommt er wieder zurück, dieser Gherman, und er scheint zu kochen. Unterwegs packt er Cobuz am Arm und zieht ihn mit sich. Wenn er mich bloß nicht über die Knie... Cobuz bekommt meine Schüssel und den Löffel.

„Er soll essen, verstanden? Du setzt dich neben ihm hin, und falls er's ablehnt... "

„Verstanden, Herr Gherman... "

Cobuz ist verlegen und äußerst ungeschickt, da er mit den drei Gegenständen nur schwer hantieren kann: Schüssel, Löffel und Knüppel.

„Gib das Ding mal her... ", brummt Gherman und zieht ihm den Knüppel unter dem Arm weg. „Du fütterst ihn mit dem Löffel!"

Seine Stimme wird wieder sanft, wie ich es von ihm gewohnt war.

„Er schafft 's nicht allein, er ist krank."

Dann verschwindet er, und Cobuz beginnt mich mit dem kalten und bereits verkrusteten Hirsebrei zu füttern. Dabei schaut er mich aber kein einziges Mal an. Er ist blond und hat gelbliche Augenbrauen, vorstehende Backenknochen und blaue Augen. Hätte er nicht mit moldauischem Akzent gesprochen, ich hätte ihn für einen Ungar gehalten. Seit wir in der Zelle „4-Krankenhaus" sind, habe ich ihn kein einzi-

148

ges Mal prügeln gesehen, obwohl er zum Knüppeltroß gehört. Er schiebt Wache, geleitet zum Programm, verteilt die Schüsseln und sammelt sie wieder ein. Im Handgemenge macht er manchmal mit, vielleicht schlägt er sogar zu. Ich bin aber überzeugt, daß es nur der Form halber geschieht. Er schlägt nicht richtig zu. Oder er schlägt nur gegen andere Knüppel, damit es kracht.

Obwohl er mich nicht ansieht, ahnt er, daß ich mit ihm reden möchte. Daher füttert er mich unentwegt und lauert bereits nach jedem Bissen mit dem vollen Löffel. Ich verschlucke mich und gebe einen Laut von mir, der ihn erschreckt. Dabei gleitet der Löffel etwas zu heftig über meine Unterlippe, als er ihn gerade zum Mund führen wollte. Er zittert.

„Seit wann bist du hier?" frage ich trotzdem, mit vollem Mund.

Jetzt zittert der Löffel vor meinem Mund, sein Arm ebenfalls, das ganze Bett. Heftig zuckt auch ein Muskel unter seinem rechten Auge. Er blickt sich schnell in der Zelle um und flüstert abgehackt und mit verkrampften Lippen, hinter dem ausgestreckten Arm.

„Sechs Wochen... Bogdanovici seit dreizehn... Keinen Widerstand leisten, es ist unnütz... Entlarve... "

Er zuckt so heftig zusammen, daß die Schüssel ihm aus der Hand und mir auf die Brust fällt. Zum Glück ist der Hirsebrei verkrustet und verschüttet sich nicht. Gherman steht an meinem Bettende und Cobuz ist hochgeschnellt. Jetzt steht er stramm vor Gherman und zittert wie Espenlaub.

„Was? Erst die Hälfte? Was habt ihr denn bis jetzt getan? Palavert? Hau ab, Cobuz, ich ruf' dich später."

Er hat nicht geschrien, dieser Gherman, aber seine Stimme verheißt bestimmt nichts Gutes. Um mein Bett herum stehen jetzt Puscasu mit seinem roten Pullover, nur Haut und Knochen, aber mit feisten Bäckchen – auch das gibt es hier! –, Steiner, eine herumirrende Fledermaus mit Fledermausohren, dann Voinescu, die einzige Verbrechervisage in der Zelle, die ich aber bestimmt den zarten Gesichtszügen

Ghermans vorziehe, und schließlich noch Balan, der sich immer wieder nach vorne drängelt, dem es jedoch nie gelingt, in einer Reihe mit den anderen zu stehen. Auch jetzt schwänzelt er hinter ihren Rücken hin und her. Gherman hat sich über mich gebeugt, aber er spricht nicht zu mir, sondern zu irgendeinem, den ich nicht sehen kann. „Entscheide dich also... Entweder du rettest hier einen vom Tode (spürst du, wie er bereits stinkt?) oder du bleibst stur. In diesem Fall werden Vasile Pop beide Beine amputiert. Wenn er Glück hat, natürlich... "

Wieso denn amputiert? Mit wem spricht er da? Ich wende heftig den Kopf und sehe Sextil Barsan, den „Dekan", der zwar nicht so arg wie Sofron während des Verhörs in Sibiu durch Dragan zugerichtet ist, aber auch nicht viel besser aussieht. Unter dem linken Auge klafft eine häßliche Schnittwunde, mit zerfransten und gelben Rändern, die Nasenlöcher sind voller Blutgerinnsel, während die geschwollene Oberlippe über sein Kinn herabhängt. Vielleicht sieht es aber nur aus meinem Blickwinkel so aus.

„Solltest du es ablehnen", fährt Gherman mit leiser Stimme fort, „dann ist dein ganzes Medizinstudium für die Katz gewesen, geschlagene zwölf Semester. Dann fühlst du keine echte Berufung. Du weißt ja noch, was du uns alles vorschwärmtest, noch in Cluj und auch danach, auf dem Transport nach Jilava. Arzt sein, das wäre kein Beruf, sondern eine Berufung, und die Medizinstudenten hätten nicht nur Prüfungen in Anatomie, Biologie, Chemie und sonst was zu bestehen, sondern auch eine ethische Bewährungsprobe. Jetzt bietet sich der Anlaß, deine Theorie, mit der ich übrigens voll und ganz einverstanden bin, anzuwenden. Also... Willst du deinen Nächsten verrecken lassen, nur weil du dich auf deine politischen Dummheiten versteifst?"

„Ich... ich möchte erst sehen, wie d-d-er Fall steht... ", stottert Barsan.

„Was denn noch seh'n?" schnauzt ihn Gherman an. „Es geht ums Prinzip, ja? Hier wird nicht gefeilscht!"

„Ich muß ihn doch zuerst untersuchen!" läßt der „Dekan" nicht locker. „Ich kann sonst überhaupt keine Schlüsse ziehen... "

„Stell dich nicht dumm!" ärgert sich Gherman. „Die Schlüsse ziehen wir, kapiert? Du hast nur zu antworten: Willst du also, verdammt nochmal, eine brandige Wunde behandeln, oder nicht?"

Barsans Ton ist verändert, er kreischt fast schon.

„Ich... Selbstverständlich behandle ich ihn, aber ich verweigere die Entlarvung!"

„Das eine geht eben nicht ohne das andere. Beides hat etwas mit Moral zu tun. Und laß dir sagen... du wirst dich noch entlarven, hörst du? Aufgeschoben ist nicht aufgehoben. Wenn du aber jemandem die Behandlung verweigerst, der in Gefahr schwebt... "

„Und ich?" kreischt jetzt Sextil Barsan und ich fühle, daß er mit den Tränen kämpft. „Schwebe ich denn nicht auch in Gefahr? Wer behandelt denn mich?"

„Mir fehlt doch nichts!" mische ich mich jetzt ein. „Es steht gut um meine Wunden."

„Schnauze!" brüllt mich Gherman an und macht Anstalten, mir auf die Pelle zu rücken. „Ja, oder nein?" herrscht er Barsan wieder an.

Es folgt eine tiefe Stille und ich kann Barsan nicht mehr sehen. Ich spüre aber, daß...

„Einverstanden!" ertönt endlich Barsans Stimme. „Ich werde mich entlarven... Zunächst muß ich mich aber um seine Beine kümmern."

„Quatsch!" höhnt Gherman. „Seine Hachsen können noch warten... He, Steiner, sag mal dem Wärter, er soll Turcanu hereinbringen. Barsan hat sich entschieden... "

„Nicht doch! Ich muß zuerst... "

Was dann folgt, bekomme ich nicht mehr mit. Sextil wird mit Schlägen in die andere Zellenecke gejagt und ich sehe nur, wie Cori seinen Knüppel sausen läßt. Ich presse meine Augenlider krampfhaft zusammen und bin verzweifelt. Meinetwegen also, nur meinetwegen...

„Vasile Pop!"

Ich zucke zusammen, denn Gherman steht wieder an meinem Bett. Barsan hat er anderen überlassen. Besonders Cornel Pop widmet sich leidenschaftlich seinem Kommilitonen Sextil von der Medizinischen Fakultät Cluj. Cori hat inzwischen auf meinem Bett Platz genommen.

„Was hat dir Cobuz eben mitgeteilt?" will er jetzt wissen. Was er mir mitgeteilt hat, dieser Cob...? Ich hatte es vergessen. Ein Zinker muß wohl gesungen haben. Vermutlich Balan.

„Mir mitgeteilt?" frage ich verwundert. „Gar nichts. Sie wissen doch... "

„Sehr gut weiß ich's!" unterbricht mich Gherman. „Also, was hast du ihn gefragt und was hat er dir geantwortet?" Vielleicht hat er uns selbst gehört, dieser Scheißkerl.

„Nichts... Überhaupt nichts."

Jetzt wird Gherman sogar vertraulich.

„Einen guten Ratschlag, Freundchen... Sag's mir doch, denn wenn es Herr Turcanu erfährt, dann machst du Kniebeugen, bis du... "

„Aber warum denn? Nun ja, ich fragte ihn, wie er heißt, da er jemandem sehr ähnlich sieht, den ich... Ich fragte ihn also: ‚Wie heißt du?', sonst nichts."

„Und was hat er dir geantwortet?"

„Überhaupt nichts... das heißt, doch. Er meinte, ich sollte schweigen, da es verboten sei. Er sagte aber nicht einmal ‚Schweig!', sondern zischte nur ‚Psst!'."

„Sehr interessant!" spöttelte Gherman. „Um so interessanter, als Cobuz mir soeben alles berichtet hat. Du hast ihn nämlich gefragt, seit wann er hier ist... Er hat dir geantwortet, und zugleich Bogdanovici erwähnt. In welchem Zusammenhang?"

„In keinem... Er lügt! Sie können uns gegenüberstellen!"

„Hör mal, Vasile Pop, hier sind wir nicht beim Verhör, wo man Gegenüberstellung spielt, kapiert? Hier sind wir in Pitesti, du verlogener Bandit! Cobuz!"

Cori steht auf und tritt einen Schritt zurück, während Cobuz plötzlich rechts von mir auftaucht. Natürlich steht er stramm und zittert. Auf ein Zeichen Ghermans legt er auch gleich los.

„Ich´gestehe. Vasile Pop hat mich gefragt, seit wann ich hier bin. Ich... ich hab' ihm geantwortet, das gebe ich zu. Ich hätte ihn sofort entlarven sollen, aber wie man sieht, habe ich noch nicht meine ganze Fäul... "

„Und wie man es sieht! Ist dir nun bewußt, Vasile Pop, was du da Cobuz angetan hast? Er war fast schon umerzogen, er faßte bereits Fuß... Und du, du hast ihn wieder zurückgeworfen. Wie abscheulich! Warte aber nur... Dich wird Herr Turcanu schon in die Mangel nehmen, wenn er zurückkommt. Cobuz, hingegen... He! Seid ihr fertig mit Barsan? Gut also... Cobuz nackt auf den Tisch, marsch-marsch!"

Ich höre Cobuz tapsen, schaue aber nicht hin. Nein, ich will nicht hinschauen. Jetzt nicht mehr, nachdem ich Barsan ins Unheil gestürzt und Cobuz zurückgeworfen habe.

Ich höre nur und weiß, daß Gherman den armen Cobuz höchstpersönlich verprügelt. Mit dem Riemen, nur mit der Schnalle, ganz bedächtig. Und es dauert furchtbar lange... Ich höre auch, wie Cobuz schweigt. Dann Ghermans keuchende Stimme.

„Marsch auf die Pritsche! Du beginnst die Umerziehung von vorne, du Ganove... Und damit es auch alle wissen: Cobuz *hat geredet!*"

Die Zellentür. Turcanu. Mit finsterer Mine, unzufrieden, aufgeregt. Keuchend erstattet Gherman Bericht und zeigt abwechselnd auf Barsan, auf mich und auf die lange Pritsche, wo Cobuz hinaufgeklettert ist. Oder wo man ihn hinaufgehievt hat. Turcanu hört nur mit halbem Ohr zu, nickt zustimmend und blickt wie gewohnt im Kreis herum, als erwarte er jeden Augenblick einen Angriff.

„Bravo, Cori Gherman, gute Arbeit!"

Wie stets versetzt er ihm freundschaftlich auch eine Schelle, aber nicht über die Schulter, sondern nach seiner Art. Eigentlich ist es eher ein Kinnhaken mit dem Handrücken und gespreizten Fingern. Gherman taumelt einige Meter zurück, fällt auf den harten Fußboden.

153

„Entschuldigung!" lacht Turcanu. „Ist mir nur so herausgerutscht!"

Alle lachen. Sogar Gherman.

„Hergehört! Eure Schicht wäre nun soweit, mit den Ausnahmen natürlich, die stets die Regel bestätigen... Es ist doch so, Cori?"

Gherman stimmt mit dem ganzen Körper zu, mit seinem ganzen Wesen.

„Siehst du, Cori? ...Wie ich schon sagte, eure Schicht ist also dabei, die erste Phase zu beenden, die äußerliche Entlarvung. Bloß mit den verdammten Ausnahmen, die auch diesmal die Regel bestätigen. Ihr habt euch folglich entschlossen − mit den kleinen Ausnahmen, freilich −, eure kriminelle Vergangenheit abzulegen, als ihr gegen die Arbeiterklasse, die Partei, die Sowjetunion... Ihr wolltet neugeboren sein, neue Menschen, nützliche Glieder der Gesellschaft werden. Ich hatte euch von Anfang an hingewiesen, daß ihr im Interesse einer aufrichtigen und daher wirkungsvollen Umerziehung nichts verschweigen dürft. Daß ihr in eurem Gedächtnis herumstöbern müßt, um nichts zu vergessen. Nichts von all dem was ihr getan, beabsichtigt, oder auch nur gedacht habt, wenn nicht alles umsonst gewesen sein soll. Alle unsere Bemühungen. Entsinnt ihr euch noch? Die meisten von euch haben es auch verstanden... Ihr habt alles erklärt, was ihr über euch und eure Angehörigen wißt. Ehre gebührt euch, denn die Arbeiterklasse und die Partei wollen nicht das Verderben des Sünders, sondern seine Wiedergeburt. Man wird euch die Ehrenpflicht übertragen, auf der Baustelle der Jugend am Donau-Schwarzmeer-Kanal zu arbeiten. Dort und nur dort werden wir mit unseren Armen beweisen, was wir alle bereits mit unseren Herzen bewiesen haben... Stimmt's, Cori? Natürlich stimmt es, Cori! Dort werden wir arbeiten, den Kanal ausheben, Brücken und Städte bauen, Betriebe, Schulen, Krankenhäuser... Gibt es denn Schöneres als die Gewißheit, daß dein Schaffen weiterlebt? Daß du nicht umsonst auf Erden geweilt hast? So mancher wird für immer dort bleiben, denn Fachkräfte wird man bestimmt brauchen... Leider aber... Leider versuchen einige von euch, dieses Vertrauen, diese Großzügigkeit, diesen Humanismus zu mißbrauchen... Das Volk zu täuschen! Dieses Volk, das euch, ihr miesen Wanzen und Läuse, so großzügig ernährt, wo ihr doch nichts produziert, dafür aber Essen, Unterkunft und Fürsorge bekommt... "

Pause. Die Pause Turcanus. Könnte ich die Pritschen berühren, ich würde sie zittern spüren. Sogar die Schläger zittern.

„Damit ihr euch aber keinen falschen Hoffnungen hingibt, nicht etwa glaubt, hier nur so, wie die Ente durchs Wasser schwimmen zu können, werd' ich nun eine noch wirksamere Entlarvung vornehmen... "

Jetzt lächelt Turcanu sogar, und fipst mit den Fingern.

„Ich empfehle euch, sehr gut aufzupassen und nichts von alldem zu vergessen, was ihr jetzt zu sehen bekommt... Wir wissen nämlich, wann sie anfängt, die Umerziehung, nicht aber wann sie zu Ende ist, verstanden? Es ist ein langwieriger Prozeß, in dem es nicht ohne Rückschläge geht. Wie eben jede Genesung, nicht wahr, Cori? So ist es, Cori Gherman! Macht aber nichts... Zuletzt gelangen wir schon auf den sonnigen Gipfeln... "

Ich höre ihn nicht mehr. Ich bin nicht einmal sicher, daß Turcanu überhaupt noch spricht, obwohl ich seine Knie sehe, wie er sich auf und ab bewegt und wie seine Fäuste, seine Klauen, einen unsichtbaren Gegner würgen.

„Ich entlarve Cori Gherman!"

Die Stimme Turcanus klingt ziemlich gelassen, während er mit der Rechten auf den „Entlarvten" zeigt.

Ich kann Cori nicht mehr sehen, denn die Knüppelschwinger haben bereits hinter seinem Rücken Stellung bezogen. Es ist, als sei ein Vorhang gefallen.

Turcanus Hand hämmert wie ein Kolben, immer noch mit einem unsichtbaren Gegner boxend.

„Du hast versprochen, deine Fäulnis abzuschütteln! Und auch versprochen, der Arbeiterklasse nichts mehr zu verschweigen. Zweimal bist du schon entlarvt worden... Und hast immer versprochen, stets fest versprochen. Dabei bist du aber ein verstockter Feind geblieben!"

Wenn Gherman ein verstockter Feind ist, was sind dann um alles in der Welt Barsan und Cobuz?

„Warum hast du nichts über den Verlobten deiner Cousine erzählt? Dachtest wohl, du kriegst es schon hin, wenn du ausschließlich deine eigenen Machenschaften als Lakei des Kapitalismus zugibst, wie? Warum, Gherman, hast du nicht erklärt, daß deine Cousine Emilia Gherman mit dem Gardis-ten Anton Brad verlobt war?"

Cousine. Verlobter. In welchem Zusammenhang eigentlich? Was heißt das schon, in welchem Zusammenhang!

„Sofort nackig! Da soll mal die Sozialdemokratie ein Bummelchen machen, für ihre kriminelle Verbindung mit der Eisernen Garde!"

Jetzt kann ich Cori wieder sehen. Eigentlich nur seinen Kopf. Da ist er ja. Sein geöffneter Mund strebt sehnsüchtig dem gewundenen Lappen zu, den Puscasu an beiden Enden hält. Ich sehe, wie Gherman sich anstandslos knebeln läßt und sogar unaufgefordert eine Halbdrehung macht, damit Puscasu besser den Lappen am Nacken zubinden kann.

„Deinen Riemen, Cornel Pop! Und du nimmst Coris Knüppel!"

Ich schaue nicht mehr hin, denn was gibt es denn da zu sehen? Was gibt es noch zu sehen? Es reicht mir doch, daß ich hören muß, denn Gott hat uns zur Strafe nicht mit Ohrenlidern ausgestattet. Warum sollte ich aber Gherman bemitleiden, der soeben Barsan mit meinen brandigen Knien erpreßt und dann zu Brei geschlagen hat? Danach ist er auch noch unverzüglich über Cobuz hergefallen und hat ihn zurückgeworfen. Soll er doch auch zurückgeworfen werden, damit er sicht, wie das ist!

„Es reicht!"

Das bedeutet also, daß Gherman umgekippt ist. Das bedeutet also auch, daß ich wieder hinschauen kann. Zwischen den Tischbeinen liegt etwas, das jemandem ähnlich sieht. Wenn jener aber Cori Gherman gewesen ist, wen wird Turcanu nun beauftragen, den Puls zu fühlen? Doch nein, das hat sich erübrigt.

Was ist denn das schon wieder? Ich kann es nicht gut verfolgen, aber es scheint mir, daß... Tatsächlich! Irgendeiner, offenbar Puscasu, legt sich jetzt über Gherman. Regelrecht quer über den reglosen Körper. „He, auch du! Und du! Du auch!" Allmählich wird Turcanus ganze Gestalt sichtbar, während die Zellenwarte sich der Reihe nach über Ghermans Körper stapeln, wie Holzscheite zu einem Raummeter. Es sind jetzt so viele da unten aufgestapelt, daß die nächsten kaum mehr Platz finden. „Verhovenski! Du auch... Ja, ja, du mit deinem Dostojewski!" Tolea wehrt sich, aber es hilft ihm nichts. Turcanu hebt ihn wie ein Paket und preßt ihn auf den Haufen. „Siehst du, Tolea, wie einfach das ist? Ich meine, diese mystische Vereinigung, die Blutsbruderschaft... Wenn du unbedingt möchtest, kannst du jetzt wieder aus deinen *Dämonen* zitieren... Hohoho! Von nun an kannst du nicht behaupten, du seist unbefleckt, denn auch du warst oben, auch du hast Gherman gedrückt, ihm Leid zugefügt... Du bist also mit ihm verbunden! So bist du auch mit Puscasu vereinigt, mit Cornel Pop sogar wiedervereinigt... Bist sogar derselbe Dreck geworden, wie diese Wanze von Balan... Und über Gherman bist du auch mit mir vereinigt, Tolea. Von nun an stehen wir zusammen, im Guten und im Bösen... Es reicht! Alle auf die Beine!"

Der Haufen zerfällt, verkleinert sich. Die Prügler sind jetzt alle aufgestanden und warten... Was folgt eigentlich? Dort unten, auf dem Zementboden, bleibt so etwas wie der Umriß Ghermans liegen. So sieht also das viereckige Ei aus! Doch nein... Es ist doch noch würfelförmig, denn trotz allem hat es seine drei Dimensionen behalten. Dreidimensional also, aber was geschieht mit der Schale? Ist sie nicht unwiderruflich zerborsten? Wie könnte ich es wissen, aus dieser Entfernung?

Ich sehe nur Turcanus Beine, jenseits des Würfels da unten, der trotzdem noch Gherman ist. Ein Schuh bewegt sich, als ob er etwas suchen würde. Turcanus Schuh schiebt sich unter Ghermans Nacken und hebt dessen Kopf. Den Kopf... Jetzt kann ich ihn gut sehen. Er ist Sofrons Kopf sehr ähnlich — irgend ein Ding mit Öffnungen, ein Loch-Ding. Turcanus Hand deutet jetzt irgendwohin und ich kann sie über den Tisch gut sehen. Sie deutet auf mich! Jetzt bin ich an der Reihe...

Ich lasse mich auf den Rücken fallen und klammere mich mit dem Blick, mit meiner Seele, mit all meiner Hoffnung an das Kamel an der Wand, an mein Kamel. Ich suche verzweifelt nach den richtigen Worten und finde sie nicht.

Dein Wille, Herr... Er geschehe? Er komme?

Dein Reich, Herr... Es komme? Es geschehe?

Sogar das Vaterunser ist mir durcheinandergeraten! So rufe ich also Elisav, ich bitte ihn, ich fordere ihn auf.

„Komm doch! Komm doch endlich!"

Elisav ist doch so stark, er wird es auch ertragen können. Seine Leiden werden dieses verdammte Ei in tausend Stücke zerspringen, zu Staub zerfallen lassen. Dieses verfluchte, so eiförmige Ei, das uns zu Würfeln, zu Vierecken machen will. Uns und mich, jetzt, im nächsten Augenblick, in den nächsten Augenblicken.

Umsonst aber, denn Elisav erscheint nicht. Ich weiß, daß Tag und Stunde noch nicht gekommen sind. Ich weiß auch, daß er da sein wird, wenn es einmal so weit ist.

Deswegen fällt mir auch mein Vaterunser wieder ein. *Sein Wille*, er geschehe. *Sein Reich*, es komme... Jetzt kann ich wieder beten, gemächlich und beruhigt. Ich bleibe auch weiterhin hier, Elisav kann dort bleiben wo er gerade ist, denn hier, hier beachtet mich keiner mehr. Ich befinde mich in der Orchesterloge.

Aus der Orchesterloge verfolge ich, wie Gherman den Fußboden ableckt, nackt, blutig, auf allen vieren. Er leckt ihn gewissenhaft ab, er beeilt sich sogar. Dann und wann weist Turcanus Schuh auf diese oder jene Stelle, ohne den Boden selbst zu berühren. Und Gherman rückt gefügig mit dem Kopf, mit der Zunge und mit seinem ganzen Eifer zur vorgezeigten Stelle hin.

„Auflecken, bis der Boden spiegelblank ist!" Dann trampelt Turcanu mit den Schuhen, als wollte er den Staub von ihnen abschütteln. Er trampelt so zu seinem Bett und wirft sich darauf. Den Staub hat er indessen nicht abzuschütteln vermocht. Es gibt ja überhaupt keinen Staub, sondern nur jenen säuerlich-bitteren, scharfen und penetranten Gestank, der mir wieder in die Nase steigt.

„Nachdem du schön sauber gemacht hast, Cori, bringst du dich selbst auch in Ordnung, ja? Wäschst dich, ziehst dich an und nimmst deine Arbeit wieder auf. Diesmal wirst du nicht zurückgeworfen, aber morgen könnt' ich's mir ja anders überlegen... Bis dahin holst du mir diese Banditen von der Pritsche und jagst sie darunter, daß es nur so dröhnt! Es stinken ja bereits die Bretter unter ihren faulen Knochen!"

Turcanu hat dabei keinen Augenblick die Augen von der Zellendecke abgewandt und nur ab und zu tief geseufzt.

Turcanu stöhnt, röchelt und schnauft auf seinem Bett. Er ringt im Traum mit seinen nun über ihn selbst herfallenden Strafen, während die Hilfstruppe die Leute auf den Pritschen nicht atmen läßt.

Die Knüppel sausen nieder... „Warum schläfst du denn, du Bandit?" Und wieder die Knüppel. „Warum schläfst du nicht, du Bandit?" Nur Balan stellt die Frage richtig: „Warum, du Bandit?" und schlägt immerfort zu, vor, während, und nach der Frage.

...Inzwischen sind wir, Julia und ich, soeben aus dem Bahnhof Chisinau abgefahren, der längst nicht mehr Kischinew heißt. Unsere Hochzeitsreise findet mit einigen Jahren Verspätung statt, dies spielt aber keine Rolle mehr. Wir müssen uns nicht mehr bemühen, wie ein „gelungenes Pärchen"

auszusehen, sondern reisen als gestandene Familie, durch Zeit und Gewöhnung zusammengeschmiedet.

Die Reisefahrkarte ist weder Pflichtübung noch Beloh-nung. Wir haben sie nur bis Bukarest gelöst, wo wir den erst-besten Zug ins Ausland nehmen werden. So haben wir es e-ben in unserer Unentschlossenheit beschlossen.

Es stehen uns hundert, vielleicht sogar zweihundert Reise-tage bevor. Von Bedeutung aber werden erst die letzten zehn, fünf oder nur drei Tage sein, wenn wir endlich wissen werden, wohin wir wollen — vermutlich nach Hause — und wie lange wir dafür brauchen. Die noch verbleibenden Tage teilen wir uns alsdann so ein, wie es uns gerade paßt und wir werden uns überall solange aufhalten, wie es uns gefällt. Wir können genauso gut durch ganz Europa herumstreifen, oder auch nur in Florenz, Paris oder Amsterdam hängenbleiben.

Mutter wollte natürlich, daß wir zunächst nach Wien fah-ren, um dort Maria Cebotari, ihre frühere Kollegin vom Kon-servatorium zu besuchen. Und natürlich dürften wir auch keine Opernvorstellung versäumen.

Großvater Pamfil bat uns, schnurstracks nach Rom zu rei-sen, um dem Papst ein Memorandum der orthodoxen Gläu-bigen zu überreichen, die eine Überwindung der Kirchen-spaltung anregen.

Artimon... Was hätte er uns sonst empfehlen können als Paris? „Drei Monate in Paris — drei kurze Augenblicke!"

Elisav gab uns keinerlei Ratschläge mit auf den Weg, aber was es ihn angehe, er würde Ägypten zum dritten Mal besu-chen.

Und Seliva? „Geht, wohin ihr wollt, aber am Sovielten treffen wir uns in Stockholm, zur Eröffnung der Spielzeit, ja?" Mihai dirigiert nämlich dort das Königliche Orchester.

Nur Vater hat uns mit Ratschlägen verschont und bloß geknurrt, weil wir eine solche Reise mit noch pflegebedürf-tigen Kindern antreten. Dazu noch ohne Programm. Wie sagte er noch verärgert: „Wer nicht genau weiß, was er in einem Jahr um 11 Uhr 15 machen wird, der ist doch kein ordentlicher Mensch!"

Wir wissen zwar noch nicht, was wir in den nächsten zwanzig Minuten tun werden, sind aber deswegen nicht unglücklich. Wahrscheinlich werden wir nach Rom reisen, nicht zum Papst jedoch. Und auch sicherlich nach Wien, und dort auch in die Oper gehen, nicht aber Marioara Cebotari besuchen. Stockholm kommt natürlich ebenfalls in unseren Reisplänen vor, und auch Mihai, obzwar wir ihn auch ohne Frack sehen könnten, in Paris, zum Beispiel. Warum auch nicht? Vorausgesetzt, wir wollten auch dorthin reisen.

Nun kam es so, daß der erstbeste Zug nach Italien fuhr, was Julia und ich sogar gehofft hatten. Italien? Nun ja, dann eben Italien! Dabei kicherten wir, als hätten wir jemandem einen Streich gespielt. Vielleicht wäre es nordwärts besser gewesen, damit wir durch den Süden heimkehrten...

Venedig also, die Kanäle, San Marco, die zierlichen Brükken, die Gondeln... Doch dafür sind wir nicht hergekommen. Wir kamen nur so, um zu bummeln, stehenzubleiben, wieder zu bummeln, an irgendeinem Tisch auf irgendeiner Terrasse zu sitzen. Um zu sehen, zu lauschen, zu riechen, die Luft einzuatmen und uns immer wieder sagen zu können, ich bleibe hier, weil ich es so mag und ich verweile auch nur so lange es mir gefällt. Wenn ich es nicht mehr will, stehe ich ganz einfach auf und gehe. Dorthin, wo ich gerade Lust habe.

Und dann Verona und Julias Haus. Julias Haus? Mag sein, aber niemand kann mich zwingen, dieses Haus zu besuchen und es schön zu finden. Nicht einmal an die Legende von Romeo und Julia muß ich mich erinnern. Wenn ich will, kann ich hierbleiben oder auch sofort aufbrechen. Ich kann jederzeit ins Hotel zurück, ein Bad nehmen und ins Bett kriechen. Oder ganz einfach zum Fenster hinaussehen.

Cremona, Parma, Pisa. Die Steinbrüche von Carrara, Florenz. Wenn ich es wollte, könnte ich auch einen Abstecher nach Siena machen. Oder: Ich fahre eben nicht mehr nach Arezzo. Und auch nicht nach Ravenna. Hingegen möchte ich aber Rimini besuchen... Wenn ich es so will, bleibe ich. Wenn ich mich anders entscheide, reise ich einfach ab.

Manche behaupten, die Neugeborenen weinen, weil sie den schützenden Mutterleib verlassen mußten. Andere wiederum meinen, es sei nur ein Ausdruck der Anstrengung, die Flüssigkeit aus Nase und Mund herauszustoßen, um atmen zu können... Jedesmal wenn Julia ein Kind zur Welt brachte, hatte ich den Eindruck, es weinte vor Unentschlossenheit. Dableiben? Fortgehen? Wie sollte das neugeborene Wesen auch wissen, daß die Schwelle nicht dort liegt, zwischen dem Mutterleib und der Welt, sondern hier, wo man frei entscheiden kann, ob und wohin man gehen möchte, und für wie lange.

6

Es hört nicht mehr auf. Es will einfach nicht mehr aufhören. Diese Lehrstunden, Übungen und Beweisführungen, mit Gherman, Cobuz, Cornel Pop, sie zeigen keine Wirkung. Das dürfte wenigstens Turcanus Meinung sein.

Er schläft kaum mehr als vier oder fünf Stunden. Die übrige Zeit verbringt er mit ihrer Entlarvung. Er erläutert, brüllt, prügelt, verordnet Prügel, entlarvt höchstpersönlich, hier, in der Zelle „4-Krankenhaus", verschwindet für eine oder mehrere Stunden und kehrt, ermattet, keuchend, mit fiebrigen Augen zurück. Nur einige Minuten ruht er sich auf seinem Bett aus, die Rechte unterm Nacken, den Blick zur Decke gerichtet und immerfort seufzend. Unerwartet schnellt er dann empor und hat genauso unerwartete wunderliche Einfälle.

„Alle auf einem Bein, dem linken und die rechte Hand hoch!"

„Alle auf dem Rücken, Beine gespreizt und in einem 45-Grad-Winkel zum Boden erhoben, Hände parallel ausgestreckt, ebenfalls in einem 45-Grad-Winkel zum Körper!"

„Schüsseln auf den Boden, einen halben Meter vom Pritschenbein... Ihr dann auch auf dem Bauch, auf die Pritsche, und Hände auf dem Rücken... Los, fressen!"

„Paarweise gegenüberstehend, jeweils mit dem Zeigefinger der rechten Hand an der Nasenwurzel des Gegenübers!"

„Alle im Handstand auf der Pritsche, an der Wand, Beine nicht gewinkelt... Nicht hinfallen, nur mit den Fersen gegen die Wand stützen!"

„Paarweise aufstellen und gegenseitig auf mein Kommando ohrfeigen... Rechts! Links! Rechts!... "

Dann und wann wird ein Vortrag gehalten und Bogdanovici ein fauler Zahn gezogen. Oft preist er den herrlichen Donau-Schwarzmeer-Kanal, an dem wir schuften dürften, nachdem wir absolut aufrichtig, absolut entlarvt und absolut umerzogen sein würden. Ab und zu verläßt er die Zelle, kehrt zurück, seufzt, starrt an die Decke, hüpft vom Bett und hat wiederum neue Ideen...

Seit einigen Tagen zeigt er eine richtige Schwäche für Verhovinski. Der arme Tolea wird durch die Gasse getrieben, nackt auf dem Tisch zermürbt, im Gemenge zu Kleinholz gemacht, von den Zellenwarten aus dem Stegreif und im Vorbeigehen mit Schlägen bedacht, meistens auch nachts verprügelt.

„Warum sind die Arme nicht auf der Decke und ordentlich gestreckt?"

„Warum schläfst du auf dem Rücken?"

„Warum schläfst du auf der Seite?"

„Warum hast du die Beine angezogen?"

„Warum sprichst du im Schlaf?"

Tolea schläft nicht. Er könnte es übrigens auch nicht,

denn der Trupp hält ihn mit den Knüppeln hellwach. Sein Leib ist zerwühlt und zertrampelt, von Stöcken, Riemenschnallen und Schuhspitzen aufgeackert. Das Nasenbein gebrochen, verheilt, gebrochen, die Lippen geplatzt, die Vorderzähne gebrochen, sämtliche Fingerknochen und sogar der linke Arm gebrochen. Balan hat zuletzt Toleas Augenlider entdeckt. Er packt sie zwischen den Fingern und zerrt an ihnen herum. Erst dehnt er sie, dann läßt er sie wieder locker. Durch pure Assoziation, wahrscheinlich, kam er darauf, daß es auch den Hodensack gibt, und nach einer ersten Phase, verbesserte er die für die Augenlider entwickelte Technik. Verhovinski mit heruntergerissenen Hosen und gespreizten Beinen wird von vier Leuten festgehalten. Balan klemmt den Hodensack zwischen zwei Knüppeln, drückt und zieht kräftig an. Dann wird gewunden, wie in einer Mangel.

Gabi Damaschin ist Linkshänder und bevorzugt dementsprechend als Zielscheibe die Leber seiner Opfer. Obwohl er schmächtig ist und harmlos aussieht, verfügt er über eine mörderische Linke. Verhovinski scheint davon nicht besonders beeindruckt zu sein, womöglich liegt seine Leber links. Oder auch nicht. Doch spielt das jetzt keine Rolle mehr.

Sooft Turcanu seinen Namen erwähnt, erwidert Tolea eigensinnig, er hätte bereits bei der Staatssicherheit ausgepackt. Oft ist dieser Einwand Toleas nur noch ein unverständliches Murmeln. Turcanu indessen schenkt den Erklärungen beim Verhör durch den Staatssicherheitsdienst überhaupt keinen Glauben. Er erinnert Verhovinski daran, er habe sein „weißes Blut" nicht erwähnt. Verhovinskis Vater sei nämlich Offizier der Zarenarmee gewesen und hätte gegen die Revolution gekämpft. Verhovinskis Mutter sei Opernsängerin gewesen und hätte am Petersburger Hof gesungen. Ein Onkel, notorischer Anarchist, sei Lenins persönlicher Widersacher gewesen. Eine trotzkistische Tante sei Stalins Feindin gewesen. Ein Großvater sei Volksvertreter in der Petersburger Duma von 1917 gewesen und Toleas Schwester Tatjana, schließlich, hätte in Iasi einen Sowjetgeneral in den Hinterhalt gelockt, und dann erstochen. Danach sei sie nach Frankreich geflüchtet, von wo sie ihm, ihrem Bruder, verschlüsselte Briefe schicke.

Und er selbst, *Anatolij Warlaamowitsch Werchowinskij*, sei ein mieser Gardist, ein Mitglied der Eisernen Garde gewesen! Und eben dafür ohrfeigt ihn Turcanu, knetet ihn mit den Fäusten und Füßen.

„He, Cornel Pop!" ruft er dann. „Zeig doch dem Kameraden Verhovenski die Philosophie jenes Mironovici!"

Ich weiß nicht, wer dieser Mironovici ist, aber der Verachtung aus Turcanus Stimme nach zu urteilen, kann es sich nur um einen gardistischen Ideologen handeln.

Heute, nach dem ganzen Spektakel mit Mutter, Vater, Onkel, Großvater, Tante und Schwester, nach all den Ohrfeigen, Fäusten und Fußtritten, und auch nach der Sache mit Mironovici, wird Puscasu befohlen, den Kübel hervorzuholen, der ständig voll ist, damit Verhovinski auf dessen Rand mal Turnübungen macht.

„Cornel Pop leitet die Turnübung, verstanden? Sollte er ablehnen, wird er getauft!"

Dann stampft Turcanu eilig aus der Zelle.

Ich bin überzeugt, daß Tolea spätestens nach der dritten Kniebeuge in den Kübel fällt. Sollte er sich nur eine Andeutung von Ungehorsam leisten, oder auch nur eine Sekunde zögern, so wird ihm Cornel die „Taufe" verabfolgen. Das heißt, ihm den Kopf in den Kübel tauchen.

Rauf-runter, rauf-runter... Tolea geht in die Kniebeuge, Tolea kommt wieder hoch. Dabei stützt er sich überhaupt nicht auf den Kübelrand. Rauf-runter, rauf-runter... Ich zähle bis dreißig und gebe dann auf. Das gibt es doch gar nicht! Andere „stottern" bereits nach der zehnten Kniebeuge, den meisten zittern bei der dritten bereits heftig die Beine. Sie versuchen verzweifelt, das ständig bedrohte Gleichgewicht wiederherzustellen... Dabei sind es Leute, die nicht wie Tolea verprügelt, übernächtig und ausgehungert sind. Manch einer bringt keine Kniebeuge mehr auf festem Boden zustan-

165

de, geschweige denn auf dem Kübelrand! Rauf-runter, rauf-runter...

Der Taktmesser mit dem Riemen zeigt Müdigkeitserscheinungen. Ausgerechnet Cornel Pop, der „Unermüdliche"! Jetzt ist er heiser und bringt immer wieder das Kommando durcheinander. „Rauf-rauf", heißt es da, oder „runter-runter". Manchmal zu langsam, manchmal zu schnell. Balan rettet erfindungsreich die Situation, indem er zwei Knüppel im Takt aufeinanderschlägt und sie Cornel weiterreicht.

Tick-tick, tick-tick... Es geht wie ein Uhrwerk, und Tolea geht rauf, Tolea geht runter. Auf dem Kübelrand.

Seit wann dauert es bereits? Sind es fünf, sind es zwanzig Minuten? Eine Stunde vielleicht? Wer kann das schon wissen, denn wir sind alle nicht nur Zuschauer, sondern auch Teilnehmer an diesem Zweikampf zwischen Tolea und Kübel. Und wir wissen auch, daß früher oder später doch der Kübel siegen wird. Zunächst setzen wir noch auf Tolea... Ist doch einer von den unsrigen, oder nicht?

Je mehr Zeit verstreicht aber... Warum fällt er nicht endlich hinein? Warum quält er uns nur so, denn wir sind ja die Gequälten, schließlich, nicht er. Und was will er damit beweisen? Daß er mehr als die anderen aushält? Daß er vielleicht anders ist? Sich widersetzt und auch noch die Kraftreserven dafür hat?

„Verdammtes Schwein, du! Mistkerl!... Meinst wohl, mehr zu sein als wir?"

Das war nicht die Stimme eines Knüppelhelden, sondern die von Cobuz, Der sich auf der Pritsche befindet, dorthin „zurückgeworfen". Die einzigen, die sich der allgemeinen Entrüstung entziehen, sind Cornel und Tolea. Sie haben nichts bemerkt, denn sie sind viel zu beschäftigt.

Seit wann dauert das schon? Wir wissen es nicht, aber angesichts des zutiefst erstaunten Turcanu, der wieder in der Zelle ist, muß es schon sehr lange gedauert haben.

„Habt ihr gemogelt? Hast du ihn verschnaufen lassen, Cori?"

Nachdem Gherman ihm etwas zuflüstert, kann Turcanu

166

seine Verlegenheit kaum mehr verbergen und zuckt nur die Schultern.

„Weiter so!" befiehlt er dann. „Bis er ins ‚Taufbecken' fällt, ja?"

Er lümmelt sich aufs Bett und seufzt öfter als gewohnt. Anscheinend stört ihn dann das Geklapper der Knüppel.

„Es reicht vorläufig! Auf seinen Platz!" Leichter gesagt als getan, denn Cornel Pop kann mit dem Geklapper nicht mehr aufhören. Gherman muß ihm die Knüppel aus den Händen reißen.

Leichter gesagt als getan, denn auch Tolea kann die Kniebeugen nicht mehr unterbrechen, bis ihn nicht vier andere mit Gewalt vom Kübelrand heben. Sobald sie ihn aber loslassen, rollt Tolea auf den Rücken, da unten auf dem Boden, und hampelt liegend weiter. Andere zwei kommen dazu, und zu sechst schafft man ihn endlich auf die Pritsche, wo er liegend seine Kniebeugen weitermacht, nach einem Taktschlag, den nur er allein vernimmt.

Ein anderer Kunde Turcanus in den letzten Tagen war Stefanescu. Zwar nicht tagaus, tagein, wie etwa Bogdanovici und Verhovinski, doch regelmäßig. Heute scheint er wieder an der Reihe zu sein.

„Hör mal, du verfluchter Bandit, warum hast du nicht erklärt, daß... "

Ich bekomme nie mit, was Stef zu erklären vergessen hat. Vielleicht befaßt sich aber Turcanu so intensiv mit ihm, nur um sich abzulenken. Stef erhebt sich wie immer auf der Pritsche, drückt sich an die Wand und zittert.

„Geehrter Herr Turcanu, Sie haben mein Ehrenwort..."

Turcanu schert sich den Teufel um Stefs Ehre und Ehrenwort... Heute befiehlt er ihm auf den Tisch zu steigen.

„Und nun du Bandit, sprich mir nach: Die gardistisch-manistische Clique hat das Land ins Unheil gestürzt... Nachsprechen!"

Von Blutkrusten bedeckt, mit Zahnlücken und schiefem Körper, rollt Stefanescu die Augen. Dabei ist aber sein Blick keineswegs ängstlich, eher beleidigt und empört. Er bringt kein einziges Wort über die Lippen, aber er scheint es nicht einmal zu versuchen.

„Sprich mir nach, hörst du nicht? Maniu ist ein Schweinehund, ein Idiot und ein Wüstling! Sag doch schon: Maniu lockte neunjährige Mädchen an, gab ihnen ein halbes Bonbon — denn ein Geizkragen war er sein Leben lang — und während die Kinder daran lutschten, leckte er unter den Röckchen! Mit seiner schmierigen Vipernzunge... Wiederhole!"

„Ich sage es schon, aber ich verstehe nicht die Bedeutung der Zahl neun... Warum sollen es neunjährige Mädchen gewesen sein?"

Turcanu bricht in schallendes Gelächter aus, und die anderen wiehern ebenfalls. Ich höre ganz deutlich Balan blökken. Turcanu erstickt fast vor Lachen.

„Warum? Ganz einfach... Weil sie nicht achtzig Jahre alt waren, wie jener Furzsack... Hahaha! Hohoho!"

Stef ist zutiefst beleidigt, blinzelt aufgeregt und beißt sich die Unterlippe mit seinen letzten zwei Schneidezähnen, die sämtliche Prügeleien überstanden haben. Turcanu nimmt einen Knüppel und beginnt ihn über die Beine zu schlagen.

„Sag mal, du verdammter Bandit, was hatten eure Agrarier auf sowjetischem Boden zu suchen? Was hat wohl Manius Stellvertreter, dieser Mihalache, an der sowjetischen Front als Freiwilliger zu suchen? Auf Kriegsbeute, wie? Sowjetbürgerinnen vergewaltigen? Hühner klauen? Blechorden sammeln, wie etwa ‚Michael der Tapfere'? Sag schon, du Agrarier... Ist dieser Mihalache auch in seiner lächerlichen Volkstracht ausgezogen, um mit der roten Armee und dem russischen Winter zu kämpfen?"

Stef trampelt auf dem Tisch herum, aber ungeschickt wie er ist, steckt er sämtliche Schläge ein. Er jammert pausenlos, aber das ist auch alles.

„Erzähl' mal, du Ganove, wie Maniu sich gegen das Volk und die Arbeiterklasse verschworen hat! Gegen die Kommunistische Partei!"

Jetzt schlägt er ihn über die Ellenbogen, über die Schultern. Stef gibt verzweifelt Zeichen, daß er bereit ist, alles nachzusprechen, nur um den Schlägen zu entgehen. Turcanu hält inne, und Stef hebt näselnd an: „Sehr geehrte Leidensgefährten! Als Mitglied der Jungagrarier... Ich... Iuliu Maniu... "

„So ist's gut!" grunzt Turcanu. „Von Maniu sollst du erzählen!"

„Wie ich bereits sagte, geehrter Herr Turcanu... Iuliu Maniu also, Vorsitzender der Nationalen Partei aus Siebenbürgen, die mit der Agrarierpartei aus dem alten Königreich fusionierte... "

„Jetzt erzähl' uns doch nicht die Geschichte der Unterhosen, die von den Unterhöschen Maria-Theresias herstammen. Hohoho! Von Maniu sollst du reden, hörst du?"

„Maniu, ja... Iuliu Maniu wurde am 8. Januar 1873 geboren... "

„Interessiert uns nicht, wann er geboren ist, sondern wann er endlich verrecken wird, diese Bestie, dieser antikommunistische und antisowjetische Verbrecher! Los, sprich schon weiter!"

„Wie ich sagte, Iuliu Maniu wurde am 25. Juli 1947 verhaftet und zu einhundertundvier Jahren Haft verurteilt..."

„Einhundertundvier Knüppel kriegst du gleich über die Schnauze, wenn du uns nicht erzählst, wie er's mit den neunjährigen Mädchen trieb! Erzähl' schon mal, los!"

„Erzähl' ja schon..."

Stef versucht, den Schlägen auszuweichen. Dann steht er plötzlich ganz still da, obwohl Turcanus Knüppel dumpf auf seinem hageren Leib aufprallt.

„Iuliu Maniu ist ein Märtyrer in diesem Land, in dem es Märtyrer zu Tausen... "

Wir erfahren nicht mehr, was es mit den Märtyrern in diesem Lande auf sich hat. Nur einen Märtyrer mehr gibt es jetzt, und der heißt David Stefanescu aus Ploiesti.

Zuletzt — wie spät kommt dieses zuletzt —, klaubt ihn Turcanu eigenhändig vom Boden auf, wo er ihn mit den Füßen buchstäblich zertreten hat und schleppt ihn zum Kübel. Dort taucht er ihn mit dem Kopf nach unten hinein, indem er ihn wie eine Stoffpuppe hält. Jedesmal, wenn er ihn herauszieht, brüllt er wie besessen.

„Ein Märtyrer also, dein Maniu? Scheiße, kein Märtyrer!" Und wieder taucht er ihn in den Kübel, den Kopf nach unten. Unzählige Male zieht er ihn wieder heraus, brüllt ihn an, taucht ihn wieder hinein.

„Fertig, Herr Turcanu!" schreit Gherman. „Sonst ersäuft er noch!"

Verwirrt und mit zitternden Knien gibt Turcanu auf. Sein Blick wirkt starr, als hätte man ihn soeben aus dem Schlaf gerissen. Er schleudert den reglosen Stef neben den Kübel und läßt sich auf die Matratze sinken. Diesmal ist sein Gestank tolerant, fast menschlich schon. Und auch gewohnt, wie wir ihn alle in der Nase haben, lange noch vor „4-Krankenhaus".

Jetzt fährt er wieder auf, hält wieder eine Rede, denn er hört sich unheimlich gerne sprechen. Er berauscht sich geradezu am eigenen Wortschwall. Jagt ihm vielleicht die Stille Angst ein? Ich frage mich bloß, wenn er weder vor dem Gefängnisdirektor noch vor dem Jüngsten Gericht Angst hat, warum sollte er sich vor der Stille fürchten? Nun trommelt er mit den Fäusten auf dem Tisch und donnert:

„Ein Moldauer hat die Eiserne Garde erschaffen, ein Moldauer wird sie ausradieren!"

Alles schon mal gehört. Auch von den Eiern habe ich schon gehört, würfelförmig und viereckig... Von den Liberalen, die allesamt Mondkälber seien, von den Agrariern, diese Mistkerle, ja sogar von den sozialdemokratischen Lakaien. Bis zum Überdruß haben wir erfahren, daß jener Hochstapler von einem König Karl II. mit dem Paranoiker Antonescu nicht imstande gewesen sei, die Gardisten auszurotten. Beide hätten die Eiserne Garde unterdrückt, verboten, ins Gefängnis geworfen, ihre Mitglieder mal erschossen, mal erwürgt. Na und? Die Gardisten seien dadurch nur gestärkt worden. Und warum? Weil man ihnen genau das angeboten habe, was sie anstrebten. Leid und Märtyrertum.

170

„...Die Arbeiterklasse macht euch aber den Garaus, ihr Ka-me-ra-den!"

Jetzt ist er wieder in Fahrt gekommen.

„...Aus mit den gardistischen Todesschwadronen, mit den *Nicadoren* und den *Dezemviren*, aus mit eurer schwachsinnigen Leier vom ‚gardistischen Heldentod'! Aus mit eurer fanatischen Struktur, mit eurer Erziehung zu Mördern und Selbstmördern, mit eurem Ochsenmarsch zur Schlachtbank! Wie hieß es in eurem Gesang? ‚Auf zum Tod, zum Gipfel des Jahrhunderts, wir, der Fels...' Die Arbeiterklasse – hört ihr? –, die wird euch weder erschießen noch kreuzigen, sondern wie die Läuse zerquetschen. So, so... " Er zeigt es auch mit den Fingernägeln. „Sie wird euch nicht den Leib zerdrücken, Ka-me-ra-den, denn die Arbeiterklasse hat Wichtigeres zu tun, als eure Märtyrologie zu vervollständigen."

So schmettert er noch eine ganze Weile seine Weisen, dann flüstert er Gherman etwas zu. Dieser wiederum geht zur Zellentür, klopft an und gibt dem Wächter draußen etwas durch. Turcanu spricht inzwischen pausenlos, wiederholt sich, rattert weiter. Gherman ist wieder da, wartet eine Kunstpause ab, dann nickt er zustimmend. Plötzlich wird Turcanu euphorisch, tänzelt herum, reibt sich die Hände und reißt sogar Witze mit den Umherstehenden. Er versucht sich in Anekdoten und lacht selber als erster. Er schüttelt sich vor Lachen. Auf den Vortrag verzichtet er keineswegs, bloß schlägt er jetzt einen anderen Ton an.

„Wir werden eure zarten Knöchlein nicht brechen, ihr kleinen und süßen Gardisten. Nur etwas in eurer holden Seele werden wir herumwühlen, in der grünen, wie Hühnerdreck... Was meinst du dazu, Cornel Pop? Dieses Seelchen werden wir fein auseinandernehmen und dann wieder zusammenfügen. Nach ganz anderen Gesetzmäßigkeiten, nach ganz and'rem Schema... Wenn ihr dann in den Spiegel guckt, werdet ihr euch erstaunt fragen, wer das wohl sei... Bin ich das noch, der alte Cornel Pop? Wir wollen, daß ihr euch vor dem Spiegel fragt: Wer ist denn dieser holde Jüngling?... Bis dahin ist aber ein weiter Weg. Erst einmal müßt ihr euch reinigen und eure Fäulnis abwerfen. Um ein schönes Spiegelbild zu entdecken, müßt ihr zunächst eure häßliche Maske herunterreißen, die euch Familie, Gesellschaft und Religion aufgesetzt haben. Ihr müßt euch entlarven!" Auch das wissen wir bereits, daß wir unsere Maske herunterreißen müssen. Mitsamt Haut und Fleisch womöglich. Womit bleiben wir aber dann? Was ziehen wir darüber? Eine andere Maske vielleicht? Selbstverständlich kann ich Herrn Turcanu nicht danach fragen. Er würde meine Frage ohnehin überhören.

„ ...Abscheu vor euch selbst!" kreischt er gerade wieder. „Ihr werdet am Leben bleiben, aber euer Lebtag werdet ihr keinem mehr in die Augen blicken können... " Es scheint, daß er gerade etwas enthüllt hat, das nicht enthüllt werden durfte, denn er lacht jetzt krampfhaft, als wollte er es zurechtbiegen. „ ...Euer Lebtag werdet ihr keinen Gardistensieg mehr herbeiwünschen!"

Na und? Ich bin doch kein Gardist und habe keinen blassen Schimmer von jenem Gardistensieg. Ich träume nur davon, daß meine Knie, daß meine Wunden an den Hüften und Schulterblättern nicht mehr schmerzen.

„Da Pädagogik ohne Anschauungsunterricht keinen Wert hat", hebt er gerade wieder an, „lad’ ich euch einstweilen ein, auf Bogdanovici einen Blick zu werfen. Seht ihr ihn? Er war — oder wähnte sich, ist doch einerlei! — so etwas wie ein Führer. Ihr werdet noch die Gelegenheit haben, so einen echten Führer zu Gesicht zu bekommen, und zwar den großen Stammeshäuptling von Iasi. Bis der aber hier ist — und wir haben keine Opfer gescheut, ihn herzubringen, haha! —, seht euch doch einen kleineren an: Cornel Pop!"

Sooft sein Name fällt, zuckt Cornel zusammen und nimmt zitternd Haltung an.

„Ist natürlich kein Märchenprinz", spöttelt Turcanu weiter. „Väterchen war seit zwei Jahren eingezogen, als er auf die Welt kam... Hihihi! Und um Mütterchen kümmerte sich rührend der Schweinehirt der Gemeinde... "

Gekicher und Gelächter unten, um den Tisch herum.

„Nein, eine Leuchte ist er bestimmt nicht! Mütterchen hat ihn stehend geboren, auf der Toilette... Ein erster Kontakt mit der Materie, nicht wahr? Sieht man ihm doch an..." Turcanu zerrt und stößt Cornel, dann dreht er ihn hin und her nach allen Seiten. „Sieht ihn euch nur an! Da konnte doch nichts mehr leuchten... Außerdem hat Cornel eine besondere Vorliebe für Zäune, die er mit den Hörnern bearbeitet... Was nun seinen gei-sti-gen Horizont betrifft, so meint Cornel Pop immer noch, Hegel sei ein sächsischer Apotheker aus Cluj gewesen. Von Kopernikus weiß er, daß dieser das fünfte Rad am Wagen erfunden hat, und was unseren barocken Dichter und Würdenträger Ienachita Vacarescu angeht, so meint Cornel Pop natürlich, er wäre der Bruder des Gefängnisses gleichen Namens..."

Lachsalven da unten. Noch nie hatte ich Turcanu so aufgekratzt und belustigt erlebt.

„Doch so, wie er eben ist, dieser Cornel Pop, ein mißgestalteter Hornochse und ein Hurenbock, hat er der Eisernen Garde unschätzbare Dienste geleistet, obwohl sein Rang bescheiden war. Einhundertundfünf Banditen konnten mit seiner Hilfe aus dem Lande fliehen! Einhundertundfünf Verbrecher, die dem Volksgericht entkommen sind! Cornel Pop hat sein Leben unzählige Male aufs Spiel gesetzt, um diesen Verbrechern die Flucht in den Westen zu ermöglichen. Hier steht er, Kameraden, das ist der berühmte Cornel Pop! Wie ein Fels! Und schaut gut hin, Kameraden, was aus diesem Fels in nur wenigen Wochen geworden ist! Schaut gut hin... Kann er sich noch den Gardistensieg herbeiwünschen? Daß die Eiserne Garde wieder an die Macht kommt? Daß seine Überläufer wieder heimkehren? Was sollten diese Flüchtlinge hier feststellen? Daß Cornel Pop sie verraten hat? Daß er sich von ihnen losgesagt hat? Daß er auf die ganze Eiserne Garde spuckt? Hör mal, Cornel... Wenn nun deine Kameraden zurückkämen, die du verraten hast... Sag mal, Cornel Pop, was haben die Gardisten für Verräter übrig?"

„Nur Blei für die Verräter!" zitiert prompt Cornel aus dem alten Lied der Eisernen Garde.

„Was denn sonst?" höhnt Turcanu. „Kannst du noch ‚den Gipfel des Jahrhunderts' erklimmen? Na los, zeig mal den Kameraden, wie schön du den gardistischen Paradeschritt kannst!"

Wie auf Knopfdruck setzt sich Cornel Pop in Bewegung. Jetzt latscht er erbärmlich, ganz gebückt, mit hängendem Kopf und baumelnden Armen durch die Zelle.

Da geht die Zellentür plötzlich auf. Gherman, der an der Tür gewartet hat, wechselt nun einige Worte mit dem Wärter und tritt beiseite. Eine graue Erscheinung kommt herein, den Kopf mit einer Baskenmütze bedeckt, die einst blau gewesen sein muß, jetzt aber ganz verfärbt und voller Flecke ist und auch keine richtige Mützenform mehr hat.

Ich kann die merkwürdige Erscheinung ganz gut sehen. Nachdem die Zellentür zugegangen ist, winkt Gherman dem Ankömmling und bedeutet ihm, neben der Tür zu warten.

Er scheint sehr mager zu sein, der unerwartete Gast, aber seine Kleidung dürfte einem noch magereren Leidensgefährten gehört haben. Das Gesicht ist kreidebleich, mit den glühenden Backenknochen des Schwindsüchtigen. Das Rückgrat ist gekrümmt und völlig schräg. Er muß viel älter sein als ich, und wahrscheinlich auch als Turcanu... So um die Vierzig herum. Alles in allem eine verschlissene und höchst mitleidserregende Erscheinung, total resigniert, zu der weder die Kleidung noch die ganze Umgebung passen. Diese Gestalt gehört gar nicht dorthin, neben der Zellentür, wo sie Gherman mit einem kurzen Wink zum Stehen ermahnt hat. Eigentlich gehört sie gar nicht in den Knast. Sie wirkt wie verirrt und scheint sich damit auch abgefunden zu haben.

Der Blick des Unbekannten hat mich gestreift, und dieser Blick spiegelt eine unsägliche Traurigkeit wider, als hätten seine Augen bereits Schlimmeres gesehen als diese Zelle. Als wäre diese ganze Zelle hier eine längst überwundene Teilstrecke seiner Existenz, zeitlich und räumlich längst schon durchgestanden. Er scheint überhaupt nicht verängstigt zu sein, als wäre die Angst selbst irgendwo zurückgeblieben.

Cornel Pop latscht inzwischen immer noch dem Gipfel

des Jahrhunderts entgegen. Seine Kreise werden immer kleiner und führen immer wieder an Turcanu vorbei. Endlich erblickt auch Turcanu den merkwürdigen Gast, nachdem er mehrmals zur Zellentür geschielt hat.

„Costache!" ruft er aus und geht mit ausgebreiteten Armen auf den Ankömmling zu. „Willkommen, Bruder, willkommen... Nur heran, lieber Costache!"

Die merkwürdige Erscheinung tritt näher, bleibt aber genau dort stehen, wo Turcanu ihr mit dem Finger weist. Turcanu hat den Fremdling freilich nicht in die Arme geschlossen, wie wir angenommen hatten.

„Es reicht!" schnauzt er den latschenden Cornel Pop an, und dreht einige Runden durch den Raum, die Hände auf dem Rücken. Dann klatscht er belustigt in die Hände, und seine Augen glänzen.

„Vor euch, Kameraden, steht Costache Oprisan, euer unmittelbarer Chef! Seht ihn an, seht ihn euch nur an, Kameraden! Welche Würde, welche Erhabenheit, welche Stattlichkeit in seinem ganzen Wesen! Welch Adlerblick, welche sprühende Intelligenz! Diese Gestalt erheischt geradezu Respekt, nicht wahr? Ich frage euch: Hat er nicht das Format eines richtigen Führers? Natürlich hat er es! Nun, wie die blökende Herde, so auch ihr Hirt! Wie die Gardisten, so auch ihr Oprisan... Hahaha!"

Die Horde da unten lacht buchstäblich Tränen, und dazwischen tönt schrill Balans Geblöke. Oprisan steht indessen völlig teilnahmslos da. Vermutlich hat er schon Schlimmeres erlebt. Jetzt hat Turcanu ein anderes Register gezogen.

„Sag mal, Chef, wo hast du denn dieses Mützchen her?"

Er reißt ihm die Baskenmütze vom Kopf, dreht sie auf allen Seiten, beschnuppert sie und rümpft die Nase. „Wohl aus der Mülltonne, wie? Oder als Almosen ergattert, an der Kirchentür deiner Allheiligen Jungfer, was?"

Er stülpt ihm die Mütze unsanft wieder auf den Kopf.

„Und deine Klamotten! Hör mal, Oprisan, bist du aber fett geworden! Du paßt ja nicht mehr rein, Chef! Diät halten, Costache, für deine Linie. Tatsächlich, wo bleibt denn eigentlich deine Chef-Figur? Will gar nicht wissen, wo du diese räudige Visage herhast, und auch nicht deine ganze Klugheit, die sonst keiner will... Hohoho!"

Er muß aber allein lachen, denn die Meute hat die Pointe nicht ganz mitbekommen. Jetzt wendet er sich dem Publikum zu.

„Aber, aber, Kameraden! Ausgerechnet den habt ihr euch ausgesucht, euch auf den Gipfel des Jahrhunderts zu führen? Der da soll ein Land schaffen, wie die ‚heilige Sonne am Himmel'? Ausgerechnet diesen Syphilitiker habt ihr gefunden, um euch die Phi-lo-so-phie eures Ideologen Nae Ionescu einzutrichtern? Hihihi! Dieses ausgeleierte Prunkstück? Seid doch mal ehrlich, kann in dieser Leiche ein gesunder Geist hausen? Seht euch nur diese toten Fischaugen an... Ist das der Blick eines Chefs? So glotzt doch nur ein Mondkalb. Nun, zu solchen Rindviechern paßt ja auch nur ein solcher Kuhhirt... Hohoho! Hehehe!... "

Der Chor übernimmt das Gelächter, wiederholt es, verstärkt es, Balan natürlich als Heldentenor.

„Schluß mit der Schulpause, jetzt fängt der Unterricht an!" Turcanu klatscht in die Hände. „Voluntaru hierher!"

Wie ein Schlafwandler kriecht Cristian Voluntaru von der Pritsche hinunter und nähert sich, schwerfällig auf einem Bein hüpfend. Turcanu krümmt sich vor Lachen, schlägt sich die Hüften und verteilt freundschaftliche Backpfeifen durch die Gegend.

„Was ist denn das schon wieder?" wiehert er. „Eine Variante des gardistischen Paradeschritts, wie? Wohl ‚Hoppla hopp zum Gipfel des Jahrhunderts'? Warum hoppelst du bloß, Kamerad? Wurdest im gerechten Kampf verwundet, was? Und deine Fresse? Was hast du denn an den Augen? Hast du auch etwas auf dem Buckel? Tut das weh? Ach so, Wehwehchen... Und wer hat dir Wehwehchen angetan, mein Engelchen?"

„Sie."

„Irrtum, mein Junge. Ich versuchte, es zu kurieren, es aufzuschneiden, damit der Eiter, die ganze Fäulnis abfließt.

Das Wehwehchen aber, das hat dir ein anderer angetan...
Und weißt du auch wer? Der da!"
Er zeigt auf Oprisan.
„Der da hat dich vergiftet, dich angesteckt, dein Leben
zerstört, dich in den Knast geworfen! Er hat dich hierher gebracht, wie du jetzt dastehst! Er, dein Chef! Jetzt hast du
die Gelegenheit, es ihm heimzuzahlen. Gib ihm eine Ohrfeige!"
Ich kann nicht sehen, was da unten geschieht. Es geschieht übrigens überhaupt nichts. Voluntarus Kopf bleibt
unbeweglich.
„Du willst also nicht. Du achtest deinen Chef... Du tust
schlecht daran, Voluntaru, denn der Respekt beruht nicht
auf Gegenseitigkeit. Ich rate dir zuzuschlagen, bevor er's tut.
Willst aber nicht... Und auch nicht deine Entlarvung vornehmen. Nun ja, ich kann dich verstehen... Du meinst wohl, was
werden die Ka-me-ra-den von dir denken, und auch die
Chefs allesamt... Du weißt aber nicht – und willst es anscheinend gar nicht wissen –, daß diese Chefs sich längst
von euch losgesagt haben, von euch, der erbärmlichen Spel-
ze. Nachdem sie euch in den Sumpf hineingezogen haben...
Los, schmier ihm eine runter, dem Chef!"
Nichts. Turcanu seufzt nur.
„Hab' dich gewarnt! Mit Gewalt kann man aber niemandem Gutes aufzwingen... Oprisan, schmier mal Voluntaru
eine runter!"
Ich höre einen müden Klaps, und Cristian zuckt erst mit
Verzögerung zusammen, als hätte er bereits eine zweite Ohrfeige bekommen.
„Siehst du? Jetzt weißt du, wem du vertraut hast! Jetzt
kennst du also die Ein-stel-lung deines Chefs zu dir! Gib ihm
die Ohrfeige zurück! Ohrfeige ihn, sonst lass' ich dich wie-
der bummeln, bis du ohne beide Beine bleibst!"
Es geschieht nichts. Tiefe Stille.
„Oprisan! Befehle Voluntaru, daß er dir eine runterhaut!
Aber eine tüchtige, hörst du? Eine echte Gardistenohrfei-
ge!"

Ich höre nur Geflüster.

„Lauter, damit es die ganze Gardistische Bewegung hören kann!" brüllt Turcanu. Dann Oprisans gleichförmiger Tonfall.

„Ich befehle dir, mich zu ohrfeigen... "

„Nein!"

„Oho!" freut sich Turcanu. „Wir sind auf dem richtigen Weg, Voluntaru! Ausgezeichnet, so hättest du schon immer antworten sollen: Nein! Verweigern, die idiotischen Befehle deines idiotischen Chefs!"

Ich höre die Ohrfeige und sehe, wie Oprisan wankt, einen Schritt seitwärts macht, als hätte er das Gleichgewicht verloren.

„Oho!" freut sich Turcanu wieder. „Bist wirklich auf dem richtigen Weg, Voluntaru! ...Und du, Costache? Wie duldest du, daß dich eine Rotznase ohrfeigt? Ein Gardist aus dem Fußvolk obendrein! Ausgerechnet dich, den Landesvorsitzenden! Zusammenstauchen, los!"

Klatsch, klatsch, klatsch.

„Es reicht! Auf deinen Platz, Voluntaru! Hierher, Grigoras! Schmier ihm du jetzt ein paar saftige runter... Na, na! Nicht so heftig, du Pfaffe, du beschädigst mir noch das Anschauungsmaterial! Ich brauch' es nämlich noch... Prima, Grigoras! Du warst zwar wie du warst, aber du bist jetzt auf dem richtigen Weg. Gut so... Auf deinen Platz. Mal seh'n welcher Meinung ein anderer Ka-me-rad ist... Verhovenski!"

„Verhovinski", verbessert ihn dieser, „Verhovinski hat... hat 'ne sehr gute Meinung!" Tolea kann kaum sprechen, als wäre er asthmatisch. „Aus dem Osten kommt das Licht... "

„Wunderbar, Tolea! Zeigst endlich Einsicht... Siehst du? Wie gut, wenn man einen Oprisan zur Hand hat... Hohoho! Es stimmt, Tolea, daß es aus dem Osten kommt, das Licht! Aus der Sowjetunion. Du aber, Weißrusse und Grüngardist, hast es jetzt erst begriffen... "

„Ich weiß es seit eh und je. Das verstehst du aber nicht. Dieses Licht, diese Flammen der Hölle... "

„Ach was! Nur nicht apokalyptisch werden, Tolea! Seitdem du diese Prophetenmacke hast, siehst nur noch Flammen und rauchende Kessel..."

„Auch du wirst sie noch sehen, aber dann ist es zu spät... So war es in Rußland, und so wird es auch hier sein. Du rottest uns aus, weil es dir Innenminister Teohari Georgescu und Staatssicherheitschef Nikolski befohlen haben. Nachdem du es aber getan haben wirst, werden Teohari und Nikolski dich und deine Kreaturen aus Suceava liquidieren..."

Seltsam, Turcanu läßt ihn reden. Kann er ihm denn nicht das Maul stopfen, er, der große Turcanu?

„Wie du uns gezwungen hast, erfundene Verbrechen auf uns zu nehmen, so werden auch sie dich zwingen, nicht nur deine eigenen, sondern auch ihre Verbrechen zu übernehmen. Du wirst gestehen müssen, daß du, daß ihr allesamt auf eigene Faust gehandelt habt, ohne ihr Wissen, und schon gar nicht auf ihren Befehl. Du wirst noch gestehen müssen, daß du ihren Interessen zuwidergehandelt hast! Einen Genickschuß erhältst du als Belohnung! Du wirst dich noch an meine Worte erinnern..."

Verhovinski schweigt. Das heißt, seine Lippen bewegen sich — was ich gut sehen kann —, aber man hört ihn nicht. Turcanu indessen wartet unbeweglich.

„Diese deine Worte... Selbstverständlich werde ich mich an sie erinnern, aber auf der Terrasse eines Cafes, vor einem kühlen Bier. Weißt du, was mir durch den Kopf gehen wird? Armer Tolea — Gott hab ihn selig! — was war er doch für ein Idiot! Bis zu jenem Bier aber... Costache! Bedien' doch diesen unkenden Unglücksraben mit einem guten Schoppen über die Schnauze, damit ihm die Lust am Wahrsagen vergeht!"

Oprisan nähert sich gelassen der Pritsche und haut Verhovenski eine Ohrfeige herunter. Nur eine sanfte, aber Tolea kippt auf die Seite. Mit fragendem Blick wendet sich Oprisan dann Turcanu zu.

„Gut, Costache! Für heute reicht's. Ich ruf' dich noch, wenn ich dich brauche. Bis dahin, sei mir gegrüßt..."

Er legt ihm den Arm um die Schultern und geleitet ihn

zur Zellentür, an die er klopft. Dabei quatscht er unentwegt mit seinem Gast. Ich kann kein Wort verstehen, denn meine Gedanken kreisen plötzlich nur um Elisav, der doch endlich kommen müßte...

Auch er, Elisav, müßte hören, was Turcanu jetzt auf seinem Bett faselt, halb für sich selbst, halb an mich gerichtet, die Hand unterm Nacken, den starren Blick an die Decke. „Dieser Idiot! Nein, so ein Idiot! Meint er denn, er könnte mir Angst einjagen? Was für ein Quatsch! Fürchte mich doch vor niemandem und vor nichts... Stimmt's, Vasile?"

„So ist es!" antworte ich zitternd.

„So ein Idiot! Spielt den Wahrsager... Dabei reicht sein Blick kaum bis zur Gefängnismauer. Für ihn hört doch die Welt dort auf... Hab' ich nicht recht, Vasile?"

„Und ob, Herr Turcanu!"

„Na also... Niemand will es wahrhaben, nicht einmal du, daß der Zweite Weltkrieg die Welt verändert hat, wie die Oktoberrevolution damals Rußland veränderte. Die ganze Welt ist jetzt verändert, hörst du? Die ganze!"

Turcanu phantasiert. Er spricht leise, aber er faselt. Er starrt zur Decke und beschreibt was er sieht. Der Kommunismus erobert ein Land nach dem anderen, die Kontinente der Reihe nach.

„Nicht mit Waffengewalt! Mit der Macht der Idee!"

Er phantasiert. Erst hieß es bei ihm, die „Macht der Idee", danach die „Ideologie der Macht", und zuletzt die „Machtvorstellung der Idee"... Was spukt bloß in seinem Kopf herum? Wenn ihn jetzt Teohari und Nikolski hören würden... Turcanu fürchtet aber nichts und niemanden. Er soll nur kommen, Elisav, und mithören.

„Die Idioten! Warten auf den Westen.. Was soll der schon groß tun, dieser Westen? Was kann denn schon ein Weib, eine Hure, bei einem Mann ausrichten? Höchstens den Rock hochheben, die Beine spreizen und lüstern darauf warten, daß..."

Er phantasiert. Diesmal schütteln ihn die Wahnvorstellungen seiner jahrelang unbefriedigten Männlichkeit. In seinem

Fixpunkt an der Zellendecke erscheint ihm der männliche Osten, der seit Jahrtausenden in regelmäßigen Zeitabständen den weiblichen Westen vergewaltigt.

„Der Mensch... Was ist er schon, dieser Mensch? Ein Weib, das nur darauf wartet, hingelegt und befruchtet zu werden. Mit Gewalt! Nur mit Gewalt! Wie sagte doch Lenin?" Ich weiß nicht, was Lenin sagte, aber Turcanu erklärt es mir. „Wenn du's nicht weißt, belehren wir dich. Wenn du's nicht kannst, so helfen wir dir. Wenn du aber nicht willst... so zwingen wir dich! Ja, wir zwingen dich! Weißt du, was Wahrheit ist? Nein! Das Gute? Keine Ahnung! Die Gerechtigkeit... Welche denn? Du weißt also überhaupt nichts! Wir werden dich belehren, dir helfen, es zu erfahren. Dich zwingen! Zu deinem Besten, du Idiot!"

Niemanden zu seinem Besten, du Idiot, von der Wohltat der Gewalt, von der Wahrhaftigkeit des Zwangs und von der Gerechtigkeit der Vergewaltigung durchdrungen! Du wirst so enden, wie Verhovinski es geweissagt hat und keiner wird dir eine Träne nachweinen. Nicht einmal Weib und Kind... Und sollten sie es trotzdem tun, dann werden sie dem Vater und Ehemann nachtrauern, mitnichten aber dem Gebieter. Du hast nicht einmal begriffen, daß der Herrscher der Sklave seines Sklaven ist. Daß der Mann zwar der Halt des Hauses, die Frau aber das Haus selbst ist. Doch wenn ich dir auch alles auf dem Papier erklärte, du könntest sowieso nur das verstehen, was du an deiner Zellendecke wie an der Wand einer Bahnhofstoilette zu sehen glaubst.

Wo hast du bloß die Weisheit her, der Frau gelüste es nur danach, hingelegt und vergewaltigt zu werden? Wo kommt bloß deine Wahnvorstellung her, der Mensch sei ein Weib, das kaum erwarten kann, unter Zwang deiner Hilfe teilhaf-

tig zu werden? Das Gute und Wahre von dir zu lernen? Ein Genickschuß wird dein Ende sein und niemand wird dir auch nur eine einzige Träne nachweinen.

Ich bemitleide dich, du Blinder, denn du hast noch nie eine Frau betrachtet, wie sie steht oder sich bewegt. Stocktaub warst du, denn du hast noch nie eine Frau lachen, weinen oder ganz einfach schweigen gehört. Ich bemitleide dich, du Schwächling, den es drängt, andere zu zerquetschen und der in seiner Impotenz von Vergewaltigungen träumt... Wie jämmerlich du doch bist, wenn du dich mit Gewalt durchsetzen willst!

Gewalt... O ja, die hätte auch ich anwenden können. Erst einmal in Julias Wohnung, danach auch bei mir zu Hause. Ich dachte aber gar nicht daran. Wir küßten und umarmten uns leidenschaftlich, dann lagen wir umarmt auf dem Bett. Bekleidet, das stimmt, aber was bedeutet das schon für eine Frau, die nicht ungeneigt ist, alles zu teilen! Nein, nicht Julias Kleider waren das Hindernis — denn es gab ja kein Hindernis mehr zwischen uns —, sondern die Sorge um den anderen, das Bedürfnis, ihn zu schützen und zu achten. Die Liebe schlechthin.

Jene Liebe, die erst nach meiner Befreiung vollendet wurde. Als wir endlich eins waren, kam es nicht unbedingt als Ergebnis langen Wartens oder langer Vorbereitungen, und es war auch nicht die Ursache der späteren Harmonie. Nein, es war nur eine der vielen Liebesbezeugungen zwischen Mann und Frau.

Da ist sie, am ersten Semestertag des Studiums... Ich sehe ihre Hände, ihre Ohrlappchen, die Haare, die Augen. Besonders aber ihren Blick, der im Blick des anderen genau das erwartet, was er auch anbietet. Vertrauen.

Da ist sie auch nach dem zweiten Semester, im menschenleeren Park in einer Juninacht, sehr spät nach Mitternacht. Durch ihr leichtes Sommerkleid erkenne ich ihren ganzen Leib, bis in die kleinsten Einzelheiten. Ohne sie anzuschauen, weiß ich genau, und ohne mich anzuschauen, weiß sie auch dasselbe. Sie hat, was sie anbietet. Vertrauen.

Da liegen wir umarmt auf dem Bett, und es fehlt uns an nichts. Fehlte uns etwas, wir nähmen es uns. Keine Geste, kein Wort, kein einziger Gedanke hat indessen etwas begehrt oder abgelehnt... Vertrauen zum Vertrauen des anderen. Da sind wir nun seit einigen Jahren zusammen. Wir haben Kinder, etwas Silber in den Haaren, ja sogar Falten im Gesicht. Unser Blick ist derselbe geblieben, nur etwas gereift. Zwischen uns beiden gibt es keinen Wettstreit und keinen Machtkampf, keine Verbitterung, keinerlei Eifersucht. Es gibt keinen Gegensatz, sondern nur gegenseitige Ergänzung. Der Mann ist der Halt des Hauses, die Frau das Haus selbst... Auch Herr und Knecht, der Henker und sein Opfer ergänzen sich freilich. Es ist aber die Nötigung, der aufgezwungene Machtwahn, der dieses komplementäre Verhältnis prägt. Aus Turcanus Sicht geht das „Männliche" unter, wenn es nicht unermüdlich die Gewalt über das Weibliche ausübt.

Sein *bedeutet für Turcanu und seinesgleichen keineswegs* Dasein, *sondern Aggression. Ich fühle mich aber kräftig und „männlich" genug, um meine Männlichkeit nicht immer wieder aufs neue unter Beweis stellen zu müssen.*

183

7

An diesem Morgen wurde nicht mehr wahllos geprügelt, und auch während der Nacht hat man die dumpfen Knüppelhiebe nicht mehr vernommen. Bereits am Abend war es still, vermutlich weil...

Tatsächlich hatte Turcanu am Spätnachmittag noch eine Ansprache vom Stapel gelassen, die er mit der Ankündigung beendete, es würde morgen — also heute —, eine Inspektion stattfinden. Alles müßte demnach peinlichst in Ordnung sein.

Frühmorgens hat er uns erneut alles eingeschärft.

„Sie gilt mir, diese Inspektion, und nicht euch. Ihr habt also nichts zu berichten, kapiert? Und ihr da, mit irgendwelchen Schrammen oder ähnlichem auf euren Gesichtern... Wenn man euch danach fragt, so habt ihr euch selber wo angeschlagen. Stimmt übrigens auch, nicht wahr? Hahaha!"

Dann war er fort.

Gherman hat den Hausputz und das Badeprogramm geleitet, das auch alle absolviert haben, außer Bogdanovici, Verhovinski und Voluntaru. Und mir, selbstverständlich. Nach dem Badeprogramm gab Cori bekannt, wir könnten uns in der Zelle frei bewegen, herumgehen, turnen. Wer seine Kleidung flicken möchte, der habe ihm nur zu berichten. Kein Gespräch aber, nicht einmal Zeichensprache.

Von diesem wortlosen Hin und Her angesteckt, setze ich mich auch in Bewegung, immer zwei Schritte vorwärts und rückwärts, gestützt auf die Enden der Eisenstangen von Turcanus Bett und meines eigenen. Nicht zu vergessen — wir bekommen alle das Recht auf einen Löffel.

Es ist ein wunderbarer Frühlingsmorgen, mit strahlendem Sonnenschein, der sich zwischen den Gittern bis in die Zelle verirrt hat. Turcanu ist wieder da und spricht wie ein normales Geschöpf, als wäre er niemals anders gewesen. Er unterhält sich freundlich mit seinen Mannen, ja sogar mit denen auf der Pritsche.

„Der Kanal, was für ein wunderbares Bauwerk, Jungs, ein Wunderwerk, Brüder, man kann sich's kaum so richtig vorstellen. Einerseits — versteht ihr? — wird der Wasserweg zwischen der Donau und dem Schwarzen Meer um ein gutes Stück verkürzt, andererseits wird diese unwirtliche Dobrudscha zu einem fruchtbaren Landstrich. Ach, Junge, Junge!"

So überzeugend ist seine Beschreibung, daß ich bereits diejenigen beneide, die vor mir dort arbeiten werden, nachdem sie alles überstanden haben. Mit meinen Knien werde ich wohl noch zu warten haben, bis auch ich soweit bin. Um die Zeit also zu verkürzen, mache ich jetzt Gehübungen und schwitze mächtig dabei.

Turcanu streift durch die Zelle, reißt Witze und lacht sehr oft auf. Es ist aber sein gutwilliges Lachen. Immer wieder schielt er zur Zellentür und lauscht den Geräuschen von draußen, vom Korridor. Die Tür geht dann einen Spalt auf, irgendwer auf dem Gang flüstert ihm etwas zu und schließt wieder ab. Turcanu nickt zustimmend und klatscht in die Hände. Seine Stimme ist leicht verändert.

„Fertig, Jungs, anreihen zur Inspektion! Hier, in zwei Reihen, vor der großen Pritsche! Voluntaru, Stefanescu, Verhovinski (zum ersten Mal spricht er den Namen richtig aus) — ihr kriecht unter die Pritsche, ihr seht ja wie der Teufel aus! Dort erstarrt ihr, bis ich euch befehle, sonst... Ihr wißt ja. Die Inspektion ist schnell vorbei, ich aber bleibe... Auch du, Medizinmann (damit ist Barsan gemeint), unter die Pritsche! Und du dort, wie willst du dich in diesem Zustand sehen lassen? Vasile Pop, du kommst her, in die Mitte, du siehst noch am besten aus... Paar Minuten wirst du schon stehen können, zum Kuckuck!"

Halb zieht man mich, halb gehe ich selbst... Nun stehe ich hier, im ersten Glied, genau an der Zellentür. Die Kratzer auf der übertünchten Glasscheibe werden erst dunkel, dann gleich wieder hell. Zwei Schläge an die Tür.

„Fertig... ", flüstert Turcanu. „Stillgestanden! Und ja nicht vergessen, ihr habt nichts zu berichten, wenn man euch fragt. Nur das antworten, was ich euch... "

Die Zellentür steht sperrangelweit offen. Ein wahres Ereignis: Ciobanu und Mandruta, zwei von den Chefaufsehern, in Galauniform, der Politoffizier Marina ebenfalls, wie ein Pfingstochse. Die Dreiergruppe bleibt aber auf dem Korridor, wo man jetzt herannahende Schritte vernimmt.

Von links erscheint als erster und betritt die Zelle der Gefängnisdirektor Dumitrescu. Erstmals in blauer Uniform, wie die Milizangehörigen, aber aus bestem Stoff und maßgeschneidert. So aufgeputzt sieht er steifer und beleibter aus als sonst. Dabei entdecke ich, daß seine Haare nicht braun sind — wie ich bisher den Eindruck hatte —, sondern fast blond, was wohl zu seinen blaugrauen Augen besser paßt. Eine kurze und sehr dicke Nase, eine kräftige Kinnlade, ganz anders aber als Turcanus Kinn. Zweifellos war dieser Dumitrescu einmal Boxer, oder ist es heute noch. Jetzt streift er uns schnell mit einem kurzen Blick und tritt links, neben Turcanu hin, der sein Gedicht aufzusagen beginnt.

„Melde gehorsamst, Herr Direktor, Zelle ‚4-Krankenhaus‘ zum... "

Ein gelangweilter Wink des Direktors und Turcanu verstummt verlegen. Turcanu und verlegen, so etwas gibt es also auch.

Vier Sicherheitsbonzen von hohem Rang haben inzwischen die Schwelle überschritten. Einer von ihnen, mit dunkler Brille, scheint sich besonders unbehaglich in seiner Kleidung zu fühlen und ist auch ziemlich betagt, so um die

Sechzig herum. Da ist aber auch der fade Kerl aus Codlea, der mir Makarenko beibringen wollte! Seines Ranges ist er Oberst, das ist jetzt unverkennbar. Unter der mächtigen Tellermütze wirkt sein Kopf faustgroß. Auch er, der Obrist, macht einen Schritt zur Seite und stellt sich rechts auf. Die Uniformen scheinen nicht viel zu bedeuten, sind kaum mehr als glitzernde Kulisse, denn jetzt tritt ein Zivilist ein. Danach zu urteilen, wie sich die Uniformen so fächerartig anreihen, muß dieser wohl der Große sein, wenn nicht sogar der Allergrößte. Ich kann mich nicht erinnern, seine Visage irgendwo gesehen zu haben. Der Innenminister Teohari Georgescu ist er jedenfalls nicht. Wer mag das bloß sein, dieser mittelgroße Jemand, mit breitem Gesicht und üppigen Gesichtszügen? Die Augenfarbe kann ich nicht erkennen, dafur aber den Blick, der nicht aus den Augen kommt, sondern von irgendwo und überall zugleich. Von der Arbeitermütze auf dem weißen Haar, von den Händen, die er unbeweglich auf dem Rücken hält, von den etwas gespreizten, dabei aber parallel nach vorne gerichteten Fußspitzen... Es ist kein fragend-bohrender Polizistenblick. Auch kein heuchlerisch strenger oder genauso heuchlerisch freundlicher eines „Volksrichters", der ohnehin nichts zu richten hat, sondern die Befehle der Staatssicherheit ausführen muß, wie sie ihm auf dem Aktenordner gleich unter dem Namen des „Banditen" hingekritzelt wurden. Nein, dieser Typ steht uns sehr fremd und hochmütig gegenüber, als käme er von einem anderen Gestirn. Außerdem ist er auch nicht hier, um uns anzusehen, sondern nur um sich zu vergewissern, daß wir wirklich dort sind, wo wir für ihn sein müssen. Selbstverständlich weiß er alles.

Der Gefängnisdirektor Dumitrescu mustert uns bedrohlich und angsterfüllt zugleich, wie ein gemeiner Vorstadtpolizist.

„Hat irgendwer was zu melden?"

Dabei möchte er sich am liebsten fortmachen, noch ehe er die Frage beendet hat.

„Ich, Herr... "

Ja, ich höchstpersönlich! Nur so. Ich möchte dem langweiligen Obristen einfach sagen, daß Makarenkos These anwendbar sei. Mehr noch: Sie würde bereits angewendet. Turcanu wird kreidebleich, sein Kehlkopf geht auf und ab. Der Direktor rotiert weiter, diesmal steif wie ein Wolf. Dann spricht er bereits, noch bevor er mich anschaut. „Wer bist du, dieser da? In welcher Sache?"

Welche Sache! Da, Herr Direktor, so steht die Sache: Hier, in der Zelle „4-Krankenhaus", geschehen Dinge, die... Jetzt und nur jetzt ist der Augenblick, endlich zu sprechen, mitzumischen. Bislang haben sie mich links liegen lassen, mir Bett, Löffel und sonstige Grundrechte zugestanden, aber aus der Orchesterloge konnte ich nie heraus. Jetzt bietet sich die Gelegenheit, alles frei von der Leber weg zu sagen. Daß Turcanu nur das tut, was er sich in den Schädel gesetzt hat, daß der Direktor Dumitrescu, der Politoffizier Marina und die Wärter diese Umtriebe bestimmt abgesegnet, bisweilen sogar noch unterstützt haben... Vielleicht weiß es das hohe Tier aus Bukarest nicht... Von wegen! Wie sollte er nicht, wo er doch alles weiß. So weiß er wahrscheinlich auch, daß ich jetzt darüber nicht reden werde — nicht reden worüber ich nicht reden darf.

„Herr Direktor, melde gehorsamst... "

Dabei blicke ich Turcanu an und frage mich, wann dieser eigentlich beunruhigt war, denn jetzt lächelt er sogar. Nicht von ungefähr ist es aber, dieses vielsagende Lächeln. Als wollte er mich geradezu ermuntern, damit ich mich überzeuge und damit auch die anderen sich überzeugen... Was dann mit mir geschieht, das steht auf einem anderen Blatt.

Es ist aber nicht dieses andere Blatt, das mich betrübt und entwaffnet, sondern die Gelassenheit des Zivilisten. Er blickt mich nicht einmal an, auf keine zwei Schritte Entfernung, und sieht mich trotzdem. Er kennt mich sogar, auch das weiß er. Verhovinskis Worte klingen mir in den Ohren: „Teohari und Nikolski... " Teohari ist der da bestimmt nicht, also muß er Nikolski sein. Habe genug über ihn gehört und weiß, daß der mächtigste Mann Rumäniens keineswegs

Gheorghiu-Dej, der Generalsekretär der Partei, und schon gar nicht der Ministerpräsident Petru Groza ist. Dieser hier ist es, NKWD-General Nikolski, „erster Sowjetberater" in Sachen Geheimpolizei und Stalins Bevollmächtigter in Rumänien.

„Die Sache mit meinen Beinen, Herr Direktor... ", krächze ich mit heiserer Stimme, gedemütigt und trotzdem erleichtert.

Turcanus Augen drücken Unzufriedenheit aus... „Warum hast du nicht gesprochen?" Nein, sein Blick strahlt Zufriedenheit aus. „Na, überzeugt?" Er wackelt mit dem Kopf hin und her, kurz und heftig, als wäre ihm der Nacken eingeschlafen.

„Was sein mit Beine?" fragt der Zivilist mit einem grauenhaften russischen Akzent. Das muß also Nikolski sein.

„Wenn ich es erklären darf, Genosse... " Dumitrescu tritt ganz nahe an den Zivilisten heran und erklärt im Flüsterton und mit überschwenglicher Gestik. Ich bin so gut wie sicher, daß er ihn mit „Genosse General" angeredet hat.

Der Russe nickt mit dem Mützenschirm und brummt nur „Da... da... da... " Dann ist er plötzlich ganz wütend, und ich kann endlich seine Augen sehen.

„Err Terrarist?!"

Der langweilige Obrist und eifrige Exeget Makarenkos ist jetzt auch herangetreten, um zusammen mit Dumitrescu dem Zivilisten den Sachverhalt zu erläutern. Ich weiß nicht, was sie ihm da alles vorschwatzen, und ob ich nun ein Terrorist bin oder nicht. Der Russe nickt bloß sein „Da-da" mit dem Mützenschirm, und nur der liebe Gott weiß, ob es gut ist oder schlecht, wenn ein Russe „Ja" sagt.

„Gut, wird vermerkt!" wirft mir Dumitrescu über die Schulter zu und will sich wieder davonmachen.

„Herr Direktor, melde gehorsamst... "

Das war Saptefrati.

„Was willst du denn noch, du Bandit?" knurrt Dumitrescu, puterrot vor Zorn. „Was gibt's noch da zu melden?"

Dann wird aber sein gerötetes Gesicht einen Ton dunkler,

als Saptefrati daherlatscht, einen Schritt vor ihm stehenbleibt und sich den Kopf kratzt.

„Das soll Haltung sein, du Ganove? Strammgestanden!"

Mihai steht jetzt übervorschriftsmäßig stramm und spricht fast schon zur Decke.

„Herr Direktor, habe in der offiziellen Presse gelesen, daß Häftlinge in den NS-Ausrottungslagern Künstlergruppen hatten... Bitte gehorsamst zu bewilligen, daß auch wir ein Kammerorchester bilden dürfen, in der Zelle ‚4-Krankenhaus'!"

Große Bestürzung. Der langweilige Ausdeuter Makarenkos kann ein Kichern kaum unterdrücken, während Dumitrescu sprachlos ist. Er bewegt nur die Lippen und die Augen quellen ihm fast aus dem Kopf heraus.

„Kammerorchester! Hier... "

Dumitrescu versucht, Zeit zu gewinnen und schielt zu Nikolski hinüber, dem der langweilige Anhänger Makarenkos etwas auf russisch ins Ohr flüstert.

„Wenn ihr auf die Baustelle kommt", wendet er sich dann lächelnd zu Mihai, „werdet ihr dort alles haben... Orchester, Bläserensemble, von mir aus auch Janitscharenmusik... "

„Herr General... ", hebt Saptefrati wieder an, doch der Langweilige fällt ihm ins Wort.

„Kennst du denn nicht die Rangabzeichen?"

Dabei zeigt er auf seine Schulterklappen.

„Nicht mit Ihnen spreche ich, Herr Oberst... Herr General, in den NS-Lagern... "

„Was für ein General?" fährt Dumitrescu dazwischen. „Woher willst du's denn wissen?"

„Von Ihnen. Sie sagten doch vorhin ‚Genosse General'. Also, Herr General, in den NS-Vernichtungslagern waren die Häftlinge berechtigt... "

„Was heißt hier berechtigt? Und überhaupt... Wie unterstehst du dich, solche Vergleiche anzustellen... "

Jetzt ist Dumitrescus Gesicht fast grün vor Wut.

„Nichts vergleiche ich... Will nur sagen, wie sollen wir uns ohne Musik umziehen, um neue Menschen zu werden? Bei solchem Unterfangen spielt doch die Musik eine wichtige

Rolle... Wie soll die Entlarvung ohne Musik vor sich gehen?
Sie wissen doch, was der große Lenin sagte, nachdem er die
Appassionata gehört hat... Ich zitiere wörtlich: ‚Ach!‘ Und
was der große Stalin bemerkte, nachdem er Prokofieffs
Filmmusik zu *Aleksandr Newski* gehört hat... Ich zitiere
wörtlich: ‚Prawiljno!‘ Dementsprechend... "

„ ...Dementsprechend werden wir den Vorschlag prüfen",
unterbricht ihn der Langweiler. „Scheint recht interessant
zu sein. Wir sprechen noch darüber... "
Die Besucher verlassen hastig die Zelle. Sehr hastig sogar.
Dumitrescu als letzter, nachdem er Turcanu etwas zugeflüstert, ihm zugezwinkert und seinen Arm gedrückt hat. Die
Zellentür wird geschlossen, die Riegel knirschen.

„Auf eure Plätze, Jungs!" gibt sich Turcanu euphorisch.
„Auch ihr da, unter den Pritschen, kommt heraus... Wunder-
bar, Jungs, wir haben die Inspektion gut überstanden. Mein
Glückwunsch!"

„Sie, vielleicht!" entrüstet sich Saptefrati. „Was mache
ich aber... dementsprechend?"

„Dementsprechend... werden wir deine komischen Zitate
über die Musik überprüfen, ja?"

„Und bis dahin? Bleib' ich nun hier, oder begebe ich mich
zurück?"

Dabei zeigt er auf die Pritsche.

„Ach was!" schmettert Turcanu. „Du... du bleibst zurückgeworfen!" Er versetzt ihm einen seiner freundschaftli-
chen Schläge, schreitet zackig zum Kübel und verrichtet
dort gemächlich seine Notdurft.

„So... " knöpft er sich dann die Hose zu. „Hättest uns
fast was eingebrockt, Vasile!" Er wartet bereits auf mich vor
meinem Bett.

„Nun stimmt es natürlich, daß ich dich etwas vernachläs-
sige. Aber wir haben auch alle Hände voll zu tun, kommen
einfach nicht dazu, uns um deine Beine zu kümmern. Es
stimmt doch, Vasile? Freilich stimmt es! Großes Verspre-
chen, daß wir uns auch deiner Sache annehmen... Und nun,
Jungs, etwas Ruhe, wenn ich bitten darf!"

Die „Jungs" erstarren. Wer hat denn da gesprochen? Turcanu bittet um Ruhe? Er selbst, wie er leibt und lebt! Als wäre es immer schon so gewesen, fährt er freundlich fort.

„Die erste Etappe ist beendet, und ihr kommt in andere Zellen, in kleinere, natürlich, wo ihr andere Phasen durchschreiten werdet. Ihr habt es hier schwer gehabt, aber das soll euch freudig stimmen. Von nun an werdet ihr es leichter haben... Damit meine ich diejenigen, die ehrlich mit ihrer Vergangenheit Schluß machen wollen, und ihre Fäulnis abzuschütteln bereit sind, um neue Menschen zu werden. Wer seine äußere Entlarvung hier durchgenommen hat, genießt die Hilfe des Umerziehungsausschusses in den kleineren Zellen, damit er auch erfolgreich über die nächste Runde kommt − die innere Entlarvung! Wer sich als völlig aufrichtig erweist und auch ehrlich gewillt ist, ein neues Leben zu beginnen, dem wird rückhaltlos unter die Arme gegriffen, sowohl von den bereits umerzogenen Mitbrüdern als auch vom Verwaltungspersonal. Er erhält Bücher und Broschüren, er kann Gedichte und Lieder erlernen, in Chören mitsingen und sogar in einem Orchester spielen. Und das Wichtigste: Ist er einmal durch und durch umerzogen, so wird er auf den großen Baustellen zugelassen, versteht ihr das? Man gestattet ihm dann, seine Familie wiederzusehen, die Haftzeit wird ihm herabgesetzt, er kann sogar begnadigt werden. Und auch nach der Begnadigung darf er auf eigenen Wunsch am Kanal weiterarbeiten..."

Jetzt wird er überschwenglich. Ich kann seine Augen nicht sehen, aber ich spüre, daß sie feucht geworden sind in seiner Vorstellung von frischer Luft, von Farben, von den weiten Ebenen. Ich fühle aber auch, daß er eifersüchtig ist auf all diese Banditen von gestern, die morgen am Kanal sein werden, während er hierbleiben muß, in der Haftanstalt, im Gestank des Kübels, in der trostlosen Zellenlandschaft, um anderen zu helfen und ihnen den richtigen Weg zu zeigen.

„Vorsicht aber!"

Da ist er schon wieder, jener Turcanu unseres Alltags, der wahre Turcanu.

„Solltet ihr nicht absolut aufrichtig sein, oder sogar den Umerziehungsausschuß zum Narren halten, könnt ihr in jedem Augenblick aus eurer zukünftigen Phase zurückgeworfen werden! Hierher, um wieder alles von der Pike auf zu erlernen! Vorsicht, Brüder! Selbst wenn ihr total umerzogen und längst schon über alle Berge seid — in anderen Haftanstalten, auf den Baustellen, in den Transporten oder längst schon auf freiem Fuß —, könnt ihr immer noch zurückgeworfen werden, falls ihr *redet*. Ich habe meine Augen und Ohren überall! Wer redet, der tut es ein einziges Mal, denn ein zweites gibt es nicht!"

Na endlich! Der wahre Turcanu...

Die Zellentür. Der Politoffizier Marina, gefolgt vom Wärter Mandruta. Auch Namenslisten sind dabei.

„Wer seinen Namen hört, nimmt sein Gepäck und tritt auf den Korridor hinaus, verstanden? Also... Vasile Pop, ins Lazarett!"

Gott sei gelobt, denn es war schon höchste Zeit! Ich will meinen Plunder zusammenwickeln, aber ein Wärter versichert mir, die Sachen würden mir schon nachgebracht. Nur keine Sorge... Während Mandruta die anderen Namen aufruft und die Aufgerufenen ihr Gepäck zusammenschnüren, bin ich bereits draußen. Mit trübem Blick hatte mir Gherman die Krücken gereicht, und einen Augenblick wurde mir schwer ums Herz. Cori sah aus wie ein verlorener Schiffbrüchiger, auf einem einsamen Eiland vergessen.

So ziehe ich also, emsig und dennoch im Schneckentempo auf meinen Krücken hinkend, über die Schwelle der Zelle „4-Krankenhaus". Auf ein Zeichen des Politoffiziers Marina übernimmt mich ein anderer Wärter. Wir haben nur einen sehr kurzen Weg. Er schließt eine Tür auf, schiebt mich sanft in die neue Zelle hinein und verschließt die Tür hinter mir.

Jetzt erst erhebe ich den Blick von meinen Beinen, die ich bei meinem schwerfälligen Hinken stets im Auge behalten hatte, und stelle fest, daß ich mich in einer völlig leeren Zelle befinde. Viel kleiner als „4-Krankenhaus", aber trotzdem nur eine Zelle. Ich vollziehe mehr schlecht als recht eine Umdrehung und klopfe an die Tür.

„Was willst du denn schon wieder?" höre ich den Wärter, der mich durch das Guckloch in der Tür überwacht.

„Herr Unteroffizier, das ist doch kein Lazarett... "

„Tolle Entdeckung! Hat dir wer gesagt, hier wäre so etwas? Und das nennt sich noch 'tellektueller, Student obendrein... Was lernt ihr bloß auf euren Hochschulen?"

Dann ist er weg.

Eigentlich hat er recht... Was lernen wir bloß auf unseren Hochschulen? Vielleicht ist es besser so, daß sie mich nicht ins Lazarett gebracht haben, wo immer das auch sein mag. Hätten sie mich dorthin gebracht, auf die Krankenstation der Haftanstalt, so hätten sie meinen Fall umgehend hier gelöst, in Pitesti. So aber heißt es wohl, daß ich anderswo verlegt werde, in ein anderes Gefängnis, vielleicht in ein Bukarester Krankenhaus. Womöglich werden sie mich auch freilassen. Dann bin ich die „innere" Entlarvung los, wie die „äußere", obschon die Sache mit dem Kanal irgendwie verlockend ist — frische Luft, Sonne, Bewegung... Nur muß ich erst gesund werden, dann kann ich mich immer noch darum bemühen. Bis dahin muß ich aber warten, meine Beine... Vorläufig werde ich auf den Transport warten, einige Stunden noch, einige Tage vielleicht.

Damit mir das Warten nicht so schwer fällt, strecke ich mich auf der Pritsche aus und schlafe ein.

Da ist sie wieder, Seliva, in ihrem weißen Kleid und mit den zwei roten Rosen am Gürtel, die ihr über den Bauch baumeln. Sie haben sie dort oben in eine Nische gestellt, wie die Jungfrau Maria. Der Heiligenschein aus goldenem Drahtgeflecht ist zugleich der Umriß ihres Gesichts. Ich höre ihre Stimme von jenseits der Kommode... „Gut, daß du endlich da bist, Vasile!" Zu dritt laufen wir durch das hohe Gras und spielen Blindekuh. Sie sucht uns mit verbundenen Augen, doch die Binde ist der Heiligenschein, durch den sie sehen kann. Falls sie überhaupt noch sehen muß. Ich laufe im Kreis und bestaune meine flinken Beine, dann kurve ich in lauter Achtern durch das Gras. Mit einer unheimlichen Freude, die aber Elisav sehr aufregt. Er ist jetzt richtig böse, hält seine Hände so tief in den Taschen, daß seine Ellenbogen ganz gestreckt sind. In den Taschen seines grünen Lodenmantels, durch dessen Stoff man den Umriß des Revolvers erkennt. Mit dem Lauf zeigt er mir die Richtung. Seine gefletschten Zähne funkeln. Ich will Seliva gerade sagen, sie möge auch ihn mal erhaschen, da sie doch nach ihm damals gerufen hat, hinter der Kommode in jenem Haus. Ich kann aber nicht sprechen, da Julia mir den Mund mit der Handfläche bedeckt und mir ängstlich zuflüstert, die Russen könnten uns hören. Seliva ist oben in ihrer Nische erstarrt und der Heiligenschein suggeriert nur die Umrisse des Antlitzes, das keines ist. „Fertig... Los!" ermahnt mich Elisav, aber ich muß noch Wasser trinken und mit den Beinen durch den Fußboden dringen. Dann ist da noch mein Gepäck...

„Und mein Gepäck?" frage ich.

„Gepäck?!... "

Der Wärter fragt nicht und schnauzt mich auch nicht an, sondern winkt mir nur mit dem Schlüsselbund, die Zelle zu verlassen.

Auf dem Korridor, rechts an der Tür, steht der Politoffizier. Er hält die Hände auf dem Rücken, wippt auf den Zehenspitzen und lächelt. Gilt es mir, dieses Grinsen?

Der Wärter winkt mir mit dem Schlüsselbund, ihm nach links zu folgen. Dann schließt er eine Zellentür auf, tritt zur Seite und winkt mir wiederum mit dem Schlüsselbund einzutreten.

Und ich trete ein. Ich hinke über die Schwelle einer ande-

195

ren Zelle... Nein doch! Es ist dieselbe Schwelle, dieselbe Zelle „4-Krankenhaus"! Schon wieder hat dieser Wärter alles durcheinandergebracht. Erst hat er mich in eine Zelle gesteckt, statt mich ins Lazarett zu geleiten, und jetzt bringt er mich sogar zurück nach „4-Krankenhaus". Ich muß an die Tür klopfen, ihm Bescheid sagen...

Ist es aber die Zelle „4-Krankenhaus"? Ich erkenne keinen von denen die hier herumspazieren, diskutieren, Witze reißen, laut lachen, sich mit Namen anreden, die ich noch nie gehört habe. Es ist doch die Zelle „4-Krankenhaus", denn da stehen sie ja, die zwei richtigen Betten mit ihren richtigen Matratzen. Und dann ist sie es auch nicht, die alte Zelle, denn es müßten Damaschin und Saptefrati hier sein, um mich herumzutragen. Und auch der andere, mit seinem spitzen Kinn wie ein Rhinozeroshorn. „Du da, Hinkebein... ", so müßte es jetzt erklingen und er müßte mir das Bett zuweisen, mit herrlichem Ausblick, wie aus einer Orchesterloge.

Und dennoch ist es mein Bett, und ich versuche, mich dorthin zu bewegen. Etwas schwierig ist die Sache schon, da sie alle hin und her tapsen. Einer packt mich am Ellenbogen.

„He... Dein Platz ist dort!"

Mit der anderen Hand zeigt er auf Bogdanovici, der mit herabhängender Kinnlade immer noch auf seinem Ehrenpodest zittert, von dem ihn noch niemand vertrieben hat — die Pritsche, unter der die Kübel stehen.

Und mein Platz ist jetzt auch dort. Die Hand, die ihn mir zeigt, gehört Damaschin.

Es fehlt also nur noch Saptefrati. Der fehlt aber keineswegs, den jetzt zwinkert er mir zu. Stimmt nicht... Es ist nur ein Augenzeichen, ihm zu folgen, und ich hinke hinterher bis zu Bogdanovici.

„Hier, Freundchen!" brummt er nur und zeigt mit dem Kinn auf mein Gepäck, das zwischen Octavian Apolzan und Stef auf der Pritsche liegt.

„Her mit den Krücken!" herrscht er mich an. „Und halt nur dein Maul, wenn dich einer der Neuen was fragt, ja?"

„Bist übergelaufen, du Scheißkerl!" zische ich. „Hast die Umerzie..."

„Schweig und schwimm mit!" ist seine Antwort. Eine der Krücken hat er mir aus der Hand gerissen und sie mit dem Ende „ohne Gummiabsatz", wie es einst im Protokoll hieß, auf mein rechtes Knie gedrückt. „Herr Turcanu hat dich mir anvertraut. Ich weiß schon wo ich drücken muß, damit du schön brav ‚Mutti' sagst... Haha!"

„Gottverdammtes Aas!" fluche ich wütend. Zum ersten Mal fluche ich ihn.

„Jetzt auf die Pritsche, marsch-marsch! Und Schnauze, ja?" entgegnet er nur.

Mühsam klettere ich zu meinen Habseligkeiten. Mein Platz ist also hier, auf der Pritsche rechts von der Zellentür, wo nur die Veteranen hocken: Bogdanovici, Octavian Apolzan, Stefanescu, Verhovinski, Voluntaru, Barsan. Mich eingeschlossen, versteht sich. Neben Barsan ist da noch ein Neuling... Nicu Apolzan. Man hat ihn also nicht in eine Strafanstalt für Jugendliche verlegt, wie ich angenommen hatte.

Ich bin losgeflogen wie im Traum, senkrecht, zu langer Reise und ohne Furcht abzustürzen. Ich stürze auch nicht ab, weil das im Traum unmöglich ist.

Von hier aus gesehen, aus dieser sonderbaren Perspektive, ist alles da unten winzig und wimmerig zurückgeblieben, hinter dem sonnenbeschienenen Dach. Unter dem Dach nagen die Würmer, kribbeln die Ameisen, kriechen die Raupen herum. Inzwischen überwachen die Küchenschaben die Zelle durchs Guckloch, die Kellerassel zittert und schlägt mit dem Riemen um sich, die Kröte quackt im Schlaf neben meinem Bett, in das ich waagrecht zurückgekehrt bin.

Noch ein Ruck, um mich loszureißen, dann noch einer, um mich aufzurichten, bis ich weit genug bin von hier, ganz hoch in den Lüften, über diesem Ameisenhaufen im Sumpf. Immer der Sonne nach werde ich fliegen, und es werden mir Seliva und Elisav, Mutter und Großvater Pamfil, Großmutter Agapia und Vater entgegenkommen. Dann auch Artimon und Mihai, und sicherlich auch Julia, in deren Blick man sich, schutzsuchend, einhüllen kann. Dann werden wir alle um den Tisch unter dem Maulbeerbaum sitzen, Großvater wird die Speisen segnen und das Kreuzeszeichen mit dem Messer auf dem Brotlaib ritzen. Wenn ich dableiben will, so bleibe ich eben da. Wenn nicht, gehe ich einfach fort, und Elisav beeilt sich, mich einzuholen, denn Seliva läuft bereits vor uns her, in ihrem weißen Kleid mit den Rosen, viel röter noch als das Rot selbst.

Doch plötzlich verliert Elisav an Höhe, und ich fühle, daß er mitten in den Krater mit all den Tausendfüßlern hinein-stürzen wird. Darum muß ich schnell abtrudeln, ihn in sei-nem Tiefflug überholen und ihm von unten her entgegen-kommen. Erst halte ich ihn in seinem Sturz auf, dann schie-be ich ihn mit allen meinen Kräften nach oben zurück, wo er in Sicherheit ist, während ich in meinem Bett zurückkeh-ren muß, um einen neuen Anlauf zu nehmen.

Noch ein Ruck, ein letzter... Dabei stoße ich gegen die Zellendecke, die jetzt wieder geschlossen ist.

Elisav ist jetzt an der Reihe, hierher aufzusteigen. Zu mir.

8

Es hört nicht auf. Es hört einfach nicht mehr auf.
Ich bin wieder in meinem Bett, neben Turcanus Schlaf-
stätte. Er hat mich wieder hergeholt, nachdem er Steiner zurückgeworfen hatte. Das muß ungefähr eine Woche nach der
Ankunft der neuen Schicht gewesen sein. Vorgestern hat er
Steiner zurückgeworfen, ihn aber in eine andere Zelle geschickt, ich weiß nicht wohin, so daß ich in meinem Bett geblieben bin.
Und es hört nicht mehr auf, obwohl diese Schicht besser
ist als die andere. Sie ist besser, obgleich Turcanu fast den
ganzen Tag über fehlt, und wenn er wieder in der Zelle ist,
kaum eine halbe Stunde verweilt. Besser ist sie auch, diese
Schicht, obwohl Gherman weniger aktiv, weniger „überzeugend" ist als Turcanu. Besonders nach der Entlarvung mit
der Cousine bewegt sich Cori schwerfällig, ermüdet schnell
und überhaupt... Sie ist nicht mehr da, seine frühere Vitali-
tät, und wenn er schon seine Stellung als Vize behauptet,
dann nur dank seiner Willenskraft, die eigentlich keine ist.
Oft muß ich mich fragen, ob er nicht durchgedreht ist. Vielleicht nimmt er auch Drogen, bloß wie und wann? Vielleicht
mit dem Knüppel, denn ich habe ihn öfters überrascht, wie
er sich im Bett mit Schlägen selbst geißelte — mal über die
Hand, mal übers Schienbein, ja sogar über den Schädel.

Diese Schicht ist entschieden besser, denn nach dem „Gemenge" in der letzten Nacht haben gleich sechs die Hand gehoben und bekundet, sie hätten sich dazu entschlossen.

Und trotzdem hört es nicht mehr auf, obwohl nur noch wenige Unentschlossene übrig sind, die meisten aus unserer Schicht — die Pritsche von Bogdanovici. Unter den Neuankömmlingen ist ein Einarmiger am unentschlossensten. Auch er war in russischer Kriegsgefangenschaft und mag dort wohl Damaschins Leberhaken schon kennengelernt haben. In Rußland muß es bestimmt auch einen Balan gegeben haben, der ihn pausenlos mit dem Knüppel über den Armstumpf geschlagen hat, bis der Knochen zersplittert war.

Es hört wohl nicht mehr auf, weil der ewig abwesende Turcanu von Ghermans Künsten und Erfolgen nicht sonderlich beeindruckt zu sein scheint. Wenn er in der Zelle ist, scheint er so müde zu sein, daß er sich unbedingt eine kleine Entspannung gönnen muß. Und das tut er auf Kosten derer, die es in seiner Abwesenheit schon *überstanden* hatten. Soll ihm Cori etwa nicht korrekt Bericht erstatten? Kaum anzunehmen, denn Turcanu weiß doch alles — er hat es immer wieder bewiesen —, und somit weiß er auch mehr, als Gherman weiß und mitteilt. Ich habe den Eindruck, daß man seit einiger Zeit hier, in der Zelle „4-Krankenhaus", nur aus purem Vergnügen prügelt und nicht, um die Banditen endlich zu einem Entschluß zu bewegen.

Es hört einfach nicht mehr auf, irgendwo muß etwas faul sein. Irgendwo gibt es bestimmt einen Widerspruch. Einerseits beeilen sie sich und die Ergebnisse sind auch schneller da. „Der Kanal wartet auf uns, der Kanal... ", das ist schon fast ein Tick bei Turcanu geworden. Andererseits werden die Ergebnisse nicht ausgewertet. Warum bloß?

Ich weiß es nicht und habe übrigens längst schon aufgehört mir Fragen zu stellen. Ich gebe mir lediglich Rechenschaft, daß diese Schicht reif ist für die kommende oder die kommenden Phasen. Mit den Ausnahmefällen sicherlich, die bestimmt der neuen Methode zu verdanken sind, die man gleich am nächsten Tag eingeführt hatte.

„Hör mal gut zu, Cori", sagte Turcanu, bevor er die Zelle verließ, „nach jedem Prügeln — individuell, gruppenweise oder alle zusammen —, fragst du, wer sich entschlossen hätte, die nächste Phase zu überspringen, ja? Dann soll er sofort seine Entlarvung vornehmen, verstanden?"

Cori führt es auch gewissenhaft aus. Er hat Seifenstücke verteilt, auf denen die Bereitwilligen ihre Sünden einritzen können. Wir dürfen sie sogar mitanhören, diese Sünden. Bloß wenn Turcanu kurz vor dem Zapfenstreich hundemüde zurückkehrt, wünscht er sich die „kleine Entspannung" und entspannt sich mit jedem der ihm gerade unter die Hände gerät. Mit Entlarvten und Unentlarvten, mit den Zellenwarten, mit Tolea, Balan, Schura, Damaschin, den Brüdern Apolzan... Kurzum, alles kommt wieder durcheinander, um am nächsten Tag provisorisch entwirrt zu werden.

In dieser Schicht hat nur ein einziger ins Gras beißen müssen, und zwar der Kriegsgefangene. „Herzstillstand" nicht wegen des Armstumpfes, sondern wahrscheinlich wegen der Leber. Damaschin war also tüchtiger als die Russen. Zwar hat den Krüppel zuletzt Turcanu erledigt, aber er hatte nur wenig Mühe mit ihm. Aus unserer alten Schicht hat nur Tolea der „Herzstillstand" ereilt. Turcanu hat vorgestern, gut gelaunt, einen Schuhplattler auf seinen Bauch vorgeführt; andere mußten es ihm nachmachen, wobei Turcanu den Takt schlug. Er beendete persönlich den Tanz, während Cori längst den Puls nicht mehr finden konnte.

Dafür haben mehrere die Zelle verlassen. Aus unserer Schicht vom 6. März war es Barsan, der hoffentlich ins Lazarett gekommen ist, da sein Pulsschlag noch einigermaßen spürbar war. Auch Voluntaru, der gleichfalls dort gelandet sein müßte, obwohl ich es bezweifle. Die Brüder Apolzan sind ebenfalls an einen unbekannten Ort gebracht worden, nachdem sie tagelang gezwungen wurden, auf den Tisch zu klettern und sich wie die Berserker zu prügeln. Dann waren sie mit ihrem Gepäck fort.

Und es hört nicht mehr auf, obwohl alle zur äußerlichen Entlarvung fortgeschafft wurden. Alle, mich ausgenommen, weil der Nachbar mich auch weiterhin vernachlässigt, trotz seiner Versprechung nach der Inspektion.

Von den Veteranen ist nur noch Stef da, auf der Pritsche. Und ich natürlich, auf meinem Bett. Und dann noch Bogdanovici, der Veteran aller Veteranen, der stirbt und stirbt und mit dem Sterben nicht mehr enden will. Als ob ihm die Zähne nachwachsen würden, von seiner Haut, seinem Fleisch und seinen Knochen ganz zu schweigen.

Von den Veteranen der untersten Stufe, auf dem Zellenboden, sind nacheinander Voinescu, Steiner, Cobuz und Oprea fortgegangen. Der Himmel weiß, wohin. Zurückgeblieben sind Gherman, Cornel Pop und Puscasu. Aus unserer Schicht übernommen wurden Grigoras, der ständig hin und her pendelt, Damaschin, Saptefrati und selbstverständlich Balan, der Marder. Er hat sich aus einem Besenstiel ellenlange Stäbchen gebastelt, mit denen er jetzt allerlei packt, zerrt und zwickt. Nicht nur Hodensäcke, wie früher, sondern auch die Haut am Hals, am Bauch, an den Hüften, unter den Achseln. Ferner Lippen, Nasen und Ohren, bisweilen sogar Zungen. Er arbeitet mehr auf eigene Faust, und Cori hat schon oft seinen Eifer mit Knüppelschlägen über den Schädel gedämpft. Balan steckt ohne zu murren ein und grinst sogar zum Dank. Hinterher ist er aber gleich wieder auf „Hautjagd".

Mihai Saptefrati ist richtig übergeschnappt. Aus unserer Schicht hat er unter den ersten die Entlarvung vorgenommen. Turcanu lobte sie seinerzeit als vorbildlich. Daraufhin war er durchgekommen. Drei Tage nach der Inspektion wurde er aber, in Abwesenheit Turcanus, zum Politoffizier Marina aus der Zelle geholt. Spät in der Nacht, lange schon nach dem Zapfenstreich, war er zurückgekehrt und hatte Turcanu geweckt, der ihn wütend und trotzdem neugierig anglotzte.

„Na, Saptefrati? Hat man deinen Vorschlag geprüft? Dementsprechend also... "

„Dementsprechend also... ", hatte Mihai lustlos erwidert, „dementsprechend bin ich der größte Bandit unter allen

Banditen und der schlimmste Faschist aller Faschisten. Dementsprechend wurde mir dringend empfohlen, Sie mit allem Respekt zu bitten, mir einen Platz auf der Pritsche zuzuweisen. *Da capo* also... "

„Gut, dann eben *da capo*. Du kommst... Ja, du kommst dorthin, in die Ecke. Du wirst aber auch Wache schieben, verstanden? Mal seh'n, wie das Experiment läuft. Gebt ihm wieder den Knüppel... "

So hat Mihai auch dieses Experiment durchgemacht. Tagsüber war er zurückgeworfen, auf der Pritsche, und steckte alles ein, was die Unentschlossenen einstecken mußten. Nachts war er auf Wachtour mit dem Knüppel. Die ganze Nacht hindurch, nicht nur eine einzige Schicht.

Seit einigen Tagen war er „rehabilitiert" und durfte auf der Pritsche den Schlaf nachholen. Da brauste Turcanu plötzlich auf.

„Saptefrati! Warum hast du in deinem Lebenslauf gelogen? Warum hast du geschrieben, der Gründer der Eisernen Garde, Codreanu, sei dein Onkel? Warum hast du geschrieben, du hättest am Gardistenputsch teilgenommen und hättest Juden umgebracht? Warum hast du geschrieben, deine Mutter hätte zur Zeit Marschall Antonescus mit Veturia Goga, der Leiterin des Hilfswerks für Frontkämpfer zusammengearbeitet? Warum hast du geschrieben, du hättest sowjetische Partisanen an der Ostfront erschossen? Ich habe alles überprüft... Lauter Lügen! Während des Gardistenputsches warst du in Bessa... ich meine, in der Moldauischen Sozialistischen Sowjetrepublik! Deine Mutter ist 1939 gestorben! An der Front hattest du nichts zu suchen, denn du bist Jahrgang 1930! Und außerdem, von einer Verwandtschaft mit Codreanu, keine Spur!"

„Nun ja", findet Saptefrati seine Stimme wieder, „es ist schon schwer herauszufinden, ob man mit jemandem verwandt ist oder nicht. Und was das andere betrifft... Nur eine Altersfrage. Was kann ich dafür, daß ich erst 1930 geboren bin? Hätt' ich mich etwas beeilt, so wäre ich beim Putsch und an der Ostfront dabeigewesen... "

„Interessiert mich aber nicht, was du alles hättest tun können, sondern was du getan hast! Dem-ent-spre-chend hast du gelogen und willst die Fäulnis nicht abwerfen!"

„Das will ich ja doch! Ich will sie abwerfen... "

„Wie willst du das, wenn du Lügen niederschreibst?"

„Lüge? Was ist das schon, die Lüge? Weil ich wegen meines Alters nicht jemand sein oder etwas anstellen konnte, heißt noch lange nicht, daß ich unschuldig bin, ohne Fäulnis. O nein, ich spüre sie in mir, diese Fäulnis! Wenn es schon nicht so war, wie ich es niedergeschrieben habe, woher sollte ich dann etwas anderes, etwas Wahres hervorzaubern? Das ist doch wie mit den Abgaben... "

„Welche denn? Was für Abgaben?"

„Die Abgaben, oder wie es offiziell heißt, die Verpflichtung der arbeitenden Bauernschaft dem Staat gegenüber. Ob du nun diesen Anteil hast oder nicht, du mußt ihn abgeben! Erntest du nicht genügend Weizen auf deinem Acker, so kaufst du eben den fehlenden Anteil und gibst ihn ab... Und sehen Sie, so ist es auch mit der Fäulnis. Ob du sie hast oder nicht, du mußt sie abwerfen... "

Weiter kam er nicht, denn Turcanu schlug ihn zu Brei. Dann erst nahm er ihn ins Gebet.

„Versprichst du, von nun an die Wahrheit und nur die Wahrheit aufzuschreiben? Versprichst du, deine Entlarvung ehrlich vorzunehmen?"

„Ich verspreche es!" hatte Mihai brav eingelenkt. „Wer verspricht mir aber, daß ich hinter meiner jetzigen Maske nicht eine andere finden werde? Oder auch mehrere? Denn Sie, Herr Turcanu, Sie wissen es doch am besten, wie unbekannt die Masken des Herrn sind... "

Seltsamerweise hat ihn Turcanu in Ruhe gelassen. Nach kurzer Zeit nahm er ihn sogar mit, aus der Zelle, manchmal für Stunden, wohin, weiß ich nicht.

In der Zelle schiebt Mihai Wache, aber er schlägt nicht. Er geleitet zum Programm, verteilt die Schüsseln, überwacht die Sauberkeit... Ständig hat er ein Stück Seife bei sich, auf das er mit der Nadel einritzt, was ihm durch den Kopf geht.

Gabi Damaschin hat seine Linke durch ständiges Training verbessert. Ursprünglich empfand keiner Angst vor ihm, denn wer sollte sich da schon vor einem Jüngling mit feinen Gesichtszügen, großen Rehaugen und wunderschönen Wimpern fürchten? Dieser zärtliche Damaschin mit seinen fast mädchenhaften Lippen, der einst Turcanu von hinten angesprungen hatte, ist nun der grausamste Helfershelfer des Zellenchefs. Jetzt schlägt er blitzartig zu, ohne jegliches Warnzeichen. Ausschließlich mit der Linken auf die Leber. Minutenlang wälzt sich das Opfer auf dem Boden oder auf der Pritsche. Mancher rührt sich überhaupt nicht mehr, wie der einarmige Kriegsgefangene.

Und es hört einfach nicht mehr auf, obwohl ein Hauch von Kanal in der Luft hängt. Von Ferien also. Vielleicht hört es eben deswegen nicht auf.

Überraschend kehrt Turcanu gleich nach dem Abendbrot in die Zelle zurück, lange noch vor Sonnenuntergang. Er ist fröhlich und aufgedreht, spricht wieder vom Kanal und von der Eisernen Garde, die er, der andere Moldauer, ausrotten werde. Wir täten gut daran, uns ehrlich umerziehen zu lassen... Dann pflanzt er sich vor Bogdanovici auf.

„Immer noch hier, Schura? Du müßtest anderen Platz machen!"

Die Kinnlade von Bogdanovici geht langsamer als früher hoch und bleibt auf halber Strecke hängen.

„Komm mal auf den Zahnarztstuhl, damit ich dir noch einen faulen Zahn ziehe!"

Bogdanovici klettert langsamer als früher von der Pritsche. Erst windet er sich mühevoll, dann legt er sich auf den Bauch und streckt die Beine herunter. Äußerst schwerfällig.

Turcanu verliert die Geduld.

„Was kriechst du so... Willst du's nicht schneller hinter dich bringen?"

Bogdanovici ist irgendwo hängengeblieben. Wahrscheinlich am eigenen Wesen. Er kommt einfach nicht von der Pritsche herunter. Jetzt hilft Turcanu nach, der ihn an den Füßen zerrt, ihn erst mal nach oben schiebt und ihn dann fallen läßt. Bogdanovici stößt gegen die gegenüberliegende Pritsche und endet auf dem Fußboden. Turcanu packt ihn und wirft ihn dann in die Höhe. Als ob er ihn nicht auffangen könnte, läßt er ihn mit aller Wucht gegen den Zementboden prallen. Das wiederholt er mehrmals, hebt ihn dann wie eine Stoffpuppe hoch. Ich sehe Bogdanovicis geschlossenen Mund, die Augen, die ihm aus den Höhlen treten.

„Diese Hände werden dir zum Verhängnis, Verbrecher!"

Er beschimpft ihn, klagt ihn an, fragt ihn aus, rügt ihn. Immer wieder über Suceava und die formelle Umerziehung, immer wieder über den Betrug an der Arbeiterklasse.

„Nicht mal Zähne hast du mehr!"

Ein Vorwurf der ganz und gar stimmt. Jetzt hat er ihn zu Boden geschickt und knetet ihn mit den Füßen. Es folgt der Schuhplattler, zu welchem er sich selber den Takt vorsingt. Er trampelt wie besessen auf diesem Leib herum, der nicht mal mehr Zähne hat.

Seit einigen Minuten ist Gherman unruhig geworden, der sich doch sonst aus diesen Vorstellungen mit Bogdanovici heraushält. Einmal streckt er sogar den Arm nach Turcanu aus, zieht ihn aber sofort zurück.

„Schluß, Herr Turcanu! Schluß!"

Gherman hat gebrüllt.

„Was denn Schluß? Was denn...?"

Turcanu hat die Mütze verloren, seine Augen blicken stumpf.

„Ich muß seinen Puls fühlen... "

Gherman zittert und steht stramm.

„Puls! Fühl ihn doch, aber schnell... "

Er hebt seine Mütze auf, schüttelt den Staub von ihr ab und will sie sich aufstülpen, aber er findet seinen eigenen Kopf nicht mehr.

„Wie ist's, Cori? Atmet er noch?"

Gherman erhebt sich ein wenig und flüstert eine kurze Zeit lang, während Turcanu immerfort den Kopf schüttelt.

„Was? So leicht soll er davonkommen?"

Er ist geradezu erzürnt.

206

„Bist du sicher? Du weißt ja, was dich erwartet, wenn 's nicht stimmt... "

Gherman flüstert aber weiter und zeigt mit dem Finger über die Schulter.

„Schon gut, Cori... Wegtragen! Daß ich ihn nicht mehr hier erblicke, diesen Banditen, diesen Verbrecher, der so viele ins Unheil gestürzt hat!"

Immer noch mit trüben Augen taumelt er zum Bett, läßt sich hineinfallen und schiebt schwerfällig seine Rechte unter dem Nacken. Dann springt er sofort auf und blickt mich an.

„Was gaffst du mich so an, du Hinkebein? Weg von hier, du nimmst mir die Atemluft! Auf den Platz von Bogdanovici, marsch-marsch!"

Während ich ohne Krücken zur Pritsche krieche, wickeln Gherman, Balan, Damaschin und Grigoras den Körper in eine Decke ein und schleppen ihn zur Zellentür. Hinterher trottet Saptefrati, der etwas auf seinem Stück Seife einritzt. Gherman klopft an die Tür.

Über die Blutlache auf dem Fußboden gelange ich endlich zur Pritsche und klettere hinauf, neben Stef, der heftig blinzelt. Er begrüßt mich eben, wie er kann, denn sein Mund ist völlig zerschmettert.

Irgendwo von links, gleich hinter meinem Rücken, höre ich Turcanu mit einem der Wärter sprechen. Nicht von Herz oder Stillstand, sondern nur das Wörtchen „Krankensaal". Die Zellentür geht weit auf, die Schritte entfernen sich, wegen der Last schwerfällig tapsend. Turcanus Schritt scheint indessen beschwingt zu sein. Er macht auf der Schwelle halt.

„Saubermachen! Den Fußboden spiegelblank!"

Jetzt ist die Zellentür zu, und Stef verfällt in Unrast. Er lauscht mit offenem Mund und streckt seinen Hals, und als die Schritte draußen verhallen, klettert er blitzartig von der Pritsche. Dann steckt er seinen Kopf tief in den Kübel, der darunter steht. Zwischen Stefs Beinen, die jetzt krampfhaft zucken, kann ich Saptefrati sehen, der pausenlos auf seiner Seife herumkritzelt.

So ist auch Stef von uns gegangen. An den Füßen haben

207

sie ihn geschleppt, und ich dachte schon, sie würden ihn triefend und ganz angekleidet wieder zurückbringen, wie damals, als er Durchfall hatte. Sie brachten ihn aber nicht mehr zurück. Auf seinem Platz, zu meiner Rechten, stöhnt ganz leise Grigoras, den man wieder einmal „zurückgeworfen" hat.

Inzwischen kenne ich weder Jahr noch Monat und Tag mehr und auch nicht die Schicht, der ich zugeteilt bin. Ich weiß nur, daß ich wieder in meinem Bett bin. Turcanu hat sich wieder meiner erinnert und mir erneut versprochen, er würde mich nicht vernachlässigen.

Das bedeutet also, daß Elisav kommen muß.

Das bedeutet also, daß Elisav nicht kommt, sondern daß ich selbst *zu mir* kommen muß. Abwartend.

Ich werde die Hand heben und kundtun, ich sei nun bereit. Ich hätte mich entschlossen. Das hatte ich schon einmal getan, aber es brachte nichts.

„Ich entscheide hier, wann du soweit bist!" hatte Turcanu nur gespöttelt.

Warum soll er das entscheiden? Wodurch sind denn andere besser als ich, zum Beispiel Saptefrati? Auch ich will ein Stück Seife, denn auch ich möchte alles aufzeichnen, was ich höre und sehe, um es am Abend Turcanu zu berichten. Welch erhebendes Gefühl, Turcanu abends zu berichten! Auch ich möchte wenigstens Wache schieben, denn ich kann ja bereits einigermaßen humpeln. Nun ja, eine ganze Schicht würde ich wohl nicht durchhalten, aber einen Teil schon. Da wäre ich auch meinen Schorf vom Rücken los... Auch ich möchte das Spiel mitmachen.

Ich muß unbedingt etwas tun, um Turcanus Entscheidung zu erzwingen. Bin ich denn nicht auch ein Mensch? Was heißt da schon, ich hätte keine politische Gesinnung? Mihai hat doch auch keine! Ob er sie hat oder nicht, man gibt ihm ein Stück Seife, auf dem er herumkritzelt!

Ich hebe meine Hand und bitte Gherman zum Kübel gehen zu dürfen. Er bringt mir die Krücken. Wie wäre es, wenn ich ihm jetzt mit der Krücke eine über den Schädel herunterhaue? Turcanu würde im Galopp angerannt kommen und sich entscheiden. Doch nein… Gherman ist mir fremd, und außerdem bin ich nicht so sicher, daß ich den Schlag mit einer einzigen Krücke schaffe, auch wenn ich mich auf die andere stütze.

Gherman vertraut mich Saptefrati an, und dieser schlendert mit Seife und Nadel neben mir her. Ich täusche einen ungeschickten Schritt vor, und Mihai stützt mich sofort. Jetzt kann ich ihm etwas zuflüstern.

„Setz mich doch auf die Liste!" flehe ich ihn im Flüsterton an. „Berichte Turcanu, ich wüßte, wo Elisav steckt."

Es hat mich niemand gehört. Nicht einmal Mihai, so habe ich den Eindruck. Während ich vor dem Kübel stehe, ist er ein paar Schritte zur Seite getreten. Jetzt schaut er anderswohin und hält sein Stück Seife hinter dem Rücken.

Er will es also nicht tun, der Mistkerl! Er ist wohl voller Fäulnis und unter seiner Maske hat er bestimmt andere Masken. Er will nicht… Das heißt, er kann es sich noch leisten, nicht zu wollen und ist dementsprechend noch nicht umerzogen. Dabei wäre es doch so einfach. Keiner würde wissen, daß ich ihn darum gebeten habe. Die Wachen sind nicht scharf auf mich, denn ich gehöre zu Herrn Turcanu. Wenigstens verpfeifen könnte er mich, was keineswegs bedeuten würde, meinen Wunsch weiterzuleiten. Wenn er wenigstens Angst hätte, ich könnte ihn verpfeifen!

Wir kehren zum Bett zurück.

„Setz mich doch auf die Liste… "

„Schweig und schwimm mit!" herrscht er mich grinsend an.

„Was ist denn hier schon wieder los?"

Gherman hat etwas gemerkt.

„Will auch ‚Groß'!" entgegnet Mihai gelassen. „Soll er doch bis zum Programm warten."

Er hat gelogen. Er hat Gherman belogen.

„Du hast ihn belogen! Ich entlarve dich, wenn du mich nicht sofort auf die Liste… "

„Ich entlarve Vasile Pop!" brüllt jetzt Damaschin aus

Leibeskräften. „Er hat mit Mihai Saptefrati soeben gesprochen!"

„Ich entlarve dich!" gibt Mihai zurück. „Du vergreifst dich an das Eigentum von Herrn Turcanu!"

Es bleibt beim Wortgefecht, und Damaschin zieht sich zurück.

Jetzt sind wir an meinem Bett, und Mihai will mir die Krücken abnehmen, noch bevor ich mich hinsetze. Das lasse ich aber nicht zu und stütze mich auf die Krücken beim Hinsetzen, dann auch beim Heraufheben der Beine. Da er nicht besonders aufpaßt, kreuze ich die Krücken und strecke sie durch das Gittergeflecht am Bettende heraus. Die linke Krücke schiebe ich zur Seite und zeige ihm nur die rechte.

„Kannst sie nehmen."

Saptefrati faßt die Krücke in der Mitte an und ich klemme schnell seine Hand mit den gekreuzten Krücken in einem Scherengriff ein. Mihai beißt sich die Lippen vor Schmerz und schaut mich nur an. Seine Nasenwurzel wird blaß.

„Setzt du mich auf die Liste? Setz mich doch, Mihai... ", bitte ich ihn und presse die Krücken noch mehr zusammen.

Mihai ist in die Knie gegangen, auf seiner Stirn stehen Schweißtropfen.

„Die Finger, Vasile... Das Klavier... "

Natürlich kenne ich die Sache mit dem Klavier. Wenn er es mir aber nicht verspricht, dann wird er nur noch Ravels „Klavierkonzert für die linke Hand" spielen können.

„Setzt du mich? Wenn nicht... Setzt du mich auf... "

Jetzt flüstere ich nicht mehr.

„Nein!" brüllt Saptefrati und schlägt mich mit der Linken über die Stirn.

„Was ist denn hier los?" höre ich Ghermans Stimme. Dann auch seine Schritte.

„Ich habe nein gesagt, und dabei bleibt es!" schreit Mihai. „Das ‚Große' erst beim Programm, ja?"

So ein Mistkerl! Dieses Schwein! Dieser Bandit Saptefrati! Ich werde ihn entlarven!

„He, ihr da! Ihr habt auch über and're Dinge gequatscht!"

210

Gherman schaut von einem zum anderen.

„Stimmt!" antwortet Mihai endlich und hebt seine Seife auf. „Er meint, ich soll ihn auf die Liste fürs Lazarett setzen... Was für ein Lazarett denn?"

Gherman ist mißtrauisch und macht kleine, ganz böse Äuglein.

„Und deswegen hast du ihn geschlagen? Weißt du denn nicht, daß Vasile Pop zu Herrn Turcanu gehört?"

Er hebt den Knüppel, aber Mihai springt zur Seite.

„Nicht doch! Auch ich gehöre zu Herrn Turcanu, also... "

Turcanu selbst rettet die Situation, denn da kommt er gerade strahlend zur Zellentür hineingestakst.

„Was für Christen seid ihr denn, Brüderchen? Heute ist Karfreitag, und ihr... Kommt mal her, wir wollen die Leiden Christi gebührend würdigen! Komm her, Saptefrati... "

Und wir spielen das Passionspiel.

Grigoras, der Theologiestudent, sitzt am Tisch mit den zwölf Jüngern. Sie haben ihm ein Bettlaken umgehängt. Turcanu klatscht in die Hände.

„Fertig, ihr Christen, es geht los! Evangelium des Matthäus... "

Er schielt kurz auf ein Stückchen Papier.

„Matthäus, so sagte ich doch, oder? Also — Kapitel 26, Vers 6! Los, Saptefrati!"

Mihai hockt mit herabgelassenen Hosen auf den Kübelrand und liest von einem Stück Seife, das er in den beiden Handflächen hält.

„ ...Da nun Jesus war zu Bethanien im Hause Simons, des Aussätzigen, trat zu ihm ein Weib, das hatte ein Glas mit köstlichem Wasser... "

„Trete heran, Weib, mit dem köstlichen Wasser! Weiterlesen, der Evangelist!"

„ ...und goß es auf sein Haupt, da er zu Tische saß."

211

„Gieß es, Weib, das köstliche Wasser!"

Balan kichert und wiegt sich in den Hüften. Dann tritt er zu Grigoras und gießt ihm eine ganze Schüssel über den Kopf, die er zuvor aus dem Kübel geschöpft hat.

„Gut gemacht, Weib! Weiter nach Matthäus, zu Vers 8!"

„ ...Da das seine Jünger sahen, wurden sie unwillig und sprachen... "

„Dein Stichwort, Jünger!"

„Wozu dient diese Vergeudung?" rezitiert der „Jünger" Damaschin. „Diese Scheiße hätte mögen teuer verkauft und den Armen gegeben werden."

„Sehr gut, Jünger! Weiter jetzt nach Matthäus – Kapitel 26, Vers dito!"

„Da sie aber aßen, nahm Jesus die Scheiße, dankte und brach sie und gab sie den Jüngern und sprach... "

„Dein Stichwort, Jesus! Was sprachst du?"

Es ist die Rolle, die Grigoras spielen muß.

„Nehmt, esset, das ist mein Leib."

„So ist's richtig, Jesus! Jetzt kommt ihr alle, einer nach dem anderen, zum Abendmahl! Los, Jesus, tritt zu jedem und gib ihm von deinem Leib!"

Das „Weib" bringt die Schüssel, die wieder nachgefüllt ist. „Jesus", über und über mit dem „köstlichen Wasser" besudelt, verteilt das „Abendmahl". Er taucht die Finger in die Schüssel und fährt damit den Christen über den Mund. Als ich an der Reihe bin, wende ich den Kopf ab. Der „Evangelist" hält mir aber den Kopf fest und „Jesus" beschmiert mir kräftig die Lippen. Ich presse sie fest zusammen und versuche, nicht mehr zu atmen. „Jesus" zieht weiter, aber unser Gott sieht alles.

„Warum hast du dir die Lippen abgewischt? Verweigerst wohl das Heilige Abendmahl, wie? Nochmals, Jesus, gib ihm von deinem heiligen und duftenden Leib, diesmal aber tief ins Maul!"

Ich werde sofort gepackt und festgenagelt. Damaschin nimmt meinen Kopf in beide Hände und drückt mit seinen Daumen hinter den Ohren, bis ich den Mund öffnen muß.

„Und ja nicht den Leib des Herrn ausspucken, Vasile!"
droht mir der Allmächtige mit dem Finger. „Das ist eine
schwere Sünde!"

Und ich spucke nicht aus. Die anderen auch nicht.

„So!" grunzt Turcanu befriedigt. „Jetzt weiter nach Matthäus — Kapitel 27 Vers 28. Los, Saptefrati!"

„Und zogen Ihn aus und legten Ihm einen Purpurmantel
an. Und flochten eine Dornenkrone und setzten sie auf Sein
Haupt und ein Rohr in Seine rechte Hand und beugten die
Knie vor Ihm und verspotteten Ihn und sprachen: Gegrüßet
seist Du, der Juden König!"

„Jesus" trägt so etwas wie einen Mantel, aber nicht aus
Purpur. Er ist ganz besudelt und von undefinierbarer Farbe.
Er hat keine Dornenkrone auf, sondern die Schüssel, ganz
schief gestülpt, die einer zuvor nochmals über seinen Kopf
leeren mußte. Ein Rohr bekommt er nicht, dafür baumelt a-
ber an seinem Hals, an einem Strick, aus Seife geknetet, mit
DDT gepudert und mit Kot besudelt — ein Phallus.

„So! Herhören! Erste Handlung des Passionspiels: Jeder
kommt zu Jesus, kniet nieder, küßt seinen Purpurmantel, erhebt sich und küßt das Kreuz! Los, los... Du führst den Rei-
gen an, Hinkebein! Küß mal schön sein Kreuz, du Paralyti-
ker, vielleicht bringt dir das Heilung... Hohoho!"

Ich bin also als erster dran, aber ich kann nicht niederknien. In Seiner Güte hat mir der Allwissende den Kniefall
erlassen, während er etwas mit „Jesus" im Flüsterton bespricht. Ich küsse also das Ding und spreche dem „Evangelisten" nach.

„Jetzt nimm dein Bett" antwortet „Jesus" feierlich „, und
geh auf den Händen... "

Ich verstehe nicht, warum unser Herr darüber so belustigt
ist, als ob das Gehen auf den Händen so lustig wäre.

Sie dauert und dauert, diese Prozedur. Jenseits der Zellentür drängen sich die Aufseher an der Glasscheibe. Ich wette,
sie zanken sich sogar für einen Stehplatz in den hinteren
Rängen.

„Jetzt die zweite Handlung des Spiels: In zwei Reihen

213

aufstellen, gegenüber! Sing mal schön, du Evangelist — Kapitel 27 Vers 30!"

„ ...Und spieen Ihn an und nahmen das Rohr und schlugen damit Sein Haupt... "

Wir lassen ihn durch die Gasse bummeln, speien ihn an und schlagen ihn mit den Händen, mit den Fäusten, mit den Füßen. Ich nicht. Wenigstens nicht mit den Füßen.

Wir lesen dann bei Markus nach... Ein anderer „Jesus", ebenfalls Theologe, makedonischer Herkunft. Dann ist Lukas an der Reihe. „Jesus" ist jetzt kein Theologe mehr, aber wen kümmert das schon. Den vierten endlich — es ist Cornel Pop —, kreuzigen wir nach dem Johannes-Evangelium. Erst auf dem Fußboden, dann aber auf dem Tisch, damit es alle gut sehen können. Nachdem er seinen Geist aufgibt, wickeln wir ihn in ein Bettlaken ein und beerdigen ihn im Kübel. Grigoras scheint besonders wütend zu sein auf den „Toten", denn er taucht ihn wiederholt in die Jauche und schleudert ihn dann auf den Boden.

„Wie wär's mit einer Auferstehung, Herr Turcanu?"

Lassen wir ihn also auferstehen. Mit Fußtritten. Dann brüllen wir im Chor, zum Hausgebrauch abgewandelt, den orthodoxen Auferstehungsgesang:

Christus ist auferstanden
mit dem Schwanz um den Hals.
Denen, die ihn an-bee-ten,
Seine Scheiße er scheeenkt!

Noch ist es aber nicht zu Ende, denn Gottvater führt höchstpersönlich Regie.

„Du da! Du bist der Esel, auf dessen Rücken er am Palmsonntag angeblich in Jerusalem eingezogen sein soll... Rauf, auf den Tisch! Auf allen vieren, los! Und du da! Du bist Maria aus Magdala, seine Geliebte, die es tausendfach von allen Seiten bekam... Paß auf! Du kriechst unter den Esel und nimmst die Stellung von Romulus und Remus unter der Wölfin ein. Dann saugst du, verdammt! Saugst ihn, bis er umfällt... Und du, der da, du spielst den Josef, den größten Hahnrei aller Zeiten. Hast zwar ein Weib, aber es gehört dir nicht, da hilfst du dir eben, wie 's geht... Den Esel von hinten! He, der dort... Du spielst die Hurenjungfer Maria! Stellst dich vor dem Esel hin, damit er dich etwas abkühlt, wie es alle mit dir getrieben haben, noch lange vor dem Untergang Konstantinopels... Hohoho! Und du, Jesus, tust nun, was du wohl getan hast, wenn du weder die andere Maria noch die Samariterin, die Paralytikerin, die Hinkende, die Blinde oder sonst welche zur Hand hattest... Was glotzt du mich so an? Los, die Unbefleckte von hinten, ausführen!"

Ja, ausführen... Mir hat er keine Rolle zugeteilt, aber ich würde gerne Elisav spielen, obwohl mir der Blitz fehlt. Dafür habe ich die zwei Krücken. Ich taste auf der Pritsche nach der schwereren der beiden. Ich muß sie mit beiden Händen über seinen Schädel schwingen. Von hinten natürlich, wie er es den anderen befohlen hat.

Ich muß ihn umbringen.

Doch Gottvater hat seine Augen überall, auch im Nacken. Blitzartig dreht er sich um und trifft mich mit seinem Donnerschlag, mit dem Schuh über die Beine.

Einverstanden. Das Abendmahl nach dem Teufelsevangelium Turcanus ist jetzt im Eimer und wir gehen zur anderen Passion über. Zu meiner eigenen.

Einverstanden, denn ich bin gerettet, und nun kann Elisav nicht mehr lange auf sich warten lassen.

„Ausgerechnet du tust mir so etwas an!" ruft er empört aus und ist fast dem Weinen nahe. „Und ausgerechnet mir, wo ich doch etwas ganz anderes mit dir vorhatte... Mich umzubringen... Mich wolltest du umbringen? Weißt du denn nicht, daß ich Turcanu bin? Noch ist weder der Mensch noch der Teufel geboren, der mich... Ausgerechnet mich!"

Auch für mich ist noch keiner geboren. Bislang wenigstens.

„Du mieser Wurm!" herrscht er mich jetzt an. „Hast wohl den Eindruck, du leistest Widerstand, wenn du ständig schweigst, was? Oder glaubst du vielleicht, wenn du unbedingt krepieren willst, so muß auch ich es wollen? Irrtum,

Kleiner! Du gehst drauf, wann ich es will, ja? Und nur so, wie ich es will!"

Er ist im Irrtum. Wenn mich Dragan in Sibiu nicht kleinkriegen konnte, wie soll er es denn schaffen? Meint er, mehr zu sein als Dragan, der mir in den offenen Wunden mit dem Tintenstift herumstöberte, mir Drähte durch die Nase in den Kopf stieß, meine Mutter zwang, sich vor dem Pistolenlauf Csakys zu entkleiden, und mich sogar vor das Erschießungskommando schleppen ließ? Lächerlich, dieser Turcanu, mit seinem erbärmlichen Knüppel und seinem lächerlichen Riemen mit Schnalle!

„Du Mißgeburt," fängt er wieder an „meinst wohl, wenn du äußerlich Widerstand leistest, könnt' ich dir nicht innerlich den Garaus machen? He, Saptefrati! Bring ihm doch einen vollen Kelch mit dem Abendmahl aus dem Kübel... Rückt den Tisch in die Mitte und geht auf eure Plätze. Und Augen hierher, zum heiligen Abendmahl! Rauf auf den Tisch! So... Und jetzt legst du dich auf den Bauch, hebst dich auf den Ellenbogen hoch und frißt, du Widerständler! Friß! Die ganze Schüssel! He, Saptefrati, wenn er sich weigert, nur feste über den Nacken! Na also... Friß doch mit Schwung, verdammt! Ist doch der Leib Christi, zum Teufel! Hahaha! Haaalt! So geht das nicht, hörst du? Jetzt frißt du schön auf, was du gekotzt hast — los! *Da capo*! So! Alles muß rein... Und ja nicht kleckern, he, das ist doch scheußlich! Sofort ablecken!"

Ich lecke ab, aber er ist trotzdem im Irrtum. Meinen Widerstand, den gibt es auch innerlich. Selbst wenn ich zwei Schritte vorwärts und einen rückwärts schreiten muß. Auf Lenins Spuren. Selbst wenn meine Eingeweide sich auflehnen und alles zurückschleudern... Macht nichts. Ich beklekkere sogar den Tisch, aber ich werde ihn schön säubern. Immer zwei Schritte vorwärts und einen rückwärts.

„Na?" genießt Turcanu die Vorstellung. „Tröstest dich wohl mit den Leiden aus dem Evangelium, wie? Diese vertrottelten Evangelisten, die in der Wüste lebten, nur Fliegen fraßen und es mit den Ziegen trieben... Was wußten schon

diese Evangelisten schon vom Menschen? Vom Leib und von der Seele? Ich werde das richtige Evangelium schreiben, das Evangelium nach Turcanu! Wäre mir Jesus unter die Hände geraten, so wäre er nie und nimmer Christus geworden... Hoho! Es hätte überhaupt kein Christentum gegeben!"
Schon möglich. Bloß ist er wieder im Irrtum. Ich bin nämlich nicht Jesus, sondern nur Vasile, Elisavs Bruder.

9

Ich bin Vasile, Elisavs Bruder, und es muß bereits der Sommer ins Land gegangen sein, seit ich das ganze „Ich-der-Unterzeichnete-Bandit-Vasile-Pop-erkläre" durchgestanden habe. Er sagt aber, ich ginge es zu schnell durch, so daß er mich hierher bringen ließ, ein Stockwerk tiefer, zu Levinski.
Er ließ mich hierher bringen, aber es mußte noch einige Zeit vergehen, dort oben, in der Zelle „4-Krankenhaus", denn er vergeudete nicht seine ganze Zeit mit mir, Elisav durfte nicht kommen, damit ich ihn nicht enttäusche.
„Du hast mich getäuscht", sagte er immerfort. „Du hast meine Hoffnung just in dem Augenblick getäuscht, als wir zusammen die Früchte ernten konnten... Obendrein wolltest du mich auch noch umbringen. Mich, der doch... "
Ihn, der doch... Vor Enttäuschung muß wohl der Sommer bestimmt schon ins Land gegangen sein. Er weinte fast, beinahe vor Schmerz, beinahe menschlich, vor Wut. Nicht so

sehr wegen des „Obendrein", als wegen der Täuschung. Er weinte fast, als er damals Josef und Esel, Maria von Magdala und die andere Maria vom Tisch wegjagte.

„Ausgerechnet du mußtest mir so etwas antun... Mir, wo ich dich doch so lange bei mir behielt, dir ein Bett als Orchesterloge gab und dir sogar einen Löffel genehmigte... "

Es muß bestimmt schon der Sommer ins Land gegangen sein, seit er mir die Orchesterloge, insbesondere aber den Löffel weggenommen hat. Was hätte ich schon viel mit dem Löffel anfangen können? Aus dem Kelch wird anders genommen, immerfort zwei Schritte vorwärts und einen rückwärts. Und das vom Karfreitag bis zum Weißen Sonntag nach Ostern, geschlagene zehn Tage, zweimal, fünfmal, ja sogar zehnmal am Tag, unter seiner höchstpersönlichen Aufsicht. Wenn er nicht die ganze Zeit persönlich mit mir verschwendete, überließ er mich Damaschins persönlicher Linken oder Balans persönlichen Knüppelstäbchen, die mich dehnten, auswrangten, quetschten. Leider überließ er mich auch Mihai Saptefrati.

„Du wolltest ja nicht zu uns", belehrte mich Turcanu. „Es wäre ohne Schmerzen gegangen. Du wolltest es nicht als Zuschauer aushalten, damit ich meine Theorie überprüfe... Nein, du hast mich getäuscht und verraten! Nicht nur mich, sondern die Wissenschaft selbst! Jetzt muß ich von vorne anfangen, mit einem anderen."

Mit feuchten Augen packte er meinen Kopf und knetete mit den Daumen meine Augäpfel.

„Du wolltest den Weg nicht wahrhaben, den ich für dich vorbereitet hatte... Ein längerer, sicherlich, aber ohne physische Schmerzen... Na, warte nur! Ich massiere dir noch ein wenig die Augen, vielleicht bekommst du den richtigen Blick... "

Von den vielen Massagen muß der Sommer bestimmt längst ins Land gegangen sein. Er muß sich bestimmt verdoppelt, verdreifacht und völlig schräg gelegt haben, dieser Sommer, falls ich ihn wegen der vielen Augenmassagen überhaupt noch sehe. Wie sich übrigens auch die Menschen und die Dinge alle vermehrt und völlig schräg gelegt haben von der ganzen Massage. Meine Schrift schon ganz und gar.

„Ich kann nicht schreiben. Sie haben mir die Augen kaputtgemacht!"

„Nein, das habe ich überhaupt nicht. Ich habe sie dir nur geheilt. Jetzt erst siehst du richtig, die Wahrheit und nur die Wahrheit!"

„Ich sehe nichts, Sie haben mir die Augen kaputtgemacht. Ich kann nicht schreiben."

Und eine Zeitlang habe ich auch nichts geschrieben.

Nur eine Zeitlang.

„Ich kann nicht schreiben. Sie haben mir die rechte Hand kaputtgemacht."

„Ach was! Geheilt habe ich sie dir, und zwar in doppelter Hinsicht... Jetzt hast du eine *gerechte Rechte!*"

„Ich habe überhaupt keine Hand mehr. Sie haben mir beide zerquetscht. Ich kann nicht schreiben."

Und eine Zeitlang habe ich auch nichts geschrieben.

Eine endere Zeitlang.

So hat er mich also zu Levinski herunterbringen lassen und befohlen, es rühre ja keiner meine Augen und meine rechte Hand an. Es hat sie auch keiner angerührt, die Augen und die rechte Hand, nicht einmal er selbst. Aber nur die Augen und die rechte Hand.

Dann habe ich endlich geschrieben.

„So wenig? Nur zwei kleine Seitchen?"

„Ich bin in der Haft zwanzig geworden. Leben und Werk können kaum mehr als zwei kleine Seiten füllen."

„Irrtum, Kleiner. Du kennst eben nicht dein Leben und dein Werk... Ich werde dir helfen, sie zu entdecken."

Es muß bestimmt schon der Sommer ins Land gegangen sein, seit er mir hilft und ich dennoch unbeholfen bleibe, seit er immerfort aufdeckt und ich immer noch verdeckt bleibe.

Ich bin ein elender Mann, der die Rute seines Grimmes sehen muß. Er hat mich geführt und lassen gehen in die Finsternis und nicht ins Licht. Er hat mir Fleisch und Haut alt gemacht und mein Gebein zerschlagen. Er hat mich verbaut und mich mit Galle und Mühe umgeben. Er hat mich in Finsternis gelegt wie die, so längst tot sind. Er hat mich vermauert, daß ich nicht heraus kann, und mich in harte Fesseln gelegt.

Und wenn ich gleich schreie und rufe, mein Gebet wird nicht erhört. Nicht erhört... Nicht erhört...

Es mag für den Unterzeichneten-den-Banditen-Vasile-Pop-den-hiermit-Erklärenden der Sommer ins Land gegangen sein, und weil er nicht erklärt hat, es war ein Mann im Lande Uz, und der Herr aber sprach zu dem Satan: „Wo kommst du her?" Der Satan antwortete dem Herrn und sprach:

„Ich bin ein elender Mann, der die Rute seines Grimmes sehen muß. Er hat mich geführt und lassen gehen, und wenn ich gleich schreie und rufe, mein Gebet wird nicht erhört."

Es mag der Sommer vorbei sein, und ich bin der Mensch, der wahrlich euch sage: Wenn der Zapfenstreich vorbei ist, so bete ich, es gebe kein Erwachen mehr, und wenn das Erwachen kommt, so bete ich, bis zum nächsten Zapfenstreich tot zu sein... O, wenn man doch meinen Unmut wöge und mein Leiden zugleich in die Waage legte!

Und der Herr sagte...

„He, Saptefrati, du bist doch mit Vasile Pop gut befreundet, oder? Ihr ward doch zusammen auf der Schule, wohntet in einem Zimmer, Kommilitonen, irgendwie zusammen im Prozeß, jetzt Zellengefährten... Sag mal, kannst du nicht mit ihm reden? So, freundschaftlich... "

Herr, willst du so hart sein zu solchem und schweigen?

„Lauter schreien, Vasile, sonst schickt er dir Balan... "

„Schlag stärker zu, Mihai, sonst schickt er mir Balan... "

Herr, willst du so hart sein zu solchem und nicht schreiben?

„Schreib nur, Vasile, alles was dir durch den Kopf geht. Aber schreibe... "

„Hab' nicht, geb' nicht. Nur stärker zu, Mihai, nur fest drauf... "

O, wie sehr ich meinen Bruder Mihai liebe! Er kann es bezeugen, daß ich Elisav wie einen Bruder erwarte. Sie haben uns aber getrennt. Nach dem Weißen Sonntag haben sie mich in den ersten Stock hinuntergebracht und mich Levinski anvertraut. Und Balan haben sie eigens für mich dorthin versetzt.

Die Leute unter Levinskis Kommando sind fleißig und schon sehr weit mit der inneren Entlarvung vorangekommen. Den ganzen Tag erzählen sie, und nicht nur am Tag, während ich auf meinen zwei kleinen Seiten sitzenbleibe. Die mündliche Prüfung nimmt Levinski vor, ich hingegen bin nicht soweit. Meiner angenommen hat sich Balan, der beide Hände voll zu tun hat. Er läßt mich nicht blinzeln, nicht die Augen schließen, nicht schlafen oder wachen. Er läßt mich nicht schweigen und verbietet mir das Sprechen. Er verbietet mir, meine Bedürfnisse zu verrichten, aber er gestattet mir auch nicht, ins Bett zu machen. Er läßt mich weder hungern noch Nahrung zu mir nehmen. Vor lauter Schlaflosigkeit, Hunger und Erschöpfung ist der arme Balan an der Schwelle zum Jenseits angelangt und es ist schon ein Glück für uns beide, daß Turcanu zwei- oder dreimal täglich vorbeikommt und fragt, ob ich mich endlich entschlossen hätte, die Fäulnis auf mehr als zwei kleinen Seiten abzuwerfen. Das sind richtige Verschnaufpausen, denn Balan läßt mich dann reden.

„Mein Leben und mein Lebenswerk füllen kaum zwei Seiten aus."

Balan kann beruhigt aufatmen, denn Turcanu beschäftigt sich nun mit mir. Manchmal mit Levinskis Hilfe, und in jenen Augenblicken fange ich sogar an, Balan innigst zu lieben. Bloß hat er wegen Turcanu nicht viel Platz in meinem Herzen. Es bliebe ganz und gar von Turcanu ausgefüllt, dieses Herz, wäre da nicht mein Bruder Elisav, den ich erwarte. Ich würde Bruder Eugen Turcanu bitten, mich zurück nach „4-Krankenhaus" zu bringen, es sei denn, er möchte lieber hier, bei Levinski verweilen.

Mein Blick ist jetzt klarer, und ich sehe Balan nur noch

doppelt, so daß ich auch zur Zellentür schielen kann. Dorthin schiele ich also mit geackertem Buckel, mit geharkten Hinterbacken, mit zerschmetterten Fußsohlen und Rühreiern im Hodensack. Und natürlich mit den Knien, auf denen ich erst dann niederknien werde, wenn...

Diesmal muß er endlich kommen. Am Karfreitag hat er es nicht geschafft, denn der Weg hierher ist lang. Auch am Weißen Sonntag ist er nicht gekommen, denn er wußte, daß Leben und Werk sehr wohl keine zwei Seiten füllen. Bis jetzt ist er noch nicht gekommen, denn er weiß, daß ich sein Bruder bin, und daß sein Bruder Vasile der andere Elisav ist.

Nach diesem Jetzt muß er aber kommen, denn Jetzt ist die Schwelle. Eine breite zwar, aber eines Tages wird auch diese Breite durchschritten sein. Vorläufig sind wir ungefähr in der Mitte angelangt, als da wären:

Alexe, der schön und in allen Einzelheiten erzählen kann, wie er seine Großmutter verprügelte, die Hausmädchen bei den Bourgeois war und ihm kein Geld für Kneipen und Bordell geben wollte...

Iunian, der schön und in allen Einzelheiten erzählen kann, wie er seine Schwester vergewaltigt hatte, als sie vier Jahre und drei Monate alt war, und mit ihr bis zu seiner Verhaftung zusammenlebte...

Zdru, der Makedonier, der weniger schön, aber doch noch verständlich erzählen kann, wie er sechs Tage die Woche auf der Alm über die Schafe und die Eselin herfiel, am siebten aber über seine Mutter, die ihm das Essen brachte...

Grigoras, Theologe und Pfarrersohn, der sehr schön erzählen kann, wie er seinem Vater bei der Beichte der Sünderinnen half. Während das Beichtkind sich den Pfarrer unter dessen Soutane vornahm, machte er sich von hinten heran...

Vasiliu, der mit Gelassenheit erzählen kann, daß sein größtes Vergnügen die Autoraserei war. So flitzte er durch die Dörfer auf dem Gut seines Vaters und fuhr die Kinder der ausgebeuteten Bauern tot. Insbesondere die Jungen, wobei er jedesmal einen Orgasmus hatte...

Nicolescu, Sohn eines Gendarmenfeldwebels, der mit

wahrer Begabung erzählen kann, wie er bei der Folterung politischer Häftlinge mithalf. Besonders auf Kommunisten war er wild, noch wilder aber auf Juden und am wildesten auf Jüdinnen. Denen steckte er Tannenzapfen in die Scheide, mit den Schuppen nach außen gerichtet, so daß nicht einmal seine Mutter sie wieder herausbekam. Übrigens folterte seine Mutter die Männer, indem sie ihnen stachelige Distelhalme in die Harnröhre steckte...

Jetzt habe ich den Mittelpunkt überschritten und bin bei anderen, als da wären:

Bucur, der genauestens beschreiben kann, wie man einen sowjetischen Kriegsgefangenen in einem Eimer Wein ersäuft...

Constantin, der uns die Geheimnisse der Nonnen vom Kloster Soundso lüftet, und ganz besonders die Sache mit jenem See, in dem mindestens hundert, wenn nicht gar tausend Kinderlein ertränkt wurden...

Vernescu, der uns in die Methode einweiht, das große Geld zu machen. Man nehme einfach die Schwester — oder auch die Freundin, wenn keine Schwester vorhanden —, fessele sie ans Bett und rufe die Kunden herbei, denen man gleich zweimal das Geld abnimmt, vorher und danach. Man habe nur zu behaupten, sie hätten nicht bezahlt...

Damit wären wir eigentlich am Ende, denn außer Levinski, Balan und mir sind nur noch drei übriggeblieben.

Daher Elisav... Daher muß er jetzt, denn ich warte und schiele zur Tür. Obwohl nur noch drei fällig sind, könnte es ja passieren, daß auch ich zwei Finger hebe, um mich zum Erzählen zu melden. Ob ich nun was habe oder nicht, ich muß es hergeben. Wie die Bauern mit ihren Abgaben.

Noch habe ich nichts, noch kann ich nichts haben. Was würde nur Elisav dazu sagen? Oder Seliva? Und Mutter? Noch kann ich nichts haben, aber es geht bald zu Ende. Auch bei mir rücken Mutter, Großmutter Agapia, Julia und Seliva immer näher. Es ist eben so, daß ich sie alle höre, wie sie heranrücken, denn ich habe keine Ohrenlider, die ich schließen kann... Herr, willst du so hart sein zu solchem und nicht erzählen? Und wahrlich sage ich Dir: Ich kann. Noch kann ich.

Wir haben unsere Kräfte gemessen, und mein Schweigen hat das Geschrei ihrer Erzählung übertönt. Selbst als ich aufschrie, war auch dieser Aufschrei nur Schweigen. Wie lange noch? Wäre ich doch das Sandkorn, das dieses Getriebe zum Stehen bringt...

Ich bin aber Vasile, ein Sandkorn, und wenn es zermalmt werden soll, wird es weder würfelförmiges Ei noch Goldstaub, sondern ganz einfach zu Staub. Das Sandkorn, das dieses Getriebe zum Stehen bringen wird, ist nicht Vasile, sondern — verkehrt gelesen — Elisav. Hätte doch jeder dieser „Erzähler" jemanden erwartet, die Welt wäre bestimmt noch heil.

Ich erwarte jemanden, und wenn ich ihn an der Pforte sehe, rufe ich mit gewaltiger Stimme...

„ ...Wer ist der, so er kommt mit dem Gewand so rotfarben und sein Kleid wie eines Keltertreters? Denn siehe, sein Lohn ist bei ihm, und seine Vergeltung ist vor ihm!"

Der Sommer ist ins Land gegangen, und damit seine Ankunft auch herzlich willkommen sei, kam ihm Turcanu entgegen. Mit Cornel Pop und Gherman.

Wieder kreuzigten sie mich auf dem Zementboden, und wieder bekam ich das Abendmahl aus der heiligen Schüssel. Wieder tauften sie mich im Kübel, und wieder streckten sie mich auf den Boden aus und stampften mich mit Bedacht, damit ich meine dritte Dimension verliere, damit ich der Teppich unter den Hufen seines Esels werde. Da ich noch Fäulnis in mir hatte — und, wahrhaftig, ich hatte sie damals noch —, öffnete mir Balan die Ausflußöffnungen meiner Kniewunden mit einem Draht. Dragans Draht war es jetzt, in Csakys Wunden.

Sie kreuzigten mich und tauften mich, ließen mich ein wenig sterben und etwas mehr auferstehen, um mir zu sagen, ich hätte keinen anderen Weg. Hier sterbe man, wann er es will, und hier lebe man, wie er es will. Früher oder später käme ich doch noch soweit, auf dem Pritschenrand und unter Mihai Levinskis Knüppel. Dabei noch *erzählend*, was ich Julia, Mutter, Seliva und Großmutter Agapia alles angetan habe. Und mir selbst auch... „Spiel also nicht mehr Christus, denn er ist TURCANU. Du sollst dich sofort entscheiden!"

Ich entscheide mich, laut zu rufen.

„Komme! Komme doch schon! Jetzt mußt du doch kommen!"

Denn ich zähle ja nicht mehr. Höchstens nur als Wartender. Ich flüstere ihm zu: „Jetzt zähl' ich bis sieben, und wenn du nicht kommst, so laufe ich hinüber, zum Erzählen. Dann aber gibt es dich nicht mehr!"

Ich komme bis drei und höre mit dem Zählen auf.

„Elisav! Da bist du endlich, Elisav!"

Da ist er auch, an der Zellentür. Es dürstet mich, und es gibt dich.

„Da hast du ihn!" sagt Turcanu.

So mußte es eigentlich kommen. Daß keiner wußte, wer gegen wer war, wer auf wen zeigte, wer wem ausgeliefert war.

Auf der einen Hand halte ich Cornel Pop, auf der anderen Cori Gherman. Während ich mich winde, kommt mein Kopf hoch und stützt sich mit dem Nacken auf die Tischleiste. Ich kann meine Beine sehen... Nein, vielmehr errate ich sie nach den Fußsohlen, die wie durch ein Wunder immer noch senkrecht, mit den Zehen zur Decke, fest auf dem Fußboden ruhen. Wie zwei fünfarmige Leuchter weisen sie zur Tür.

Und diese Tür selbst, in Erwartung der Ankunft, rahmt jetzt den Abfluß der Fäulnis ein. Der Reihe nach sind sie auf mich gestiegen, jeder beim Namen genannt und jeder seiner Rolle bewußt.

„Grigoras, auf die Brust! Alexe, auf den Bauch! Iunian, aufs Becken!" Zdru auf den Brustkorb, Velinski auf den Hals. Gherman hält meine rechte Hand unter seiner Schuhsohle fest, Cornel tut das gleiche mit meiner Linken. Nur Balan bleibt untätig mit seinem Draht, so daß ich ihm zuröchle: „Balan, auf meine Knie!"

Es war nicht zum ersten Mal, daß ich mir ein ehrliches

Kreuz wünschte, mit echten Nägeln, für immer eingeschlagen. Aber auch diesmal konnte ich den Zementfußboden nicht gegen das Holz eintauschen, um es endlich vollbracht zu wissen.

Er hingegen, der Leger würfelförmiger Eier, war wütend, daß ich trotz der fünffachen Belastung nichts ausfließen lassen wollte.

„Heißassa!" schrie er. „Auf zum Tanz!"

Deswegen maß ich mir an, von einem ehrlichen Kreuz zu träumen. Es schien aber, daß es draußen bleiben mußte, geheiligt und nur von ehrlichem Blut, rein wie die Tränen, benetzt. Nein, die Evangelisten konnten gar nicht bis zu dieser Unterweisung kommen.

„Heißa! Heißassa!" beteten mit pflichtbewußter Heiterkeit die fünf von oben nach, die zwei von beiden Seiten, der unbedarfte Balan, wie auch die übrigen acht auf den Pritschen. Auch sie werden an der Reihe sein, manche nicht zum ersten Mal.

Sie sprangen mit aller Wucht und aus ganzem Herzen, wie er es ihnen beigebracht hatte, um auf den Gipfeln des neuen Menschenschlages zu gelangen. Ein Gipfel, der sich im Abfall des Kübels leuchtend widerspiegelt, vom Sprungbrett aus gesehen, das ich jetzt abgebe. Ein ehrliches Sprungbrett würde sicherlich zerbrechen...

Wir aber, die Banditen, die Fäulnis der Welt, wir dürfen überhaupt nicht ehrlich zerbrechen, denn die Arbeiterklasse braucht ja keine Märtyrer. Wir müssen zuerst die Fäulnis loswerden, wie eine ausgequetschte Tube Zahnpaste. Dann müssen wir würfelförmig werden, danach auch die dritte Dimension verlieren, um die wesentliche zu erringen... Die Dimension des neuen Menschen, umerzogen, ein Vorkämpfer des siegreichen Sozialismus in aller Welt, auf dem Lande und in den Städten, in den Betrieben und auf den Feldern.

Der scharfe, der widerlich penetrante, der stechende Geruch ist mir in die Nase gestiegen. Er klebt mir buchstäblich auf der Zunge, und ich spüre ihn fast schon mit meiner ganzen Haut. Es ist aber nicht der Geruch aus dem Kübel der

226

klassenlosen Gesellschaft, in der die Menschen nun einmal das wertvollste Kapital sind, sondern es ist nur mein eigener, der Geruch des Unterzeichneten-des-Banditen-Vasile-Pop-der-hiermit-erklärt. Der hiermit sich selber erklärt, wenn die es mir bloß endlich befehlen würden. Nach einem Befehl läßt man dich nämlich eine Stunde in Frieden, in guten Zeiten sogar einen ganzen Tag. Ganz gleich, ob du freiwillig mit der Zunge saubermachst, oder sie mit dir den Fußboden wischen, wie mit einem Lappen.

Statt mir einen Befehl zu erteilen, hat er nur an die Tür geklopft und dem Wärter befohlen:

„Bringen Sie mir doch mal den... "

Ich habe nicht mitbekommen, wen er bringen sollte, aber es dauerte nicht mehr lange. Das *Vaterunser* kriege ich gerade noch zu Ende, um ihn zu rufen und ihm die Frist zu geben. Bis sieben will ich zählen.

Bei drei — nach so langem Warten — ging die Zellentür auf. Stimmt gar nicht, denn bei drei stand sie bereits offen. Ich hatte ihn nicht kommen sehen, sondern nur festgestellt, daß er dort war, im blendend erleuchteten Türrahmen. Eigentlich hatte er sich immer schon dort befunden, auf der Türschwelle, aber ich hatte keine Augen, um ihn zu sehen. Und blind, wie ich nun mal war, hatte ich gezweifelt.

So schrie ich also laut auf und als ich damit fertig war, sah ich, daß ich gut daran getan hatte, denn ich hatte das Warten zu Ende geführt. Jetzt konnte ich ruhen gehen, konnte mir wieder erlauben, das zu sein, was ich war... Ein Schwacher, ein Fleisch-und-Blut, ein wimmernd zusammengerolltes Etwas, in die Tiefen des mütterlichen Schoßes zurückgekehrt.

Er war gekommen. Es dürstet mich, und Gott, den gibt es.

„Hier hast du ihn!" sagt Turcanu und sticht in die Luft mit dem Horn seines Kinns, genau zwischen die Zwillinge.

Ich weiß, was kommen muß und möchte deshalb meine Rippen nicht mehr auf die Waagschale legen. Die Bruchstelle kann ich ganz gut ausmachen, indem ich sie mit der Lungenluft abtaste. Unbedeutend sind jetzt auch Csakys Löcher in meinen Beinen, von Balan mit dem Draht immer wieder geöffnet, und auch die verdoppelte und verdreifachte Umwelt meiner zerwühlten Augen. Kaum mehr von Belang ist die gewohnte Erstarrung, die mich pulsierend von den Knien bis zum Hals hinauf einhüllt und die ganz heftige Schmerzen ankündigt: das Brennen in den Lungen, das Glassplitterknirschen der geborstenen Rippen, drinnen im schwammigen Rosa, die Hammerschläge im Magen, die wild gewordene Katze, die mit ihren Krallen aus dem zu engen Sack fliehen will, der jetzt mein Bauch ist, der Taktmesser in meinen mit dem Korkenzieher geöffneten Knie, beinahe sanft und beruhigend.

Ja, ich weiß, was kommen wird und bin dabei besorgt, fast schon peinlich berührt. Wird mein herausgequetschter und jenseits der Mauer meiner Füße überall herumgespritzter Inhalt nicht auch Elisav besudeln?

Ich weiß, was kommen wird...

Er wird den rechten Arm erheben und ihn dann langsam, erschreckend langsam zu Turcanu herablassen. Und wenn dieser Arm dem spitzen Kinn ganz nahe ist, wird aus dem strahlenden Finger der Blitz aufleuchten, denn er ward gekommen mit dem Gewand rotfarben und mit seinem Kleid wie eines Keltertreters, nicht nur um unserer Erlösung willen, sondern weil die Vergeltung ist von ihm und für ihn.

Er wird ihn aber nicht auf der Stelle mit dem Blitz niederschlagen und zu Asche verwandeln. O nein! Warum sollte er ihm auch vergelten mit nur einem einzigen Augenblick all die Tage und Wochen, all die Ewigkeiten? Nein, so nicht! Erst soll er ihm die Kleider abziehen, mit der Mütze angefangen und ihn dann ganz langsam häuten, wenigstens sieben Sekunden lang, unter heißem Strahl. Hinterher soll er ihm das Fleisch von den Knochen abschaben, und die Knochen auf dem Schleifstein polieren... Ja, auf dem Schleifstein! Und wenn er dann bei seinem Kinn angelangt ist, so soll er es erst stutzen und gleichmäßig, ohne jede Eile, in einem raspelnden Hin und Her nagen, das Grobe abschleifen, bis es ein normales Kinn wird. Dabei aber wie aus Versehen weiternagen, bis zum Kiefer... Ein Negativ von einem Kinn soll es werden, wie das Gesäß von Cornel Pop.

„Hier hast du ihn!" sagt Turcanu, aber er weiß nicht, was er sagt, denn für ihn und gegen ihn ist ja Elisav gekommen.

Hier ist er also. Für uns, für die Wartenden ist er gekommen, denn sehet, unser Warten war nicht umsonst. Die Himmel hat er mit Wolfszähnen aufgerissen, die Mauern mit flammenden Blicken zum Schmelzen gebracht. Mit dem langersehnten Regen hat er die Schauermärchen der Erzählenden vom Pritschenrand gelöscht.

Nur noch den Arm muß er ausstrecken, und die Erde wird erbeben. Mauern und Pritschen werden bersten, der Länge nach, wie die Trompeten von Jericho vor so vielem Blasen. Wie überreife Bohnenhülsen werden sie platzen, um sich dann wieder aufzurichten. Diesmal aber ihm zum Bilde geschaffen, zum Bilde des eierförmigen Eies.

Mit allen gekrümmten Rücken, den Taufen und Abendmahlen, mit allen stillgestandenen Herzen fühle ich, wie Berge und Täler erbeben. Wir sind erlöst... Er braucht nur den Arm zu heben.

Bevor er in Rauch und Asche verreckt, flüstert Turcanu etwas ganz leise und freundlich, beinahe schon gekränkt. Es ist der letzte Schimmer, mit Reißnägeln hinter meinen fest zugemauerten und gut getünchten Augenlidern befestigt, vergilbt und brandig.

„Dein Bruder... ", so flüstert Turcanu ganz leise und vergrämt. „Dein Bruder will die Fäulnis nicht abwerfen. Hilf ihm doch wie unter Brüdern... Wie unter Zwillingen."

Das sagt er, und er weiß, was er sagt.

Es ist vollbracht.

Dritter Teil

A

Ich, der Unterzeichnete, Bandit Vasile Pop, erkläre:

Ich bin am 1. Januar 1930 in der Gemeinde Piatra-Noua (heute Staraja Petrowka), Kreis Orhei (heute Bezirk Orgejew) in Bessarabien (heute Moldauische Sozialistische Sowjetrepublik) geboren.

Die Eltern:

Die Mutter: Ana Cojoc, geboren 1907 in Hancesti (heute Kotowsk) Kreis Lapusna (heute Bezirk Kischinew). Die Familie der Mutter stammt väterlicherseits aus Adancata (heute Glubokaja), Kreis Cernauti (heute Tschernowtzy) in der Bukowina (heute freilich Sozialistische Sowjetrepublik Ukraine) und mütterlicherseits aus Arboreni (heute Charbusowka-Dnjestrowski) im ehemaligen Kreis Lapusna. Nach der Grundschule in Piatra-Noua und der Mädchenschule in Chisinau besuchte sie mehr als ein Jahr das Konservatorium (Gesang), aber da sie an Lungentuberkulose erkrankte, gab sie das Studium auf. Ein Jahr danach legte sie die Prüfungen an der Pädagogischen Lehranstalt ab und bekam eine Stelle als Lehrerin in der Gemeinde Aparece (heute Aparetschnoje), wo sie 1927 meinen Vater kennenlernte, der hier ebenfalls Lehrer war. Nach der Eheschließung wurden beide in die Gemeinde Piatra-Noua (heute Staraja Petrowka) versetzt, wo sie bis 1939 unterrichteten, bevor sie sich in die Gemeinde Albota, Kreis Fagaras (heute Bezirk Stalin), versetzen ließen, wo sie sich auch heute noch befinden.

Der Vater: Tit(us) Pop, geboren 1905 in Albota, Fagaras. Absolvierte die Pädagogische Knabenschule in Sibiu. 1926 wurde er als Lehrer in der Gemeinde Aparece, Kreis Orhei, ernannt, wo er meine

Mutter kennenlernte. Heute ist er Rektor der Grundschule in Albota. Unsere Eltern hatten vier Kinder: Leonoel, geboren 1928, verstorben ein Jahr danach; Vasile und Elisav, Zwillinge, geboren am 1. Januar 1930; Anina-Seliva, geboren am 1. Januar 1933, verstorben am 6. Dezember 1949 in Sibiu, von einem Offizier des Staatssicherheitsdienstes namens Hariton ermordet. Ich füge hinzu, daß sie zunächst von einem sowjetischen Offizier der Besatzungstruppen vergewaltigt wurde. Zu jenem Zeitpunkt war unsere Schwester Schülerin der 9. Klasse an der Mädchenschule in Sibiu. Wir, die Brüder, waren Studenten an der Universität Bukarest. Elisav studierte Mathematik, ich Philologie, beide im 3. Semester.

Ich erkläre, daß wir, die Brüder, am 13. Dezember 1949 das Haus auf der A. I. Cuza Straße 26 in Sibiu aufgesucht haben, um dort in Erfahrung zu bringen, unter welchen Umständen unsere Schwester vergewaltigt und danach ermordet wurde. In jenem Haus wurde ich vom Oberleutnant des Staatssicherheitsdienstes Csaky angeschossen und an beiden Beinen verletzt, nachdem er aus Versehen den Oberleutnant Hariton erschossen hatte. Mein Bruder ist verschwunden.

Ich wurde zu fünf Jahren verurteilt, die Begründung wurde mir nicht mitgeteilt. Nach dem Gerichtsverfahren wurde ich ins Lazarett der Haftanstalt Codlea überführt und befinde mich seit dem 31. Januar 1950 hier, in Pitesti.

Ich erkläre, daß ich keiner politischen Organisation angehört habe. Außer dem Elternhaus in Albota haben wir kein Vermögen und haben niemanden ausgebeutet.

Ich möchte deutlich machen, daß ich seit dem 13. Dezember 1949, als ich angeschossen und ohne Grund verhaftet wurde, nichts mehr von meinem Bruder weiß. Ich erwähne, daß Elisav Pop beim Prozeß nicht erschienen ist und daß ich vom Prozeß ausgeschlossen wurde, weil ich der Anklageschrift nicht zugestimmt hatte.

Ich erkläre, daß ich weder während des Verhörs noch in der Haft irgendwelche gardistische Kameradschaftshilfe erhalten oder gewährt habe. Ich erkläre, daß ich weder Gardist noch Kommunist bin, und daß ich willkürlich verhaftet und verurteilt wurde.

Ich füge hinzu, daß ich weder verheiratet noch verlobt bin. Ich habe auch keine Freundin. Mein einziger Freund, Mihai Saptefrati — Student am Bukarester Konservatorium, Meisterklasse Komposition und Orchesterleitung — befindet sich ebenfalls in Haft.

Pitesti, den 29. April 1950

VASILE POP

234

B

Ich, der Unterzeichnete, Bandit Vasile Pop, erkläre:
Ich bin am 1. Januar 1930 in der Ortschaft Staraja Petrowka, UdSSR, geboren. Meine Eltern sind Lehrer.
Die Eltern:
Die Mutter: Ana Cojoc, geboren 1907 in der Ortschaft Kotowsk, UdSSR. Ihr Vater, Pamfil Cojoc, war orthodoxer Priester in mehreren Diözesen der Moldauischen SSR und der Ukrainischen SSR, zuletzt in Staraja Petrowka. Im Jahre 1938 wurde mein Großvater nach einem Konflikt mit der Metropolie seines Priesteramtes enthoben. Die Gründe dieser Maßnahme sind mir unbekannt.
1939 kam er zu uns, nach Albota, in den Geburtsort meines Vaters, wo er der Imkerei nachging (und noch nachgeht) und sich mit der byzantinischen Kirchenmusik befaßte (und sich noch befaßt). Ich erkläre, daß er keine Rente bezieht. Sein theologisches Studium schloß er in Kiew ab (vor der Großen Sozialistischen Oktoberrevolution). Sowohl der Vater als auch der Großvater und Urgroßvater meines Großvaters waren orthodoxe Geistliche in der Gegend von Tschernowtzy. Ich erwähne, daß ein Vorfahre namens Eusebie Cojoc Berater des Wojewoden Dimitrie Cantemir war und mehrmals als Sonderbotschafter zum Zaren Peter I. entsandt wurde. Er nahm auch an den Friedensverhandlungen

von Luck teil (April 1711) und nach der Schlacht von Stanilesti folgte er Dimitrie Cantemir ins Exil nach Rußland,
wo er auch auf den von Peter I. dem rumänischen Wojewoden geschenkten Gut in Dimitrowka starb.

Ich füge hinzu, daß Großvater Pamfil der Urheber unserer
Vornamen ist. Er war der Ansicht, die Namen könnten die
Persönlichkeit ihrer Träger beeinflussen. Damit eventuelle
einseitige Veranlagungen berichtigt werden, sei es wünschenswert, die Vornamen rigoros aufzubauen, und zwar
nach dem Prinzip der Symmetrie. Das heißt, von hinten
nach vorne gelesen, müßten sie dasselbe ergeben, wie beispielsweise sein eigener Name *Cojoc*. Er wollte sogar seinen
Vornamen ändern lassen (Pamfil ist nicht „rund") und
nannte sich *Leonoel*. Das klappte aber nicht, denn Großmutter nannte ihn auch weiterhin Pamfil. Selbstverständlich
mußte der Name seiner Tochter (meiner Mutter) „rund"
sein: *Ana*. Vater hätte er nie als Schwiegersohn akzeptiert,
wenn er nicht *Pop* geheißen hätte, aber er legte ihm nahe,
seinen Vornamen abzukürzen und sich als *Tit* in die Urkun-
de einzutragen. Sein erstes Enkelkind hat er als *Leonoel* getauft, aber weder Namen noch Namensträger war Glück be-
schieden. Unser Bruder starb. Alles wurde noch komplizier-
ter, als unsere Mutter am 1. Januar 1930 Zwillinge zur Welt
brachte, aber Großvater fand eine Lösung. Der um achtzehn
Minuten ältere Junge bekam den Heiligennamen *Vasile*, der
Zwilling den Namen in der Umkehrung *Elisav*. Unsere
Schwester wurde ursprünglich *Anina* getauft, aber Großmutter Agapia hatte Einwände dagegen, weil das in bessarabischer Mundart *erhängen* bedeutet. So mußte Großvater
für sie einen anderen Namen ausfindig machen, und zwar ein
Anagramm unserer beiden Namen: *Seliva*.

Ich erwähne, daß die Familie Cojoc einst wohlhabend
war, daß aber Großvater Pamfil kein Vermögen besaß. Als
Jüngling bereits lief er von zu Hause fort und war zunächst
Jäger in Sibirien, später Walfänger und zuletzt Student der
Theologie in Kiew. Ich füge hinzu, daß er als Überlebender
eines Schiffbruchs in der Behringstraße sich kurzerhand ent-

schloß, in ein Kloster einzutreten. Auf der Fahrt nach Europa änderte er aber seinen Entschluß, trat in den orthodoxen Priesterstand und heiratete.

Was die Verwandten mütterlicherseits betrifft, habe ich lediglich Großmutter Agapia, geborene Arbore gekannt. Ihre Familie in Arboreni war wohlhabend, aber Großmutter wurde enterbt, als sie mit Großvater durchbrannte. Ich mache deutlich, daß Großmutter Agapia kränklich war und 1938 verstorben ist. Großvater begann zu trinken und wurde deshalb seines Priesteramtes enthoben.

Ich erkläre, daß ich keine anderen Verwandten mütterlicherseits persönlich gekannt habe und auch mit keinem von ihnen jemals im Briefverkehr gestanden bin.

Der Vater: Tit(us) Pop, geboren 1905, stammt aus einer armen Bauernfamilie aus Albota, Kreis Fagaras, Bezirk Stalin. Sein Vater wanderte nach Amerika aus, wo er bei einem Arbeitsunfall ums Leben kam. Vaters älterer Bruder Ion sorgte für den Unterhalt der Familie.

Ich erkläre, daß Ion Pop in der Gemeinde Albota als Kleinbauer lebt und noch nie mit dem Gesetz in Konflikt geraten ist.

Ich erkläre, daß Ion Pop irrtümlicherweise zu den Großbauern gezählt wurde, jetzt aber nicht mehr. Jener Irrtum führte zu seiner Verhaftung durch die Staatsorgane, doch bereits nach einem Jahr ist er wieder freigelassen worden.

Ich erkläre, daß Ion Pop auch im August 1949 verhaftet wurde, da man behauptete, er rate den Leuten ab, der Produktionsgenossenschaft beizutreten. Das entsprach aber nicht den Tatsachen, so daß er im November wieder auf freien Fuß gesetzt wurde.

Ich erkläre, daß Ion Pop dem Kolchos nicht beigetreten ist, da er gerade von zu Hause fort und in Untersuchungshaft war. Ich erkläre, es stimmt, daß man ihn aufgeklärt hat, aber er konnte unmöglich beitreten. Ich erkläre den Grund zu kennen: da er als Großbauer eingestuft war. Ich erwähne, daß Ion Pop auch in Sachen Abgaben verhaftet wurde, aber bereits nach einigen Monaten freikam, da er unschuldig war.

Ich, der Unterzeichnete, Bandit Vasile Pop, erkläre, daß Ion Pop Anfang Dezember 1949 erneut verhaftet wurde und daß ich die Gründe dafür nicht kenne, da ich mich damals in Bukarest befand. Ich erkläre, daß mein Vater mich am 10. Dezember darüber informierte, aber nur ganz kurz und ohne politischen Kommentar. Er sagte nur: „Jetzt haben sie Ion wieder eingebuchtet".

Ich erkläre ferner, daß Ion Pop rechtens als Großbauer eingestuft wurde, da er ständig einen Knecht auf dem Hof hatte und für bestimmte Arbeiten auch Zigeuner aus der Gemeinde Sercaia benutzte. Ich erkläre zu wissen, daß man diese Leute nicht Zigeuner, sondern Romi nennt. Ich erkläre, kein Rassist zu sein. Ich erkläre, daß Ion Pop verarmte Bauern und landwirtschaftliches Proletariat aus Sercaia ausbeutete. Ich erkläre, daß Ion Pop in den Zeiten der Bourgeoisie drei Hektar Ackerland und eine eigene Dreschmaschine besaß. Desgleichen eine Sämaschine und auch eine Mähvorrichtung (mit Pferden). All diese Produktionsmittel sind ihm vom arbeitenden Volk abgenommen worden.

Ich erwähne, daß mein Vater auch eine Schwester Letitia hatte, Schneiderin von Beruf, die ich nicht kenne. Sie ist nach Wien weggezogen, noch bevor wir uns in Albota niederließen. Ich erkläre, daß Letitia Pop während des Krieges zu Besuch da war, aber ich erinnere mich nicht an ihre politischen Kommentare. Übrigens blieb sie nur zwischen zwei Zügen da. Ich erkläre mit Nachdruck, daß wir keinen Briefwechsel mit ihr haben und auch nicht wissen, wo sie gegenwärtig wohnt.

Zur Großmutter väterlicherseits, Salomia Pop, erkläre ich, daß sie im Oktober 1944 starb, während die Rote Armee uns befreite. Sie fiel also vom Heuboden und verschied.

Ich, der Unterzeichnete Vasile Pop, erkläre, daß Salomia Pop eines natürlichen Todes gestorben ist, weil sie alt und krank war. Ich erkläre, daß es nicht wegen der sowjetischen Befreier geschah.

Die Rote Armee hatte mit ihrem Tod nichts zu tun, da sie nicht eigens für die Großmutter auf den Heuboden gestiegen war, sondern um andere Personen dort aufzustöbern.

Ich, der Unterzeichnete, Bandit Vasile Pop, erkläre, daß die Rote Armee nicht nach Weibern in der Scheune suchte, und daß Salomia Pop aus eigenem Verschulden heruntergefallen ist, da sie sehr besoffen und alt war. Ich erkläre feierlich, daß ich nie mehr Verleumdungen gegen die Sowjetunion in die Welt setzen werde, die uns doch von den Horden Hitlers befreit hat.

Zu meinem Vater Tit(us) Pop erkläre ich, daß er nach Abschluß der Pädagogischen Schule in Sibiu beantragt hat, in Bessarabien als Lehrer ernannt zu werden, um besser zu verdienen. Ich erkläre, daß er nicht nur sein Gehalt bezog, sondern auch die Schulparzelle landwirtschaftlich nutzte.

Ich, der Unterzeichnete, Bandit Vasile Pop, erkläre, daß Tit(us) Pop nach Abschluß des Pädagogischen Instituts zunächst zur Aushilfe an der Schule von Orlat, Kreis Sibiu, eingestellt war, wo er nach einem Zerwürfnis mit einem anderen Lehrer des Lehramtes enthoben wurde. Ich erwähne, daß gemunkelt wurde, er hätte mit der Frau des Rektors ein Verhältnis gehabt. Ich präzisiere, daß er intime Beziehungen zu ihr unterhalten hat. Ich erkläre, daß er den Beischlaf auch mit Schülerinnen vollzog und deswegen aus dem Schuldienst geflogen ist. Da er sich nach einiger Zeit mit dem Lehrer den er beschimpft hatte, versöhnte, wurde er wieder in den Schuldienst aufgenommen, aber nach Bessarabien strafversetzt. Ich erkläre, gelogen zu haben, um die Wahrheit zu verheimlichen. Ich erkläre, daß mein Vater die Schulkinder verprügelte und sie zwang, zur Kirche zu gehen und an den bourgeoisen Nationalfeiern teilzunehmen. Ich erkläre ferner, daß er Dirigent des Kirchenchors war. Ich erkläre, daß er sich von den Einwohnern mit Geschenken bestechen ließ und die Schulgelder für eigene Zwecke veruntreute, zum Beispiel für den Kauf eines Einspänners mit Pferd, mit dem er sich ins Nachbardorf begab, wo der Lehrer verstorben und der Unterricht ausgefallen war. Er bezog dadurch zwei Gehälter. Ich füge hinzu, daß er oft im Kloster

Curchi verweilte, um dort mit den Mönchen zu zechen und ihnen Fisch und andere Lebensmittel abzukaufen. Ich erkläre, gelogen zu haben, denn er bezahlte das alles überhaupt nicht. Zugleich erkläre ich, daß er sich regelmäßig im Kloster Tabora aufhielt, wo er mit den Nonnen Orgien feierte. Aus Tabora brachte er Konfitüre, Teppiche und andere Produkte mit, die er nicht bezahlte.

Ich erkläre, daß mein Vater während des Krieges einberufen wurde, aber aktiv hat er lediglich am antifaschistischen Feldzug teilgenommen und wurde bei Debreczin, in Ungarn, und dann auch im Tatra-Gebirge verwundet. Nach der Entlassung aus der Armee hat er an der Bodenreform mitgewirkt. Er trat der Bauernfront und sogar der Gewerkschaft bei. Zum Vermögen erkläre ich, daß wir das Haus und den Garten in Albota besitzen, insgesamt ungefähr fünfundzwanzig Ar. Ich erkläre, daß das andere Haus Großvater Pamfil gehört, der es eigenhändig gebaut hat (außer der elektrischen Anlage). Ich erkläre, daß Boris Barabanow ihm dabei behilflich gewesen ist.

Ich, der Unterzeichnete Vasile Pop, erkläre, daß meine Familie während der Bourgeoisie zwei Zugpferde und zwei Milchkühe besaß. Wir haben sie aber nicht mehr, da uns die Pferde weggenommen wurden. Ich erkläre, daß es nicht stimmt, daß man uns die Pferde weggenommen hat. Wir haben sie der Roten Armee verkauft, die uns gerade befreite, und haben dafür einen guten Preis erhalten. Was die Kühe anbetrifft, so haben wir sie für die Fleischabgabe von Ion Pop hergegeben. Ich erkläre, gelogen zu haben. Ion Pop hatte gelogen, als er böswillig behauptete, man hätte ihm Fleischabgaben abverlangt, obwohl er keine Kühe hatte. Ich erkläre, daß Ion Pop mit Tit(us) Pop übereingekommen waren, den Arbeiter- und Bauernstaat zu betrügen. Ich erkläre, daß die derzeitige Milchkuh von Ion Pop zur Hälfte uns gehört, und daß wir die Milch zum eigenen Bedarf benutzen. Ich erkläre, gelogen zu haben; wir verkauften den Überschuß an Milch zu Wucherpreisen an die armen Bauern der Gemeinde.

Ich, der Unterzeichnete, Bandit Vasile Pop, erkläre, daß mein Vater als Leutnant der Reserve auch am antisowjetischen Krieg teilgenommen hat und gleich am ersten Tag, bei der Überquerung des Pruths, verwundet wurde. Deswegen wurde er ausgemustert und aus der Armee entlassen.

Ich erkläre, gelogen zu haben. Mein Vater war am antisowjetischen Krieg auch auf sowjetischen Boden beteiligt, bei den Kämpfen in der Umgebung unseres heimatlichen Dorfes Piatra-Petrowka. In der UdSSR.

Ich erkläre, gelogen zu haben, denn mein Vater hat am antisowjetischen Feldzug auch auf sowjetischen Boden teilgenommen und ist mit der königlichen Invasionsarmee bis in den Kuban vorgerückt. Ich glaube nicht, daß er Kriegsbeute gemacht hat. Ich erkläre, es wäre durchaus möglich, daß er es getan hat. Ich erkläre, daß er allerlei Gegenstände sowjetischer Herkunft nach Hause brachte. Ich erkläre, es wäre durchaus möglich, daß er am Diebstahl der Straßenbahnen von Odessa beteiligt war, weil er darüber sprach. Ich erwähne, daß er einen Antonescu-Orden bekam, aber ich erkläre, diesen nie gesehen zu haben und weiß auch nicht, wer ihn verliehen hat. Ich erkläre, daß es „Michael der Tapfere", die höchste Kriegsauszeichnung, war.

Ich, der Unterzeichnete, Bandit Vasile Pop, erkläre, daß die 1946 in unserem Haus von Albota gefundenen Waffen nicht meinem Vater gehörten, sondern daß ich sie gefunden habe, dort wo die sowjetischen Truppen einquartiert waren, die sie im Oktober 1944 zurückgelassen hatten (im Umkreis der Gemeinde Sercaia). Ich erkläre, diese Waffen nicht entwendet, sondern gefunden zu haben. Ich erkläre, daß das schwere Maschinengewehr mir verkauft wurde von einem Sold... Ich erkläre, gelogen zu haben, denn kein sowjetischer Soldat hat es mir für zwei Flaschen Schnaps verkauft, wie ich böswillig behauptet habe, sondern ich habe es aus einem Waffendepot gestohlen. Ich erkläre, daß ich die leichten Waffen im Garten verbuddelt und das schwere MG geölt und in den Brunnen versenkt habe. Ich erkläre, daß Elisav Pop nichts davon wußte. Ich erkläre, daß ich die Waffen sofort den zuständigen Behörden abliefern wollte, aber ich hatte Angst, verhaftet zu werden, wie alle anderen die so vorgegangen waren. Ich erkläre, daß obwohl einige die Waff... Ich, der Unterzeichnete, Bandit Vasile Pop, erkläre, gelogen und die Volksmacht und die Rote Armee verleumdet zu haben, denn keiner, der die Waffen in der vorgeschriebenen Frist ablieferte, hat die Härte der demokratischen Gesetze zu spüren bekommen.

Elisav Pop war am 13. Dezember 1949 unbewaffnet, denn auf mein Verlangen hatte er mir seinen Revolver gegeben. Ich erkläre, ihm die Waffe abverlangt zu haben, damit sich diese nicht aus Versehen löst. Ich erkläre, damit sagen zu wollen, daß die Waffe von selbst auf die Mitarbeiter der Volkssicherheit losgehen konnte. Ich erkläre, von solchen Fällen gehört zu haben, aber es sind nur Verleumdungen gegen das Volk.

Ich erkläre, keinerlei Verbindungen zu den Terroristen in den Bergen oder von sonstwo gehabt zu haben. Ich erkläre, daß Silviu Sofron aus der Gemeinde Fantana uns keinerlei Waffen gezeigt und auch nicht behauptet hat, irgendeine zu besitzen. Ich erkläre, daß er erklärt hat, einen Revolver im Garten vergraben zu haben, aber er zeigte ihn uns nicht, da alles verschneit und der Boden zugefroren war. Ich erkläre, mit Sofron über keinerlei politische Probleme gesprochen zu haben, sondern nur den Fall unserer Schwester, die vergewaltigt und ermor   Ich erkläre, nicht anwesend gewesen zu sein als   Ich erkläre, daß ich es nicht von Silviu Sofron erfahren habe. Ich erkläre, daß Silviu Sofron aber von den Ereignissen in Sibiu am 6. Dezember erfahren hatte. Ich erkläre, daß er es uns erzählte, da er zugegen gewesen war.

Ich, der Unterzeichnete, Bandit Vasile Pop, erkläre, gelogen zu haben, daß Sofron zugegen war, um nicht sagen zu müssen, woher ich es wußte und die Schuld auf einen Verstorbenen zu schieben, der zufällig seiner Herzinsuffizienz erlegen ist.

Ich, der Unterzeichnete, Bandit Vasile Pop, erkläre, es

von Nicolae Medrea aus der Gemeinde Danes erfahren zu haben, der sich im Keller des Hauses einer Tante eingemauert befindet. Ich erkläre, die genaue Anschrift nicht zu kennen, da es dunkel war und die Mutter der Brüder Medrea uns dorthin führte. Ferner erkläre ich, daß Nicolae Medrea bewaffnet war. Er hatte einen Revolver, den er uns anbot, damit wir den Sicherheitsoffizier Hariton umbringen, weil er unsere Schwester ersch

Ich erkläre, nicht anwesend gewesen zu sein, so daß ich nicht weiß, wer unsere Schwester umgebracht hat. So aber erzählte uns Medrea. Ich erkläre, daß es durchaus möglich ist, daß Nicolae Medrea gelogen hat, und daß jemand anders sie ermordet hat, um die Volkssicherheit zu belasten. Und die Rote Armee, die uns vom faschistischen Joch befreit hat.

Ich, der Unterzeichnete, Bandit Vasile Pop, erkläre, daß ich Elisav Pop den Revolver gab, den ich ihm abgenommen hatte, bevor er das Haus auf der Cuza Straße 26 in Sibiu betrat. Ich erkläre, daß in jenem Haus die Brüder Medrea zur Miete wohnten, während unsere Schwester sich im Internat befand. Ich erkläre, daß sie sich dort versammelt hatten, um Sankt Nikolaus zu feiern. Ich erkläre, daß sie nicht dort waren, um Orgien zu feiern. Ich erkläre, nicht dabei gewesen zu sein, aber ich weiß es, da ich unsere Schwester kannte, die sich auf so etwas nie eingelassen hätte. Ich erkläre, daß Seliva unberührt und keusch war und keine Abenteuer hatte. Übrigens war sie noch keine sechzehn Jahre alt.

Ich, der Unterzeichnete, Bandit Vasile Pop, erkläre hiermit, daß es durchaus möglich sei, daß sich die Sache anders abgespielt hat.

Ich erkläre, daß Elisav auf niemanden geschossen hat, da der Revolver bei mir war und ich erst später hinzustieß. Er gehörte keiner politischen und keiner terroristischen Organisation an. Er erzählte keine politischen Witze. Ich erkläre, es zu wissen, denn er hat keinen Humor. Ich erkläre, nicht zu wissen, ob ich Humor habe. Ich erkläre, daß der Offizier Hariton ersch

Ich, Vasile Pop, erkläre, nicht zu wissen, wer den Offizier Hariton erschossen hat.

Ich, der Unterzeichnete, Bandit Vasile Pop, erkläre hiermit, den Sicherheitsoffizier Hariton erschossen zu haben. Ich erkläre, ihn erschossen zu haben, da auch er Se

Ich, der Unterzeichnete, Bandit Vasile Pop, erkläre, gelogen zu haben, um die Staatsorgane irrezuführen. Nicht ich habe ihn erschossen. Ich erkläre, daß ich ihn hätte erschießen können. Ich erkläre, es wäre durchaus möglich, daß den Offizier Hariton irgendein versteckter Terrorist erschossen hat. Ich erkläre, es wäre durchaus möglich, daß Elisav Pop in die Berge zu den Terroristen geflüchtet ist.

Gardistische Kameradschaftshilfe: Ich, der Unterzeichnete, Bandit Vasile Pop, erkläre, mehrmals gardistische Kameradschaftshilfe erhalten zu haben und zwar:

Bei der Staatssicherheit von Sibiu haben mir zahlreiche Mithäftlinge geholfen. Da ich sehr krank war, habe ich aber ihre Namen nicht behalten. Ich erwähne, daß ich sie nie gesehen habe, da es dort dunkel war. Ich erkläre, daß ein bessarabischer Lehrer aus der UdSSR, dessen Namen ich nicht kenne, mir am meisten bei der Verrichtung der Bedürfnisse half. Ich erkläre, nichts anderes zu wissen, als daß er eine Baßstimme hatte und mir versicherte, ich werde wieder gesund, noch bevor die Amerikaner kommen. Ich erkläre, gelogen zu haben. Er hieß Dorogan. Oder auch Borogan. Oder vielleicht Orogan.

Freiwillig und ohne Zwang erkläre ich auch, daß ebenfalls dort, mir in verschiedener Weise der Leutnant der Staatssicherheit Dragan geholfen hat. Er gab mir Zigaretten und ermutigte mich, Widerstand zu leisten, denn — wie er sagte — bald werden die Amerikaner kommen. Ich erwähne auch den Oberleutnant Csaky, ebenfalls in Sibiu, der sich anbot, meinen Eltern einen Brief von mir zukommen zu lassen. Er gab mir Zigaretten und sogar

Ich, der Unterzeichnete, Bandit Vasile Pop, erkläre, gelogen zu haben, um die Organe zu kompromittieren. Weder Dragan noch Csaky haben mir irgendwelche gardistische

Kameradschaftshilfe geleistet, sondern ich wurde sogar von ihnen sehr schlecht behandelt. Das heißt, gut. Wollte sagen, daß sie mir nie den Schieber gaben, wenn ich es verlangte, und auch nicht rechtzeitig den Verband wechseln ließen. Ich erkläre, daß sie die richtige Einstellung gegenüber einem Volksfeind hatten.

Auf dem Transport. Ich erkläre, daß während der Überführung von Brasov nach Bukarest mit dem Gefangenenwaggon, die Häftlinge politische Witze rissen, aber ich weiß nicht, wie sie hießen, da ich krank war und von dort, wo man mich hingelegt hatte, nichts sehen konnte. So hörte ich zum Beispiel einen, den die anderen „Herr Minister" nannten, wie er den großen Stalin verunglimpfte, ihn ein *Schwein* und einen *Verbrecher* schimpfte und ihn anklagte, uns in Jalta verkauft zu haben.

Ich, der Unterzeichnete Vasile Pop, Schwein und Verbrecher, erkläre, gelogen zu haben. Jener Minister fluchte auf Churchill und nannte ihn ein *Schwein* und einen *Verbrecher*, da er, das Schwein, uns in Jalta an den großen Stalin verkauft hatte, den er ebenfalls einen *Verbrecher* nannte.

Auf dem Transport von Bukarest nach Pitesti. Ich erkläre, in verschiedener Weise Hilfe bekommen zu haben. Gardistische Kameradschaftshilfe leisteten mir folgende: Alfred Fuhrmann, Octavian Apolzan, Sextil Barsan, Grigoras (kenne seinen Vornamen nicht) und Gabriel Damaschin. Sie pflegten meine Wunden (Barsan, Apolzan und Damaschin, die Medizinstudenten sind), waren mir ferner bei der Verrichtung meiner Bedürfnisse behilflich und trugen mich auf den Armen vom Bahnhof bis zur Haftanstalt (Apolzan, Stefanescu, Grigoras, Fuhrmann und Barsan). Ich erkläre, daß ich in der Kellerzelle, wo ich für einen Monat verlegt wurde, Gardistenhilfe als verbale Ermutigung erhalten habe. Im Sinne, daß meine Wunden heilen würden. Von allen Kollegen erhielt ich diese Hilfe, Constantin Balan ausgenommen.

Ich erkläre, daß Gabriel Damaschin mich bereits in der ersten Nacht darauf hingewiesen hat, daß in Pitesti Ungewöhnliches geschieht. Ich erkläre, nicht zu wissen, woher er das wußte, aber wir hörten alle einen sehr lauten Schrei, der uns aus dem Schlaf riß und uns beunruhigte. Ich erkläre, daß die Häftlinge fast einstimmig der Meinung waren, dieses Gebrüll könne nur von außerhalb der Haftanstalt kommen. Ich erkläre aber, daß Gabriel Damaschin mir zuredete, mich gleich am nächsten Tag zu melden und meine Verlegung zu beantragen, da ich verletzt war, und mir nicht einmal die Ketten abgenommen wurden. Ich erkläre, daß Damaschin mir ungefähr folgendes sagte: ,,Berichte und bestehe darauf, daß man dich von hier wegbringt, in ein Krankenhaus, denn hier geschehen schreckliche Dinge". Ich erkläre, daß er mir nicht gesagt hat, was für schreckliche Dinge er meinte, und auch nicht, woher er das wußte.

Ich erkläre, daß Adolf Fuhrmann der größte Reaktionär in der Zelle ist, der ständig die große Sowjetunion und den großen Stalin verspottet. Über letzteren   Über den großen Stalin sagte er, der sei ein Wegelagerer gewesen und hätte eine kürzere Hand (die linke?), und daß der Volksmund schon recht hätte, vor den *Gezeichneten* zu warnen. Er sagte, auch Roosevelt sei *gezeichnet* gewesen. Ich erkläre, daß er in diesem Fall recht hatte, denn Roosevelt war Amerikaner.

Ich erkläre, nicht zu wissen, wo sich Adolf Fuhrmann gegenwärtig befindet.

Ich, der Unterzeichnete, Ganove Vasile Pop, erkläre, gelogen zu haben. Ich weiß, daß Fuhrmann zufällig verunglückt und gestorben ist   Ich erkläre zu wissen, daß er schwer herzleidend war. Ich erkläre, gelogen zu haben, als ich einem verunglückten Verstorbenen die böswilligen politischen Witze zuschrieb, die ich selber vor der ganzen Zelle erzählt habe.

Mihai Saptefrati: Ich erkläre, ihn seit ungefähr zehn Jahren, noch vom Gymnasium in Sibiu zu kennen, wo wir Klassenkameraden waren und im selben Internat wohnten. Ich erkläre, nicht zu wissen, wo er sich zwischen dem 28. Juni 1940 und dem 22. Juni 1941 befunden hat und auch nicht, ob er die sowjetische Staatsangehörigkeit besaß. Ich erkläre, daß er aus der Moldauischen SSR stammt, aus dem Bezirk Orgejew, Gemeinde Scorteni (heutige Benennung ist mir unbekannt). Ich erkläre, daß Saptefrati während der Schulzeit tendenziöse politische Witze erzählte. So hat er zum Beispiel behauptet, daß die Rote Armee sich von der Goldenen Horde nur dadurch unterscheide, daß sie (die Rote Armee) im Quartengesang marschiere.

Ich erkläre, daß Saptefrati sich auf die Tatsache bezog, daß in der russischen Musik die Quarte das kennzeichnende Intervall ist. Ich erkläre, die mongolische Musik nicht zu kennen, aber ich nehme an, daß dort die Quinte das kennzeichnende Intervall ist. Ich erkläre, niemanden mit dem Namen Jussuf Dschafer persönlich zu kennen und auch nicht von ihm gehört zu haben. Ich erkläre, nie von der Absicht der Dobrudscha-Tataren gehört zu haben, eine Republik zu gründen, zu der auch die Krim gehören sollte. Ich erkläre, nie einen Tataren gekannt zu haben und auch nie durch die Dobrudscha gereist zu sein.

Ich erkläre, daß Mihai Saptefrati in den Westen gehen wollte, um dort Musik zu studieren. Ich erkläre, daß er auch uns gefragt hat, ob wir nicht im Westen studieren möchten, aber Elisav erwiderte ihm, daß die rumänische Mathematikschule sehr gut sei. Ich antwortete ihm, daß man rumänische Literatur in Rumänien studieren muß. Ich erkläre, gesagt zu haben, vielleicht doch, nachdem wir unser Hochschulstudium beenden.

Ich erkläre, daß Saptefrati nicht die Absicht hatte, nach Deutschland zu reisen, da — wie er behauptete — die Deutschen in letzter Zeit nur Märsche in Terz- und Sextintervallen produzierten. Ich erkläre, daß die Terz das häufigste Intervall der deutschen Musik ist, und daß die Sext auch eine Terz in der Umkehrung sein kann. Ich erkläre, daß zum Beispiel das Intervall C-E eine Terz ist und das Intervall C-A eine Sext, aber wenn man C als Ausgangspunkt betrachtet und A um eine Oktave erhöht wird, also in der Umkehrung, dann wird die Sext eine Terz (genauso wie die Terz in der Umkehrung eine Sext ergibt). Ich erkläre, die ersten musikalischen Begriffe von meiner Mutter gelernt zu haben, dann spielte ich während der Schulzeit im Fanfarenzug und auch in einem Kammerorchester. Ich erkläre, sowohl Klavier als auch die meisten Blasinstrumente zu spielen. Ich erkläre, daß ich das Englischhorn nicht beherrsche. Ich erkläre, daß Saptefrati sämtliche Instrumente spielt, sogar die volkstümlichen, aber daß er ohne Instrumente komponiert. Ich erkläre, daß er das absolute Gehör besitzt. Ich erkläre, daß ich nicht über das absolute Gehör verfüge. Ich erkläre, daß wir ein Klavier zu Hause hatten.

Ich, der Unterzeichnete, Bandit Vasile Pop, erkläre, daß wir zu Hause einen Flügel der Marke „Bösendorfer" hatten. Ich erkläre, daß er im Stall steht, mit Heu bedeckt. Ich erkläre, daß wir ihn im Herbst 1944 vor der Roten Armee versteckt haben.

Ich, der Unterzeichnete, Bandit Vasile Pop, erkläre, gelogen zu haben, denn die Rote Armee eignet sich keine Klaviere an.

Ebenfalls zu Saptefrati. Er wollte in Frankreich Musik studieren. Er sagte, in einer zweiten Phase des Studiums muß gelernt werden, was und wie nicht getan werden darf. Er meinte, die Franzosen hätten eine so miserable Musik, daß man schon an Ort und Stelle lernen müßte, wie Musik nicht sein soll. Ich erkläre, die französische Musik nicht so gut zu kennen, aber ich glaube, daß Saptefrati übertrieben hat. Ich erkläre, er hat nie behauptet, er möchte unbedingt nach Italien. Ich weiß nichts über Verbindungen zum Vatikan. Ich erkläre, daß er sich auch für Kirchenmusik interessiert, besonders für die russi   für die sowjetische. Ich erkläre, mich geirrt zu haben; nicht für die sowjetische, sondern für die russische. Genauer gesagt, zaristische.

Ich erkläre, daß Saptefrati nie zur Kirche ging, weder in Sibiu noch in Bukarest. Jeden Sonntag besuchte er am Vormittag die Konzerte im Athenäum.

Beurteilung. Ich erkläre, daß Mihai Saptefrati im Grunde gut und verwertbar ist. Er hatte manche unrichtige Einstellung, aber ich glaube, das rührt von seiner Schilddrüsenkrankheit her. Als Schwächen zähle ich auf: die Musik, das Essen und die Weiber.

Ich stelle fest: er ist kein Hurenbock, das heißt, er hat keinen besonderen Erfolg bei den Mädchen. Wahrscheinlich wegen der Musik, die seine ganze Zeit in Anspruch nahm.

Ich erkläre, daß er eine Freundin hatte, daß sie aber nach einigen Tagen auseinandergingen, weil Saptefrati nur über Musik sprach und sich mit ihr nur sonntagvormittags, im Konzertsaal des Athenäums verabredete.

Ich erkläre, daß Saptefrati Vollwaise ist. Ich erkläre, nicht zu wissen, an welcher Front sein Vater gefallen ist.

Julia Verdes: Ich erkläre, sie bei den Vorlesungen im Herbst 1948 kennengelernt zu haben, da wir Kommilitonen waren. Sie ist Mitglied des Kommunistischen Jugendverbandes. Wir trafen uns bei den Vorlesungen, gelegentlich sind wir auch im Park spazierengegangen. Wir waren zusammen im Kino. Ich erkläre, daß wir nie über politische Probleme gesprochen haben. Ich erkläre, daß wir keine sexuellen Beziehungen hatten. Ich erkläre, daß sie nicht

Ich, der Unterzeichnete, Bandit Vasile Pop, erkläre, nicht zu wissen, ob Julia Verdes unberührt ist.

Ihr wahrer Name ist Chicarosie, und sie wurde von der Familie Verdes adoptiert. Ich erkläre, daß ihre gesamte Familie (Chicarosie) jenseits des Pruths, das heißt in der Moldauischen SSR, geblieben ist, und zwar nach dem 28. Juni 1940, als die Rote Armee auf der Pruth-Brücke den Flüchtlingsstrom abfing. Während einer Rast vor der Brücke stieg Julia aus, um mit dem Mädchen eines Nachbarn zu spielen, dessen Familie sich im Wagen davor befand. Als der Treck weiterfuhr, stieg Julia in diesen Wagen, und er war der letzte, der noch über die Brücke kam. Julia fand ihre Familie nicht mehr und wurde von einem Schreiner aus Urziceni, namens Verdes, adoptiert. Ich erkläre, nicht zu wissen, welche politische Gesinnung Verdes hat, und warum sie sich nicht einen anderen Namen ausgesucht hat. Ich erkläre, daß die Familie Chicarosie freiwillig in der UdSSR blieb, um dort den Sozialismus in der Heimat des Sozialismus aufzubauen.

Ich, der Unterzeichnete, Bandit Vasile Pop, erkläre, daß ich Julia Verdes sexuelle Beziehungen vorgeschlagen habe, sie aber abgelehnt hat. Unter dem Vorwand, erst nach der Eheschließung. Ich erwähne, daß ich ihr nie die Ehe vorgeschlagen habe. Ich berichtige: ich habe ihr die Ehe vorgeschlagen, aber nur um sie zu mißbrauchen.

Ich erkläre, daß Julia in Bukarest, bei der Familie Manta wohnt und zwar auf der Luptatori Straße 18, zusammen mit zwei anderen Studentinnen aus Urziceni, beide an der Medizinischen Fakultät. Ihre Namen kenne ich nicht, aber ich weiß, daß die Brünette Adela ist, und die Sommersprossige Lena heißt. Ich kenne weder deren politische Gesinnung noch ihre gesellschaftliche Abstammung. Ich erkläre, daß Lena sehr wohl Pfarrerstochter sein könnte, da sie mir ein Osterei angeboten hat. Lena Dumitriu ist mehrmals mit Mihai Saptefrati zum Konzert ins Athenäum gegangen, aber sie haben sich dann getrennt. Ich erkläre, daß Saptefrati sie gebeten hat, keine rote Bluse mehr zu tragen, sie aber abgelehnt hat. Ich erkläre, es gibt, meiner Ansicht nach, keine politische Erklärung dafür, denn Saptefrati sagte Lena nur, daß Rot allen Sommersprossigen nicht stehe. Ich erkläre, daß Elena Dumitriu Sommersprossen hat und rothaarig ist. Ich erkläre, nicht zu wissen, ob sie unberührt ist.

Pantelimon Popescu-Roman: Ich habe ihn in den ersten Wochen meines Studiums persönlich kennengelernt und alle Studenten wußten, wer er war. Ich erkläre, über ihn gehört zu haben, er sei der größte rumänische Logiker der Gegenwart. Er verkaufte schöngeistige Bücher aus seiner persönlichen Bibliothek. Sämtliche Bücher — zumindest die von mir gekauften — trugen die handgeschriebenen Widmungen der Autoren an ihn. Ich erkläre, mich an diese Autogramme nicht mehr zu erinnern, aber ich habe Bücher von Lovinescu, Ion Barbu, Iorga, sowie Murnus Übersetzung der Ilias und der Odyssee gekauft. Ich erkläre, daß ich Popescu-Roman öfters in seiner schäbigen Kabuse unter der Treppe besucht habe. Ich erkläre, daß er dort nicht nur Bücher, sondern auch eine Matratze und einen Spirituskocher hatte. Ich erkläre, nicht zu wissen, wo er seine Bücher untergebracht hatte. Ich erkläre ferner, daß ich ihm ein paarmal Speck und eingelegtes Schweinefleisch gebracht habe. Ich erkläre, daß ich diese Lebensmittel von zu Hause, von meinen Eltern hatte. Ich erkläre, erfahren zu haben, daß er als „Bolschewist" verhaftet und in das Internierungslager von Targu-Jiu gesteckt worden ist. Popescu-Roman hat aber mehrmals über das Regime geflucht, und als ich ihm einmal vorschlug, sich an Gheorghiu-Dej, den Generalsekretär der Partei zu wenden, mit dem er doch in Targu-Jiu gesessen hatte, antwortete er mir, er möchte mit dem Mann Moskaus nichts zu tun haben. Ich erkläre, daß er mir seinen zahnlosen Mund zeigte und behauptete, die Zähne wären ihm vom Staatssicherheitsdienst eingeschlagen worden, und daß ein Regime, das Bücher verbrennt und Zähne einschlägt, das Schicksal der Nazis haben werde. Ich erkläre, daß er nicht ausdrücklich „das kommunistische Regime" sagte, aber darauf anspielte. Ich erkläre, daß ich von seiner Verhaftung im Oktober 1949 von zwei Zivilisten erfahren habe, die mich ausfragten, ob ich von seinen Verbindungen zur Britischen Botschaft Kenntnis hätte. Ich erkläre, daß ich in seiner Kabuse unter der Treppe weder Gold noch Goldmünzen oder Waffen gesehen habe. Ich erkläre, daß ich nicht unter der Matratze nachgeschaut habe, da wir beide darauf saßen und ganz leise sprachen, damit uns nicht diejenigen hörten, die in Popescu-Romans ehemalige Wohnung eingezogen waren. Ich erkläre, es nicht genau zu wissen, aber man hörte sie Russisch und Ungarisch sprechen, Sprachen, die ich nicht verstehe.

Boris Barabanow, genannt *Artimon*: Ich habe ihn in Großvaters Haus kennengelernt. Er ist Mönch gewesen, aber ich weiß nicht in welchem Kloster. Ich erkläre, daß er nach der Großen Sozialistischen Oktoberrevolution zunächst nach Paris ging, wo er als Solist in einem Restaurant-Chor, danach als Kraftfahrer arbeitete. Ich erkläre, nicht genau zu wissen, was ein „Restaurant-Chor" ist. Nach Rumänien kam er als Fahrer eines österreichischen Diplomaten, der bei der Donau-Kommission in Sulina akkreditiert war. Ich weiß nicht, wo Großvater ihn traf, aber da war er plötzlich bei uns, in Piatra. Ich erkläre, daß während der Priesterzeit meines Großvaters, Artimon sein Diakon gewesen ist. Über seine Familie ist mir nichts bekannt, und ich weiß auch nicht, ob er zaristischer Offizier war. Ich erkläre, daß er sich für einen Fürsten ausgab.

Ich erkläre, den Ursprung des Geldes, mit dem die Holzkirche in Albota gebaut wurde, nicht zu kennen. Schon möglich, daß es Artimons Geld war, denn Großvater hatte keines. Beide waren bereits ein Jahr vor uns in Albota, und als wir dort ankamen, war die Kirche fertig, man stellte gerade die Orgel auf. Ich erkläre, mich an sie erinnern zu können: sie war ganz aus Holz, sehr hoch, von Leuten aus dem Maramures in deren heimatlichen Stil errichtet. Ich erkläre, keine Ahnung zu haben, welche Firma die Orgel geliefert hat, aber ich glaube, es war eine deutsche Firma. Ich erkläre, daß es noch eine andere Kirche im Dorf gab, aber die Einwohner waren unierte Katholiken. Außerdem war Großvater seines Priesteramtes enthoben und durfte nicht die Messe lesen. Ich glaube auch, die Leute kamen wegen der Orgel. Nur sächsische Kirchen in Siebenbürgen haben so etwas und der Gottesdienst der beiden war weder orthodox noch katholisch oder protestantisch. Großvater sang rumänisch, während Artimon die Responsorien auf Kirchenslawisch vortrug, an der Orgel Bach und Buxtehude spielte und mit seiner Trompete Jazzmusik zum Besten gab. Ich erkläre, daß die Kirche keine Glocken hatte, aber Artimon stieg in den Kirchturm und blies auf seiner Trompete. Meistens war es der „Zapfenstreich".

Ich erkläre, daß die Leute um die Kirche herumstanden, aber nicht hineingingen. Daß heißt, sie zahlten kein Geld und gaben auch nicht Almosen.

Ich erkläre, daß die Kirche im Herbst 1944 abbrannte, als die sowjetischen Truppen dort vorbeizogen und daß Artimon kurz danach an seinen Brandwunden starb. Ich erkläre, daß nicht die sowjetischen Soldaten die Kirche in Brand gesteckt haben, wie böswillig behauptet wurde. Ich erkläre, daß, im Gegenteil, die Soldaten der Roten Armee sich mutig und aufopfernd an der Löschung des zufälligen Brandes beteiligten, und daß viele drinnen ihr Leben ließen, da sie sich noch oben an der Orgel befanden. Die Treppe muß wohl abgebrannt und eingestürzt sein, und so kamen sie nicht mehr hinunter. Ich erkläre, es ist eine Unwahrheit, daß sie besoffen waren.

Ich erkläre, daß wir, die drei Geschwister, zu jenem Zeitpunkt — Oktober 1944 — in Sibiu zur Schule gingen, und daher nicht Zeugen dieses Vorfalls waren.

Mihai Saptefrati: Ich erkläre, mich erinnern zu können, daß er mir einmal sagte — als wir beide noch glaubten, ich würde in ein Krankenhaus verlegt werden —, ich möchte doch Elisav Pop Grüße von ihm ausrichten, falls ich freigelassen werde. Ich erkläre, es wäre durchaus möglich, daß er von Anfang an wußte, wo sich mein Bruder Elisav Pop versteckt hielt.

C

„Heute ist Vasile Pop an der Reihe, seinen Lebenslauf zu erzählen. Zum dritten Mal. Hoffentlich wird er wenigstens diesmal absolut aufrichtig sein."

„Ich, der Unterzeichnete Vasile Pop, bin 1930 als Sohn einer Dorfschullehrerfamilie geboren. Väterlicherseits stammen die Vorfahren meiner Mutter aus dem Gebiet von Cernauti und waren allesamt orthodoxe Priester. Zweieinhalb Jahrhunderte ausschließlich Popen, von einer Generation zur anderen, als letzter Pamfil Cojoc, der Vater meiner Mutter. Nun ist die unheilvolle Rolle der Kirche im allgemeinen, und der orthodoxen Kirche im besonderen sehr wohl bekannt. Mit Fug und Recht bezeichnete Karl Marx die Religion als das Opium der Völker.

Die Sippe Cojoc hatte aber einen ungewöhnlich schlechten Ruf. Einer meiner Vorfahren, namens Petru Cojoc, war zunächst Räuber. Wohlgemerkt, kein gerechter Freischärler, sondern ein richtiger Wegelagerer, denn er raubte nicht nur die Wohlhabenden aus, sondern auch, und mit Vorliebe sogar, die Notleidenden, denen er den letzten Heller und das letzte Rind abnahm. Und wenn er glaubte, das erbärmliche geraubte Vieh nicht schnell genug vermarkten zu können, wißt ihr was er tat? Er schlachtete es sofort, an Ort und Stelle! Die Cojoc-Bande — alle kannten sie unter diesem Namen — spielte aber eine abscheuliche Rolle zu Beginn des 18. Jahrhunderts. Es ist bekannt, daß 1703 im ungarischen Siebenbürgen der Aufstand der Kurutzen gegen das Herrscherhaus der Habsburger ausbrach. Cojoc und seine Banditen verdingten sich als Söldner der reaktionären Kräfte, die erst von Mihaly Szava, später von Samuel Bethlen angeführt wurden. Nach den Niederlagen von Beclean und Dej flüchtete Cojoc mit seiner Bande in die Bukowina, aber unterwegs beging er eine Schandtat, die in der Geschichte unvergeßlich und unverzeihlich bleiben wird. Er lockte Pintea den Tapferen, den gerechten Freischärler, in den Hinterhalt und lieferte ihn dem Henker aus. Gegen Bezahlung, versteht sich. Kurz danach wurde Cojoc selber von den Österreichern gefaßt und wegen Raubmord zum Tode verurteilt. Er entging aber seiner Hinrichtung, indem er zum Katholizismus übertrat!

Ein Sohn dieses Petru Cojoc, namens Eusebie, ebenfalls Pope, verriet 1691 Constantin Cantemir an die Polen, und nur so gelang es schließlich Jan Sobieski, die Festung Neamt einzunehmen. Eusebie Cojoc schmeichelte sich also bei Constantin ein, dem Sohn des Wojewoden Dimitrie Cantemir, und nahm im Frühjahr 1711 in Luck an der Unterzeichnung des Beistandspaktes zwischen dem Fürstentum Moldau und Rußland teil... "

„Hör mal, Vasile Pop, hast du nicht etwa Geschichte studiert?"

„Nein, nur Sprachwissenschaft. Aber Geschichte gefiel mir auch."

„Das merkt man. Gut... Weiter also."

„Ich fahre fort. Der Beistandspakt von Luck wurde für den gemeinsamen Kampf gegen das Osmanische Reich abgeschlossen, für die Befreiung der Balkanvölker vom türkischen Joch. Unglücklicherweise konnte dieser Pakt nicht mehr in die Tat umgesetzt werden, denn Eusebie Cojoc befand sich schon längst im Dienste der Hohen Pforte und hatte Schmiergelder von Nicolae Mavrocordat erhalten. Die Niederlage der russisch-moldauischen Truppen bei Stanilesti im Sommer 1711 war einzig und allein die Folge des Verrats von Eusebie Cojoc. Die verheerenden Folgen davon sind allgemein bekannt. Dimitrie Cantemir, dieser große Gelehrte von europäischem Ruf, dieser große rumänische Literat, dieser große Freund unseres großen östlichen Freundes mußte des Landes fliehen, und im Exil in das gastfreundliche Rußland gehen. Peter I. wurde in die peinliche Lage versetzt, den Frieden von Vadul Husilor zu schließen, wodurch die Moldau den Türken abgetreten wurde und somit ihre Unabhängigkeit verlor. Wie man weiß, war Stanilesti nicht nur eine verlorene Schlacht, sondern zugleich Auftakt der fanariotischen Herrschaft über die Moldau, später auch über die Walachei, deren Herrscher Nicolae Mavrocordat wurde. Eine Herrschaft der vornehmen griechischen Familien aus dem Stadtteil Fanar von Konstantinopel, die das Leid des ohnehin bereits durch die Bojaren und den örtlichen Klerus gnadenlos ausgebeuteten Volksmassen erheblich verschlimmerte. Andererseits hat die Niederlage von Stanilesti der aktiven russisch-moldauischen Freundschaft und Zusammenarbeit einen harten Schlag versetzt. Und dies alles nur durch den Verrat des Popen Cojoc, meines Ahnen!

Mein Großvater Pamfil Cojoc hat sämtliche Merkmale seiner Vorfahren geerbt. Habgierig, heuchlerisch und faul, ein Saufbold und Wüstling, vertritt er beispielhaft jene Popen, die jahrhundertelang das arbeitende Volk unmittelbar ausbeuteten und aushungerten, und die Unwissenheit und den Hang zum Aberglauben des Volkes voll ausnutzten. Jenes armen Volkes, das die Ausbeuter absichtlich in der Finsternis seines Daseins beließen. Und der gefährlichste aller Aberglauben ist doch bekanntlich das Christentum. Nicht umsonst hat Karl Marx die Religion als eine Art Opium für das ausgesaugte und unwissende Volk bezeichnet...

... Zur Habgier meines Großvaters möchte ich ein Beispiel anführen: Er begnügte sich nicht, die Gaben einfach anzunehmen, er forderte sie den Leuten ab, er zwang sie buchstäblich dazu. Er hatte seine eigene ,Gebührenordnung', wie etwa ein gemästetes Schwein für jede Taufe, ein Kalb für jede Hochzeit, ein Schaf für jede Beerdigung, einen Truthahn für jede Totenmesse. Wer nicht zahlen wollte oder konnte blieb ungetraut und ungetauft, was eigentlich nicht so schlimm gewesen wäre. Aber sie blieben auch unbeerdigt! Obwohl er ein ungeheuerlicher Freßwanst war — und das war er, wahrhaftig! — konnte mein Großvater mit seiner Familie dennoch nicht alles aufzehren, was er da zusammenraffte, so daß er das meiste Vieh und Geflügel einem Händler verkaufte. Dieser kam aber nur monatlich, manchmal auch nur alle zwei Monate vorbei, und so hatten die armen Bauern auch noch die ,Gaben' zu versorgen. Und der Pope Cojoc führte über alles genauestens Buch, man konnte ihn unmöglich überlisten. So hat er also auf Kosten des armen Volkes ein beträchtliches Vermögen ergattert.

Jetzt erzähle ich über einen anderen Hang der Popen: Es gab unter den Frauen wohl wenige Gläubige, an denen sich der Pope Cojoc nicht vergriffen, oder die er nicht sonstwie ausgebeutet hätte. Jede Gelegenheit war ihm willkommen, so etwa, wenn die Männer zur Arbeit, zum Jahrmarkt oder zur Wehrpflicht fort mußten. Die Frauen leisteten ,Gemeinschaftsarbeit' für die Kirche, stickten, flochten und webten, während der Ertrag der verkauften Handtücher, Blusen und

Teppiche in die Taschen des Popen floß. Wenn der Pope Cojoc auf das eine oder andere Weib scharf war, dann schickte er die Betreffende zu einer Witwe namens Paraschiva, in deren Haus Orgien gefeiert wurden. Der Pope Cojoc schreckte aber auch nicht davor zurück, seine widerlichen Gelüste selbst im sogenannten ‚Haus des Herren' zu befriedigen, in der Kirche also. Ich habe ihn persönlich mehrmals dabei ertappt, und wißt ihr wo? Beim Altar, hinter der Ikonostase! Ich mache deutlich, daß er besonders minderjährigen Mädchen die ‚Beichte' auf diese Weise abnahm, indem er sie anlog, daß die ‚heilige Beichte' nur so und nicht anders anfängt oder auch endet, je nachdem. Wegen seiner Umtriebe nahmen sich ungefähr zwanzig Mädchen das Leben, da sie schwanger geblieben waren. Ihr wißt ja, wie das auf dem Lande ist...

Nachdem er sich mit dem Weißgardisten, mit dem Konterrevolutionären Barabanow, auch Artimon genannt, zusammengetan hatte, nahmen die Gelage und Ausschweifungen kein Ende mehr. Mit diesem ehemaligen Offizier des Zaren und fürstlichen Großgrundbesitzer pilgerte er mindestens einmal die Woche zum Nonnenkloster Tabora, das für seine Orgien bekannt war. Ich weiß, daß an diesen Orgien sogenannte Prominente teilnahmen, Abgeordnete, Präfekten, Schulinspektoren und Offiziere, insbesondere von der Gendarmerie. Ich weiß genau, daß auch der Metropolit und sogar der Patriarch dort verkehrten. Mehrmals war auch der sogenannte König Karl II. dort zu Besuch.

Es muß gesagt werden, daß dieser Barabanow mit der sogenannten Freiwilligen-Armee Denikins gegen die Rote Armee gekämpft hat und dabei plünderte, was ihm unter die Finger kam — Juwelen, Gold, Wertgegenstände, ja sogar Ikonen. In Rumänien hat er das ganze Diebesgut verschachert und mit dem Geld eine Kirche gebaut. Nicht eine Schule oder ein Krankenhaus, die so bitter gebraucht wurden, nein, eine Kirche! Ich füge hinzu, daß diese Kirche sehr viel gekostet hat, da sie mit einer Orgel ausgestattet war, die man eigens dafür im Nazi-Deutschland in Auftrag gab. Selbstverständlich sollten auch in diesem sogenannten ‚Haus des Herrn' Zechgelage und Orgien stattfinden. Es war eine glückliche Fügung, daß es während einer Sauferei mit Weibern abgebrannt ist...

... Mit einem Trunkenbold und Schürzenjäger als Vater, der sich kaum zu Hause blicken ließ, und mit einer kränklichen Mutter, der es an Persönlichkeit fehlte, wuchs Ana Cojoc, meine Mutter, ohne elterliche Fürsorge auf. Als sehr junges Mädchen ging sie bereits ständig aus dem Haus und kehrte manchmal erst nach einigen Tagen heim. Als sie gerade zwölf war und mit gleichaltrigen Freundinnen im Fluß badete, wurde sie mit den anderen von den Mönchen des Klosters Curchi überfallen und vergewaltigt. Ich erwähne, daß zehn von diesen Mädchen vor Schande Selbstmord begingen... Ihr wißt ja, wie das auf dem Lande ist.

Als Gymnasiastin bekam sie ein uneheliches Kind, das aber nicht überlebte. Dafür hatte Großvater schon gesorgt. Dann mußte sie ihr Studium am Konservatorium aufgeben. Nicht aber, weil sie Schwindsucht hatte, sondern wegen eines Verhältnisses mit einem Lehrer. Als sie meinen Vater kennenlernte, war sie übrigens wieder schwanger, und Großvater zahlte meinem Vater eine großzügige Abfindung, nur damit er sie sofort heirate und das Kind anerkenne. Arm, wie er eben war, hat mein Vater eingewilligt, zumal auch er kein unbeschriebenes Blatt war. So hatte er eine Schülerin verführt und wurde deswegen seines Lehramtes enthoben. Aus dem späteren Gezänk meiner Eltern ging hervor, daß auch wir, die Zwillinge, nicht von ihm, sondern von einem Offizier der Gendarmerie waren. Und denselben Quellen zufolge war auch Seliva die Tochter Artimons.

Und nun zu meinem Vater...

... Nun zu mir.

Mit solchen Eltern und solcher Erziehung, kein Wunder, daß auch ich zu einem typischen Produkt der modernen bourgeoisen Gesellschaft wurde. Das Lernen gefiel mir überhaupt nicht, aber in der Grundschule war ich stets der Erste. Nichts überraschendes, waren meine eigenen Eltern doch die

Lehrer! Auch auf der höheren Schule war ich der Erste, da meine Eltern wöchentlich nach Sibiu kamen, vollbeladen mit Geschenken für die Lehrer, den Direktor und die Inspektoren.

Ich erinnere mich, in meiner Kindheit stets ein sadistisches Vergnügen daran gehabt zu haben, in den Schulpausen vor meinen Kollegen die feinsten Leckerbissen zu futtern, während die anderen aus ihren Bettelsäckchen ein vertrocknetes Stückchen Maisfladen hervorholten. Oft hatten sie nicht einmal das... Manchmal tat ich so, als würde ich irgendeinem dieser bedürftigen Kinder etwas reichen, und wenn einer die Hand ausstreckte, schlug ich ihn mit der Faust. Ich erinnere mich sehr gut an einen üblen Scherz. Ich schenkte einem armen Bauernkind einen schönen und großen Apfel, ganz leuchtend rot. Er wollte es einfach nicht glauben, denn es war zum ersten Mal, daß ich überhaupt etwas schenkte. Als er aber in den Apfel biß... Wißt ihr, was ich getan hatte? Ich hatte den Apfel ausgehöhlt und ihn mit Kuhmist gefüllt! Als ich es meinem Vater erzählte, meinte er nur, es wäre schon richtig so. Man müsse doch diesem Pack das Betteln abgewöhnen!

Obwohl es mir zu Hause an nichts fehlte, klaute ich leidenschaftlich. Mehrmals habe ich einem Bettler das Kleingeld aus der Mütze gestohlen... Und wißt ihr, was ich damit tat? Ich warf es in den Gully! Ich klaute also nicht, weil ich es brauchte, sondern nur so, aus purer Bosheit.

Ich folterte leidenschaftlich gern die Kleineren und Ärmeren. Ich wagte aber nicht, mich mit den reichen Kindern anzulegen, deren Eltern hohe Tiere waren. Im Grunde genommen war ich ein Feigling. Ich erinnere mich, wie ich einen Arbeitersohn mit Petroleum übergoß und ihn anzündete... Nur so, um mich zu amüsieren. Der Junge litt furchtbar und starb auch, während ich lachte.

Am meisten gefiel es mir, die Mädchen zu quälen, besonders diejenigen aus ausgebeuteten Familien. Ich lockte sie in irgendeine einsame Ecke, indem ich ihnen Essen, Glasperlen oder Buntstifte versprach. Dann verprügelte ich sie. Erst verband ich ihnen den Mund, dann schlug ich zu, so fest ich konnte.

Einmal lockte ich die Tochter unseres Schuldieners in die Falle. Sie war meine Klassenkameradin, sehr schön und auch sehr fleißig. Natürlich war ich aber immer der Klassenerste. Ich konnte sie nicht ausstehen, da sie klug und aufrichtig war. Zudem hatte ich erfahren, daß ihr Vater der verbotenen Kommunistischen Partei angehörte. Ich wußte, daß sie ständig hungrig war, und fragte sie, ob sie nicht gerne Lammbraten essen würde. Sie sagte ja, und ich holte den Teller hervor. Ich stellte ihn auf den Fußboden und befahl ihr, niederzuknien und mit den Händen auf dem Rücken, wie aus dem Schweinetrog zu fressen. Sie lehnte es ab, und da schlug ich sie heftig mit dem Riemen und drückte sie mit dem Gesicht in die heiße Grütze... "

„Ich entlarve Vasile Pop! Zuerst hat er Lammbraten gesagt, dann Grütze! Er soll sich entscheiden!"

„Entscheide dich, Vasile Pop. Habt ihr, die Betuchten, Grütze gegessen? Was war das denn für eine Speise?"

„Es war Reis. Ein Hühnerfrikasse mit Reis und Pilzen... Aber es war sehr heiß."

„Gut. Mach weiter."

„Ich fahre fort. Ich nötigte sie also, wie aus dem Schweinetrog zu fressen. Hinterher mußte sie Kniebeugen machen, bis sie umfiel. Ich nutzte die Gelegenheit aus, stieg mit den Füßen auf sie und... "

„Ich entlarve ihn! Er lügt! Er soll uns sagen, was er ihr angetan hat... aber anderswie! Anderswie und richtig!"

„Die Einwände später, wenn wir den gesamten Lebenslauf analysieren... Weiter, Vasile Pop."

„Ich fahre fort. Nachdem ich sie also wild vergewaltigt hatte, tat ich noch etwas. Ich schnitt eine Paprikaschote der Länge nach auf und steckte sie ihr in die Scheide. Ich ritzte ihre Brüste auf, streute Salz darauf, zog die Paprikaschote wieder heraus und gab sie ihr zu essen. Dabei beschimpfte ich sie als Bolschewistin... "

„Schon gut. Jetzt zu deiner politischen Gesinnung."

„Meine politische Gesinnung. Obwohl ich keiner politischen Gruppierung angehörte, war meine Einstellung stets reaktionär. So glaubte ich, zum Beispiel, der König sei gut und gerecht, er liebe Land und Volk. So wurde mir in der Schule und zu Hause gesagt. So glaubte ich zum Beispiel an Gott, an Jesus Christus, an das Märchen mit Maria, Jungfrau nach der Geburt... und lauter solches hahnebüchene Zeug. Warum wohl? Weil es mir in der Schule, zu Hause und in der Kirche eingetrichtert wurde. So war ich den Agrariern und den Liberalen im festen Glauben zugetan, sie wären tatsächlich vom Volke gewählt und hätten Groß-Rumänien geschaffen, ja gar demokratische Reformen durchgesetzt. Nur darüber wurde in unserer Familie gesprochen. Kein Sterbenswörtchen indessen über die überragende Rolle der Rumänischen Kommunistischen Partei und der Sowjetunion beim Aufstand der breiten Massen zur Befreiung vom Joch, auf dem Wege zum leuchtenden Gipfel der sozialistischen Gesellschaft, die dem Kommunismus entgegengeht. So war ich auch den Sozialdemokraten und den anderen Lakaien des kapitalistischen Imperialismus nicht ungewogen. Ich entsinne mich noch, wie ich weinte, als ich von Codreanus Tod erfuhr, und wie ich mich freute, als die Gardisten an die Macht kamen, um die Kommunisten und die Juden zu liquidieren. Mehr noch, ich war einfach empört, daß Antonescu nicht die rumänischen Juden an die Deutschen ausliefern wollte, damit sie in Auschwitz verbrannt würden... Wie es, zum Beispiel die Ungarn machten. Unter den verschiedensten Vorwänden habe ich daher zahlreiche jüdische Familien aus Sibiu über die Grenze, in den nördlichen, von Ungarn besetzten Teil Siebenbürgens hinübergeschleust. Einige Familien, die ich nicht den Ungarn ausliefern konnte, habe ich selbst zum Schlachthof getrieben und dort an der Zunge aufge... "

„Jetzt zur Studienzeit."

„Während der Studienzeit haßte ich die Kommunisten, weil sie uns das Gut weggenommen und an die Bauern verteilt hatten. Weil sie die Fabrik verstaatlicht hatten... Ihr müßt nämlich wissen, daß meine Mutter durch Erbschaft in den Besitz einer ‚Bösendorfer'-Klavierfabrik gekommen war. Ja, ich haßte die Kommunisten, weil sie uns aus den Häusern vertrieben hatten, besonders aus unseren Villen in Sinaia und Eforie. Weil sie uns Abgaben an den Staat aufgezwungen hatten. Wie ich nun mal erzogen war, konnte ich unmöglich verstehen, daß diese Güter — die Ländereien, Betriebe, Häuser, Teppiche, Klaviere, die Mühle, das Auto — alle dem arbeitenden Volk gestohlen worden waren, das wir irregeführt hatten, mit sogenannten Gesetzen, die nur den Ausbeutern zugute kamen und das Volk unterdrückten. Jenes Volk, das vom frühen Morgen bis spät in die Nacht materielle und geistige Güter produziert. So erklärt sich auch, daß ich in meinem blinden Haß gegen das Volk und die Arbeiterklasse beschloß, mich zu den Terroristen in die Berge zu schlagen und diejenigen zu meucheln, die ihr Blut für das Wohl der Vielen hergaben. Deswegen habe ich die Waffen ausgegraben und bin in die Berge gezogen. Zum Glück haben die Staatsorgane mein kriminelles Vorhaben vereitelt! Sie verhafteten mich, und nun bin ich da, im Knast, wo sie allesamt hingehören, die Feinde des Volkes, die Banditen, die...“

„Schon gut. Jetzt zu deiner Verlobten Julia Verdes.“

„Meine Verlobte Julia Verd... Sie ist gar nicht meine Verlobte, sondern viel schlimmer noch... Doch laßt mich erklären. Ich lernte sie bereits in der ersten Woche unserer Studienzeit kennen, und wir wurden gute Freunde. Als ich aber erfuhr, daß sie aus dem gesunden Arbeitermilieu kam und obendrein noch Mitglied des Kommunistischen Jugendverbandes war, beschloß ich, ihr mit allen nur möglichen Mitteln Leid zuzufügen. Ich nutzte ihre, für die Arbeiterkinder typische Naivität aus und versprach ihr heuchlerisch die Ehe, auch daß wir zusammen in den Westen, nach Paris gehen würden, wo ich einen Onkel zu haben vorgab. So entehrte ich sie. Doch damit nicht genug, in meinem Haß gegen die Arbeiterklasse und den Kommunistischen Jugendverband zwang ich sie zur Prostitution. Selbstverständlich wehrte sie sich heftig dagegen, aber ich griff zu einer Methode, die ich in einem bürgerlichen Buch gefunden hatte, wo die Art und Weise beschrieben war, in der Exponenten der kapitalistischen Gesellschaft ehrliche Mädchen aus dem Volk zu einer Ware, zum Kaufobjekt im Bordell machen. Unter dem Vorwand, ihre Liebe zu mir unter Beweis stellen zu wollen, brachte ich eine richtige Straßendirne zu mir nach Hause und ging, in Julias Anwesenheit, mit ihr ins Bett. Ich erwähne, daß ich Julia Verdes vorher ans andere Bett festgebunden hatte, damit sie nicht vor dieser grauenhaften Vorstellung den Reißaus nimmt. Dann gab ich der Dirne einen Haufen Geld, damit es auch Julia sieht... Natürlich war es eine abgekartete Sache, denn ich hatte mit der Prostituierten vereinbart, daß sie mir Dreiviertel der Summe zurückgibt. Dann sagte ich zu Julia: ‚Siehst du, wieviel dieses Mädchen in einem Viertelstündchen verdient hat? Dabei ist sie weder so schön noch so jung wie du! Wenn du mich also wirklich liebst − wie du es doch behauptest −, dann mach es wie sie, denn wir brauchen viel Geld, um jemanden zu bezahlen, der uns über die Grenze schleust.' Selbstverständlich hat Julia es abgelehnt. Erstens wollte sie das Land gar nicht verlassen, sondern in Rumänien den Sozialismus aufbauen, und zum zweiten, wie konnte sie ihren Körper verkaufen? Ich ließ mich aber nicht entmutigen, und benutzte Alkohol und Drogen. Ich zwang sie, alles zu schlucken, um ihren Widerstand zu brechen. Manchmal fesselte ich sie ans Bett und brachte die Kunden, die ich in Wirtshäusern, oft sogar auf der Straße auftrieb. Sie vergingen sich bestialisch an Julia. Gegen Bezahlung, versteht sich. Ich erwähne noch, daß ich ihnen das Geld im voraus abnahm und stets dabei war, denn ich hatte ein unheimliches Vergnügen zuzusehen, wie diese sie peinigten. Oft beteiligte ich mich auch an diesen unbeschreiblichen Schandtaten, und wenn ein Kunde fertig war, zwang ich ihn, nochmals zu zahlen. Mit der Behauptung, er hätte es übersehen. Wer es ablehnte, wurde von mir grausam gefoltert. Ich nahm ihm das ganze Geld ab und warf ihn einfach auf die Straße. Ich erwähne

noch, daß ich diese schmutzige Tätigkeit auch im Unterge-
schoß der Hochschule ausübte, wobei ich den Studenten einen Preisnachlaß gewährte... Da es sehr viele waren, verdien-
te ich ganz schön dabei. Selbstverständlich bekam Julia keinen Heller davon, obwohl ich ihr wenigstens einen Winter-
mantel hätte kaufen müssen, da sie keinen hatte... "

„Schon gut. Was hast du mit dem Geld getan?"

„Das Geld... Ach ja, das Geld habe ich verloren! Genauer,
es wurde mir in der Straßenbahn geklaut. Eines Tages... "

„Schon gut. Jetzt zu deiner Schwester."

„Zu meiner Schwester. Meine Schwester... Meine Schwester Anina-Seliva, die hatte eine andere Einstellung als ich.
Sie war sehr gutmütig und bescheiden, daher war sie mit
uns, den anderen, oft zerstritten. Sie lief von zu Hause weg,
da sie mit der ganzen Atmosphäre, mit unserer Lebensweise
nicht einverstanden war... Und sie war auch sehr schön."

„Gut. Da sie nun sehr schön war, und du auch wußtest,
daß ihr nur Halbgeschwister seid, hast du 's nicht auch mit
ihr versucht? Wenn sie schon von zu Hause abhaute, konnte
sie ja keine Heilige sein. Dazu noch mit einer solchen Familie, mit einem Vater wie dieser Barabanow... "

„Nicht doch! Seliva war sehr... Übrigens starb sie, denn
die Guten sterben, während die Schlechten weiterleben. Wie
ich, die Fäulnis! Ich gebe zu, daß ich an sie dachte, und sogar mit dem Gedanken spielte... Öfters schaute ich durchs
Schlüsselloch, wenn sie badete, manchmal war's auch in der
Toilette. Wißt ihr, ich habe starke lasterhafte Veranlagungen, krankhafte sogar. Einmal, als ich stockbesoffen war...
Wißt ihr, ich war Alkoholiker, aber seit meiner Verhaftung
hat sich mein Zustand gebessert... Ich habe also einen Versuch gemacht, aber sie meinte, ich will sie brüderlich umarmen, wie immer, und sie küßte mich, so daß ich mich sehr
schäm... Nein, ich wurde wütend und schlug sie, ich brach
ihr ein Bein... "

„Schon gut. Und dein Bruder?"

„Mein Bruder... Mit Elisav hab' ich mich nie gut verstanden, wir zankten uns pausenlos, prügelten uns... Alles nur

meine Schuld, denn ich war eifersüchtig auf ihn, da er mir anmutiger, intelligenter, großzügiger vorkam. So gerbte ich ihm das Fell. Einmal habe ich ihm ein Metzgermesser in den Leib gestoßen, daß er fast draufgegangen wäre, weil es die Leber erwischt hatte... Eines Nachts versuchte ich, ihn im Schlaf zu erwürgen, aber feige wie ich bin, bekam ich's mit der Angst zu tun. Ich haßte ihn immer schon, weil die Eltern ihn mehr liebten als mich. Eigentlich liebten sie nur ihn allein und behandelten mich wie einen Fremden. Er bekam die feinsten Speisen, ich nur die Reste... Kein Wunder, daß ich ihn nicht ausstehen konnte. Sooft sich die Gelegenheit bot, rächte ich mich an ihn. Ich erinnere mich, wie die Eltern ihm einen neuen Anzug gekauft hatten, mir aber seinen abgetragenen und verschlissenen gaben. Mit der Schere zerschnitt ich ihm die Hose, Jacke und Weste. Ein andermal steckte ich seine neuen Schuhe in den Backofen, wieder ein andermal... Als Student hatte ich nichts anderes im Sinn, als ihm die Freundinnen abspenstig zu machen... Er hatte nämlich Erfolg bei den Mädchen, ich aber nicht. So habe ich ihm zum Beispiel die Verlobte ausgespannt, wie das so heißt, und bin mit ihr ins Bett gegangen. Danach hab' ich ihr die Locken weggeschnitten, weil sie rotes Haar hatte und ich die Kommunisten haßte... "

„Ich entlarve Vasile Pop! Er lügt!"

„Die Einwände zum Schluß, wie ich sagte."

„Er lügt aber, Herr Levinski! Das rothaarige Mädchen habe ich Elisav Pop ausgespannt, und nun spannt Vasile Pop sie mir angeblich weg! Elisav war doch unsterblich in sie verliebt. Er wollte sie heiraten, und ich hab' sie ihm ausgespannt! Ich hab' auch Beweise. Sie heißt Elena Dumitru, ist Medizinstudentin und wohnt auf... "

„Ich entlarve Mihai Saptefrati! Er lügt, obwohl er behauptet, längst schon umerzogen zu sein! Er hat keinen blassen Schimmer, daß ich lange noch vor ihm dieses Mädchen Elisav ausgespannt habe! Ich kann es beweisen, wenn nötig... "

„Ich entlarve beide! Beide lügen, beide haben ihre Fäulnis noch nicht abgeworfen! Besonders Vasile Pop, der die ganze

Zeit gelogen hat! Seit heute Morgen lügt er pausenlos, und er lügt, ohne mit der Wimper zu zucken! Nichts ist wahr von dem was er über sich erzählt hat! Die Leckerbissen in der Schulpause, das Mädchen mit dem Paprika, Julias Prostitution, die Sache mit unserer Schwester auf der Toilette und sein Versuch, mit ihr ins Bett zu gehen, nichts von all dem ist wahr! Ich hab' das alles getan, diese Untaten gehören mir, Elisav Pop. Er hat mir alles gestohlen, ausgespannt... Ich entlarve Vasile Pop, der ein Bandit ist, ein Krimineller, ein Heuchler! Ich entlarve ihn! Ich entlarve ihn! Ich entlarve ihn!... "

„Wunderbar! Dann kommt doch mal hierher, ihr beiden, in die Mitte der Zelle, und entlarvt euch schön, ja? Wie unter Brüdern... Aber im wahrsten Sinne des Wortes, verstanden? Ihr reißt euch jetzt gegenseitig die Masken vom Gesicht! Mit Zähnen und Klauen... Ausführen!"

Letzter Teil

„Keiner spricht mehr!"

Ich erstarre, wie immer schon. Die Stimme kam von rückwärts, er sitzt dort irgendwo, hinter meinem Rücken, mit dem Rücken zu mir. Ich kenne aber seine Mütze, sein Nashornkinn, seinen Blick, der plötzlich einen Stich ins Gelbliche bekommt. Vor allem aber seine rauhe Stimme.

Die Fäulnis beginnt aus mir herauszufließen.

Wie immer schon, erstarrt der Kaffee in meiner Tasse, die Kreise an seiner Oberfläche sind wie versteinert und sogar der Tropfen, den der fallende Zuckerwürfel herausgeschleudert hat, hängt starr in der Luft. Unbeweglich klebt der Rauch der Zigarette wie eine Schlinge um den Hals der Kundin am Nachbartisch, zu meiner Linken. Sicherlich eine Bestie und Verbrecherin, die mit ihrem Vater ins Bett gekrochen ist und hinterher ihre Tochter gezwungen hat, ohne Löffel aus der Schüssel zu schlabbern. Ihr Platinarmband läßt keinen Zweifel darüber bestehen, daß sie eine Straßendiebin ist, die westliche Rundfunksender hört, vielleicht sogar *Free Europe*. Und dazu ihr Mundgeruch... Aber warte nur!

Wie immer schon ist auch die Serviererin erstarrt, während das Tablett ihren Händen entgleitet. Zu Boden ist aber nichts gefallen, weder Tassen noch Eisschalen. Nicht einmal die Wassergläser bewegen sich. Bestimmt eine Verbrecherin, diese Kellnerin, eine, die Kuchen mit Zyankali vergiftet und hinterher behauptet, der Klassenfeind sei es gewesen. In diesem Augenblick meint sie wohl, dem gerechten Volkszorn zu entkommen, nur weil sie unentwegt grinst. O nein! Sie wird die Arbeiterklasse nicht mehr an der Nase herumführen, denn wir wissen genau, daß sie diese Klasse zutiefst haßt und sie heimlich sabotiert, unterwandert, ihre ehrliche Seele vergiftet, die eine gerechte Welt aufbauen will, ohne... Aber warte nur!

Erstarrt ist auch der Kahlkopf vom Tisch gegenüber, mit seinem Glas Himbeersaft an den Lippen. Schräg über der Brust hängt ihm das Spruchband: WER REDET, DER TUT ES NUR EINMAL!

Dieser Bandit, diese verbrecherische Bestie! Würde ich mich jetzt ein wenig anstrengen und meine Erinnerungen durchforsten, so fände ich schon irgendwo seine Visage. Nicht unbedingt in Pitesti, aber sicherlich in Gherla, in Aiud oder im Kellergeschoß des Innenministeriums. Sicherlich würde ich sie wiederfinden, diese Fäulnis aller Fäulnisse. Ich kenne ihn ja nur zu gut, denn er hätte heute eine Glatze gehabt, wenn er damals nicht gesungen hätte. Man singt ja nur ein einziges Mal, ein zweites gibt es nicht mehr. Man hätte sie ihm in den Rachen zurückgestopft, die Worte des Noch-nicht-Kahlköpfigen, es sei denn, sie hätten ihm damals, so ungefähr sieben Jahre vor den Worten des jetzt Kahlköpfigen, eine Kugel in den Nacken gejagt, oder gar den Bolzen eines Schlachthammers, wie einem Ochsen auf der Schlachtbank. So wird nämlich im Gefängnis von Jilava hingerichtet, denn es geht ohne Krach, scheinbar ohne Blutspuren, und der Bolzen kann ohnehin nichts mehr erzählen... Aber warte nur!

Ich rücke, so gut es meine steifen Beine erlauben, den Stuhl etwas ab, ganze fünf oder sieben Zoll, bis die Rückenlehne die Wand berührt. Der Zigarettenrauch löst sich vom Hals der Bestie zu meiner Linken und schlängelt sich zur Decke empor. Es schlängelt sich zwischen den Tischen auch die Serviererin, die Bestie mit dem Zyankali, das Tablett ist ihr nicht aus den Händen geglitten. Es ist jetzt leer, das Tablett. Die Verbrecherin mit ihrem stinkigen *Free Europe* lutscht geräuschvoll das Eis vom Löffelchen, während der kahlköpfige Ganove an seinem rosafarbenen Glas weiternippt. Er wagt es sogar, aufzustehen, um sich vom unbesetzten Nachbartisch einen Aschenbecher zu holen.

Ich komme von meinem Stuhl nicht hoch. Dort und vor langer Zeit war es noch einfach, denn man mußte sich nicht vor Zuschauern in acht nehmen. Ihre Aufgabe war ja, dich zu beobachten und zu beschnüffeln, vielleicht auch an der Fäulnis teilzuhaben, die du zu ihrer Erlösung abgeworfen hattest. Und deine Aufgabe wiederum war, ihnen mit deinem Wesen die leuchtende Zukunft vor Augen zu führen, ihnen zu beweisen, wie leicht doch aus ihnen die Fäulnis herausspritzen kann, wenn sie sich nicht umerziehen lassen... Aber warte nur!

Zum Glück habe ich, zerknüllt wie gewohnt, meinen Regenumhang in der Aktentasche. Jetzt sogar, an diesem Julitag in Bukarest. In der Aktentasche steckt auch die Zeitung, die ich wie üblich bei drei Tassen Kaffee und zehn Zigaretten durchlesen wollte, um zu erfahren, wer da noch das Zeitliche gesegnet hat, besonders aber, wer eine Schüssel gegen etwas einzutauschen gewillt wäre, das ich abgeben könnte, da es bei mir mit dem Napf überhaupt nicht so klappen will.

Zunächst erhebe ich mich also ein ganz klein wenig und schiebe die gefaltete Zeitung zwischen Hosenboden und Polstersitz, damit wenigstens keine sichtbaren Spuren zurückbleiben, denn gegen den Geruch kann ich nichts mehr tun. Ich werfe das Mäntelchen über die Schultern, damit es den Fleck auf der Hose bedeckt, und dann, nichts wie weg! Den Geldschein lasse ich ungewechselt neben der unberührten Tasse und mache mich aus dem Staub, mit einem schwerfälligen Zirkelgang und angehaltenem Atem, als ob sie und nicht ich... Aber warte nur!

Vor dem Cafe sind es wie üblich erst drei Schritte nach

rechts, wonach ich mit Bedacht meinen Spazierstock umkreise, den ich in den vor Hitze aufgeweichten Asphaltboden gebohrt habe, um dann in die entgegengesetzte Richtung zu schreiten.

Er kennt ja meinen Weg und erwartet mich an der Biegung, obwohl das hier draußen keine Rolle mehr spielt, und man auch die unberührte Tasse Kaffee nicht unbedingt bezahlen muß. Wie ich jetzt in die entgegengesetzte Richtung schreite, nach links also, sind es bis zu mir genau 856 Schritte mehr, aber er erwartet mich eben dort, an der Straßenecke, obwohl man ihm vor mehr als zwanzig Jahren eine Kugel in den Nacken gejagt hat. Zurückgeblieben sind seine Mütze, sein widerliches Kinn, vor allem aber jenes Keinerspricht-mehr, womit ich nun schon seit dreißig Jahren schweige.

An der Apotheke mache ich halt, überquere die Straße und kehre auf dem anderen Bürgersteig zurück, denn jetzt geht es mir nicht um die Schrittzahl. Er erwartet mich nämlich überall, nah und fern, hüben und drüben. Hier draußen ist es nicht mehr so wichtig wie drinnen, wo man für die Zuschauer seinen stehengelassenen Kaffee bezahlen muß. Dort drinnen, ja, dort war es damals einfach, denn man mußte seine Fäulnis nicht in den Hosen mit sich herumschleppen, unter dem Regenmantel an glühend heißen Julitagen durch die Straßen von Bukarest. Man konnte sie, diese Fäulnis, dort und damals auf der Stelle loswerden. Schade nur um dieses Cafe, wohl schon das fünfte bislang, denn es war das ruhigste und sauberste von allen, mit seiner Serviererin, die nie vor meiner verstümmelten Visage zurückgeschreckt war, als ob sie blind gewesen wäre. Eine Verbrecherin sicherlich... Aber warte nur!

Wie üblich erwartet er mich vor dem Hauseingang, auf der gegenüberliegenden Straßenseite und ruft mir zu:

„Wer redet, der tut es nur einmal!"

Ja doch, ich weiß es! Wie könnte ich es auch nicht? Ich kenne ihn doch bestens und habe wirklich nichts vergessen. Die Sattelnase, das unverkennbare Kinn, besonders aber jene

Stimme, deren Klang die Welt im Morgengrauen des ersten Tages erstarren läßt. Nach meinem jetzigen Alter zu urteilen — der ich damals dem Genickschuß entkommen bin —, dürfte er jetzt so um die Sechzig sein, aber für mich hat er nicht einmal jene Vierzig, die er erreicht hatte, als er hingerichtet wurde, sondern immer noch sein Alter von damals, von Pitesti.

Sobald ich also in mein Zimmer bin, wasche ich sorgfältig den Napf aus — da ich noch immer keine richtige Schüssel gefunden habe —, stelle ihn mitten im Zimmer auf den Tisch, damit ihn alle gut sehen können, und schabe gründlich Fäulnis in den Napf. Da meine Knie immer noch nicht zu einem Kniefall taugen, lege ich mich auf den Bauch und erhebe mich auf den Armen. Ich hoffe nur, daß es noch eine Zeitlang gut geht, denn ich bin schon ziemlich aus der Übung.

„Nehmt, esset, denn das ist mein Leib!"

Die Arme zittern, aber sie verlassen mich nicht. Sie lassen meinen Oberkörper zum Kelch herabsinken, und ich nehme den Leib. Wie üblich wird der erste Bissen wie von einer Feder zurückgeschleudert, die sich vermutlich in meinen Knien befindet.

„Der Mensch ist das wertvollste Kapital!" ermutige ich mich wie üblich beim ersten erfolglosen Versuch, und hole dann gewissenhaft das Mißlungene nach.

Wie üblich will es aber nicht klappen, so daß ich vom wertvollsten Kapital auf den leuchtenden Gipfel des siegreichen Sozialismus umschalte. Umsonst indessen. Umsonst beschwöre ich aus ganzem Herzen die Absicht, die bürgerliche, mystische und kriminelle Fäulnis abwerfen zu wollen. Umsonst wünsche ich mir sehnlichst, auch die letzte Maske herunterreißen zu können, um ein neuer Mensch in einer neuen Gesellschaft ohne Ausbeuter zu werden. Umsonst hämmere ich mir ein, daß ich so und nur so frei sein werde.

Ich flehe um Aufschub, um eine Schonfrist. Sicherlich sind meine Arme daran schuld, da sie aus der Übung sind. Ich werde aber von vorne anfangen und mich umziehen.

Ich krieche auf den Tisch, stehe dort oben stramm und warte ab. Er läßt aber nicht locker, denn er steht dort, hinter meinem Rücken, und schreit mit gewaltiger Stimme:

„Alles niederschreiben!"

Ich werfe mich wieder auf den Bauch, mit dem Gesicht in die Schüssel, die ich noch gar nicht habe. Es geht aber auch aus dem Napf. Ja, jetzt geht es. Mit Hemmungen zwar, aber die Umerziehung erfolgt eben so, zwei Schritt vorwärts und einen rückwärts. So schreite ich also voran zum höchsten Gipfel des siegreichen Kommunismus, auf dem Lande und in den Städten, siegreich in der ganzen Welt.

Ich bin fertig und lecke den Napf schön aus. Auch der Tisch wird gesäubert. Er ist immer noch da, keine zwei Schritte hinter meinem Rücken, und er ist zufrieden, daß weiß ich genau. Mit der Rechten wird er mir die Pfote drücken, mit der Linken über die Schulter klopfen.

„Wunderbar!" sagt er. „Jetzt setz dich mal an den Tisch und schreibe. Alles sollst du niederschreiben!"

Ich klettere vom Tisch hinunter, greife zum erstbesten Stück Papier und schreibe.

„Ich, der Unterzeichnete, Bandit Vasile Pop... "

„Aber auch alles niederschreiben, ja?" wiederholt er und sein Atem brennt mir im Nacken.

Ich blicke mich nicht um und will auch nicht sehen, wer da gesprochen hat. Wer anders konnte das sein?

So schreibe ich also nieder. Alles.

Ich, der Unterzeichnete, der Bandit, der auch euer Bruder und Mitgenosse an der Trübsal ist und am Reich und an der Geduld, die uns eigen sind, war auf der Insel, die da heißt Pitesti, um des Wortes vom Anfang der Zeiten und eurer Erlösung willen, und hörte hinter mir eine große Stimme wie eine Posaune.

„Was du siehest, das schreibe in ein Buch und sende es!"

Ich, der Unterzeichnete, der Bandit, euer Bruder, wandte mich um, zu sehen nach der Stimme, die mit mir redete, und sah, daß es zur Hälfte gut war und sagte: Es werde Ei! Und es geschah also und ich sah, daß es gut war und es ward der erste Tag vom Ende.

„Ein Wahnsinniger bist du! Ein Verrückter, der seine Wahnvorstellungen niedergeschrieben und sie den Bestien von drüben geschickt hat! Du bist aber nicht so verrückt, um ihnen keine Preis abzuverlangen, oder? Wieviel Dollar macht das denn, wieviele Silberlinge, du Judas? Für diesen halben Wahnsinn haben wir schon unsere The-ra-pie. Bis dahin sag uns aber, wo die anderen Exemplare sind... Das erste hast du dieser Bestie von Saptefrati gegeben. Dieses da, das wir geschnappt haben, dürfte wohl der dritte oder fünfte Durchschlag sein, wenn nicht sogar der siebte, nach der verwischten Schrift zu urteilen. Wo sind also die anderen Exemplare? Wo hast du sie überall verteilt?"

Ich bin Pop, mein Bruder, der auf der Maschine ohne Durchschlag tippt, das dritte Exemplar bereits, wenn nicht sogar das siebte, denn wer nach mir kommt, war vor mir da.

„Welche anderen?" frage ich

„Jetzt stell dich nicht so an! Ich bin doch seit vierzig Jahren in diesem Beruf und weiß, wer verrückt ist und wer nicht, wann er es ist und wann nicht. Verrückt warst du als du diese Verleumdung des Regimes und der Staatsorgane getippt und verbreitet hast. Jetzt aber, wenn du dem Volkszorn zu entgehen versuchst, bist du es keineswegs. Bevor wir dir also eine The-ra-pie wie in der Bukarester Nervenheilanstalt Nr. 9 verpassen, werden wir dich zunächst des Mordes anklagen und verurteilen!"

„Was für ein Mord?"

„Hör doch damit auf... Für den Mord, den wir dir vor dreißig Jahren verziehen haben! Wir waren großzügig und haben Gnade walten lassen. Und du? Sieh doch, was du uns angetan hast!"

„Was habe ich euch angetan?"

„Du fragst noch? *Das da*!"

So schreit der langweilige Ausdeuter Makarenkos und schlägt mit der Faust über den Papierstoß auf seinem Schreibtisch.

„Wenn ich dich einen Verrückten nenne, so ist es keine psychiatrische, sondern eine psychologische Diagnose. Wie konntest du es nur wagen, die Klappe aufzureißen und so etwas niederzuschreiben? Und es auch noch zu verbreiten! Warum denn?"

„Allein um die Sache selbst ging es mir doch... Darum tat ich's."

„Laß die albernen Ausreden! Nur ein Verrückter, ein völlig Irrsinniger kann es wagen, *so etwas* aufzurühren! Nur ein Selbstmörder... "

„Was heißt hier Selbstmörder? Im Gegenteil... "

„Das Gegenteil vom Gegenteil, du verdammter Bandit! Was du begangen hast, nennt sich... "

„ ...ein Verbrechen, ich weiß. *Ich habe geredet.*"

„Nicht nur das, denn du hast auch geschrieben! So etwas obendrein! Mehr noch, du hast es verbreitet. Und damit nicht genug. Du hast es auch noch in den Westen geschickt! Lauter Verleumdungen, Lügen und Hirngespinste, durch und durch, Wahnvorstellungen eines gemeingefährlichen Irren!"

Der Langweiler ist genauso langweilig wie vor dreißig Jahren. Er altert nicht und wird auch nicht jünger. Er ist bloß langweilig.

„Warum hast du geredet, du Mißgeburt? Warum hast du das Verbot mißachtet? Nur so etwa, weil du eine Visage zum Weglaufen hast? Weil die Leute bei deinem Anblick Zustände bekommen, wie? Aber sag mal, du Monster: Wer hat dich denn so zugerichtet? Ich etwa? Oder irgendein Mitarbeiter unseres Ministeriums? Mitnichten! Dein leiblicher Bruder war's! Du selbst hast dich so zugerichtet... Hast du ganz vergessen, daß wir dich ins Krankenhaus einwiesen, weil du dich selber verstümmeltest? Völlig vergessen auch, daß wir dich von dort herausgeholt haben! Daß wir dich in den Zeugenstand brachten, anstatt dich auf die Anklagebank zu setzen, wo du von Anfang an eigentlich hingehört hättest..."

„Dort schrieb ich nieder nur die Hälf..."

„Ach so? Du gibst also zu, gelogen und Sachen verschwiegen zu haben! Warum hast du nicht alles niedergeschrieben, wenn du doch schon zu singen begonnen hast? Warum hast du nicht die Wahrheit gesagt? Ich werd's dir sagen: wegen deiner Scheußlichkeit (die du dir selbst zu verdanken hast) konntest du dich nach der Entlassung aus der Haft nicht mehr integrieren. Dein Vater hat dich wegen der Sache mit deinem Bruder davongejagt. Andere Frauen waren ja nicht mehr drin... Ich kann sie auch verstehen! Deswegen also dein Haß, dein angestautes Gift, das du aufs Papier vergossen hast als Lügner, Spinner und Verleumder! Doch sag mal, du Mißgeburt, warum hast du dreißig Jahre lang das Maul gehalten, bist deinem kümmerlichen Los nachgegangen, hast dich so akzeptiert, wie du eben bist, und plötzlich... Was ist denn voriges Jahr geschehen, daß es plötzlich losging?"

„Da wurde ich fünfzig."

„Schau mal einer an! Ein Geburtstagsgeschenk, das da, wie? Bist wohl zu der Überzeugung gelangt, daß man mit Fünfzig keine Freiheit mehr braucht, was?"

„Von den fünfzig hab' ich dreißig geschwiegen."

„Bis zum Tode mußtest du schweigen! Darüber wird nicht gesprochen, sondern nur geschwiegen. Hattest doch zwei Verpflichtungen eigenhändig unterzeichnet... Hier, sieh doch, die erste 1957, nachdem wir die ganze Affäre liquidiert haben, und da auch die zweite, im Jahre 1964, als man dich freiließ... Warum hast du sie nicht eingehalten?"

„Hab' ich doch, und geschwiegen. Bis zum Tode..."

„Hör endlich auf mit dem Simulieren, denn ich entscheide hier wann du verrückt bist und wann nicht, wann du tot bist und wann du... Antworte, du Mißgeburt: wer hat dich zum Singen veranlaßt? Und dazu noch so etwas zu schreiben! Was hat dir denn noch gefehlt? Geld etwa? Dollar? Wußtest du nicht, du Trottel, daß solche wie du nur zwei Rechte haben — zu schweigen und zu sterben? Hast du nicht gewußt, daß alle darin Verstrickten nie und nimmer aus dem Land herauskommen? Daß wir sie nicht aus der Hand geben? Selbst wenn es dir durch ein Wunder gelungen wäre, auszureisen – durch Republikflucht, natürlich –, was hätten dir schon die Dollar groß genutzt mit deiner Visage? Es sei denn, du hättest an eine Schönheitsoperation gedacht, du Mißgeburt! Nun ja, es wäre etwas dran gewesen, wie du aussiehst... "

„Wie sehe ich denn aus?"

„Wie der Teufel selbst, sagt' ich schon! Zur Sache aber... Wir wissen, daß diese Bestie namens Saptefrati ein Exemplar hinübergeschleust hat, das erste. Wir wissen auch, daß zu Zeit seines ‚Besuches‘, *das da* bereits geschrieben war. Wir sind ganz genau informiert, daß bis zu seinem ‚Besuch‘ vor drei Monaten du überhaupt keinen Kontakt mit ihm hattest. Wir wissen auch, daß er höchst überrascht war, *so etwas* vorzufinden, und obendrein von dir geschrieben. Das heißt also, daß nicht er, diese Bestie, dich dazu veranlaßt hat. Doch wenn er schon nicht der Anstifter ist, heißt das noch lange nicht, er sei unschuldig. Die Genossen waren schlecht beraten, ihm ein Einreisevisum zu erteilen... Was heißt das schon, daß er jetzt französischer Staatsangehöriger ist? Für uns bleibt er schuldig, da er das Land illegal verlassen und uns von *Radio Free Europe* aus mit Dreck beworfen hat! Sie hätten ihn nicht hereinlassen sollen... Oder wenn sie's schon getan haben, dann hätten sie ihm doch etwas anhängen können. Goldschmuggel zum Beispiel, oder etwas mit einem holden Jüngling im Hotel. Sie hätten sich ihn schnappen müssen, damit er nicht mehr hinauskommt! Jetzt ist diese Bestie *damit* abgehauen! Seinetwegen wird man... Aber sag mal, wann wird das denn erscheinen, dort drüben?"

„Es könnte schon erschienen sein, seit ihr mich... "

„Was denn ‚ihr mich‘? Du dich selbst, du Mißgeburt! Du Brudermörder... "

„Welcher Bruder?"

„Welcher Bruder! Wir werden dein Gedächtnis schon auffrischen! Solange du geschwiegen hast, schwiegen wir auch und ließen dich in Frieden. Wir gaben dir Leine, wie es in der Fischersprache so schön heißt. Weil du aber unbedingt aufs Eis willst, werden wir dir helfen, daß du dir ein Bein brichst!"

Nein, ich wollte es ja gar nicht. Nicht mehr.

Dreißig Jahre... So sagte er doch, der Langweiler, und nach seiner langweiligen Art sollte mir das überhaupt nichts ausmachen. Wichtig war nur, daß er es überhaupt sagte. Hätte er nichts davon erwähnt, ich hätte kaum bemerkt, wie schnell die Zeit vergeht. Eigentlich vergeht sie nicht, und sie bleibt auch nicht stehen. Sie ist einfach da.

Stimmt gar nicht! Die Zeit kümmert sich um ihre eigenen Sachen, nur der Ort rührt sich nicht vom Fleck, selbst wenn ich nicht mehr in derselben Einzelzelle der Klapsmühle Nr. 9 bin.

Der Büffel spricht zweistimmig, wie auf einer mittelalterlichen Simultanbühne.

"Wenn du dich noch einmal selbst verstümmelst, verlege ich dich zu den Tobsüchtigen, damit sie dich verstümmeln!"

"Wenn du nicht sofort sagst, wo die anderen Exemplare sind, verlege ich dich zu den Tobsüchtigen, damit sie's herausbekommen!"

Büffel 1 ist dreißig Jahre jünger als Büffel 2.

Er schneidet mir die Nägel, aber umsonst. Er legt mir Lederhandschuhe an und fesselt mich ans Bett, aber umsonst. Wenn ich mich nicht von außen nach innen entlarven kann, so tue ich's von innen nach außen mit den Zähnen.

Man fesselt mich ans Bett, umsonst, ich stehe sowieso nicht auf. Man zieht mir die Zwangsjacke über, aber umsonst, denn ich bewege mich ohnehin nicht. Sie ernähren mich mit dem Schlauch, und ich wehre mich nicht. Sie machen mir eine Darmspülung, na und? Sollen sie doch. Sie spritzen mir Romparkin ein. Macht nichts. Ich zittere ohnehin, daß die Zähne splittern.

Büffel 2 ist um sechzig Pfund mehr Büffel als Büffel 1.

„Wenn nicht, so werden wir   man wird dich, bis man auch die anderen Exemplare!"

„Wenn du dir noch weiter die Backen von innen zerbeißt, kommst du zum Zahnarzt, daß er dir sämtliche... "

Die Büffelkuh hingegen ist nur ein Einzelexemplar.

„Du miese Ausgeburt, wenn du nicht auf der Stelle ausspuckst, wo die anderen Exemplare sind, verdreifache ich die Dosis, du dreckiger Verbrecher! Ich bringe dich schon zum Reden, daß du die Milch deiner Hurenmutter verwünschen wirst! Laß nur, bist weder der erste noch der letzte... Und überhaupt: Für wen hältst du dich eigentlich, daß du über die Politik unserer Partei zu lästern wagst? Du dreckiger Verräter!"

Die Ente ist nur zur Hälfte Ente und über die andere Hälfte möchte ich lieber nichts sagen.

„Mach mal den Mund ganz auf! Mehr, noch mehr! Herunterschlucken, hörst du? Mehr, noch mehr! Und nun trink! Mehr, noch mehr! Jetzt den Mund wieder auf, damit ich sehe... Mehr, noch mehr! Zunge raus... Mehr, noch mehr! Zunge nach rechts! Und auch nach links! Mehr, noch mehr! So. Nun wirst du ja sehen, was du mit all diesen Tabletten erleben wirst, wenn du nicht sagst, wo sie sich befinden!"

Mit all diesen Tabletten und Pillen, die sie im Busen und in ihren Taschen verschwinden läßt, na warte nur! Sie wird ja schon sehen, was sie erlebt, wenn die Büffelkuh sie erwischt.

Dabei wollte ich ihr jedesmal eigentlich nur sagen sie möge sie mir nur alle verpassen, diese Tabletten in Überdosis. Jedesmal wollte ich ihr danken, aber sie hieß mich nur immer wieder den Mund aufmachen, Wasser nachschlucken, den Mund wieder öffnen und so immerfort. Dann war sie plötzlich verschwunden, bevor ich auch nur ein Sterbenswörtchen sagen konnte. Ich dankte ihr mit den Augen, aber sie mied meinen Blick. Ich hätte ihr mit einem Lächeln gedankt, aber das Grausen hätte sie packen können beim Gedanken, dieses Ungeheuer könnte sie beißen. Die Büffelkuh hatte schon recht: unser Antlitz ist nach außen und nach innen entlarvt. Bis auf die Knochen.

Der langweilige, nie alternde Zivilist legte mir einen Aktendeckel mit zwei getippten Blättern auf den schwarzen Tisch.

„Du liest das jetzt durch, bis du es auswendig kannst. Heute abend wirst du als Belastungszeuge im Prozeß vorgeführt, und deine Aussage ist einzig und allein der hier getippte Text. Ein einziges Wort zuviel, und du wirst wegen Mordes vor Gericht gestellt, verstanden?"

„Zu Befehl!"

Ich lerne eifrig, sehr eifrig sogar, und da ich nur eine einzige Generalprobe brauche, läßt er mir eine doppelte Portion Bohnen verabreichen und mich zum Baderaum bringen. So um den Zapfenstreich herum führt man mich mit dunkler Verhörbrille in den Hof des Innenministeriums, wobei ich mich nach den Treppen, den Geräuschen und dem Gestank orientiere. Man hievt mich in eine Art Salatschüssel ohne Bretterverschlag und befiehlt mir, mich auf eine Bank hinzusetzen.

Neben dem Wärter zu meiner Rechten orte ich Stef nach seinem asthmatischen Schnaufen. Neben dem Wärter zu meiner Linken — vielleicht auch etwas weiter —, errate ich Mihai nach dem Zittern seiner rechten Wade, das sich durch die Bank und den Fußboden bis zu mir überträgt. Einst hatte ich ihm zwar prophezeit, er würde nur noch Ravels „Konzert für die linke Hand" spielen können, aber ich hatte sein Bein ganz vergessen.

Wir fahren ab, wir kommen an, wir warten und warten.

Zwei Paar Schritte hört man jetzt über den steinernen Hof tapsen, dann ein Geflüster, und ein Wärter in der Gruppe „Gefangenenwagen" raunt jemandem zu: „He, du da!"

Einer von uns wird abgeführt und wieder zurückgebracht. „He, du da!" und ein anderer geht fort, kommt zurück, setzt sich wieder an seinen Platz. Ich bin der fünfte an der Reihe, gleich nach Mihai, aber noch vor Stef. „He, du da!" rüttelt mich jemand an der Schulter und erwischt mich dann am Ellenbogen. „Treppe!" wird mir zugeflüstert, und ich klettere blindlings die zwei Treppen der grünen Minna hinunter. Andere zwei Hände packen mich an den Ellenbogen, und wir schreiten über den Hof, dann Stufen empor, einen Korridor entlang, einen anderen ganz durch.

„Halt!" flüstert der Begleiter.

„Vorsicht mit der Aussage!" raunt mir der Langweiler ins Ohr. „Nur was du auswendig gelernt hast, sonst... "

„Jawohl!" antworte ich gehorsam. „Zu befehl!"

Eine Schwelle. Ich errate, daß ich in einem Saal bin. Einer der zwei Begleiter nimmt mir die dunkle Brille ab, dann geleiten mich beide nach vorne. Noch völlig vom Licht geblendet, erkenne ich etwas sehr breites und rotes.

Ein Podium, darauf ein langer Tisch, ganz in rote Tücher verpackt. Dahinter, am Tisch, drei hochrangige Sicherheitsbonzen mit glitzernden Schulterklappen, frisch rasiert und sehr parfümiert. Ich kann es sehr gut von weitem riechen.

Ein vierter mit Schulterklappen sitzt links, an einer Kanzel, zeigt auf mich und brüllt.

„Hier, Hohes Gericht und Genosse Vorsitzender, noch ein Opfer dieser sadistischen Fanatiker, dieser kriminellen Faschisten, die blindlings die verbrecherischen Befehle des Gardistenführers Horia Sima ausgeführt haben! Aufruhr in der Haft und Folterung der Andersdenkenden, die mit ihrer besstialischen Ideologie nicht einverstanden waren... Damit wollten sie die weise Politik unserer Partei kompromittieren! Sehen Sie nur, wie sie ihn zugerichtet haben... Treten Sie nur näher, damit das Hohe Gericht Sie sehen kann... "

„Schon gut so!" fährt einer der Bonzen dazwischen. „Man sieht es ja zur Genüge."

Er sitzt in der Mitte der Riege, dieser Zwischenrufer, und der Langweiler hatte ihn vorhin bereits erwähnt. Es ist kein anderer als General Alexandru Petrescu, der unter Karl II. die Kommunisten und Gardisten verurteilt hatte, hinterher auch die Antikommunisten unter kommunistischer Herrschaft. Er war übrigens auch der Vorsitzende im Maniu-Prozeß.

„Sie haben ihn verstümmelt, Hohes Gericht!" jammert und leidet der von der Kanzel. „Der Angeklagte Eugen Turcanu, aktives Mitglied der Eisernen Garde, hat auf Befehl Horia Simas den hier erschienenen Zeugen gefoltert, weil er keine gardistischen Lieder lernen wollte. Mit einem spitzen Gegenstand hat er ihm das Abzeichen der Eisernen Garde auf beide Wangen eingeritzt. Man kann es nicht mehr so deutlich erkennen, aber nicht etwa, weil die Stellen ausgeheilt sind... Ich bitte um Vergebung, Hohes Gericht und Genosse Vorsitzender, aber ich bin dermaßen empört... Und das im zwanzigsten Jahrhundert! In diesem unserem Jahrhundert zerriß der Angeklagte Cornel Pop, aktives und prominentes Mitglied der Eisernen Garde, dem hier anwesenden Zeugen die Wange mit den Zähnen! Haut und Fleisch wurden mit den Zähnen herausgerissen und... "

An diesem Punkt angelangt, bricht der hohe Sicherheitsoffizier in Tränen aus und zückt ein riesiges Taschentuch, mit dem er sich zunächst die Nase schneuzt, und dann die Augen und den Hals abtrocknet.

„Ich bitte um Vergebung... ", schluchzt er weiter. „Wie kann man so etwas nur in Worten kleiden? In unserem Jahrhundert, im zwanzigsten... Aber nein! Ich muß, ich muß das Unaussprechliche aussprechen, damit sich solche Greueltaten nie wieder ereignen!"

Jetzt flennt er nicht mehr, sondern fuchtelt mit dem Arm herum, über meinen Kopf.

„Der Angeklagte Cornel Pop, aktives und prominentes Mitglied der Eisernen Garde, hat auf Simas Befehl dem hier anwesenden Zeugen das Wangenfleisch mit den Zähnen abgerissen und aufgegessen! Einfach hinuntergeschluckt! Menschenfleisch, Hohes Gericht und Genosse Vorsitzender! Der hier, dieser gardistische Kannibale!"

Er zeigt nach rechts, über meinen Kopf hinweg, und ich wende meinen Blick auch dorthin. Da sitzen sie ja, in einer Umzäunung, in mehreren Reihen. Ein Wärter, Turcanu, ein Wärter, Pope Tanu, ein Wärter. Hinter dem ersten Wärter, Levinski, und hinter Turcanu, noch ein Wärter. Auf der anderen Seite, erst Patrascanu, dann ein Wärter, noch ein Wärter, der Kannibale Cornel Pop. Und da sind doch Jubereanu und der ältere Apolzan, wie auf einem Schachbrett von Wärtern eingerahmt. Ich kann Gherman nicht sehen. Wo ist wohl Titus Leonida? Oder „Lacy" Reck? Und Calciu, Fuchs, Balan? Wenn Apolzan hier ist, wo er doch später hinzugekommen war, warum fehlt bloß Balan, der als erster von uns „übergelaufen" ist?

Der röhrende Sicherheitsbonze röhrt weiter und zeigt dem Hohen Gericht zwei Lichtbilder. Das eine von mir, nach der Tat, das andere von meinem Bruder, vor der Tat. Ich schiele zur Anklagebank hinüber. Turcanu betrachtet, vornüber geneigt, den Fußboden. Großer Gott! Das kann er doch unmöglich sein! Wie irgendein kleiner Ganove den Fußboden anstarren! Pope Tanu hat den Kopf in die Hände gestützt... Das darf doch nicht wahr sein! Was hat man ihm bloß angetan, daß er so demütig dasitzt? Nuti Patrascanu glotzt vor sich hin, und Cornel Pop zittert wie immer, mit herabhängender Kinnlade...

Ich erhalte einen Stoß von meinem Begleiter.

„Hörst du nicht? Deine Aussage!"

Und ich sage aus, die Augen auf General Petrescu gerichtet. Obwohl er zustimmend nickt, verheddere ich mich irgendwo und muß nach links schielen. Der Langweiler bewegt nur die Lippen, wie ein Souffleur, aber ich kann die Worte ablesen.

Bevor ich mit meinem Sermon zu Ende bin, sage ich mir im Gedanken, nach soviel Poesie müßte ich jetzt auch etwas Prosa bieten. So würde ich zum Beispiel dem Herrn Vorsitzenden erklären, daß die Sache mit meinem Antlitz eigentlich eine Familienangelegenheit sei, und ihn höflich bitten, Cornel Pop das Hemd ausziehen zu lassen. Auch die Hosen soll Cornel herunterlassen, da bekämen die Herren schon etwas zu sehen. Bitten würde ich ihn, sich Patrascanus lose Rippen anzuschauen, die vom Brustbein einfach herausgebrochen worden sind und jetzt auseinanderlaufen. Er möge doch in Apolzans Mund einen Blick werfen, nicht wegen der fehlenden Zähne (die doch bei allen fehlen), sondern wegen der Zunge ohne Zungenspitze... Doch weil ich gerade bei Apolzans Zunge angelangt bin: wieso ist denn Goiciu, der Gefängnisdirektor von Gherla, nicht auf der Anklagebank? Und Dumitrescu aus Pitesti, die Politoffiziere Marina und Avadanei, wo sind sie denn alle? Wo stecken die Offiziere Kohler, Mihalcea, Chirion? Die Wärter Ciobanu, Mandruta, Cucu, Georgescu? Die „Anwerber" für den Kanal allesamt, die Obristen Zeller und Duhlberger? Wo steckt bloß der „Herrscher", jener General Nikolski? Oder Oberst Sepeanu, der „Übertragungsriemen" der berühmt-berüchtigten Außenministerin Ana Pauker?

Da ist er ja, der langweilige Oberst Sepeanu, der mich auf dem Korridor einholt.

„Bravo!" flüstert er mir im Vorbeigehen zu. „Gut gemacht! Zwar etwas gestottert, aber zuletzt doch hingekriegt. Gut, daß du zu mir geschaut hast... "

Wie sollte ich auch nicht zu ihm schauen? Wie konnte ich denn anders als gut aussagen?

„Gut gemacht!" lobt er mich dann auch, viel später, nachdem ich im Calciu-Prozeß ausgesagt habe. „Wir werden dich vorzeitig entlassen."

„Zu Befehl!" gebe ich zurück. „Melde gehorsamst, hab' sieben der insgesamt fünf Jahre meiner Strafe abgesessen."

„Was denn?" wundert sich der Langweiler. „Die Sache mit deinem Bruder hast du ganz vergessen?"

„Welcher Bruder?"

„Vergiß nicht die Sache mit deinem Bruder!" mahnt er mich ein andermal, noch viel später. „Du hilfst uns bei einem kleinen Problem, und wir entlassen dich vorzeitig, ja?"

„Zu Befehl! Hab' bereits vierzehn der insgesamt fünf Jahre meiner Verurteilung abgesessen."

„Aller Anfang ist schwer!" meint er und lacht. „Bald kommt eine Amnestie, dann bist du raus."

So komme ich also mit der Amnestie heraus, nach fünfzehn von insgesamt fünf aufgebrummten Jahren.

Mein Vater empfing mich, als wollte er mich auf der Stelle herauswerfen.

„Du hättest nicht herkommen sollen. Das ist doch das Haus meiner Frau. Ich sagte dir ja schon, daß ich wieder geheiratet habe. Was sollte ich denn tun? Deine Mutter starb gleich danach, mein Schwiegervater auch, der arme Hochwürden! Alles ist hin: Familie, Haus, alles. Und nun auch du, nachdem du so lange fort warst und... Was hast du bloß mit Elisav getan?"

„Welcher Elisav?" stammele ich. „Ich bin doch... "

„Dann eben Vasile."

„Welcher Vasile?" stammele ich weiter. „Ich... "

„Du oder er, das ist doch egal! Da kommt ihr nach so langer Zeit, und obendrein... Aber geh jetzt, sie ist herzkrank. Wenn sie dich so sieht... "

„Wie seh' ich denn aus?" frage ich Julia, als ich vor ihrer Tür stehe. „Hab' ich dich sehr erschreckt?"

„Ach was!" wehrt sie lachend ab, aber sie ist trotzdem zutiefst erschrocken. „Bloß... nach so langer Zeit, weißt du! Ich habe ganze fünf Jahre auf dich gewartet, zu wieviel du auch verurteilt warst. Mehr ging es wirklich nicht... Sie ließen mich einfach nicht. Sie sagten, wenn ich nicht sofort heirate, bekomme ich keinen Job... Aber fünf Jahre hab' ich

286

trotzdem auf dich gewartet, das solltest du auf alle Fälle wissen."

„Warum denn?"

„Warum... Jetzt machst du mir auch noch Vorwürfe! Schon gut... Vielleicht hat dir Mihai schon erzählt, daß ich ein fünfzehnjähriges Mädchen habe... "

„Hat er natürlich... Gut, Lena, dann sei mir... "

„Lena? So heißt doch meine Tochter! Nach der rothaarigen Lena Dumitriu, wenn du dich noch erinnerst... Sie starb damals."

Damals.

Im Knast war ja damals alles klar, und jeder hatte seinen festen Platz. Hier aber, draußen, wechselt man die Plätze und alles gerät durcheinander. Schwierig, sehr schwierig... Man muß schon höllisch aufpassen, wo man hintritt und wie man hinein- und wieder herausgeht. Man muß Türklinken drücken und sich vor Spiegeln in acht nehmen. Nicht von mir ist da die Rede, denn er kann mir nichts anhaben, dieser Spiegel. Sooft ich ihn gerufen habe, ist er auch gekommen, manchmal zu spät sogar. Er kam aber stets, auch dann, wenn ich ihm nicht entgegenkam. Eine optische Täuschung eigentlich. Denn im Spiegelbild bin ich es ja nur, der auf Turcanus Befehl in die Arena tritt.

„He, ihr da, die Brüder Pop! Schön in die Mitte mit euch, macht mal 'ne mus-ter-haf-te Entlarvung, wie unter Zwillingen, ja? Bis auf die Knochen!"

Bis auf die Knochen also, in der Arena, zur Erlösung derer, die noch an der Sache zweifeln, an der gerechten Sache des höchsten Gipfels der neuen klassenlosen Gesellschaft ohne Ausbeutung, der gerechten Sache ohne Geschlechts-Alters-Rassenunterschiede. Ich entlarve mich gegenseitig von tiefstem Umerziehungswillen beseelt, von tiefster und grenzenloser Freude beseelt, vom höchsten revolutionären Pathos beseelt, von brüderlicher Nächstenliebe für die in unbequemer und völlig provisorischer Zuschauerpose Verbliebenen beseelt, und die wiederum können nicht so widerspenstig sein, daß sie es ablehnen, ihre Fäulnis abzuwerfen. So erlösen wir also viele in Pitesti, und dank der guten Ergebnisse schickt uns Turcanu in die Haftanstalt von Targu-Ocna unter dem Kommando von Patrascanu. Aber die da — einmal Ganove, immer Ganove! — sind faul bis in die Knochen vor Krankheit und Altersschwäche. Sie lehnen das Heilige Umerziehungsmahl ab, und wenn wir ihnen die Arzneimittel für ihre Krankheit und Altersschwäche nicht zurückgeben, treten sie in den Hungerstreik und begehen Massenselbstmord. Nachdem Virgil Ionescu sich die Pulsadern aufschneidet und die anderen an jenem Sonntag furchtbar brüllen, sich aufhängen und dann wie die Trauben an den vergitterten Fenstern baumeln, nachdem die Fußballspieler mitsamt Schiedsrichter und Zuschauer auf dem benachbarten Stadion alles mitanhören und ganz aufgebracht sind, kommt der Staatsanwalt und sagt Patrascanu, daß die ganze Sache bei ihm hier, in Targu-Ocna, nicht mehr hinhaut. Es wären sogar schon böswillige Gerüchte im Umlauf. So kehren wir also zum Stützpunkt zurück.

Nach Pitesti.

Von wo aus Turcanu uns nun zum Kanal schicken will, aber auch dort haut die Sache nicht mehr hin, und auch die Gerüchte reißen nicht mehr ab. So fahren wir also nach Gherla, wo Pope Tanu bereits vor uns da war und als Herrscher über das ganze Gefängnis waltet. Das läßt sich Turcanu aber nicht bieten, so daß wir viele der Erlösung entgegenführen. Es sind schöne Arenen mit begeistertem Publikum, besonders in den Zellen 99 und 101 im dritten Stock. Aber auch in den kleineren läuft es nicht übel und wir haben schöne Erfolge in unserer alltäglichen Arbeit, zumal die hiesigen Banditen Aristoteles gelesen hatten und genau wußten, daß es einen Mittelweg nicht gibt. Entweder Umerziehung, oder...

So daß wir zuerst einer für den anderen, dann einer für alle anderen uns in allgemeiner und würfelförmiger Begeisterung erlösen, die Leute von morgen werden die Baumeister der sozialistischen Gesellschaft des fortschrittlichsten siegreichen Kommunismus in den Dörfern und auf der ganzen

befreiten Welt vom Opium der jahrhundertealten Sklaven-
ketten befreit aus Städten und Dörfern in aller Welt es lebe die uralte rumänisch-sowjetische Freundschaft auf den
zukünftigen Gipfeln denn Wir-sind-die-Jugend-und-der-Zu-
kunft-Kinder Hau ruck! Hau ruck! und Auf-Genossen-heu-
te-sind-wir-doch-so-frooo   heut-so-frooo   heut-so-froooooo
Uns're-Herzen-alle-brennen-lichterlooo   lichterlooo   lichterlooo und Seht-die-Ferne-leuchtend-roooot-rot-rot-rot
   „Saptefrati, diese Bestie! Wieviel Unheil er angerichtet
hat... Aber wir kriegen ihn noch, keine Angst, wir schnappen ihn noch. Die Revolution hat einen langen Arm und erreicht ihre Feinde, wo immer sie sich auch verstecken, jederzeit! Wir schicken ihm schon ‚Liebesgrüße aus Bukarest‘, wie
dem anderen da, und stopfen ihm das Maul... Bis dahin solltest du uns aber sagen, wo die anderen Exemplare sind!"
   „Dort!" sage ich und zeige auf den Durchschlag auf seinem Schreibtisch.
   „Die anderen, hab' ich gefragt! Du willst mir doch nicht
erzählen, daß du nur einen Durchschlag getippt hast... Für
dich hast du keinen?"
   „Nein, ich weiß doch, was dort war... "
   „Den Teufel weißt du! Nur Lügen und Verleumdungen!
Behauptest, zu wissen und dabei schreibst du, daß unsere
Organe informiert waren, was da in manchen Zellen vor sich
ging. Sie hätten es sogar geduldet!"
   „Ich habe nichts von Duldung geschrieben. Ich behaupte,
daß sie alles organisiert haben... "
   „Du lügst, du Bestie! Du verlogener Mistker!! Ich hätte
dich mit Turcanu verurteilen lassen sollen, oder wenigstens
mit Calciu, damit du nie wieder rauskommst! Was heißt da,
wir haben die Sauerei organisiert? Warum sollten wir sie
denn platzen lassen?"
   „Ich habe es doch geschrieben... Daß Sie nach drei Jahren
alles platzen ließen."
   „Drei Jahre... Eben als wir es erfahren haben! Sobald wir
informiert wurden, haben wir sofort alles unterbunden und
drastische Maßnahmen gegen die Schuldigen ergriffen. Wer

hat die gardistischen Verbrecher, die alles eingefädelt hatten, vor Gericht gestellt, verurteilt und vorbildlich bestraft? Wer wohl? Wir, das Innenministerium... Du warst doch Zeuge der Anklage in beiden Verfahren!"

„Ich habe ja auch geschrieben, daß ich es war. Und auch was ich ausgesagt habe."

„Das hast du vielleicht, aber auch böswillig kommentiert! Du hast behauptet, ich hätte dir Wunder was angetan und dir zur Aussage geraten... Wann hab' ich dich denn gezwungen, die Aussage auswendig zu lernen? Wann denn? Warum behauptest du Dinge, ohne sie beweisen zu können? Hast du etwa Beweise? Wenn du sie nicht hast, dann hast du gelogen, und es war überhaupt nicht so!"

„So war's. Ich habe Beweise... Mich selbst."

„Hör doch auf damit... Bist du denn ein Beweis? Reden wir mal ernsthaft miteinander, von Mann zu Mann... Vergiß mal, daß wir nicht auf derselben Seite stehen, ja? Wer hat dich denn geschlagen? Waren das nicht Häftlinge wie du? Wer hat dich denn verstümmelt? Dein Bruder doch, da ihr euch in der Zelle wie die Verrückten geprügelt habt. Hast du dir nicht selbst die Wangen mit den Fingernägeln zerfurcht? Sie dir von innen mit den Zähnen zerbissen? Na? Antworte doch: wer war's?"

„Ich habe dort geschrieben, die Antwort soll derjenige geben, der die Verantwortung trägt."

„Lügen hast du dort geschrieben! Was meinst du übrigens mit ‚derjenige, der die Verantwortung trägt‘?"

„Damit meine ich die Veranstalter der Umerziehung. Teohari Georgescu, Nikolski und auch Sie."

„Du Bestie! Du faschistische Bestie! Du verlogener Mistkerl! Weißt du denn nicht, du Hundesohn, daß Genosse Teohari wieder ins ZK aufgenommen wurde? Daß Genosse General Nikolski eine Pension bezieht? Ich übrigens auch, seit drei Jahren... Wenn ich mich jetzt mit dir befasse, dann nur, weil ich deinen Fall kenne und damit beauftragt wurde, du Drecksau! Glaubst du, die heutige Partei- und Staatsführung hätte uns Ehrungen und Ruhegeld zugestanden, wenn wir auch nur die geringste Schuld gehabt hätten? Die wirklich Schuldigen, Turcanu und seinesgleichen, die haben ihre Strafe voll und ganz bekommen! Und übrigens... Wie hast du es zu schreiben gewagt, *jenes* wäre etwas Einmaliges in der Welt gewesen? Bei der Durchsuchung fand man dutzendweise feindselige Bücher bei dir, darunter... Laß uns mal offen sprechen und vergiß, daß dieser Tisch uns trennt... Also sämtliche Bücher Solschenizyns hat man bei dir gefunden. Nachdem du den ‚Archipel' gelesen hast und dabei erfahren konntest, was sich da alles drüben bei den Russen ereignet hat, wie konntest du dann noch behaupten, daß dieses erbärmliche Mißgeschick — das wir, das Innenministerium, entlarvt und liquidiert haben — etwas Einmaliges auf der ganzen Welt gewesen sei? Willst du vielleicht, daß Rumänien dadurch in der Weltöffentlichkeit berühmt wird? Möchtest du etwa, daß wir darin Weltmeister werden? Rede dich ja nicht aus, du hättest es nicht gewußt! Hier, die Liste der beschlagnahmten Bücher... Du wußtest ganz genau, was in China, in Korea, in Vietnam geschehen ist. Von den Russen ganz zu schweigen, die ja *all dies* erfunden haben! Warum hast du denn nicht geschrieben, daß es ein bedauerlicher Betriebsunfall gewesen sei, und keineswegs ein Programm, wie bei denen?"

„Ich habe über das geschrieben, was ich erlebt habe."

„Erlebt! Warum dann nicht die richtige Auslegung, die wahre Deutung eines vermeintlichen Erlebnisses? Du hast nicht nur gelogen, sondern auch heuchlerisch Dinge verheimlicht... "

„Manche Einzelheiten sind mir wohl entfallen."

„Ein-zel-hei-ten! Einzelheit nennst du das, was du deinem Bruder angetan hast, du Bestie?"

„Welcher Bruder, du Bes... "

Nein, es klappt überhaupt nicht mit der Freiheit und den Menschen, selbst wenn sie Untersuchungsoffiziere im Ruhestand sind, du Bestie, die gelegentlich für ihnen bekannte Fälle herangezogen werden. Es klappt aber auch nicht mit der anderen Frontseite, mit Saptefrati, zum Beispiel.

„Gott sei gedankt, daß ich die Botschaft sehen konnte!"
sagt er und küßt mich. „Der Herr hat sich erbarmt, daß wenigstens einer von uns seine Umerziehung loswerden konnte
und diese Botschaft niederschrieb!"

Er umarmt mich noch einmal, dann schlägt er einen anderen Ton an.

„Obwohl ich bei einer Durchsicht den Eindruck habe... "

Er unterbricht sich und muß das zuckende rechte Bein
mit der zuckenden Rechten ein wenig festhalten, wobei der
Rhythmus den Gegenrhythmus aufhebt.

„Ich habe den Eindruck", fährt er endlich fort, „daß die
Geschichte nicht vollständig ist... "

„Nun ja... ", wende ich ein. „Manche Einzelheiten sind
mir wohl entfallen. Fakten etwa, die ich nicht unmittelbar
kenne, zum Beispiel Turcanus Gespräche mit Nikolski in
der Haftanstalt von Suceava. Damals wurden wahrscheinlich
die Grundlagen der Umerziehung ausgearbeitet... Oder auch
die Unterweisung der ‚Kernmannschaft‘ von Suceava in Iasi,
oder sogar in Moskau. Zum Beispiel nur, und vieles mehr...
Ich habe aber nur das geschrieben, was ich erlebt habe."

„Sicherlich... Nur was du erlebt hast, aber auch das nur
zum Teil. Die Entlarvung... Besser gesagt, deine Selbstentlarvung dort, unter Levinski. Aber weiter?"

„Was weiter?"

„Das hier!" besteht er nervös, aber ich weiß nicht, worauf er zeigen will, denn er zittert am ganzen Leib. „Du hast
hier nur geschrieben, was andere dir zugefügt haben... "

„Ich hab’ doch auch über andere geschrieben. Über dich
beispielsweise."

„Über mich — nur beispielsweise — hast du höchst merkwürdige Dinge geschrieben, und zwar dermaßen voreingenommen, daß sie bereits nicht mehr stimmen... Daß ich dir
weiß Gott was angetan hätte. Gut, von mir aus... Nehmen
wir’s mal an. Warum hast du aber nicht geschrieben, was du
mir alles angetan hast?"

„Ich dir? Was denn?"

„Das da!" keucht er und zittert noch heftiger. „Ein

Glück, daß meine Frau kein Rumänisch kann... Übrigens würde sie auch dann nichts verstehen. Aber du erzählst nicht einmal von... Nun ja, ich weiß, wie schwer es dir fallen muß. Aber auch ohne Einzelheiten hättest du wenigstens erwähnen können, was mit deinem Bruder geschah... "

„Was ist denn mit meinem Bruder geschehen?"

Saptefrati schaut mich an als hätte er mich soeben erst entdeckt. Helene, seine wohlerzogene, feinfühlige französische Frau, versteht unser Gespräch zwar nicht, spürt aber, daß da etwas nicht stimmt. So beeilt sie sich, uns von einer Sache zu überzeugen, die uns natürlich völlig neu ist, daß die rumänische Volksmusik sich durch eine ungeheure Vielfalt auszeichnet. Mihai lauscht ihren Worten mit beneidenswerter Geduld. Dann stimmt er ihr vorbehaltlos zu und fängt wieder zu zittern an. Ich muß mich fragen, ob es in ganz Frankreich wirklich keinen Arzt gibt, der ihn von diesem Leiden befreien kann.

Dann ist er plötzlich um dreißig Jahre jünger und fängt lauthals zu lachen an.

„Ach nein!" pustet er und zittert nur noch schräg mit dem Kopf. „Wenn ich's mir besser überlege, war ich vorhin ungerecht mit dir. Mit *diesem* da, mit deinem... Bis die Gesamtpartitur da ist, oder wenigstens der Klavierauszug, können wir uns nach deiner Einzelpartitur — deiner Gesangstimme sozusagen — ein Gesamtbild machen. Sollten andere, die nicht daran beteiligt waren und daher sachlich vorgehen, einmal die Geschichte der Umerziehung schreiben, so ist es ihre Sache. Alles gut und schön... Aber ich glaube nicht, daß sie es tun werden. Jene, die durch die Hölle gegangen sind, schweigen, und die Außenstehenden werden sich eben mit der Sachlichkeit herumschlagen müssen. Was nützt aber schon die sachliche Betrachtung? Obwohl man sie als Massenschulung angelegt hat, war die Umerziehung letzten Endes doch nur ein individuelles Problem, ein höchstpersönliches Anliegen des daran Beteiligten... Außerdem benötigen die Historiker auch Unterlagen. Wo sind diese aber? Du sagtest es doch... Der Staatssicherheitsdienst hat sie alle vernichtet, jegliche Spur verwischt. Ganz unter uns gesagt: es ist auch gut so, denn ich reiße mich wirklich nicht darum, irgendwelche alte Erklärung wiederzusehen. Schade nur, wenn ich an die mehreren tausend Seiten denke, die Turcanu beim Innenministerium geschrieben hat. Sie werden wohl die große Säuberung überstanden haben... Vielleicht nicht als Geständnis, sicher aber als überarbeiteter Wegweiser für die Sicherheitsexperten. So etwas wie eine vollkommene Abhandlung über die Umerziehung. Orwell, zum Beispiel... "

„Orwell? Kein Zusammenhang!" entrüste ich mich. „O'Brien hatte doch seinen Gegenspieler Winston Smith das Gedächtnis ein für allemal ausgelöscht und ihm dafür ein Gegengedächtnis eingepflanzt. Auch für immer und ewig. Wir indessen... "

„Moment mal! Turcanu war doch auch ein Gegenspieler, ein Mann der anderen Seite, oder nicht? Er hat doch keine einzige Ohrfeige von einem Mithäftling verpaßt bekommen, stimmt?"

„Nein, nein!" bleibe ich hartnäckig. „Orwell paßt überhaupt nicht hinein. Nachdem er den *Raum 101* überstanden hatte, kam für Smith die große Liebe zu Big Brother. Er wurde also nur — wie soll ich's ausdrücken? — nun ja, geleert und wieder aufgefüllt. Und das war auch schon alles."

„Du hast recht", gibt Mihai endlich zu. „Smith bleibt bei seinen eigenen Leiden und überschreitet nicht die Schwelle, um andere leerzuquetschen."

„Stimmt nicht ganz. Smith bleibt eigentlich mit O'Briens Inhalt, als eigenes Wesen also, aber dennoch entleert."

Du hast recht, du hast unrecht... So geht es eine ganze Weile hin und her.

„Weißt du, was wir sind?" meint Mihai schließlich verdrießlich. „Stumme sind wir geblieben, also Tote."

„Und trotzdem gibt es keinen Zusammenhang mit Orwell. Wir sind doch nicht alle stumm geblieben!"

„Stimmt", lenkt Mihai ein. „Du denkst an Cobuz, an den armen Stef... Sie haben das erste Gebot mißachtet — ‚Du darfst nicht reden!' — und auch das zweite — ‚Du darfst deinem Nächsten nicht trauen!' — und so hat die Staatssicherheit sowohl das Geschriebene als auch den Sprecher-Schreiber in die Klauen bekommen. Das Geschriebene kam in die Verbrennungsanlage des Innenministeriums, während die Gesprächigen so gut aufgehoben sind, daß sie heute nur noch als Stumme ihr Dasein fristen. Freilich, wenn sie nicht schon längst unter der Erde sind... Hätte nie gedacht, daß jemand so lauthals schweigen kann wie der arme Stef."

„Ich traue meinem Nächsten."

„Nur weil du keinen Zusammenhang zwischen Smith und uns ausmachen kannst?"

Mihai fängt zu lachen an.

„Weißt du was? Ich hätte keinerlei Vertrauen zu deinem Nächsten! Höchstens wenn er dir aus Paris die Nachricht zukommen läßt, das Manuskript sei bereits unter Druck... Leider in französischer Sprache... "

„Und wie wird, leider! diese Nachricht lauten?"

„Zum Beispiel, ‚Ware geliefert‘... Oder lieber nicht, denn das bimmelt denen ja so laut wie die Domglocken. Warte mal... Besser per Telephon als schriftlich. Ich werde nur ganz nebenbei eine Bemerkung fallen lassen, wie etwa ‚meine Hälfte ist gut angekommen‘, da werden die vom Abhördienst meinen, es ginge um Helene... "

„Wobei du gar nicht sie meinst... "

„Wenn ich also mit deinem Manuskript drüben angelangt bin, geb' ich dir durch: ‚Der Hälfte geht es gut, sie wird bald entbinden‘. Ja? Wenn nicht, dann... "

Ich lasse indessen nicht locker.

„Es geht also nicht um *deine* Hälfte, wie?"

„Nur ein Wortspiel, um sie irrezuführen!"

„Das heißt also, daß auch mein Manuskript nur eine Hälfte ist?"

„Auch die Hälfte kann über das Ganze aussagen. Wenn ich deine Einzelpartitur so betrachte — frag mich nur nicht, aus welchem Blickwinkel! — so sieht sie eigentlich recht vollkommen aus. Rund. Wie eine... Was ist denn das Sinnbild der Vollkommenheit? Doch die Kugel, oder?"

„Das Ei."

„Das Ei", wiederholt er nach einer Weile nachdenklich, und diesmal zittert er im einfachen Rhythmus.

Das Ei, wiederhole ich immerfort für mich, während ich Tag für Tag warte. Als ich endlich am anderen Ende der Leitung mit großer Stimme, wie eine Posaune, die Nachricht verkündet höre, „der Hälfte geht es gut... ", hole ich, der Unterzeichnete, mein Bruder, die andere Hälfte hervor und verstecke sie gut sichtbar.

Dann gehe ich aus dem Haus und betrete die erste Telephonzelle. Ich verstelle meine Stimme nur soviel, um ein gutes Gewissen zu haben, und gebe ihnen meinen Namen und die genaue Anschrift durch. Dort könnten sie westliche Devisen und Drogen versteckt finden, ja sogar eine Zeugenaussage über Pitesti.

Danach kehre ich heim und werfe mich auf mein Bett.

Den Blick auf die Tür gerichtet.

Diesmal wird er kommen.

Und es wird die Botschaft von Mir sein.